As garotas Spring

anna todd

as garotas spring

Tradução de Edmundo Barreiros

V&R EDITORAS

TÍTULO ORIGINAL *The Spring Girls*

EDIÇÃO Fabrício Valério e Flavia Lago
EDITORA-ASSISTENTE Sandra Rosa Tenório
PREPARAÇÃO Luciana Soares
REVISÃO Luciane Gomide
DIREÇÃO DE ARTE Ana Solt
DIAGRAMAÇÃO Gabrielly Alice da Silva
IMAGEM DE CAPA Varvara Kurakina/iStock.com
CAPA E DESIGN Emma A. Van Deun

Dados Internacionais de Catalogação na Publicação (CIP)
(Câmara Brasileira do Livro, SP, Brasil)

Todd, Anna
As garotas Spring / Anna Todd; tradução de Edmundo Barreiros. –
São Paulo: V&R Editoras, 2018.
Título original: Spring girls.
ISBN 978-85-507-0205-6
1. Ficção norte-americana I. Título.
18-14662 CDD-813

Índices para catálogo sistemático:
1. Ficção : Literatura norte-americana 813
Iolanda Rodrigues Biode - Bibliotecária - CRB-8/10014

VERGARA & RIBA EDITORAS S.A.
Rua Cel. Lisboa, 989 | Vila Mariana
CEP 04020-041 | São Paulo | SP
Tel.| Fax: (+55 11) 4612-2866
vreditoras.com.br | editoras@vreditoras.com.br

Para todas as "mulherzinhas" por aí
que estão tentando descobrir exatamente o que
significa ser uma mulher; estou aqui para vocês,
e assim também estão minhas irmãs.

1

meredith

— O Natal não vai ser Natal sem nenhum presente – Jo declarou sentada no tapete.

Ela se encontrava sentada aos pés de sua irmã mais velha, Meg. O cabelo castanho comprido de Jo estava bagunçado, como sempre. Ela era minha menina forte. A única de minhas meninas que não emporcalhava o banheiro. Seus dedos delicados, com o esmalte preto lascado nas unhas, mexiam nas bordas franjadas do tapete afegão sob suas pernas cruzadas. O tecido artesanal preto e vermelho havia sido vistoso e belo, e me lembro de quando meu marido o mandou para decorar nossa casa, no Texas, de seu antigo posto em Kandahar, no Afeganistão.

Em minha cabeça, a voz rouca da líder do Grupo de Prontidão Familiar da companhia de meu marido me lembrou de usar o jargão militar apropriado: sua base de operações avançada em Kandahar. A maior base de operações avançada no Afeganistão, ela também acrescentaria. Denise estava sempre me perturbando. Pensando bem, ela até fez comentários sobre o tapete quando o ganhei. Disse que meu marido podia tê-lo mandado para a base sem ter de pagar nenhuma tarifa.

Nada disso importava para as minhas garotas. Desde o momento em que o tapete chegou, todas o amaram tanto quanto eu. Quando rasguei e abri o pacote do pai delas, que vivia do outro lado do mundo já havia oito meses, as garotas – Jo em especial – ficaram excitadas por possuir um tesouro tão bonito e cheio da cultura de um lugar. Meg adorou que tivéssemos um objeto luxuoso, feito à mão, em nossa casa simples. Ela era minha filha mais materialista, mas eu sempre soube que, se eu tentasse lhe ensinar o certo, ela iria usar seu amor por coisas brilhantes para fazer algo mágico *e* digno com sua vida. Amy era nova demais para realmente se importar com o tapete, e, claro, Beth sabia que ele estava para chegar, porque era a única garota Spring em que se podia confiar para guardar o segredo. Além disso, em um aspecto mais prático, como Beth era educada basicamente em casa, Frank sabia que ela podia aguardar sua chegada. Mais tarde, ele me explicou que quis mandar a encomenda direto à nossa casa, para que recebêssemos o tapete como uma surpresa em nossa porta, em vez de precisar buscar algo na base. Não sei bem se Denise entenderia se eu lhe contasse isso.

Ultimamente, nosso belo tapete não era mais tão belo. Sapatos sujos e botas pesadas o haviam desgastado, e as cores se misturaram em um marrom-lama que eu fiz o possível para limpar, mas as cores originais simplesmente não voltavam.

Nós não o amávamos menos por isso.

– Devemos ter neve em Nova Orleans. Isso para mim parece Natal – Meg falou, passando os dedos pelo cabelo castanho. Ele estava na altura do ombro, e ela dava instruções a Jo sobre como pintar seu cabelo de modo que ele ficasse com as pontas louras e as raízes escuras. Fez tanto frio naquele ano que as estradas congelaram, e parecia que todo dia um acidente engarrafava a única autopista importante da cidade. A placa diante da nossa base do exército com o número de dias sem uma fatalidade relacionada à estrada voltava a zero com uma frequência quase diária, em vez de semanalmente. O maior número de dias sem uma morte na placa de Fort Hood foi 62.

Naquela manhã não parecia tão frio quanto o Canal 45 disse que estaria. Eu me perguntei se minha irmã conseguiria chegar à nossa casa ou se ela iria, de algum modo, usar o clima como desculpa. Ela sempre tinha desculpas. O marido dela servia com o meu. A roupa suja deles ficou toda arejada e em pedaços por ele ter feito piadas sobre o peso de minha irmã para um grupo de praças e dormido com uma paramédica no mês anterior.

– A tia Hannah já ligou? – perguntei a minhas filhas.

A única a me olhar foi Beth, que respondeu:

– Não.

Desde que se mudara para Fort Cyprus no verão anterior, Hannah havia ficado noiva duas vezes, se casado uma vez e estava prestes a se divorciar. Amava minha irmã mais nova, mas não posso dizer que fiquei aborrecida quando ela se mudou para mais perto da cidade alguns meses antes. Ela conseguiu um emprego de garçonete na Bourbon Street, em um barzinho chamado Spirits, onde serviam drinques preparados em crânios iluminados e faziam um lanche *po' boy* saboroso. Ela tinha boa personalidade para ser garçonete.

– Ela vem? – perguntou Jo do chão.

Olhei para Jo, para seus olhos achocolatados.

– Não tenho certeza. Daqui a pouco eu ligo para ela.

Amy fez um pequeno ruído na garganta, e eu olhei fixamente para a TV desligada.

Eu não queria falar com minhas filhas sobre coisas de adulto. Queria que elas permanecessem o mais jovens possível, mas também que fossem muito conscientes. Eu contava a elas coisas que aconteciam a seu redor. Discutia atualidades com elas, sobre a guerra que se desenrolava à nossa volta. Tentei explicar os perigos e as alegrias de ser mulher, mas, à medida que elas cresciam, isso ficava cada vez mais difícil. Tive de explicar como, às vezes, as coisas chegavam com maior facilidade para garotos e homens, por nenhum motivo especial. Tive de ensinar minhas filhas a se defenderem se um desses garotos ou homens tentasse fazer mal a elas. Ter quatro filhas com idade de 12 a 19 anos não era apenas o trabalho mais difícil que eu já tivera, mas também a coisa mais importante que eu jamais faria. Meu legado não seria o fato de ser esposa de militar, mas ter criado quatro mulherzinhas confiáveis, responsáveis e capazes para lançar sobre o mundo.

Eu tinha uma forte sensação de dever: se eu só conseguisse uma coisa na vida, queria que elas levassem sua força com orgulho e sua bondade a todos.

Meg era a princesa da família. Ela foi nosso bebê milagroso, que chegou a nós após dois fracassos dolorosos e muito tristes, fazendo finalmente sua entrada neste mundo na noite do Dia de São Valentim. Não que quando isso aconteceu eu e Frank tenhamos saído para algum encontro romântico, bebendo taças de dez dólares de merlot Yellow Tail. Em vez disso, Frank estava sentado atrás de uma mesa no prédio de sua companhia, esforçando-se bastante para permanecer acordado. Toda hora ele tinha de fazer uma ronda ao redor dos alojamentos atrás do prédio. Ele parecia sempre ser encarregado dos alojamentos. (E.A., como Denise observava.)

Ele odiava quando tinha de fazer isso, assim como as garotas, mas o exército o exigia uma vez por mês. Naquela noite, precisei ligar quatro vezes para o telefone da companhia antes de alguém enfim atender a chamada e localizar meu marido. Quando minhas contrações ficaram insuportáveis, ele chegou em casa, e nós corremos para seu carro. Achamos que ela fosse nascer bem ali em nosso Chevrolet Lumina 1990. Olhando para os dados de pelúcia pendurados no espelho retrovisor, contei os números, enquanto eles balançavam para frente e para trás, para frente e para trás, e tentei afastar o cheiro leve dos Marlboros que Frank costumava fumar no carro antes de descobrirmos que eu estava grávida. Frank segurou minha mão, me contou piadas e me fez rir tanto, que chorei e precisei me esforçar para não fazer xixi na cobertura felpuda das capas dos assentos. Nós éramos muito descolados nessa época.

Quando chegamos ao hospital, meu trabalho de parto estava avançado demais para que eu pudesse tomar uma peridural, por isso, enquanto Meg chegava gritando na pequena sala do hospital, eu precisei me segurar para não gritar também. Ainda assim, isso foi apenas uma noite, apenas um momento. Tornar-me mãe mudou profundamente algo em mim; senti os pedaços soltos de minha vida se encaixarem e sabia que tinha um novo papel.

Jo foi a seguinte, e o nascimento dela cobrou seu preço em meu corpo. Ela estava sentada e se recusava a virar seu corpinho teimoso do jeito certo, por isso meu médico marcou uma cesariana.

Beth foi fácil, só 30 minutos de esforço. Seu nascimento foi calmo como ela, e ela pegou o peito mais facilmente que todas as outras minhas meninas.

Por fim, nossa não planejada pequena Amy nos surpreendeu em uma quinta-feira de tacos, após eu perceber que meu estômago não gostava mais de tacos, embora o resto de mim ainda gostasse. Depois de Amy, pedi a meu médico para garantir que não tivéssemos mais surpresas.

Amy era tão esquentada quanto a comida apimentada que eu desejava fortemente enquanto ela crescia dentro de mim e, nesse momento, olhei para ela, depois para o resto de minhas meninas. Por alguns minutos, ninguém falou, e fingi por alguns instantes que Frank estava ali, sentado naquela velha poltrona reclinável que ele tinha desde nosso primeiro apartamento. Em minha cabeça, ele estava cantando com o rádio. Ele amava cantar e dançar, mesmo que fosse péssimo nas duas coisas.

– Vi na internet que White Rock cortou o programa de música outra vez – Beth falou, puxando-me de volta para a realidade.

– Nossa, sério? – Meg perguntou.

– É. É horrível para os alunos. Ele mal existia antes e agora está praticamente acabado, nenhum instrumento novo, nenhuma excursão, nada.

Amy olhou para as irmãs mais velhas, tentando acompanhar a conversa.

– Você está brincando – Jo falou rispidamente. – Vou direto à sala da sra. Witts. É uma babaquice que eles...

– Josephine, olhe a boca – falei, ainda olhando para Amy. Jo sempre falava palavrão, por mais que alegasse tentar não o fazer. Considerando que ela tinha quase 17 anos, eu não sabia como agir em relação a isso.

– Desculpe, Meredith.

Ela também havia começado a usar meu primeiro nome, por alguma razão.

Do outro lado da sala, o telefone tocou em seu berço no carregador, e Amy pulou para atendê-lo.

– O que diz o identificador de chamadas? – perguntei.

Amy se abaixou e apertou os olhos.

– Alguma coisa de banco. Banco Nacional de Fort Cyprus.

Senti um aperto no peito. Na véspera de Natal? Sério? Esse banco já era bastante corrupto com suas taxas de juros altas e seu marketing nada nobre. Eles eram conhecidos por colocar mulheres bonitas nas entradas dos PXs e Walmarts atraindo soldados para abrir uma conta com sorrisos e as promessas-fantasmas de depósitos antecipados direto do exército.

– Deixe que toque – instruí.

Amy balançou a cabeça de modo afirmativo e silenciou a campainha. Ela observou a luzinha no telefone até que parasse de piscar antes de perguntar:

– Quem está telefonando do banco?

Liguei a televisão.

– Que filme nós vamos ver? – Meg interrompeu. – Eu acho... – suas unhas coloridas passaram pela estante de DVDs a seus pés, e ela tocou um deles. – Que tal *O chamado*?

Fiquei grata por Meg ter mudado de assunto. Ela sempre foi boa em ler um ambiente e construir histórias aparentemente verdadeiras, levando o foco para elas, a fim de distrair, seduzir ou desarmar alguém.

– Eu odeio *O chamado* – Amy choramingou e me olhou com expressão de súplica.

Não foi engraçado quando Meg vestiu Jo como a garota do filme que sobe o poço. Não ri nada. Tudo bem, talvez um pouco, mas ainda ficava aborrecida com minhas garotas mais velhas atormentando a irmã menor.

– Sério? – a voz de Jo tinha um tom assombrado, como se ela tentasse assustar a irmã. Jo estendeu a mão para fazer cócegas na lateral do corpo de Amy, que se afastou.

– Por favor, mãe, diga a Meg que nós não vamos ver *O chamado*! – Amy puxou minha calça de moletom.

– Que tal *A chave mestra*? – Beth sugeriu. Era seu filme favorito. Beth adorava qualquer coisa com Kate Hudson, e viver perto de Nova Orleans tornava esse filme particularmente assustador.

– Jo, o que você quer ver? – perguntei.

Jo foi até a estante de DVD. Amy deu um gritinho quando o joelho da irmã aterrissou sobre os dedos dos seus pés.

– *Cabana do inferno* ou... – ela pegou *Entrevista com o vampiro.*

Ao ver minhas filhas escolherem filmes que eu amava quando pequena, me sentia uma mãe descolada. *Entrevista com o vampiro* foi meu filme favorito por uns bons 20 anos. Até hoje, Anne Rice é a única autora de quem li todos os livros.

Meg disse em voz baixa:

– Esse filme me faz lembrar de River...

Ouvir o nome desse garoto fez minhas entranhas parecerem uma roda-gigante em chamas, mas felizmente a queda de minhas filhas pelo drama me distraiu. Amy ficou de pé, pegou o filme direto das mãos de Jo e o atirou embaixo da árvore de Natal. Jo gritou um "Ei!" indignado, e Meg mandou um beijo para Amy.

– John está ligando! – Meg gritou e desapareceu da sala antes mesmo que seu telefone tocasse.

– Que seja *Cabana do inferno* – Jo falou e pegou o controle remoto na mesa.

Enquanto Jo mexia no aparelho de DVD, Amy correu até o banheiro, e Beth desapareceu na cozinha. A casa ficou em silêncio exceto pelo bipe do micro-ondas seguido de seu zumbido baixo enquanto girava o que quer que Beth estivesse fazendo. Minha casa normalmente não era quieta assim. Quando Frank estava em casa, sempre havia música tocando ou o som dele rindo, cantando... Sempre havia alguma coisa.

O silêncio não ia durar muito, e eu não sabia ao certo se queria que fosse assim, mas ia aproveitar enquanto ele durasse. Fechei os olhos e, em pouco tempo, comecei a ouvir sementes estourando e um odor decadente de manteiga.

Sentada de pernas cruzadas ao lado da TV, Jo olhava para as meias com listras vermelhas e brancas. Para um estranho, ela poderia parecer triste, com seus lábios em bico e olhos baixos, mas eu sabia que ela estava calma. Parecia pensar em alguma coisa importante, e desejei poder ler seus pensamentos, ajudá-la a tirar um pouco o peso dos ombros. Eu não queria mais silêncio.

– Como está seu texto? – perguntei-lhe. Eu não passava muito tempo sozinha com Jo agora que ela tinha um emprego, um emprego que ela parecia amar, uma vez que passava tanto tempo por lá.

Jo deu de ombros.

– Está bom, eu acho. – Ela passou as mãos nas bochechas de alto a baixo e me olhou. – Acho que está bom. Eu acho que está muito bom. – Um sorriso tímido, mas fascinante, dividiu seu rosto, e ela cobriu a boca. – Estou quase acabando. Devo usar meu nome de verdade?

– Se você quiser. Você também pode usar meu nome de solteira. Quando eu posso lê-lo? – Seu sorriso se dissipou ainda mais rápido do que chegara. – Ou não – acrescentei com um sorriso para mostrar que não estava aborrecida. Entendia por que ela ainda não queria que eu lesse seu trabalho. Claro que eu ficava um pouco magoada, mas sabia que ela tinha suas razões e nunca quis botar pressão adicional sobre Jo.

– Você poderia mandá-lo para seu pai – sugeri.

Ela pensou nisso por um segundo.

– Você acha que ele tem tempo? Não quero distraí-lo.

Às vezes ela parecia adulta demais para mim.

A porta do banheiro se abriu no corredor, e Amy caminhou de volta para a sala, arrastando a colcha de sua cama. Meus pais haviam me dado essa colcha no chá de bebê de Amy, mas ela agora estava bem surrada, e os retalhos coloridos que formavam o *patchwork* tinham um pouco menos de brilho.

Amy, com sua obsessão por *gloss* para os lábios e cabelo louro, estava tentando crescer rápido demais. Ela queria ser como as irmãs mais que qualquer outra coisa, o que era típico de irmã mais nova. Minha irmã era igual, sempre me seguindo e tentando ser igual a mim. Amy agora estava no sétimo ano, possivelmente o mais difícil de concluir. Eu não conseguia me lembrar bem de meu sétimo ano, então não devia ter sido tão ruim para mim. Já o nono ano... *desse* eu me lembrava.

Jo sempre provocava Amy, alertando a irmã de que ela devia começar a se preparar para o Ensino Médio agora. Mas Amy estava naquela idade importante em que pensava saber tudo. Além disso, ela estava em um estágio estranho de sua aparência, no qual ela ainda não havia desenvolvido seus traços. As garotas endiabradas de sua turma gostavam de zombar de sua estrutura ossuda e do fato de ela ainda não ter menstruado. Na semana passada, Amy veio me perguntar quando teria permissão para raspar as pernas. Minha regra sempre havia sido minhas filhas poderem começar a se raspar quando menstruassem, mas, quando disse isso a Amy, ela teve um surto pré-adolescente no banheiro. Honestamente, nem sei onde arranjei essa regra, provavelmente com minha mãe, mas, considerando o que Amy estava passando, ajudei minha filha a raspar as pernas naquele dia mesmo.

Meg não era apenas a mais velha, mas também a segunda no comando em nossa casa de propriedade do governo. Às vezes era fácil fingir que a casa era nossa, até algo acontecer, como receber uma multa por deixar a grama alta demais. Uma vez olhei pela janela e vi um homem parado em nosso jardim, agachado e medindo minha grama. Quando saí, ele se retraiu para sua picape, mas não antes de me entregar uma multa. Aparentemente, o departamento de habitações não tinha nada melhor a fazer que medir a grama das pessoas.

Torci para que um dia fôssemos capazes de comprar uma casa própria, talvez depois que Frank desse baixa no exército. Eu não sabia em que estado iríamos viver depois disso, mas algo como o meio do nada na Nova Inglaterra me parecia bom. Frank, porém, sempre falava sobre se mudar para uma praia sonolenta onde desse para andar de chinelo todo dia. Claro que isso também iria depender de onde nossas filhas fossem parar. Amy não sairia de casa por mais seis anos, e Beth... Bom, eu não sabia ao certo se Beth iria querer sair um dia, e isso também não era um problema.

Beth trouxe duas tigelas de pipoca, e todo mundo se ajeitou na sala pequena. Eu fiquei na poltrona de Frank. Amy se sentou ao lado de Beth, Meg chegou e se jogou do outro lado do sofá, e Jo ficou no chão perto da TV.

– Estão todas prontas? – Jo perguntou e apertou o *play* sem esperar pela resposta.

Quando o filme começou, voltei a pensar sobre como minhas filhas haviam crescido rápido. Esse talvez fosse o último ano em que estaríamos todas juntas para o Natal. No ano seguinte, Meg muito provavelmente estaria com a família de John Brooke na Flórida, ou onde quer que fosse a casa de férias dele. Às vezes eu não conseguia acompanhar. Não que Meg saísse com muita gente, mas ela teve alguns namorados. Diferentemente de minha mãe, eu ficaria de olho em minhas filhas e nos rapazes que elas levavam para casa, embora até agora isso só significasse ficar atenta a Meg. Frank se preocupava mais do que eu, mas eu sabia, por experiência própria, que ser protetora demais em relação a nossas filhas poderia ser pior que me assegurar de que elas fossem educadas sobre encontros e relacionamentos.

Quando Meg tinha 16 anos, eu a levei para obter anticoncepcionais, o que me valeu um sermão estranho de minha própria mãe.

Ela não podia dar conselhos a ninguém: teve dois filhos antes dos 21 anos.

O telefone de casa tornou a tocar; Jo se debruçou sobre ele e o desligou.

O telefone de Meg tocou em seguida, uma canção pop que Amy começou a cantar imediatamente.

– Tecnologia! – Jo comentou do chão. – É a sra. King – ela suspirou, ficando de pé.

Jo pegou o controle remoto e pausou o filme. Meg desapareceu na cozinha.

Amy se deitou onde Meg estava sentada, embora fosse precisar se levantar quando a irmã voltasse.

– Sou jovem demais para trabalhar, mas, quando tiver idade, vou trabalhar em um lugar melhor do que um café ou uma loja de maquiagem.

– Você está sendo antipática – Jo retrucou.

– Você está sendo antipática – Amy zombou em uma voz muito parecida com a de Jo.

Como a mais nova, Amy gostava de apontar as falhas de suas irmãs em toda oportunidade possível. Eu tinha a sensação de que existir sob três irmãs que, a seu próprio modo, ela admirava, cobrava um preço alto da confiança de Amy. Era complicado, porque ela amava as irmãs mais que a qualquer coisa, porém, ao mesmo tempo, tinha ciúme de quase tudo em relação a cada uma delas. Os quadris largos de Meg, a confiança de Jo, a habilidade de Beth em cozinhar qualquer prato...

Quando Meg voltou para a sala, Jo reiniciou o filme.

– Ela já pagou você? – Beth perguntou, lendo meus próprios pensamentos.

Eu não me importava com o fato de Meg trabalhar para a sra. King, mesmo que a mulher me intimidasse com sua casa enorme e seus pequeninos cachorros de raça. Nunca conheci o sr. King, mas havia conhecido seus três filhos em ocasiões diferentes. Meg gostava muito do menino, Shia, e eu podia ver por quê. Ele era simpático, com um grande coração e um trem de carga de paixão. Achei que se houvesse um homem que pudesse acompanhar Meg, esse seria Shia King. Eu não sabia muito sobre o que havia acontecido entre eles, mas imaginei que, se Meg quisesse, eu saberia.

Meg deu de ombros.

– Ainda não. Não sei por quê.

Jo revirou os olhos e jogou as mãos para o ar. Os olhos de Meg se esbugalharam em resposta.

– Bom, você não perguntou a ela? – indaguei.

– Perguntei. Mas ela anda muito ocupada.

– Fazendo o quê? Dando festas?

Meg suspirou.

– Não – ela sacudiu a cabeça na minha direção. – São as festas de fim de ano... Ela está ocupada.

– Fico surpresa que você aceite isso. Achei que fosse mais forte – Jo comentou.

– Eu *sou*.

– Sim, é. Mas você não é tão forte quanto Jo... Jo é forte como um garoto! – Amy riu.

Jo deu um pulo e ficou de pé.

– O que você disse?

Suspirei na poltrona.

– Amy – falei seu nome com dureza suficiente, e seus olhos se viraram para mim de modo brusco. – O que lhe falei sobre isso? – Não ia aguentar aquilo em minha casa. Minhas filhas podiam se vestir do jeito que quisessem.

– Eu disse que você *age* como um garoto – Amy se sentou ereta no sofá, esquivando-se da tentativa de Meg de segurá-la no colo. Eu sabia que, se aquilo esquentasse muito, teria de interferir, mas queria deixar as garotas pelo menos tentarem resolver as coisas por conta própria. Assim como faria com Meg e a sra. King, embora a audácia da mulher em não pagar por trabalho honesto tivesse me irritado.

– E o que exatamente isso significa, Amy? Porque não existe essa coisa de garotos serem mais fortes que garotas! – a voz de Jo saiu alta, e seus dedos estavam curvados em aspas no ar. – Ser forte não tem nada a ver com ser garoto. Talvez seja...

– Não é verdade! Você pode levantar o mesmo peso que um garoto? – Amy desafiou.

– Você *não está* falando sério. – A boca de Jo era uma linha dura.

Meg pôs as mãos sobre os ombros magros de Amy e apertou suas unhas floridas na camisola azul-celeste da irmã. Amy deixou escapar um suspiro de teimosia, mas se deitou e deixou que Meg brincasse com seu cabelo.

Jo esperou, com as mãos nos quadris.

O filme passava ao fundo.

– Vamos aproveitar nossas férias de inverno. Isso é melhor do que assistir a uma aula de matemática, certo? – Beth perguntou. Minha doce Beth estava sempre tentando consertar as coisas. Nesse sentido, era a mais parecida com Frank. Jo tinha sua paixão política e social, mas Beth era uma samaritana profissional.

Beth e Jo olharam fixamente uma para a outra por alguns segundos antes de Jo desistir e se sentar no chão, em silêncio.

Entretanto, em pouco tempo Amy voltou a falar de seu assunto favorito dos últimos dias.

– Ai! Não é muito melhor que matemática. E não é justo: vocês não entendem que todas as garotas da minha escola irão voltar com muitas roupas novas, telefone novo, sapatos novos. – Ela contou uma lista nos dedos e ergueu o celular no ar. – E aqui estamos nós sem nenhum presente embaixo de nossa árvore.

Meu coração ficou apertado, e minha cabeça girou com a culpa.

Dessa vez, Beth falou primeiro.

– Nós ganhamos mais dinheiro que metade das garotas em nossa escola. Veja nossa casa e veja a delas. Nosso carro também. Você precisa olhar ao redor e se lembrar de como as coisas costumavam ser antes de papai ser oficial – as palavras de Beth estavam mais duras que o normal e parece que tiveram efeito em Amy, porque ela franziu a testa, e seus olhos percorreram a sala, entre as paredes bege e a tela plana de 50 polegadas que compramos no PX, livre de impostos, é claro.

Amy olhou para a árvore de Natal.

– É *exatamente* o que eu quero dizer. Nós poderíamos ter...

Mas, como havia acontecido com frequência durante as férias, Jo interrompeu Amy de maneira brusca, no intuito de lembrar a todas que a família só tinha dinheiro extra porque Frank estava se esquivando de balas e bombas caseiras no Iraque e que precisávamos respeitar isso, e não parecer que estávamos sendo oportunistas à custa do risco dele.

Odiava quando elas falavam de coisas específicas assim; era um pouco demais. Eu me perguntei se ainda tinha aquele Baileys na geladeira. Achava que sim.

– Além disso – Jo prosseguiu, muito excitada e tensa –, as garotas do seu ano *roubam* todas aquelas coisas. Você acha mesmo que a família de Tiara Davis pode se dar ao luxo de comprar óculos escuros Chanel para ela? Só oficiais podem fazer isso, e não há nenhum filho de oficial no seu ano, além daquele garoto que se mudou da Alemanha, qual o nome dele?

Amy quase rosnou o nome do garoto.

– Joffrey Martin. Ele é um idiota.

Jo assentiu.

– É, ele. Então não fique com inveja. Ninguém mais tem dinheiro por aqui, a menos que seja dia 1º ou dia 15.

– Exceto os King – Meg comentou em voz baixa.

Suas palavras expressaram mais que irritação por não ser paga. Todo mundo na sala podia detectar o desejo em sua voz pelas coisas boas da vida, e os King tinham todas as coisas boas. Havia até rumores de que eles tinham vasos sanitários de ouro em sua mansão cara, embora Meg tivesse dito não ter visto nenhum.

Eu sabia como Meg gostava de trabalhar para a sra. King como assistente. Não sabia ao certo como minha princesa se sairia seguindo ordens o dia inteiro, mas, desde que a sra. King a tirara de seu emprego na Sephora pedindo-lhe para trabalhar com ela, ainda não a havia despedido. Até agora, a descrição de seu emprego permanecia desconhecida. Sabíamos apenas que Meg fazia a maquiagem da sra. King e andava com seus cachorrinhos felizes. Na última semana, Meg chegou a encher a lava-louças, mas me contou que a sra. King lhe disse para nunca mais tocar em um prato sujo. Eu não sabia ao certo se havia gostado da mensagem, mas Meg tinha 19 anos, e eu precisava deixá-la decidir o tipo de mulher que ela gostaria de ser.

– Ninguém gosta mesmo dos King – Amy disse.

– Gosta sim! – Meg defendeu.

– Está bem, então você gosta deles. Isso não significa muita coisa. É como dizer que as pessoas gostam de Amy – Jo provocou, mas Amy não ia aguentar isso.

Amy se ergueu rapidamente, como fogos de artifício, para gritar com a irmã.

– Jo sempre...

Meg pôs a mão no peito de Amy e a empurrou de volta para seu colo.

– Amy, isso foi um *elogio*... Enfim, John Brooke vai ser oficial também, quando ele se formar em West Point em algumas semanas.

Eu me senti uma adolescente ao revirar os olhos para Meg quando ela disse isso.

– Não fique falando de patentes assim. Você parece esnobe.

O que Meg não falou é que ela não se importava muito com ser esnobe se isso significasse poder ter óculos escuros Chanel e uma piscina no jardim como a sra. King. Eu a ouvira dizer exatamente essas palavras para Amy na semana anterior.

– Sim, Meg – Amy acrescentou.

– Cale a boca, Amy.

– Meredith, você sabe quão ricos eles são? – Meg questionou.

Sacudi a cabeça. Só sabia que o sr. King ajudava grandes empresas a escaparem de processos. Não era fascinada pelos King como minhas meninas pareciam ser. Eu era o oposto de minha filha mais velha: absolutamente odiava quando as pessoas achavam ser melhores que as outras, o que acontecia com demasiada frequência na comunidade do exército. Antes de Frank receber sua última promoção, eu sentia que me encaixava bem entre as outras esposas de militares. Todas eram igualmente solitárias, igualmente duras, igualmente estressadas com a guerra e por cuidar de suas casas. Algumas das esposas de militares até trabalhavam, e eu amava isso. Eu tinha um pequeno grupo de amigas, uma jovem esposa que acabara de ter o primeiro bebê e uma mulher de minha idade que havia acabado de ser transferida de Fort Bragg para Fort Cyprus.

Após Frank virar oficial, eu não era mais aceita por meu grupo de baixa patente, mas também não me encaixava no círculo das mulheres de oficiais. Ser esposa de um oficial vinha com responsabilidades sociais que eu simplesmente não queria. Eu já tinha quatro filhas para criar e um marido para apoiar, enquanto ele estava longe.

Denise Hunchberg, a líder de nosso velho Grupo de Prontidão Familiar, era agradável, mas foi se tornando cada vez mais traiçoeira e enlouquecida com o pequeno poder que possuía. Eu ficava louca por ter de me sentar e vê-la usar de sua dita autoridade para abusar de esposas mais jovens. Toda vez que ela me repreendia ou zombava de outra esposa pelas costas, eu lambia mentalmente os dedos e limpava as desenhadas e horríveis sobrancelhas de seu rosto presunçoso.

Às vezes, quando estava me sentindo especialmente insignificante, pensava em contar a Denise – uma mulher que agia como se seu *status* no Grupo de Prontidão Familiar fosse o mesmo que liderar o mundo livre – que seu marido havia dormido com uma paramédica, por duas vezes, durante o último deslocamento do batalhão. Enquanto o dedinho de Denise se agitava em meu rosto por eu ter me esquecido de levar os pães de cachorro-quente à última reunião para levantar fundos a que eu fui, quase estourei com ela. Mas sabia que não deveria fazer isso. Eu era esperta demais para fazer algo tão estúpido assim. Seria uma coisa horrível destruir a família de alguém e, além disso, um marido sofre as consequências pelo que sai da boca de sua esposa, a qual, então, deve ter um comportamento maduro, quase régio.

Mulheres de oficiais deviam ter um padrão diferente do das de patentes baixas, e eu não podia fazer isso com Frank. Às vezes sentia que estar em Fort Cyprus era como ser um peixe preso naqueles tanques de peixes no Walmart. Peixes demais, comida de menos e lugar nenhum para ir além do outro lado do tanque sujo.

Nossas filhas também precisavam manter uma boa reputação. Bom, tão boas quanto quatro adolescentes poderiam ser. As palavras viajavam mais rápido do que a luz em uma base militar, e as garotas Spring estavam espalhando sementes de fofoca por toda a cidade.

Algo havia surgido na conversa enquanto eu pensava em Denise. Fui trazida de volta por Amy, que dizia:

– E papai tem um trabalho mais seguro do que todo mundo. Ele nem precisa andar armado.

Ninguém lhe disse que ela estava errada.

Eu contara a ela essa mentira uma vez, a fim de fazê-la se sentir melhor. Quero dizer, o que eu deveria falar à minha filha de 7 anos quando ela perguntava se o pai ia morrer?

De sua parte, Jo sempre tentava ignorar a arma enorme pendurada sobre o peito do pai em toda foto que ele postava no Facebook. Jo odiava a ideia de armas e sempre dizia isso. Ela ficaria satisfeita de nunca segurar uma arma na vida. Eu era igual.

– Eu não diria que estar em uma base no meio de Mosul seja *seguro* – Jo comentou, sem se dar ao trabalho de esconder as sombras em seu tom de voz. Há muito tempo ela havia deixado de fingimentos.

Descontando a falta de detalhes para Amy, minhas filhas sabiam onde o pai estava e como era perigoso no Iraque. Elas sabiam o que os homens faziam lá, dos dois países. Homens como o pai de Helena Rice. Ele partira dois dias antes de seu último ano de Ensino Médio e antes do Natal já estava morto. Agora Helena e sua mãe estavam se mudando de volta para onde moravam antes de o exército lhes dizer para onde ir. Elas tiveram apenas 90 dias para evacuar a casa na base.

Foi horrível. Simplesmente horrível.

– É o posto mais seguro – Amy completou.

Outra mentira que contei a ela.

– Não... – Jo começou, mas eu a interrompi dizendo seu nome.

De repente me senti cansada. Às vezes eu tinha momentos como esse, em que desejava que Frank estivesse ali para ajudar a explicar coisas tão pesadas para suas meninas.

– *Meredith* – Jo me respondeu, mas parece que sua atitude foi um pouco suavizada quando ela sentiu os olhos de Beth na sua direção.

– Jo, pare com isso. Vamos só ver o filme.

Eu estava muito cansada. Eu andava muito cansada ultimamente. Quis me levantar e verificar a geladeira.

– Desculpe, Beth, por minha preocupação com a vida de meu pai estar atrapalhando seu filme – Jo retrucou, cruzando os braços ao redor do peito.

Se Jo tivesse dito isso para Amy, para Meg ou mesmo para mim, ela teria levado uma bronca, um sermão ou mesmo um tapa de Amy. Mas Beth não disse nada. Alguns segundos se passaram, e Jo aumentou o volume da televisão. Senti a tensão se dissipar dos ombros de Jo, assim como nos meus.

Só estávamos com saudade de Frank, só isso.

As garotas Spring passavam por fases em que sentiam mais a falta do pai. Meg sentiu mais a falta do pai quando o namorado mostrou para os outros garotos da escola fotos que deveriam ser só para ele. Jo sentiu mais a falta do pai quando escolhida para ser a editora mais jovem que sua escola tinha visto; depois sentiu ainda mais a falta dele ao lhe retirarem o posto. Beth sentia mais a falta do pai quando, ao tocar música, não conseguia encontrar a nota certa. Amy sentia mais a falta do pai quando queria ouvi-lo cantar suas canções da Disney favoritas. E, por último, a mãe de todas elas sentia mais a falta do marido quando a vida ficava só um pouco pesada demais para ser sustentada por seus ombros.

Nós cinco sentíamos falta de nosso tenente, por muitas razões diferentes, e mal podíamos esperar por sua volta no mês seguinte. Parecia que ele tinha partido havia muito mais que um ano, e duas semanas de descanso e recuperação não seriam nem de perto suficientes.

Durante suas duas semanas de descanso, ele sempre tentava passar o tempo equivalente a um ano com suas garotas. No ano passado fomos da Louisiana até a Flórida e passamos uma semana na Disney World. Pude sentir a ansiedade de Frank crescer com cada explosão de fogos de artifício no céu. Ele saiu durante o show, e eu sempre iria me lembrar de seu aspecto na volta para o hotel, de seus ombros tremendo a cada flor crescente de fogo que iluminava o céu escuro. As explosões eram belas para Jo com seus olhos arregalados e para Amy com seu grande sorriso. Mas os estrondos faziam meu sangue se acelerar, preocupada com meu marido, que não conseguia aguentar as explosões caóticas de cor.

Quando Frank desapareceu na multidão barulhenta, corri atrás dele e, aparentemente, Meg deixou Jo como responsável e correu atrás de um garoto que ela conhecera na fila para passar pelo Castelo da Cinderela.

Jo sorriu e se aproximou do ouvido da irmã. Não consegui ouvir o que ela disse, mas tinha certeza de que não queria saber.

Na cozinha, o forno apitou, e Beth deu um pulo. Se as outras garotas ouviram o som, não demonstraram. Beth passava muito tempo na cozinha. Ultimamente, eu tinha cada vez menos vontade de cozinhar, e Beth era a única de minhas filhas que percebia quando a roupa suja se acumulava.

– Nós estamos vendo um filme ou o quê? Todo mundo pare de se mexer por aí e de falar! –Amy exclamou, o que fez com que Jo revirasse os olhos.

Todo ano, eu fazia minhas quatro filhas assistirem a filmes de terror na noite de Natal. Era uma tradição desde o primeiro Natal que passei sozinha com Frank. Na época, estávamos baseados em Las Vegas, e eu sentia falta de casa. O Halloween sempre foi a melhor parte de meus anos enquanto crescia. Minha mãe fazia de tudo, e eu havia adotado seu amor pelo feriado, então, enquanto procurava coisas reconfortantes de casa, eu me deparei com uma maratona de monstros de uma noite inteira na véspera de Natal. Desde esse dia, mantive o hábito e o compartilhei com minhas filhas.

Todas as minhas meninas gostavam de Halloween e de coisas assustadoras, mas, desde que nos mudamos para Nova Orleans, Beth e Amy passaram a se divertir cada vez mais com as histórias de vodu e lendas urbanas ligadas à cidade. Eu me orgulhava de ter a casa mais assustadora do quarteirão, não importava onde vivêssemos. Eu me lembrava de minha infância e contava história de fantasmas sobre lugares assombrados em minha cidade natal, no Meio-Oeste. Quando era jovem, meus amigos e eu passávamos os fins de semana andando por lugares "assombrados" perto de nossa cidadezinha, que compreendiam as poucas boas memórias que eu tinha daquele lugar. Então eu tive sorte por, naquela noite de Natal, ter me deparado com uma maratona de horror na TV, em vez de uma, digamos, sobre áreas rurais deprimentes e alcoolismo.

Jo apontou para a tela.

– Eu amo essa parte.

Ela pegava o mesmo tipo de filme, da mesma época, todo ano, sempre filmes de horror sobre vírus ou zumbis. No ano passado, havia sido *Extermínio.* Meg sempre escolhia filmes pelo ator principal. No ano passado, Tom Hardy era seu *crush* famoso, e eu tive de concordar com ela nisso... Uma ocorrência ainda mais estranha do que *ketchup* em tacos.

– Eu também – Amy disse.

Peguei Jo sorrindo para Amy, e meu coração se enterneceu.

A casa caiu em um silêncio estável, além dos gritos na televisão.

2

jo

Como sempre, fui a primeira a acordar na manhã de Natal. Normalmente eu acordava antes de o sol nascer e descia para olhar os presentes desembrulhados do "Papai Noel". Depois acordava Beth e então Meg. Amy sempre acordava no mesmo momento em que Beth, uma vez que elas dividiam um quarto.

Naquele ano, porém, foi diferente. Eu não tinha pressa para correr até a sala e ver os presentes. Naquele ano nossas meias ainda estavam penduradas. As meias sempre foram minha parte favorita do Natal, porque meus pais enfiavam o máximo de coisinhas que podiam nelas, em sua maioria balas. Eu virava tudo no chão e precisava impedir minhas irmãs de tocarem em minhas coisas, embora elas tivessem as suas. Amy era a pior nisso; ela trocava suas coisas com as nossas às escondidas se gostasse mais das nossas.

Cada uma de nós tinha a própria meia grossa e áspera com nosso nome bordado no alto. A mãe de minha mãe havia feito uma meia para cada uma de nós quando nascemos. A minha era a mais feia, com um Papai Noel na frente que parecia um pouco louco e muito bêbado. Sua barriga era torta, e sua barba era cinza-escuro, como seus dentes. Seu sorriso era só um pouco mais sinistro e, com a coisa toda puindo ao longo dos anos, era como se o Papai Noel Malvado tivesse apodrecido o próprio tecido. Ele me fazia sorrir todo ano, quando desembalávamos as meias para usá-las.

Meg sempre reclamava que as lojas Target tinham *designs* mais bonitos em suas meias. Em vez de uma joia exótica de um parente real distante, as garotas Spring tinham meias velhas de nossa avó – com quem Meredith não falava havia quase dois anos. Precisei escolher um lado, e só uma daquelas mulheres botava comida em meu estômago. Por mais que eu gostasse de minha avó, queria apoiar Meredith.

Então, nesse ano, Meredith se deu o trabalho de pendurar as meias (já no dia seguinte à Ação de Graças, pelo amor de Deus). Eu ligava menos para a falta de presentes de Natal em minha casa que minhas irmãs. Até Beth, que não ligava para roupas como Meg, nem para livros como eu, nem para si mesma como Amy, se empolgava com presentes. Se o Natal fosse uma pessoa, seria Beth. Beth eram cookies fresquinhos, riso doce e generosidade.

Eu seria o Halloween, pensei, enquanto abria a gaveta de cima de minha cômoda e reunia os livrinhos que comprara para minhas irmãs. Havia gastado metade de meu pagamento neles. Estava ganhando o suficiente como barista em uma livraria-café e adorava ter meu próprio dinheiro. Sabia que Beth provavelmente seria a única a ler o livro de poesia – e ela ficaria orgulhosa de mim por usar meu dinheiro para dar presentes a todas –, mas torci para que Amy e Meg pelo menos abrissem os delas. Se não fizessem isso, pelo menos os autores estariam ganhando alguns dólares com minha compra.

Eu sonhava com o dia em que pudesse escrever palavras que as pessoas fossem realmente ler. Ficaria bem mesmo que vendesse apenas quatro exemplares. Ficaria bem se uma única pessoa solitária comprasse qualquer coisa que eu escrevesse e sentisse algum tipo de conexão com isso – droga, ficaria emocionada se as pessoas apenas *terminassem* de ler. Beth sempre me dizia que eu era dura demais comigo mesma, ávida demais pelo futuro e me ofendia rápido demais, mas eu não concordava exatamente com ela. Se o passado e o presente meio que eram uma droga, e ninguém parecia aprender com seus erros, por que eu não deveria olhar para o futuro? O futuro era praticamente a única coisa que eu podia esperar.

Beth era a única que lia toda matéria que eu conseguia publicar no jornal da escola e ela sempre me dizia como eu era talentosa. Ela elogiava minhas reportagens bobas sobre bailes escolares e reuniões do clube de debates, mas eu mal podia esperar para escrever sobre o mundo fora das paredes da White Rock High School. Eu não queria escrever sobre Shelly Hunchberg ganhando uma coroa cintilante sem importância, feita de plástico barato e diamantes falsos, que refletiam a luz do que só podia ser descrito como sonhos prestes a fracassar.

Eu queria escrever sobre a loucura que acontecia em minha nação e pelo mundo. E queria usar minha voz para algo mais do que afagar o ego de Mateo Hender com uma página cheia de fotos dele no campo de futebol americano, em seu uniforme, com protetores grossos aumentando seu corpo já excessivamente grande. Estava cansada de publicar as estatísticas do treinamento de reservistas da escola e sobre como a White Rock High era formada 90% por filhos de militares. Aquilo não ia parar nunca. Eu podia lidar com isso – o treinamento de reservistas era muito legal de ver –, mas precisava de mais liberdade.

Queria escrever sobre as coisas que iriam importar em dois anos, quando Shelly estivesse grávida do bebê de Mateo e ele estivesse alistado ou trabalhando no *drive-thru* local. Eu deveria poder escrever sobre o número de tropas que voltaram para casa, para suas famílias, na semana passada – ou sobre aquelas que não voltaram. A fila de 20 carros pagando cafés que Megan e eu vimos na Starbucks nunca iria chegar ao jornal da escola. Poderia ter chegado com facilidade; era uma história simples e simpática. O sr. Geckle era um tolo.

– *Nossos leitores são jovens demais para ler isso* – o sr. Geckle me disse enquanto agitava seu dedo enrugado na direção de meu texto sobre os crescentes protestos pelo país.

– *Não, sr. Geckle, eles não são. Eles são adolescentes da minha idade* – acenei freneticamente para meu próprio corpo como se o sr. Geckle tivesse alguma ideia do que era ser uma adolescente nos anos 2000.

– *Muito tendencioso, muito controverso* – ele resmungou, dispensando-me com um aceno fraco de mão.

Eu não ia aceitar isso e tinha a certeza de que ele esperava que minha reação fosse menos do que descartável. Àquela altura ele me conhecia havia dois anos.

– *É verdade, é tudo verdade* – peguei a página e o segui ao redor de sua mesa.

A madeira falsa da mesa cara estava toda marcada a caneta e com iniciais de alunos. A escola desistira de substituir as mesas após a segunda vez. Era uma espécie de onda em minha escola escrever as próprias iniciais na mesa dos professores. Sempre achei isso imaturo, sem sentido mesmo. Até agora.

Só quando me vi diante dele com meu melhor texto sendo recusado porque ele não queria dar crédito à capacidade mental de seu corpo de alunos, vi os rabiscos como algo diferente. Uma rebelião. Eu adorei. Quis estender a mão sobre a mesa rabiscada, pegar a caneta com monograma no bolso de sua camisa e riscar meu nome na madeira falsa. Prometi a mim mesma que iria forçar a coragem de voltar mais tarde e riscar meu nome bem em sua mesa para que ele nunca se esquecesse de mim – nem do quanto estava errado em relação a minhas ideias.

Mas o sr. Geckle continuava a me dizer não, repetidas vezes. Ele consolidou a minha preocupação de que as histórias reais nunca chegassem aos olhos de meus colegas. Não ali naquela pequena escola perdida na Louisiana. Para a sorte deles havia a internet, por isso não ficavam completamente alheios aos acontecimentos do mundo fora da base militar. Eu não ia desistir por completo, mas tinha de aceitar que minhas matérias nunca seriam matérias de capa. Os Mateo e Shelly deste mundo é que se tornam matérias de capa.

O telefone tocou em minha calça de moletom, e enfiei os quatro livros negros no bolso da frente de meu agasalho com capuz para desligar o alarme.

Eu precisava ligar para o trabalho e dizer que poderia pegar qualquer turno vago que tivessem durante minhas férias de inverno na escola. Não queria o tempo livre como a maioria de meus colegas de trabalho. Amava os feriados no Pages. Era o lugar dos sonhos de um escritor. Um café pós-moderno com mesas de metal negro e madeira, grandes murais de arte local pendurados na parede e potes de gorjeta com referências de cultura pop. No dia em que fiz minha entrevista, as escolhas nos dois potes de gorjeta eram VOLDEMORT ou DUMBLEDORE. Joguei um dólar em VOLDEMORT só porque ele estava vazio e eu me sentia especialmente rebelde naquele dia. Sorri e agradeci à garota agitada atrás do bar. Ela devia ter tomado uma ou duas doses de expresso naquela manhã.

Entre a hiperagitada Hayton e meu chefe, que me estimulava a escrever e sempre pedia para ler meus textos, eu basicamente amava meu emprego.

Enviei uma mensagem de texto rápida a meu chefe, em seguida me lembrei de que era cedo e feriado. Bom, ele já havia feito isso comigo antes. Peguei os livros e caminhei em silêncio para a cama de Meg do outro lado do quarto. Ela estava dormindo, roncando baixo (embora ela jurasse não fazer isso) com as pernas encolhidas junto ao peito. Seus braços se moviam um pouco enquanto ela dormia, e sua blusa deslizou e expôs um de seus seios. Meg parecia ter recebido todos os melhores genes da família. Ela tinha os peitos e os quadris de Meredith e o sorriso de nosso pai. Eu me lembrei de quando estava nos últimos anos do Ensino Fundamental e olhava para mim mesma no espelho, sentindo-me pouco desenvolvida em comparação com as curvas ultrajantes do corpo de minha irmã. Agora eu já não desejava tanto ter peitos maiores, mas seios não eram tudo o que Meg tinha. Ela também tinha calcinhas de renda na gaveta de cima e havia feito sexo com River Barkley e depois com mais alguns garotos.

Além disso tudo, ela tinha um Prius vermelho. Eu mal podia esperar para dirigir. Havia acabado de tirar a carteira e sabia que Meg contava os dias para que eu dividisse com ela a tarefa de ser chofer de todo mundo. Sabia que ela odiava ter de levar a tia Hannah de volta ao Bairro Francês ou Amy para as Bandeirantes. Meg, por alguma razão, sentia que suas horas eram mais valiosas que as minhas. Talvez isso fosse verdade. Ela tinha saído havia um ano do Ensino Médio e estava mais perto de ser uma mulher completa do que eu.

Ela voltou a se mexer, e me perguntei se estaria tendo um pesadelo. Talvez a paleta de sombras da Sephora tivesse se esgotado ou Shia King a houvesse bloqueado no Twitter. Ela teve um surto quando todos os seus amigos do Texas a bloquearam, embora tenha se recusado a nos dizer exatamente o que havia acontecido com seu círculo por lá e por que todos os seus amigos ficaram ao lado de River. Ou por que ela não conseguia mais aguentar Shia King.

Meg adorava stalkear seu paradeiro na internet. Ela o seguiu do Camboja até o México, olhando (mas sem curtir) todas as suas fotos. Ela tentava me dizer como ele era horrível, mas era difícil acreditar nisso quando eu o via postar fotos em pequenas aldeias pelo mundo. Uma era dele lendo para uma garotinha em Uganda, com os braços dela ao redor de seus ombros magros. A pele deles era quase da mesma cor. A pele da garotinha era de um marrom só um pouco mais escuro. Ela era muito bonita.

Meg não suportava Shia, mas ele me fascinava. Um garoto bonito, popular e rico que largara a faculdade para viajar pelo mundo e usar o dinheiro de seu fundo de investimento para se tornar um ativista. Eu podia ver que Meg se incomodaria com essa ideia, ao menos suponho, mas achei que fosse uma boa história. Além disso, me impressionei com o fato de ele e suas duas irmãs terem se mudado dali. Eu me lembro de Meg perguntar a Meredith se alguém se importava com o fato de Shia ser negro, e Meredith passou mais de uma hora explicando que podíamos sair com qualquer um: garotos ou garotas, negros, asiáticos, inter-raciais. Meg nunca mais perguntou. Claro, Meg não parecia ter um tipo – cada garoto que ela levava em casa parecia diferente do anterior.

Meus dedos levantaram com cuidado o canto inferior do travesseiro de Meg, e enfiei o livro de poesia por baixo de sua mão adormecida. Ela não se mexeu, apenas roncou e pareceu linda fazendo isso. Sempre achei que ela tinha sorte por sua beleza. Seus quadris macios e peitos grandes costumavam me deixar com um pouco de inveja, mas, quanto mais velha eu ficava, menos me importava com peitos e coisas assim. Meg tinha orgulho de seu corpo, embora passasse tempo demais reclamando por ter de usar um sutiã reforçado e carregar um peso extra preso a seu peito.

Quando os seios de Beth se desenvolveram, Meg a alertou sobre garotos a atormentarem mais do que me atormentariam. Meredith disse que isso não era verdade, que garotos podem atormentar qualquer tipo de garota. Eu não sabia qual das duas estava certa, mas torci para que nunca tivesse de descobrir.

Meg tirava proveito de sua beleza, é claro. Ela sempre tentava dar conselhos a Beth sobre como lidar com garotos, mas Beth apenas corava e sacudia a cabeça, sem absorver nenhuma das palavras de nossa irmã.

Eu achava que Meg sabia do que estava falando. Sobretudo vivendo em uma cidade cheia de soldados. Meg adorava isso. Ela sempre disse que adorava homens de uniforme. Como seu namorado, John...

– Mas que droga... – Meg se levantou de forma brusca da cama e soltou um gritinho, assustando-me. Ela olhou ao redor, nitidamente confusa, o cabelo escuro preso na boca. – Que droga você está fazendo, Jo? Você me deu o maior susto. – Ela passou as mãos pelo rosto e enfiou o cabelo por trás das orelhas.

Eu cobri a boca com os livros e tentei conter um riso.

– Estava brincando de Papai Noel.

Meg sorriu para mim e enfiou a mão embaixo do travesseiro. Sua expressão cresceu em excitação, e me lembro de pensar como ela parecia jovem ao pegar o livro. Seus olhos examinaram o presente e, embora não fosse maquiagem, ela sorriu e deu até um gemido apertando o livro contra o peito.

– Obrigada – eu cobri a boca ao sorrir, mas Meg viu. – Não é nenhum jogo de sombras especial, mas sabia que você ia fazer uma coisa dessas, Jo.

Eu gostava dessa ideia, que esperassem que eu fizesse algo por minhas irmãs. Beth, em geral, era quem pensava em todas antes de si mesma. Não naquele ano; naquele ano fui eu.

Talvez todas pudéssemos nos dar bem naquele Natal, pensei.

– Pronto, fiz minha boa ação do ano.

De volta à boa forma, ela revirou os olhos.

– Você podia apenas ter pego sua carteira para que eu não tivesse de ser a única a levar Amy e Beth de carro por aí. Isso teria sido um presente melhor.

– Beth nunca vai a lugar nenhum.

– Você sabe o que estou querendo dizer.

– Na verdade, não.

Olhei fixamente para o cartaz de um ator de quem Meg gostava. Ele estava praticamente em todo filme naquele ano. Ela o seguia no Twitter e achou que o conheceria quando ele fosse a uma convenção em Nova Orleans no outono anterior. Quando ele ficou noivo, uma semana antes, Meg deu os ingressos comprados para conhecê-lo pessoalmente.

– Só lembre Meredith de levá-la para pegar sua carteira. Você está com a provisória há sete meses!

– Sério, Meg, são sete da manhã, relaxe. Pedi a Meredith que me levasse três vezes nesta semana. Ela está ocupada demais.

Os olhos de Margaret se estreitaram.

– Fazendo o quê?

Dei de ombros enquanto me dirigia à porta. Eu não tinha uma resposta e ainda precisava entregar três livros.

– Meredith está fazendo mais que você, princesa – lembrei a ela.

Meg me mostrou o dedo médio.

– Dessa vez, você deveria ler o livro, sério.

Quando me virei para olhar, ela estava abrindo o livro em uma página aleatória. Eu tinha a esperança de que as palavras se ligassem a ela como se ligavam a mim. Ultimamente comecei a me sentir como se quisesse me aproximar de Meg; eu queria crescer. Queria que todas as minhas três irmãs se encontrassem nas palavras do artista. Em especial Meg. Ela podia se identificar com os poemas mais que o resto de nós, eu tinha certeza disso. Alguns poemas me deixavam ávida por me apaixonar por alguém; eu estava ávida até pelo coração partido de depois.

Em seguida, fui ao quarto de Beth e Amy do outro lado do corredor. Estava escuro ali dentro, e a porta rangeu quando a empurrei e abri. Na porta, Amy prendera com fita adesiva um aviso de SÓ GAROTAS SPRING na noite anterior, quando ela brigou com a amiga Tory. Amy nunca mantinha amigas por muito tempo, mas quando você tem três irmãs que a amam incondicionalmente, isso não importa muito. Nós tínhamos de aturar seu jeito mandão; Tory, não. Nem Sarah, nem Penelope, nem Yulia...

A metade do quarto que pertencia a Amy estava uma desordem só. Era pior que meu lado e o de Meg juntos. Beth mantinha seu lado imaculado. O desleixo de Amy deixava Beth quase louca, e ela o limpava uma vez por semana. Amy sempre esperava por isso.

A cama de Amy estava vazia. Olhei para a de Beth, esperava vê-la aninhando nossa irmãzinha em sua cama um pouco maior, mas não. Amy não estava em lugar nenhum do quarto.

Passei os dedos pela capa preta e macia do livro, parando na ilustração de uma abelha na frente. Até a capa do livro era perfeita. Eu amava todos os poemas em seu interior.

Quando levantei o travesseiro de Beth, ela acordou.

– Qual o problema?

Sacudi a cabeça e apertei o dedo sobre a boca para silenciá-la.

– Nada, volte a dormir, desculpe.

Quando terminei de brincar de Papai Noel, desci a escada até a cozinha. Fiquei feliz ao ver que nossas quatro meias estavam cheias de doces e me surpreendi ao ver três presentes na bancada. Eles tinham sido dispostos em uma linha reta ao lado da fruteira vazia que minha mãe comprara para decoração, mas se recusava a botar frutas falsas nela porque, de algum modo, isso seria ridículo.

Os três presentes haviam sido deixados sem embrulho, então deviam ser do Papai Noel. Nenhuma de nós acreditava mais em Papai Noel, embora Meredith se recusasse a admitir isso. Ela queria que suas meninas permanecessem tão novas quanto possível pelo maior tempo que desse, o que era difícil quando nosso mundo era tão cheio de ódio, guerras e injustiça. Mas tive de admitir que, ao olhar para a fila de presentes não abertos, meu coração deu um salto quando meus olhos pousaram sobre o último, um livro.

O título *A redoma de vidro* estava nítido, em roxo, na capa. Eu mencionara querer essa semibiografia escrita por uma de minhas escritoras favoritas, Sylvia Plath, uma das únicas coisas que eu não havia lido dela. Meredith não ligava para a minha obsessão sombria com a mulher cujo nome leva consigo tamanha carga negativa, mas eu era completamente fascinada por essa autora desde que esbarrei em um post sobre ela no Tumblr, antes de meu pai me fazer apagar minha conta. Agarrei o presente junto ao peito. Nesse ano, Meredith acertou.

Ela estava fazendo o melhor possível com meu pai no Oriente Médio pela quarta vez em oito anos. Ela tinha muita coisa sobre os ombros tendo de ser dois pais em vez de um. Era difícil o bastante para ela ser uma, considerando que tinha quatro filhas adolescentes. Agarrei o livro e toquei delicadamente a silhueta da mulher na capa. Era lindo; meu peito palpitou. Só livros podiam fazer com que eu me sentisse desse jeito. Desejei poder escrever um grande romance, mesmo que eu fosse mais uma colunista. Queria trabalhar para a *Vice* ou até mesmo para o *New York Times*.

Quem sabe? Se eu conseguisse sair dessa cidade militar, poderia fazer qualquer coisa.

O presente de Meg era uma bolsa para guardar mais maquiagem, e o de Beth, um livro de culinária, que na verdade era também um presente para nossa mãe, porque isso significava que Beth estava mais perto de ser a criada de todo mundo. Beth fazia literalmente tudo em nossa casa, e em geral não agradeciam a ela por seu trabalho. Sua organização tranquila era algo muito natural à nossa volta – pegar a maquiagem de Meg, jogar minhas meias no cesto, lavar todas as nossas roupas. O lado bom era que o livro prometia refeições de 30 minutos, então Beth teria mais tempo para lavar a roupa de todo mundo.

O som da geladeira se abrindo me assustou, e deixei cair o livro de Beth sobre a bancada. Amy estava ali, parada, procurando algo para o café da manhã. Um pote de vidro de geleia caiu no chão e atingiu meu pé descalço. Ele passou rolando por mim e foi para baixo da bancada central da cozinha.

– Psiu, você vai acordar todo mundo! – bronqueei.

O pijama com tema natalino caía solto sobre sua estrutura pequena. Ele estava coberto de bonecos de neve e *pretzels*. Os *pretzels* não faziam muito sentido, mas eu me lembro de amar esse pijama cinco anos atrás, quando meus pais o compraram para mim de Natal. Às vezes eu me sentia mal por Amy, a mais nova de todas nós, porque ela sempre tinha de vestir nossas roupas velhas. A cada filha nascida, meus pais precisavam esticar mais ainda o orçamento. Quando éramos mais novas, essa era a razão por que Meredith nunca podia trabalhar; um sargento do exército não ganhava o suficiente para alimentar quatro bocas, a menos que estivesse em missão de combate, por isso não havia como eles pagarem por cuidado infantil para quatro crianças. De qualquer modo, agora que estávamos mais velhas, a falta de diploma de Meredith significava que ela conseguiria poucos empregos perto de Fort Cyprus. Só algumas mães de meus amigos trabalhavam, por isso não era nada fora da norma. Algumas mães que eu conhecia vendiam cubos de cera perfumada ou *leggings* para ganhar um dinheiro extra para a casa, mas ainda assim não era muito.

Na verdade, a maioria das famílias que eu conhecia em nossa vizinhança só tinha dinheiro de sobra no dia do pagamento, com alguém em missão ou na temporada do imposto. Essa ideia me deixava louca; esse era o tipo de história que eu queria escrever. Agora que meu pai era oficial, devíamos ter mais dinheiro e estar em melhor situação, mas de algum modo nós parecíamos ter menos.

– Por que você está acordada? – perguntei a Amy.

Ela fechou a porta da geladeira e pôs pão, um pote de iogurte e uma caixa de suco de laranja na bancada. Ela parecia estar acordada havia algum tempo; seu cabelo estava até escovado, e isso não era uma coisa normal àquela hora da manhã. Eu sempre acordava antes de minhas irmãs. Era o tempo que eu tinha com Meredith, sem ser interrompida por vozes discutindo sobre a que assistir antes da escola.

– Porque é Natal. – Ela deu de ombros, e a gola do pijama deslizou por seu ombro.

Ela parecia bem pequena naquela roupa muito grande. Era como se eu a estivesse olhando pela primeira vez em muito tempo. Eu tinha certeza de que havia alguma espécie de metáfora para minhas roupas estarem tão grandes em seu corpo pequeno, mas ainda não tinha tomado café, e meu cérebro não estava pronto para ser metafórico.

Amy abriu a gaveta à sua frente e pegou uma faca de manteiga.

– Quer um pouco?

Olhei para a bancada. Torrada coberta com iogurte?

– É bom. Confie em mim – ela falou como se tivesse bem mais que 12 anos.

Decidi ir contra meus instintos habituais e confiar nela. Era apenas torrada.

Ela fez a comida, e eu fiz café. Depois de comermos a torrada, que surpreendentemente não estava horrível, Amy pegou o livro de culinária de Beth.

– O que você ganhou? – perguntei.

Ela pegou seu telefone do bolso da frente de meu pijama velho. Ele agora tinha uma capa dourada cintilante. Não era meu estilo, mas era fofo. Amy adorava brilhos, mas eu era mais um tipo de garota de algodão e jeans.

– Isso é uma graça – disse para ela, tocando o glitter dourado. Era áspero ao toque e esfarelou sob meu polegar.

– É mesmo, não é? – ela sorriu. Eu estava feliz que ela estivesse feliz com o presente. – Você acha que esse vai ser o único presente que vamos ganhar?

O cabelo de Amy estava muito louro em nossa cozinha escura. Eu me lembrei de quando ela nasceu, de como sua pele e seu cabelo eram brancos. Eu e as outras meninas éramos morenas como nosso pai. Todas tínhamos cabelo escuro, olhos escuros, exceto Meredith e Amy.

Amy e Meredith pareciam algo saído de um filme da Disney. Amy era a mais clara, mas a ironia decidiu torná-la por dentro mais sombria que todas nós. Eu me lembro da inveja de Meg pelo cabelo louro de Amy quando éramos mais novas, mas pessoalmente eu gostava de meu cabelo escuro. Meg queria ser Cinderela, mas eu estava muito bem como a Bela. A Bela tinha uma biblioteca e conversava com candelabros e relógios. Com ou sem príncipe, eu ficaria bem.

– Talvez seja, mas tudo bem. O Natal não deveria ser apenas sobre presentes, lembra-se? – Tentei olhar para a sala, mas não conseguia ver a árvore.

Amy suspirou, tomou um gole de seu suco de laranja, pegou o telefone e não falou até que Meredith gritasse nossos nomes da sala.

3

— Garotas!

– Mamãe acordou! – Amy exclamou, como se eu não a tivesse ouvido. Amy enfiou seu iPhone dourado e brilhante no bolso e correu para a sala.

Peguei minha caneca de café na bancada e voltei a enchê-la. Comecei a fazer um novo bule para Meredith e fui até a sala. Quando entrei, todo mundo estava no sofá, menos Amy, que estava sentada no chão aos pés de Meg. A voz delicada de Beth lia a senha do *laptop* de Meredith pela décima vez na semana.

– Nós recebemos uma carta – Meredith começou a nos contar. Suas mãos envolviam uma caneca de café, e seu rosto se virou na direção do meu. Seus olhos claros estavam inchados e cansados. Outro Natal sem meu pai. Pensei que ficaria mais fácil com o passar dos anos, mas Meredith parecia estar encarando aquele com mais dificuldade do que os três anteriores.

– Um e-mail? Do papai? – Amy quicou pela sala antes de aterrissar no colo de Beth.

– Sim. De seu pai. De quem mais? – Meredith respondeu. Ela pôs a caneca na mesinha lateral. Olhei em seu interior, mas ela estava vazia. Ela não estava suja de café e tinha um cheiro um pouco azedo. Estranho.

Eu me senti mal por não ficar surpresa nem excitada com as notícias de meu pai. Sempre parecia que, quanto mais tempo ele ficava longe, mais eu tinha de me aferrar às memórias que tinha dele e, se eu lesse demasiados e-mails impessoais de sua versão *on-line*, eu iria me esquecer de sua vivacidade.

Meu pai era sempre brilhante; sua energia, extremamente intensa. Ele iluminava e assumia o comando de uma sala com seu riso e seus comentários espirituosos sobre todas as coisas. Eu amava apenas escutá-lo falar; suas visões sobre o mundo eram muito passionais e fascinantes, e eu as amava. Meredith disse que eu consegui meu coração emotivo dele. E eu gostava disso.

Mas um coração emotivo não podia ser sentido por meio da frieza da tela.

Tentei sorrir para o bem de minha família.

– Vamos ler! Onde está? – Amy puxava a manga da camisa de Meredith com impaciência.

– É um e-mail. Ela precisa abri-lo. Seja paciente, Amy – Beth acariciou o cabelo da caçula, e a pequena se acalmou instantaneamente.

Tentei esconder a expressão vazia que cobria meu rosto, mas nunca fui boa em esconder nada, sobretudo de minha família. Todo mundo a meu redor sempre sabia o que eu estava pensando antes que eu tivesse a chance de dizer uma palavra. Isso me deixava louca. Eu não podia mentir; não podia esconder minhas frustrações das minhas irmãs ou de meus pais, por mais que me esforçasse. Meu pai sempre dizia que eu era tão aberta quanto meu livro favorito. Quando me tiraram do programa de jornalismo em minha escola e me rebaixaram a gerente comercial do livro do ano, entrei correndo pela porta. Tentei manter a expressão imutável, para não atrair atenção para meu fracasso. Mas, no momento em que a porta se abriu, todos os rostos em minha casa se voltaram para mim, e minha família começou a tagarelar à minha volta como frangos enlouquecidos. Tudo que eu disse para minha mãe foi "Estou bem", mas nesse momento senti como se toda a minha carreira tivesse terminado antes mesmo de começar. Eu odiava ser uma jovem aluna do último ano. Eu não tinha nem 17.

Para piorar as coisas, meu último ano seria passado sob o sol grudento e adocicado da Louisiana, onde minha pele queimava enquanto a de Meg se bronzeava, e meu cabelo se transformava em cinza enquanto o louro--claro de Amy era beijado pelo sol. Sempre odiei o sol. Sério. Eu sabia se tratar de uma coisa estereotipada que uma adolescente ambiciosa e ansiosa diria, mas eu não queria ser descolada e bronzeada. Eu simplesmente detestava minha aparência de olhos apertados e expressão fechada constantemente e não gostava de minhas pernas permanecerem pálidas o ano inteiro, independentemente de quantos raios de verão se projetassem sobre elas. Eu odiava o modo como o sol constante fazia com que todo mundo saísse por aí com desculpa para usar loção bronzeadora e sorrisos alegres demais. Era estranho, como caminhar por uma terra de zumbis. Claro, não o tipo de devoradores de carne de *Walking Dead*. Eram menos brutais, apenas mulheres e filhos de militares com grandes sorrisos, muitas pulseiras penduradas e tristeza por trás dos olhos. De nossa base saíam mais soldados que do resto do país, e uma parte importante das famílias estava fora, um pai, uma mãe, um marido ou uma mulher.

O Natal pareceu especialmente brutal nesse ano sem papai. Além de a nossa família estar sentada em uma barraca do outro lado do globo, nós, de algum modo, não tínhamos dinheiro. Eu não entendia. Pensei em quantas vezes tinha ouvido a voz baixa e raivosa de meus pais falarem sobre dinheiro. Todo mundo dizia que o dinheiro era a raiz de todos os males, mas Meg me falou:

– É com certeza mais fácil ser feliz quando você é rico. – E isso fez mais sentido para mim. Eu achava que o dinheiro só podia ser mau quando você não tinha nenhum.

Sentia falta de meus amigos no Texas quase tanto quanto sentia falta de meu pai. Bem, de uma de minhas amigas. Eu havia finalmente feito uma melhor amiga pouco antes de recebermos ordens de nos mudarmos para a Louisiana. Nós estávamos em Nova Orleans havia um ano, e eu ainda não tentara fazer nenhum amigo.

Isso não era verdade; eu tinha feito contato visual com o senhor da casa ao lado. Duas vezes. Uma semana depois, eu acenei.

Permaneci perdida em minha própria trilha irregular de pensamentos durante todo o tempo em que Beth leu o e-mail de nosso pai. Sorri uma vez, quando ela leu meu nome. Ele sentia minha falta, dizia. Eu também sentia falta dele. Achei que nunca mais iria sentir tanta falta dele, mas não tinha ideia do que entraria em minha vida ou sairia dela.

Minha mãe e minhas irmãs suspiravam e choravam em cima do *laptop*, e Meredith disse que ia tentar marcar uma conversa por Skype com nosso pai nessa semana. Pensei em como seu acampamento em Mosul estaria provavelmente um pouco decorado, e isso fez com que eu me sentisse um tanto melhor. Quando ele estava em Bagram ou Kandahar, eles faziam decorações para quase todo feriado. No Natal que ele passou no Afeganistão, ele teve lagosta e bife no jantar. Era o mínimo que eles podiam fazer por essas tropas que estavam longe de suas famílias nas festas de fim de ano. Dessa vez ele estava em uma das bases mais perigosas do Iraque, por isso torci para que eles tivessem pelo menos uma árvore. Nós havíamos mandado uma encomenda para ele cheia de doces e *cookies* de Beth, petiscos Bugles de mim, artigos de higiene pessoal de Meg e uma pintura de Amy.

– Não se esqueçam de que hoje temos a festa de Natal do batalhão. É melhor uma de vocês ir para o chuveiro – Meredith sugeriu e se encostou, enquanto Amy e Meg discutiam para ver quem tomava banho primeiro.

Enquanto minhas irmãs tomavam banho e cuidavam da aparência, eu me deitei na cama e digitei algumas frases em minhas anotações.

Eu trabalhava no mesmo ensaio havia mais de um mês, o que era muito para mim. Olhei para meu livro novo, *A redoma de vidro*, e o abri na primeira página.

4

Quando Meg empurrou e abriu a porta da frente, todas nós a seguimos. Meg tinha alguma coisa que fazia com que todos quisessem segui-la. Ela teria dado uma boa política ou atriz. Era algo em seus olhos castanhos ou a certeza evidente na disposição de seus ombros femininos.

Eu não sabia ao certo o quê, mas as pessoas eram atraídas por ela como abelhas por mel. Meg fazia amizade com garotos com mais facilidade que com garotas, pois, segundo ela, as garotas se sentiam ameaçadas em sua presença. Eu não entendia isso; pessoalmente, eu era intrigada por sua sexualidade e fascinada pelo modo como a experiência bailava ao seu redor e brilhava sobre ela como um holofote. Ela amava ser o centro das atenções. Eu era o contrário, mas ainda conseguia apreciar seu jeito.

– Vamos andando, garotas! – Meg nos chamou quando acelerou o passo.

O bico de minha bota pegou no batente da porta, e eu tropecei para a frente. Eu teria caído de quatro se não fosse a pegada firme de Beth em meu cotovelo, firmando-me até que eu recuperasse o equilíbrio. Segurei a bolsa no ombro antes que ela caísse, mas não tive a mesma sorte com meu exemplar novo de *A redoma de vidro* e meu celular. O telefone deslizou pela pequena colina que era nossa entrada de carros, e fui xingando atrás dele.

– Cuidado onde pisa – Amy falou com uma espécie de sorriso convencido no rosto e um riso na voz. Às vezes ela me deixava louca.

Estendi a mão para dar um tapa em seu braço, mas ela se esquivou do caminho e saiu correndo pela entrada de carros. Corri atrás dela, agarrei a manga comprida de seu agasalho de moletom e a puxei para mim. Quando ela soltou um gritinho, ergui os olhos e vi um garoto parado na entrada de carros da casa ao lado. Ele parecia da minha idade, talvez da de Meg. Seu cabelo louro estava abaixo das orelhas, e ele usava um moletom castanho. Da mesma cor do de Meg. Eles estariam combinando se ele não estivesse com um jeans preto, em vez de um jeans claro. Seu acessório mais perceptível era o sorriso malicioso. Ele estava tentando não rir de mim, e isso teria me enraivecido se eu tivesse tempo para processar.

– Jo! – Amy gritou ao puxar minha mão e me arrastar para o chão.

Meu joelho bateu com força no cimento, e ouvi Meg chamar meu nome. Eu não havia percebido que Amy já tinha atingido o chão. Mas ali estava eu, deitada ao lado dela com o braço sobre seu peito. Meu joelho latejava por baixo do jeans rasgado, e eu podia ver um vermelho emanar pelo rasgo no tecido negro.

Amy ria. Meg parou sobre mim e estendeu o braço para pegar minha mão. Beth já estava ajudando Amy a ficar de pé. Quando olhei para o outro lado do jardim, o garoto ainda olhava fixamente para nós. Ele estava cobrindo a boca, tentando esconder o riso.

Desejei mostrar o dedo para ele. E fiz isso.

Ele riu ainda mais e não desviou o olhar; apenas acenou para mim. Ele acenou com um grande sorriso no rosto, enquanto eu ficava de pé e limpava meu jeans. Ele manteve aquela mão estranha e trêmula no ar até que retribuí o aceno, com o dedo ainda erguido. A palma de minha mão também ardia na parte em que o cimento havia rompido a pele.

– Quem é esse? – Meg sussurrou e puxou meu casaco para baixo a fim de esconder minhas costas.

Olhei para minha irmã. Ela estava com um batom vermelho e parecia muito arrumada. O exato oposto de mim com minha pele ralada e o jeans rasgado.

– Não sei.

– Pergunte a ele – Amy sugeriu.

Ele estava descendo a entrada de carros da casa do velho sr. Laurence.

– Não – Meg e eu respondemos rapidamente.

– Ei! – Amy gritou para o garoto. Ela era desse jeito.

Comecei a mover os pés, ignorando a dor no joelho. Minhas irmãs me seguiram pela entrada de carros até a calçada.

– Qual o seu nome? – Amy berrou para o estranho.

Estávamos passando por ele, e não consegui fazer com que meus pés se movessem rápido o bastante.

– Qual o seu? – ele moveu o queixo como se estivesse dizendo "Ei!" ou "Legal!".

– Ele acabou de dar uma mexida de queixo para vocês – falei para minhas irmãs. Eu estava certa de que ele tinha me ouvido, mas não me importei.

– Ele é... – Meg disse, provavelmente verificando seus dedos à procura de uma aliança.

Para mim, ele parecia muito jovem para ser casado. Mais velho que eu, com certeza, mas jovem demais para ser o marido de alguém.

Como ele era diferente de todos com quem Meg já havia saído. Seu cabelo era comprido, então ele não era um soldado, e Meg não saía com ninguém que não fosse um soldado. Ela era assim.

O garoto andava depressa, seguindo-nos. Eu queria acelerar e botar alguma distância entre nós, mas também não queria me arrebentar de novo.

– Aposto que ele é o neto sobre quem Denise falava à mamãe – Beth nos disse. Ela sempre sabia tudo o que estava acontecendo no mundo adulto à nossa volta.

– Provavelmente – Amy concordou.

– Ele parece o tipo de sujeito que agarra a namorada de muito tempo em cima de folhas rasgadas de poesia que escreveu para ela – Meg sugeriu, ainda observando estupidamente.

Eu sabia que ela só tinha dito "agarra" por causa de nossa irmã de 12 anos balançando ao seu lado. Eu sabia o que ela queria dizer e soube o que garotos que se pareciam com ele faziam com suas namoradas.

– Ele faz isso, não faz? – Meg tornou a nos perguntar. Beth e Amy assentiram.

Minhas irmãs caíram na gargalhada, e Amy pulou à minha frente e girou sobre o salto de suas botas.

O garoto estava a pouco mais de um metro de nós. Quando nos alcançou, caminhou ao lado de Amy como se a conhecesse. Ele acompanhou nosso passo.

– Agora moro na casa ao lado.

– Bom para você – eu disse para ele.

Ele se virou para mim e sorriu com dentes brancos e retos. Um garoto rico, sem dúvida.

– Oh... – Ele inclinou a cabeça para o lado, e seu cabelo leve tocou o topo de seu ombro.

– Vai ser bom para *você* também. Tenho certeza de que vamos ser amigos.

Sua voz tinha um pouco de sotaque, mas eu não saberia dizer de que tipo.

Seu sorriso atrevido misturado com seus olhos negros me lembrou um vilão de desenho animado.

– Duvido – Amy falou. – Jo não tem nenhum amigo.

Ele riu outra vez. Amy se virou e caminhou de lado, olhando direto para o rosto dele. Belisquei o braço dela, que se livrou com um tapa. Tive vontade de bater em minha irmã caçula.

– Vamos ver – ele respondeu e se separou de nós.

Nós quatro nos viramos em sua direção, caminhando de costas. Nossas botas negras eram uma linha na areia, um presságio para esse novo garoto vizinho.

– Nem adianta esperar! – Amy gritou, e Meg mandou que ela se calasse.

Ele estava de volta à entrada dos carros de onde viera quando um carro com chofer parou diante da casa do velho sr. Laurence. O garoto não disse nenhuma palavra ao embarcar no carro reluzente. Ele sorriu em nossa direção, mas algo no modo como seus olhos se turvaram fez com que eu achasse que ele estava com um pouco de medo de nós.

Bom.

Às vezes eu achava que éramos uma força da natureza. Nesse momento, éramos um vento poderoso que soprava, nos reunindo para destruir uma cidade.

Está bem, talvez seja um pouco dramático. Mas nós *éramos* uma força da natureza, nós quatro, as garotas Spring.

5

O centro comunitário estava repleto de voluntários e crianças correndo de um lado para o outro como galinhas. Meg tirou o casaco assim que passamos pela porta e o pendurou em um dos ganchos na parede. As paredes estavam cobertas de trabalhos coloridos em papel. Havia mesas compridas em estilo banquete enfileiradas por toda a extensão do salão. Cada mesa tinha algo diferente – artesanato à venda em uma, artesanato para fazer em outra. Havia um senhor com roupa de Papai Noel no canto, e a voz rouca e familiar de Denise Hunchberg soou pelo alto-falante, chamando o nome dos vencedores do sorteio.

– Leslie Martin, Jennifer Beats, Shia King – disse sua voz rouca de fumante. Andei com minhas irmãs e procurei a comida. Se eu ia estar ali e esperavam que sorrisse, precisava de comida.

Andei atrás de Meg, mas à frente das outras, enquanto dávamos uma volta no salão. Encontrei meu lugar: havia duas mesas compridas cobertas de comida, junto a outra com uma barraca de pintura facial. Ao lado dessa barraca havia um homem sentado desenhando caricaturas. A festa de Natal parecia um parque de diversões, e eu adorava parques de diversões. Por alguns segundos observei o artista desenhar o retrato da família Sully. Diante dele havia apenas dois garotos e uma mãe, mas, usando um pequeno retrato, o artista acrescentou ao desenho o sr. Sully, que estava no Iraque com meu pai.

A festa de fim de ano do batalhão sempre trazia muitas famílias. Ano passado, embora papai estivesse em casa, nós fomos e passamos o dia com as outras famílias que tinham uma mãe ou um pai em missão no exterior. Havíamos acabado de nos mudar para Fort Cyprus, e meus pais queriam que fizéssemos amizade com a vizinhança. Para começar de novo. Papai conduziu a roda de dança, e eu passei a tarde inteira observando-o ensinar crianças pequenas a fazer o passinho e a dançar a Macarena.

– Ei, meninas, onde está a mãe de vocês? – Denise Hunchberg perguntou no momento em que nos viu circulando ao redor das mesas de comida.

– Ela já vai chegar – assegurei à enxerida líder do Grupo de Prontidão Familiar. Seu marido e seu filho mais novo eram muito simpáticos, mas ela e a filha mais velha, Shelly, lembravam-me fuinhas. Shelly era horrível. Ela parecia simpática e inocente, mas eu testemunhara muitos ataques de garota popular arrogante para acreditar que ela fosse outra coisa que não um lobo em pele de cordeiro. Eu fazia o possível para me manter longe dela.

Denise assentiu e nos disse que mal podia esperar para ver minha mãe. Ela não era uma boa mentirosa.

Meg me disse que ia até a barraca de pintura facial para ajudar, e Amy foi correndo atrás dela. Beth ficou comigo, e nós estudamos a mesa cheia de coisas assadas, também conhecida como meu lugar favorito. Em seguida começamos a entregar torrões de açúcar e xarope de milho para crianças já hiperativas.

Meredith apareceu uma hora mais tarde com duas panelas de doces. Seus famosos chocolates *barks* com menta e seus *brownies* grudentos foram retirados de seus braços no momento em que ela passou pela porta. Denise lhe deu um rápido olá e um longo lembrete de seu atraso antes de enfiar um *brownie* pela goela.

– Jo Spring? É você? – reconheci a voz, mas não consegui identificar quem era até me virar.

Shia King. Ali, à minha frente. Ele, de algum modo, parecia mais velho, muito mais do que apenas quatro meses antes, quando eu o havia visto pela última vez.

O alto de seu cabelo estava mais crescido do que jamais fora, e as laterais estavam raspadas rente à cabeça. Ele estava mais alto, também, e parecia um homem.

Esse novo Shia parecia distante do adolescente falador que eu flagrara Meg beijando na sala no dia da festa de formatura dela. Havia balões por toda parte e confete em meu cabelo. O vestido de Meg era muito justo, e o meu, muito comprido. Eu roía um pedaço de *pretzel* mergulhado em cobertura de chocolate, correndo pela casa, ligada pelo açúcar e pela cafeína. Usava uma tiara na cabeça e tentava encontrar minha irmã mais velha. Quando a encontrei, ela estava deitada sobre o colo de Shia, com as pernas brancas abertas, cobrindo a pele escura dele, e seu vestido florido estava enrolado na cintura. As mãos dele estavam em seu cabelo castanho farto, e eu cobri a boca e os observei. Eu não consegui entender o que ele disse quando parou de beijar Meg, mas o que quer que tenha sido, a fez pular de seu colo e empurrar seu peito. Quando ele a agarrou pela cintura e sussurrou outra coisa, ela o beijou novamente. Segundos depois, ele disse algo mais, e ela voltou a empurrá-lo. Dessa vez, ela saiu de cima dele e veio na minha direção no corredor. Saí correndo antes que ela pudesse me ver e, pelo que eu sabia, Meg não falava com ele desde esse dia. Ela ainda o vigiava pelas mídias sociais, mas eles não estavam mais se falando, ela jurava.

– Sou eu – balbuciei, lutando para apagar de minha mente a imagem da boca de Meg tocando a dele.

Shia King sorriu, e seus braços voaram para me abraçar.

– Como você está? – ele perguntou, esmagando minha caixa torácica. Ele me ergueu e tirou meus pés do chão.

Ninguém exceto meu pai já havia me abraçado desse jeito antes.

Eu meio que gostei, embora tivesse sido apanhada de surpresa. Ele era quente, e eu me perguntei se ele achava que eu fosse Meg. Nós não nos parecíamos muito, embora algumas pessoas dissessem que sim. Meu cabelo era todo de uma cor e comprido, e meus olhos eram mais claros que os dela. Ela tinha mais estofamento e mais confiança.

– Bem – exalei. Minha caixa torácica estava queimando devido à sua força. Mais dez segundos e ela iria se desfazer. Eu tinha certeza disso. – Você está de volta à cidade?

Eu não lembrava de ele me conhecer o suficiente para me dar um abraço tão generoso, mas eu também não conseguia me lembrar da última vez em que alguém havia me abraçado metade daquilo.

– Sim, voltei por uma semana – ele me colocou de pé no chão. – Para as festas. Só tempo suficiente para molhar meus pés no pântano e pular para fora outra vez – brincou.

Seus olhos brilhavam sob a horrível luz amarela do salão de bailes.

Estudei seu rosto e percebi as mudanças. Ele usava uma camiseta surrada que tinha a forma da Terra impressa em tinta colorida. A Terra estava coberta com pilhas e pilhas de prédios, e havia uma árvore solitária no centro, em algum lugar perto do Colorado. Ele vestia calça de moletom solta e tênis sujos sem cadarços. Aposto que isso deixava sua mãe louca, ele sair de casa parecendo o resto de nós. A sra. King com certeza queria que sua prole se vestisse o melhor possível.

Enquanto Shia perguntava por Meredith e pela arte de Amy, olhei ao redor, para a festa caótica, e procurei pela blusa vermelha de Meg.

Ela parecia uma antiga aspirante a estrela de Hollywood naquele dia, com o cabelo preso para trás, com mexas densas escuras e claras, e os cílios compridos e agitados, como as asas de uma borboleta. O blush e o iluminador em suas bochechas estavam incríveis, uma das vantagens de se trabalhar em uma loja de maquiagem. Sua maquiagem era sempre impecável e, ainda que ela sempre se equilibrase entre o demais e o de menos, ela conseguia bons resultados. Eu era decente com maquiagem, mas nada perto de Meg.

– Como está sua família? Como está você? Nossa, você está diferente – Shia falou. Seus olhos claros não paravam de se mover entre meus olhos, minha boca e minha testa.

Quando o vi pela primeira vez, ele era magro com olhos grandes demais para a cabeça. Ele sempre fora bonito, mas velho demais para que eu realmente prestasse atenção.

– Obrigada? – murmurei, sem saber ao certo se ele estava sendo simpático ou não.

Seus olhos me diziam que sim, mas as reclamações constantes de Meg sobre ele me diziam o contrário. Eu não estava pronta para confiar nele. Meg era minha irmã. Ele era um estranho de quem a maioria tinha algo ruim a dizer. Isso devia dizer alguma coisa sobre sua personalidade.

Ou será que não? Eu começava a achar que era tudo uma grande teoria da conspiração. Como quando Shelly e Mateo romperam pela terceira vez no verão passado por causa de uma garota nova chamada Jessica. Ela tinha seios maiores e uma saia menor que Shelly, por isso, quando Mateo largou Shelly em busca da nova garota, ela contou a todo mundo como Jessica era horrível. Na verdade, descobri que Jessica era ótima, a ponto de ter sido difícil encará-la quando ela rejeitou Mateo.

O sorriso de Shia, porém, dizia que ele era mais uma Jessica que uma Shelly.

– Como está sua família? – ele perguntou outra vez.

Eu não sabia o que lhe contar. Na verdade não o conhecia, apesar do modo como ele estava agindo. Eu não sabia ao certo se devia contar a ele apenas a versão rasa, a típica: "Ah, todo mundo está ótimo! Todos estão alegres e felizes!".

Estudei seu rosto e suas mãos e a maneira como ele ficava parado com as costas retas, mas os ombros levemente curvados.

Quando demorei demais para responder, ele foi mais específico. Apertando a mão sobre a nuca, perguntou:

– Como está Amy? Ela deve estar muito crescida, agora.

– Ela está no sétimo ano.

– Então basicamente crescida – ele sorriu; seus olhos eram vivos.

– E Beth? Ela ainda toca piano?

Como ele sabia que Beth tocava alguma música? Tentei pensar nele e no quanto eu o conhecia, mas só conseguia me lembrar de algumas interações breves.

– É, ela ainda toca um pouco – senti a pulsação se acelerar sob meu peito e engoli em seco olhando-o direto nos olhos. Eu não sabia se devia lhe dizer algo, mas, quanto mais tempo eu ficava com ele, mais achava que Meg devia estar escondendo alguma coisa. Eu não conseguia encontrar nenhuma única razão para odiá-lo, da declaração que fazia sua camiseta ao modo como suas mãos se moviam quando ele falava. Eu não sabia exatamente por que Meg não gostava muito dele, mas sabia que tinha alguma coisa a ver com amor, ou falta de. Problema-padrão de adultos.

Eu me vi com vontade de perguntar-lhe sobre suas viagens, em vez de contar sobre o resto de minha família. Voltei a olhar para a árvore em sua camiseta e, quando meus olhos se voltaram para seu rosto, captaram os dele. Então eu apenas lhe contei sobre Beth. Contei como ela passava os dias e as noites desejando conseguir vencer na música. Contei como ela vinha compondo a própria música ultimamente, em vez de apenas tocar as canções pop do rádio.

– Ela sempre foi muito talentosa – ele falou, como se lembrasse algo sobre Beth que eu não soubesse. – Quando eu estava no Peru, conheci aquela mulher que ensina música a crianças surdas... É fascinante.

Tive de pensar onde isso ficava no mapa por mais tempo do que gostaria de admitir.

Pensei sobre Shia no Peru e me senti muito jovem. Percebi que era inadequada para estar pelo mundo como eu planejara estar aos 17 anos. Eu queria fazer coisas pelas pessoas como tinha ouvido dizer que ele fazia. Queria ajudar de um jeito maior do que apenas lutar contra *trolls* da internet nos comentários do Facebook.

– Como foi no Peru? Parecia bonito – falei, lembrando-me das fotos de sua viagem que vi no Facebook. Meg me fizera ficar sentada por duas horas clicando em fotos de sua nova vida no exterior. Nós o seguimos da Califórnia ao Brasil e ao Peru. Pensei em como seu passaporte devia ser cheio e então me lembrei de que eu nem tinha um.

Os olhos de Shia se fecharam um pouco, e sua cabeça se inclinou com ar confuso.

– É mesmo?

Achei que teria de explicar por que eu tinha visto suas fotos do Peru, do México e das Filipinas. Eu não podia simplesmente dizer: "Ops, minha irmã e eu estávamos stalkeando você e sabemos de toda a sua vida".

Pelo menos a que ele retratava na internet.

Nesse momento, Meg caminhava até nós com o rosto brilhante e reluzente. Shia estava de costas para ela e, quando ela se aproximou, observei seu rosto se contorcer em uma expressão que me disse imediatamente que ela não esperava ver Shia King ali na festa. Embora eu soubesse que isso seria um problema, eu ainda estava feliz por ela ter me poupado da estranheza de ter de inventar algum tipo de justificativa para saber o que estava acontecendo na vida do rapaz quando eu mal o conhecia.

Meg se aproximou de nós e parou a meu lado. Ela tinha uma expressão confiante em sua plenitude. Adultos eram bons com essas expressões confiantes. Quando Shia a viu, a expressão de minha irmã disse que ela não podia estar mais feliz em vê-lo.

– Meg! – ele sorriu para ela, um sorriso mais falso que os cílios postiços colados de Meg, que se agitavam e tocavam suas bochechas quando ela fechava os olhos. Uma garota em seu trabalho os fazia para ela toda semana, e ela os amava. Quando todo mundo à minha volta começou a botá-los, pensei em deixar a velha chefe de Meg na loja de maquiagem fazê-los para mim, mas aí vi um vídeo no YouTube e decidi que minha visão era mais importante. Não estou disposta a sacrificar tanto pela beleza...

Pelo menos não ainda. Eu estava no Ensino Médio. Não havia nem mesmo terminado de crescer. Bem, era isso o que dizia a internet, e achei melhor que fosse verdade. Eu ainda estava olhando fixamente para os cílios de Meg quando ela finalmente respondeu.

– Shia – ela fez uma pausa, então aumentou a voltagem de seu sorriso. – Oi – Meg igualou o sorriso falso de Shia e depois o dobrou, liberando o maior e mais brilhante sorriso de olhos reluzentes que eu já vira no rosto de minha irmã.

– Como está você? Como está a vida? Onde você está morando agora? Canadá?

Ele riu e passou a língua pelo lábio superior. Seus lábios eram do tipo que garotos normalmente não têm: volumosos e com um arco perfeito. Meg sempre foi obcecada pelos próprios lábios, reclamando de como eles eram finos. Ela costumava nos dizer como queria o cabelo louro de Amy e meus lábios grossos. Eu me perguntei se todas as garotas bonitas criticavam seu visual como Meg fazia. Parecia um grande desperdício ter isso e ainda encontrar coisas erradas. Eu cresci odiando meus lábios, especialmente quando era jovem e os garotos do meu ano que odiavam a si mesmos me provocavam, projetando os lábios e me chamando de "cara de peixe". Ah, como eu detestava o Ensino Fundamental.

– Não – ele riu. Não era real, pensei. – Na verdade, vou para Washington por duas semanas, depois vou ficar com um amigo perto de Atlanta. Como está a vida aqui em Fort Cyprus? Igual? – Ele fez uma pausa, e seus olhos ficaram sombrios. – Imagino... Não parece que muita coisa tenha mudado por aqui.

O sorriso Barbie de Meg vacilou por uma fração de segundo, e Shia se inclinou na direção dela e sussurrou algo em seu ouvido. Seus olhos, fixos nos meus, rolaram para o fundo de sua cabeça, mas, quando os olhos de Shia cruzaram com os dela, ela se recompôs e voltou à sua atitude sorridente. Ela era boa em ficar confortável em qualquer situação – ou, pelo menos, aparentar isso.

Ela era boa em ser mulher, pensei.

– Tudo está ótimo por aqui. John volta de West Point em algumas semanas. Ele terminou entre os primeiros da turma, isso não é ótimo? – Meg gesticulou com a mão e não olhou para o rosto de Shia.

Vi a expressão dura dele desmoronar como pétalas de flores mortas. Senti que eu não estava entendendo alguma coisa, mas não sabia ao certo se queria descobrir o quê. Garotos e garotas hesitando em torno das coisas não era algo sobre o que eu já quisesse saber.

– Eu sei. Falei com ele há algumas semanas – Shia comentou.

Os ombros de Meg enrijeceram. Que tipo de jogo esses dois estavam jogando? Eu não sabia, mas parecia exaustivo. Torci para que, quando eu começasse a sair com garotos, eu não caísse nisso.

– É mesmo?

– É – foi tudo o que Shia falou. Em seguida ele nos disse como era bom botar o papo em dia.

Meg deu as costas para ele e não o viu se afastar como eu vi.

– Ele é um babaca – ela bufou. Ela pegou um rolo de papel de presente e o bateu sobre a mesa.

– Ele acha que é muito melhor que todo mundo. – As mãos de Meg estavam um pouco trêmulas, mas fingi não perceber. – Não dou a mínima para o que ele está fazendo. John vai mesmo voltar logo para casa.

– E como John voltar para casa vai mudar as coisas? – perguntei, querendo que ela compartilhasse seus segredos comigo, mas também sabendo que ela iria esperar um segredo em retribuição. Meg era assim, e eu meio que gostava desse toma lá, dá cá.

Ela apenas suspirou, passou seu braço pelo meu e me tirou do meu posto na festa de fim de ano. Nós passamos por Lydia Waller e seu namorado, Joeb Waller (eles não eram aparentados, mas ter o mesmo nome ainda assim era estranho). Eles estavam de mãos dadas.

– Quando eles chegarem à coluna, quem você acha que vai soltar primeiro? – Meg sussurrou em meu ouvido.

– Nenhum deles – ri, e nós os observamos circularem a coluna de sustentação, em vez de separarem as mãos. Joeb parecia alguém que tinha mãos suadas, e Lydia parecia alguém que gostava disso.

Eu me voltei para minha irmã, e ela apertou meu braço com mais força.

– Não acredito que de todos os lugares ele esteja aqui. Aqui.

– Ele é daqui, e seus pais ainda estão aqui – murmurei. Não era uma grande surpresa para mim.

Meg estava frustrada e aturdida, e era uma coisa estranha mas levemente fascinante ver minha irmã elegante, que nunca tinha sequer lascado o esmalte da unha, reagir desse jeito por causa de alguém. Eu podia sentir a tensão irradiar dela; quem poderia saber que Shia King tinha tanto poder?

– Como eu vou trabalhar na casa dos King se ele está lá? Já era bem ruim ver as fotos dele penduradas nas paredes da casa. Nenhuma delas era recente, então até que era fácil fingir que o garoto bonito de olhos claros e de pele marrom não era Shia. Espero que ele não esteja planejando ficar por muito tempo. Oh, Jo, como você tem sorte.

A voz dramática de Meg me demonstrou que ela não sabia por que eu tinha sorte, e eu não pedi a ela que pensasse sobre isso.

Então ela me lançou um olhar defensivo.

– O quê? Por que você está me olhando desse jeito?

Maldito o meu rosto por ser tão transparente. Eu precisava trabalhar nisso antes de seguir a carreira de meus sonhos como jornalista. Eu precisava de uma expressão inabalável.

Dei de ombros para minha irmã, e uma voz suave e cheia de sentimento cantando "Hello" ocupou o rádio. Achei ter ouvido essa música mais vezes que qualquer outra em minha vida, além daquela música dos Black Eyed Peas que tocava toda hora durante todo o meu sétimo ano. Olhei para a mesa do DJ improvisada no canto e vi Beth parada atrás dela. Beth sempre estava onde havia música.

– Simplesmente não entendo aonde isso vai chegar com Shia. Achei que vocês dois não aguentassem ficar no mesmo ambiente um com o outro. Agora você está aqui agindo como se fosse sua primeira mulher, ou algo assim.

– Belo jeito de colocar as coisas – Meg revirou os olhos para trás. Ela era ótima fazendo isso.

– Estou só dizendo – eu queria soar madura o suficiente para receber uma resposta de verdade.

– O que você sabe sobre garotos, Josephine?

– Não muito.

Eu sabia sobre garotos na internet, não garotos na vida real. Eu me perguntei quão diferentes eles podiam ser. Garotos na internet pareciam melhores do que os rapazes metidos com quem Meg se envolvia.

– Você tem muito o que aprender – Meg me abraçou com força. Deixei que ela fizesse isso. – Lembra quando eu estava saindo com River e nós sempre brigávamos, depois fazíamos as pazes, brigávamos e fazíamos as pazes? Como naquela vez em que ele beijou Shelly Hunchberg?

Assenti. Eu odiava o ex-namorado de Meg, River Barkley. Ele era o pior. Lembro-me de quando estávamos no Texas, e Meg botou um vidro inteiro de Tabasco no copo de sua ex-melhor amiga, na Starbucks, e todo mundo riu quando a garota vomitou por todo o chão do ginásio.

– Bom, Shia é como River, mas muito pior. Ele é a definição de uma cobra – Meg me alertou. Ela até mesmo sibilou de leve.

Não consegui evitar olhar ao redor à procura dele e, ao encontrá-lo, ele estava abraçando Meredith, e todo o seu rosto estava iluminado em um sorriso.

– Pior que River? Eca – tirei os olhos de Shia.

– Muito pior que River – Meg gemeu, e nós continuamos a andar. – Você gosta de alguém, Jo?

Dei de ombros.

– Na verdade, não.

Era estranho falar de garotos com Meg. Às vezes ela entrava em um estado de ânimo em que falava sobre garotos comigo, mas normalmente não me perguntava nada. Ela falava, e eu ouvia.

– Ninguém mesmo? – ela insistiu com delicadeza.

– Não. Agora, conte-me o que aconteceu entre você e Shia. Vocês dormiram juntos ou algo assim?

As palavras pareceram estranhas saindo da minha boca. Meg revelava coisas aqui e ali, mas eu estava pronta para mais. Eu estava tentando aterrissar no pequeno espaço entre a irmãzinha em que ela confiava e a irmã madura com quem ela podia compartilhar segredos de relacionamento. Era uma mudança empolgante, embora perigosa, que eu senti em meu interior enquanto ela acontecia. Senti os laços de minhas bonecas serem trocados por um sutiã com enchimento, e meus lápis de cor serem promovidos a absorventes internos.

– Sim, mas mais que isso. Ele me fez pensar... – Meg interrompeu a própria frase, e senti a chegada da decepção. Eu tinha quase 17 anos e estava pronta para ouvir o que quer que ela fosse dizer.

Tentei não visualizar Shia e Meg fazendo sexo, mas era quase impossível.

Segui os olhos de Meg e vi Shia parado a cerca de dois metros de distância. Algumas garotas do meu ano estavam reunidas a seu redor como velhinhas admirando um recém-nascido.

Meg bufou.

– Argh, eu preciso descobrir quanto tempo ele vai ficar aqui.

– Não deixe que ele aborreça você, Meg. John vai voltar logo.

Eu gostava de John Brooke. Ele era um homem pequeno com cabelo ruivo cortado a máquina e um sorriso gentil. Ele estava apaixonado por Meg; ela nos lembrava todo dia como ele sentia falta dela e como era difícil para ele estar longe dela.

Os olhos de Meg se arregalaram, e por um segundo achei que ela já tivesse se esquecido da existência de John.

Então ela inspirou fundo e disse:

– Você tem razão, Jo. John vai voltar, e Shia vai embora. De qualquer modo, faz mesmo muito tempo desde que eu e Shia tivemos alguma coisa, por que eu devia me importar?

Eu não sabia ao certo se ela queria que eu respondesse.

– Você não devia se importar. Se você fingir não se importar, você ganha de qualquer jeito. Não é assim que funciona?

Meg sorriu para mim.

– Oh, Jo, você está muito certa. Quem poderia imaginar?

Apenas concordei, e ela me levou para mais longe, na direção dos fundos do prédio. Passamos por Meredith, e ela não nos notou. Estava ocupada demais conversando com Denise sobre alguma coisa. Podia ser qualquer coisa, das dificuldades dos militares em missão à tonalidade do novo piso de madeira de Denise. Tudo dependia do estado de ânimo aleatório daquela mulher. Ela era sempre assim.

Sua filha, Shelly, também era assim. Em um minuto ela estava simpática, elogiando-me por minha matéria de página dupla sobre a água potável suja em Flint, Michigan, e no seguinte falava de mim pelas costas e me chamava de Joseph para me insultar. Muita gente em minha escola parecia não me entender nem por que eu não via razão em acordar mais cedo para botar batom antes mesmo de o sol nascer.

Como conheci o pai biológico de Shelly quando eu era mais nova e também conhecia seu padrasto, o general Hunchberg, eu achava que ela tinha puxado a personalidade do pai, o sr. Grisham, um professor em nossa escola do Ensino Fundamental, no Texas. Diziam os boatos que Denise, ela mesma filha de militar, havia se casado com o sr. Grisham logo depois do Ensino Médio e que, quando ele foi reformado do exército por motivos médicos dez anos atrás, Denise não aguentou a vida civil. Ela ficava louca com a possibilidade de jamais alcançar o sonho americano de ser uma líder do Grupo de Prontidão Familiar e de não se mudar para uma das casas grandes construídas especificamente para generais e suas famílias.

Denise tinha grandes planos, e estar casada com um professor de Saúde não fazia parte deles. Ela queria atenção, queria o respeito e o reconhecimento pelos sacrifícios patrióticos que ela fazia como esposa de um general. Denise Hunchberg precisava dos almoços e das vendas de bolos. Ali estava ela com Meredith, sendo a patriota que Denise era, enfiando doce de chocolate com menta pela goela e o empurrando com uma bela taça de vinho de caixa. Achei engraçado de um jeito terrível que Denise e sua família tivessem nos seguido para essa base também.

– Aonde estamos indo? – perguntei a Meg quando ela empurrou a barra preta na porta pesada dos fundos do salão de baile. O ar frio entrou com o rangido alto do metal, e eu olhei para trás a fim de ver se alguém tinha nos visto. Ninguém pareceu perceber as duas garotas saindo pelos fundos da festa. Era, de certa forma, uma sensação libertadora.

– Lá fora. Não fale sobre Shia – Meg me alertou, e, antes que eu conseguisse perguntar o motivo, meus olhos caíram sobre três garotos parados na grama.

Só reconheci um deles, o sujeito novo da entrada de carros da casa do velho sr. Laurence daquela manhã. Seu cabelo parecia ainda mais desalinhado agora, bem abaixo das orelhas. Era tão comprido assim mais cedo? Eu não conseguia me lembrar ao certo, mas achava que sim. Seu cabelo era muito farto, como uma poça de tinta amarela se espalhando por seu pescoço e pela gola de sua jaqueta preta.

– E aí? – o maior e mais alto dos garotos perguntou. Ele tinha o corpo de um super-herói dos quadrinhos. Seus braços eram enormes, e seu peito, amplo, deixando seu uniforme apertado no meio. Cheguei a me surpreender por fazerem a parte de cima do uniforme grande o suficiente para caber nele. O nome costurado sobre o peito era Reeder. Eu não o conhecia. Teria me lembrado se o conhecesse.

– Nada lá dentro – Meg respondeu, olhando para o prédio.

Ela ainda segurava meu braço enquanto descíamos o pequeno lance de escada para chegar ao gramado. Eu não percebi que o canto da varanda de concreto estava lascado até que a ponta de minha bota prendeu e meu pé escorregou. Eu me reequilibrei rapidamente, usando Meg como muleta, e ela me segurou de pé. O coração bateu forte em meu peito. Sério, de novo? Era a segunda vez no dia em que eu tropeçava diante dele. Eu estava rapidamente me tornando aquela garota pretensiosa e esquisita que sempre tropeçava e fazia uma piada sem graça sobre sua falta de jeito.

Quando ergui os olhos, o garoto de cabelo comprido era o único a me olhar. O sorriso malicioso em seu rosto me deu vontade de voltar correndo para dentro do prédio ou repreendê-lo – eu não sabia ao certo qual era a melhor opção. Ele parecia um garoto que nunca era repreendido por nada. Quando avaliei as consequências de cada uma das opções, envergonhar Meg e fazer com que ela não me visse como madura pareceu pior. Eu tinha me sentido muito mais perto dela naquele dia e não queria estragar isso.

Tirei os olhos dele e observei minha irmã ligar sua máquina de traquejo social. Ela disse a todos:

– Oi.

E o garoto louro que conhecêramos naquela manhã estendeu a mão para ela. Ela a apertou, soltando minha mão familiar, e disse ao rapaz que era um prazer conhecê-lo. Eu me perguntei se ela não tinha reconhecido o rosto dele daquela manhã.

O sujeito parado entre o garoto de cabelo comprido e minha irmã também estava usando uniforme. Ele disse que seu nome era Breyer. Eu nem perguntava mais qual era o primeiro nome dos soldados; eles normalmente não queriam mesmo ser chamados por ele.

A barba raspada de Breyer ao redor de sua boca era tão escura que quase parecia tinta. Quanto mais perto de seus lábios finos, mais escura era sua barba. Ele pegou um maço de cigarro no bolso da calça do uniforme, e o rapaz grande, Reeder, lhe deu um isqueiro. Ele enfiou o bastão entre a linha de seus lábios, e a fumaça formou uma nuvem ao redor de seu rosto. Era ameaçador, e minha imaginação estava enlouquecida. Não era necessário muito para me fazer imaginar um monte de coisa. Quando eu era mais nova, costumava passar o tempo escrevendo histórias sobre vampiros e magos e terras mágicas dentro de armários como Nárnia, mas, ao crescer, eu me vi atraída por não ficção e pelo jornalismo.

– Como está a festa? – Reeder perguntou.

– Boba para mim, mas legal para as crianças. – Meg estendeu a mão e pegou o cigarro dele. Nunca soube que ela fumava. O que eu *sabia*, então, era que ela confiava em mim, pelo menos o suficiente para não contar a Meredith nem às outras garotas.

Já havia esquentado desde que saímos de casa pela manhã. Estava longe de ter neve no Natal na Louisiana.

– Vocês não deviam estar trabalhando? – ela perguntou aos dois de uniforme.

Observei seus olhos e como eles a olhavam. Eles a estavam admirando com uma expressão atônita no rosto, como se fossem segui-la até o outro lado do mar Dothraki se ela quisesse que eles fizessem isso. Com ou sem dragões. Comparar Meg a uma khaleesi era como comparar Joana d'Arc com a esposa decorativa de um político.

Reeder riu, e o som fez eco.

– Nós estamos. Estamos na patrulha.

Meg riu, e a fumaça saiu de sua boca em espirais cinzentas perfeitas.

– Parece que sim.

Os dois caras riram de seu comentário, e achei que eles ririam de qualquer coisa que ela dissesse se ela quisesse que eles fizessem isso. O de cabelo louro não parecia estar prestando atenção; ele olhava de um jeito fixo para o campo vazio às nossas costas.

– Laurie, quanto tempo você vai ficar aqui? – o grande perguntou, olhando diretamente para o garoto daquela manhã.

Laurie? O nome dele era Laurie Laurence?

Que escolha horrível fizeram seus pais.

– Na festa, ou nesta cidade? – Laurie questionou. Drama emanava da resposta, e eu o visualizei sentado em frente a uma xícara de café e a um manuscrito semiacabado. Minha imaginação outra vez.

– Na festa. – Reeder soltou fumaça pela boca e pareceu um pouco irritado. Ele imediatamente deu outro trago, em seguida olhou para seu telefone.

– Mais dois minutos – Laurie respondeu.

Eu me aproximei dele, e minha boca se abriu antes que eu lhe desse permissão para fazer isso.

– E na cidade? – perguntei.

Meg me olhou como se eu tivesse acabado de perguntar ao garoto se ele queria fazer sexo comigo diante de seus amigos.

Laurie – seu nome era bastante estranho – sorriu para mim.

– Não muito. Meu pai me mandou aqui para conviver mais com meu avô enquanto ele está no exterior. Ele retorna para casa em um ano, e vou voltar para o Texas quando ele chegar.

Um ano podia ser um tempo muito longo, dependendo do que se fazia com ele...

– Iraque ou Afeganistão? – perguntei.

– Nenhum dos dois. Coreia.

– Oh – eu ouvira coisas terríveis sobre estar baseado na Coreia do Sul. Meu pai me contou que as pessoas locais não os queriam ali, por isso a maioria dos soldados ficava na base, praticamente sem passar pelo portão.

Laurie não disse mais uma palavra antes de se despedir. Eu observei suas costas enquanto ele caminhava pelo gramado e desaparecia em meio aos agrupamentos de árvores no início da floresta.

– Então vocês dois vão trabalhar, afinal, ou podemos ir a algum lugar? – Meg perguntou aos dois que restaram.

Eu não fui com Meg nesse dia. Nem esperei para ouvir as respostas. Voltei para a festa e ajudei a servir comida para as famílias que sentiam falta de seus soldados no Natal.

6

A semana seguinte passou muito rápido. O período entre o Natal e o Ano-Novo era sempre muito estranho. As decorações natalinas ainda estavam montadas, e toda a base fechava por duas semanas. Eu me lembrei de me sentir pronta para o novo ano daquela vez – eu estava muito pronta.

Ia fazer 17 anos em apenas alguns dias e já me sentia muito mais velha. Meg também estava passando mais tempo comigo, enquanto dizia para a sra. King estar doente. Meg me fez ligar para sua patroa todo dia de manhã desde que vira Shia na festa de Natal do batalhão. A sra. King tentava não parecer irritada com a doença de Meg, mas eu podia ouvir irritação em sua voz. Sempre fui boa em saber o que as pessoas estavam sentindo, mesmo quando elas não diziam. Especialmente nesses casos. Ou pelo menos eu achava que era.

– A que horas devo botar as almôndegas no forno? – Meg perguntou a Beth, que sabia mais sobre culinária que todas as outras pessoas da casa juntas.

– Por volta das nove e meia. Para estarem prontas por volta das dez, quando começaremos a festa.

A cozinha estava uma bagunça, com uma travessa de almôndegas e três panelas elétricas cobrindo o pequeno espaço da bancada que tínhamos. Na pequena bancada central havia sacos de salgadinhos e um saco pequeno de petiscos Bugles para mim. Eles eram minha comida favorita, e eu poderia viver apenas de seu sabor salgado.

Peguei o saco e o abri. Comi um punhado antes de subir na bancada para pegar as tigelas no armário. Nossa família sempre fazia a mesma coisa todo ano: cobríamos a cozinha de comida e tentávamos ficar acordadas até meia-noite. Amy normalmente não conseguia passar das dez, mas ela dizia que esse seria seu ano.

– Beth, você pode me fazer uma xícara de café? – Meg perguntou. – Não com a cafeteira da mamãe, com aquele pó que vem em sachês. São só seis horas, e eu já estou cansada.

Beth, é claro, disse que sim, embora suas mãos estivessem atarefadas esfarelando bolachas para sua famosa bola de queijo. Como eu era vegetariana, Beth sempre fazia para mim uma bola pequena sem bacon e com amêndoas raladas a mais. Eu comia tudo.

– Veja – Amy disse enquanto eu derramava um saco de salgadinhos em uma grande tigela vermelha.

Olhei para Amy e tentei ver o que ela queria que eu visse, mas ela só estava olhando pela janela diante da pia. Seu cabelo tinha um coque apertado, que imaginei ter sido feito por Meg.

Amassei o saco, enfiei-o na lata de lixo reciclável, fui até a janela e parei ao lado de Amy.

Olhei pela janela e para a janela da casa do velho sr. Laurence. O garoto, Laurie, estava andando de um lado para o outro, diante da janela, com um livro na mão.

– Você acha que ele está sendo mantido preso ali? – Os olhos de Amy cintilaram com a esperança de algo mais interessante que um novo vizinho. Olhei para o rapaz e o vi largar o livro. Em seguida ele se sentou ao piano de cauda bem na frente da janela. Eu havia visto aquela cena (a janela, o piano) muitas vezes enquanto ajudava Beth a lavar e a secar a louça, mas ela parecia muito diferente agora que o garoto estava ali. Normalmente, eu só olhava para as cortinas vermelhas e me perguntava se o velho sr. Laurence alguma vez havia pensado em redecorar tudo desde os anos 1930.

– Ele parece solitário – Meg acrescentou. Ela havia se aproximado por trás de mim e olhava por cima de meu ombro para Laurie na janela.

– Mamãe disse que ele é da Europa. Ele viveu lá por anos. A voz de Amy estava cheia de assombro infantil.

– Eu me pergunto se ele tem um segredo. Um trágico segredo europeu – eu disse usando um sotaque esnobe, mas vago. Quando éramos mais novas, minha irmã e eu encenávamos peças que eu escrevia, e eu usava as roupas grandes demais de meu pai e sotaques falsos para combinar com os personagens que criava. Meu favorito era um homem chamado Jack Smead, cuja voz ia e voltava do australiano para o jamaicano.

Continuei a olhar para Laurie. A ponte de seu nariz tinha um calombo, como se ele o tivesse quebrado antes. Suas mãos pegaram o livro outra vez, e ele respirou fundo. Eu podia ver de nossa cozinha seu peito subir e descer. Ele era fascinante.

– Mamãe disse que ele não teve uma criação de verdade. Com o pai viajando o tempo inteiro e a mãe, uma artista italiana, ou algo assim – Amy continuou sua fofoca.

De repente senti que todos à minha volta pareciam mais interessantes que eu.

Na sala do outro lado do jardim, Laurie começou a mover a boca com o livro na mão. Eu me esforcei para identificar o que ele dizia, mas não conseguia ler seus lábios. Ele se levantou outra vez, e a barra de sua camiseta prendeu no canto do piano, expondo a parte de baixo de sua barriga. Houve um vislumbre de preto nele, mas o rapaz puxou o tecido para baixo tão rápido, que não consegui ver o que era.

– Ele tem boas sobrancelhas – Meg comentou.

Eu não conseguia olhar para suas sobrancelhas. Ainda estava pensando em sua barriga.

– Se eu fosse homem, ia querer ser igual a ele – falei para minhas irmãs. Ele parecia conhecer o mundo, como se talvez possuísse uma parte dele.

Amy ia me dizer alguma coisa, mas deve ter mudado de ideia, porque fechou a boca e voltou a olhar pela janela.

– Por que vocês acham que ele está aqui? – Beth questionou.

Eu não queria contar a Beth e a Amy o que ele tinha me dito no dia da festa de Natal. Por alguma razão, senti que, de algum modo, isso seria traí-lo, o que era um pensamento ridículo, uma vez que aquelas eram minhas irmãs, e ele era um estranho completo.

– Imagine desistir da Itália e vir para os confins da Louisiana – falei, olhando fixamente para as mãos dele enquanto ele virava as páginas do livro. Tentei olhar a capa para descobrir o que ele estava lendo, mas não consegui identificar.

– E com o horrível velho sr. Laurence – lamentei, observando Laurie voltar a se sentar, pôr o livro de lado e estender as mãos sobre as teclas do piano à sua frente.

– Jo, não seja má. Ele não é horrível – Beth disse-me.

Porém ele era horrível, sempre gritava conosco por andarmos em sua grama. No verão, ele contou a Meredith que eu saí de casa às escondidas, e fiquei de castigo por um mês. Além disso, toda vez que nos via na rua ele gritava: "Essas malditas garotas Spring!". Ele agia como se eu tivesse estilhaçado a janela de seu carro de propósito. Eu só estava tentando aprender um esporte, de modo que meus pais sentissem que tinham uma filha normal. Meu interesse por *softball* durou apenas uma semana.

– Eu viveria nessa casa grande com ele, seja ele horrível ou não – Meg revelou.

Beth finalmente se juntou a nós e se encostou na janela. Seu outro ombro tocou o meu.

– Eles têm um piano bonito – ela disse com desejo escorrendo de cada palavra.

Os dedos de Laurie se moviam tão bruscamente sobre as teclas que eu quase podia ouvir a música do interior de nossa cozinha.

– Quando eu for uma escritora de sucesso, vou comprar para você o melhor piano já criado – prometi à minha irmã, e estava falando sério.

– A maioria dos escritores não consegue nem pagar as contas, muito menos comprar um piano, Beth. Então, digamos que quando eu me casar com um homem rico, você pode nos visitar e tocar no meu – Amy disse.

Argh, ela parecia Meg, sempre falando sobre se casar, mas pelo menos sabíamos que Meg tinha idade suficiente para isso.

Amy dançou pela cozinha, enfiou a mão na tigela de salgadinhos e pegou um punhado do de sabor queijo cortado em triângulos e coberto de tempero. Era seu favorito. Seus dedos ficavam laranja, e isso sempre me dava nojo.

– E se o homem que você amar for pobre, mas um bom homem? Como papai? – Beth perguntou a Amy. Beth enfiou um sachê de café na máquina Keurig para Meg e baixou a alavanca.

A cabeça de Laurie começou a balançar com o movimento de seus dedos. Era fascinante de ver. Ele era o contrário de Beth quando ela tocava. Os dedos calmos de minha irmã pairavam sobre as teclas, macios como manteiga, e seus olhos se fechavam diante da melodia tranquila. Os dedos de Laurie eram violentos, martelando as teclas combativamente, com os olhos bem abertos enquanto tocava.

Meu coração batia do fundo do meu peito por trás de meus ouvidos enquanto eu o observava. Eu mal conseguia ouvir o que minhas irmãs estavam dizendo.

– Bom – Amy falou. – Não é como ter de suportar um nariz grande, ou algo assim. Eu posso escolher quem amo.

– De qualquer modo, as pessoas não têm mais de suportar narizes grandes. Você pode ajeitar isso mais facilmente do que arrumar um namorado – Meg respondeu.

Meus olhos ainda estavam em Laurie enquanto ele tocava. Eu nunca tinha visto ninguém tão alheio ao seu entorno como ele estava. Nós o olhávamos fixamente – bom, pelo menos eu –, e ele nem percebeu. Estava envolvido demais no que quer que estivesse tocando.

– E você, Jo? Você se casaria com um homem pobre se ele fosse legal? – Amy perguntou, seu corpinho ainda se movendo pela cozinha. Ela tinha uma lata de refrigerante em uma das mãos e salgadinhos laranja na outra.

Eu não tirei os olhos da janela.

– Eu não me casaria com ninguém por dinheiro. Não quero que ninguém tenha esse tipo de controle sobre mim. E, além disso, vou ganhar dinheiro suficiente por minha própria conta.

Amy escarneceu.

– Claro, Jo.

Nem consegui reunir raiva suficiente dela; eu estava fascinada demais pelo garoto emoldurado pela janela.

– E você, Amy – indaguei tranquilamente. – Você acha que vai ter um marido rico? Odeio ter de lhe contar, mas...

– Jo! – a voz de Beth interrompeu minha frase.

– De qualquer modo, pare de falar sobre garotos, Amy. Você é muito nova – Meg advertiu.

Não mencionei que, no sétimo ano, Meg já havia beijado vários garotos.

Amy deu um gole em seu refrigerante de laranja, e ele deixou uma linha laranja acima de seu lábio, como um bigode. Ela a lambeu rapidamente.

– Todas vamos crescer um dia, Meg. É melhor sabermos o que queremos.

Laurie esfregou a testa com as costas da mão, e seu cabelo louro se moveu, tocando as extremidades de seus ombros. Tentei imaginar como seria meu marido, mas, como sempre, não consegui visualizá-lo.

Nem sabia se queria um marido. Eles pareciam dar muito trabalho, e eu nunca conhecera um garoto que pudesse ao menos considerar deixar me levar para jantar, muito menos com quem me casar. Olhei fixamente para Laurie, e seus dedos pararam de repente. Eu me abaixei quando ele olhou para a nossa janela, e Beth riu quando voltei a erguer a cabeça.

Ele ainda estava lá, sentado, mas o livro estava de volta em suas mãos, e ele havia parado de tocar piano.

– Em que você tem trabalhado ultimamente, Jo? – Beth perguntou a fim de mudar do assunto casamento e riquezas.

Muitas coisas, eu quis dizer. Faltavam apenas alguns parágrafos para terminar meu maior texto, um ensaio sobre o tráfico de mulheres no Camboja. Eu tinha passado mais tempo nesse texto do que em qualquer coisa que havia escrito antes. Eu sabia que o sr. Geckle nunca iria me permitir publicá-lo no jornal da escola, por isso eu mesma estava pensando em mandá-lo para a *Vice*. Era muito difícil, e eles provavelmente nem iriam lê-lo, muito menos publicá-lo, mas enviá-lo era algo que eu tinha de fazer por mim. Depois de fazer isso, eu estaria pronta para qualquer coisa. O sr. Geckle só podia controlar minha voz dentro das paredes da White Rock High.

– Nada especial – comecei a dizer, embora mentisse deslavadamente. *Era* especial; era a coisa mais especial que eu já havia escrito. Senti isso no mais profundo do meu ser.

– Li seu texto sobre escravidão sexual. O que está no *laptop* – Amy começou. Eu girei e agarrei seu braço. A lata de refrigerante caiu no chão, e um líquido laranja borbulhante se espalhou pelas lajotas.

– Você *o quê*? – gritei com ela. Ela se afastou de mim, mas segurei seu braço.

– Estava aberto no *laptop*! – ela gritou em sua defesa.

– Eu não me importo! – eu a soltei quando senti o olhar de Beth queimar sobre mim.

Meredith chegou correndo na cozinha, e eu recuei, afastando-me da poça laranja no chão.

– Que diabos está acontecendo aqui? – Meredith deu a volta na sujeira e respirou fundo antes que alguém lhe respondesse.

– Nada, Meredith. Está tudo bem – Beth respondeu e pegou um pano de prato pendurado na porta do forno. Ela o levou ao chão, e eu e Amy paramos de nos entreolhar enquanto Beth limpava nossa sujeira.

– Quem estava brigando? Eu ouvi gritos – a voz de Meredith era firme, e ela não estava no clima para nossos joguinhos.

– Ninguém – Beth se abaixou. – Nós só estávamos brincando. Não se preocupe, estamos cozinhando e preparando tudo para esta noite. Eu quase terminei minha bola de queijo.

Meredith olhou para nós quatro e sacudiu a cabeça. Achei que ela não estava acreditando em Beth, mas não tinha vontade de brigar na noite de Ano-Novo. Meredith tinha um copo com um líquido transparente na mão, e achei que ela devia tomar outro. Ela nunca parecera tão tensa e cansada quanto ultimamente.

Ela nos mandou tomar cuidado e não fazer mais bagunça e nos deixou na cozinha. Olhei para Amy, e me voltei novamente para a janela. Laurie havia desaparecido.

Fui para meu quarto, fechei a porta e escrevi para esquecer como estava com raiva de minha irmã.

7

meg

Minha maquiagem estava pronta, e eu havia acabado de secar o cabelo. Enquanto esperava Jo sair do chuveiro e enrolar meu cabelo, peguei o livro que ela havia enfiado embaixo de meu travesseiro no Natal. Honestamente, eu não o abrira desde então, mas tinha alguns minutos, por isso ergui a capa negra e abri em uma página qualquer. Ela começava:

o que mais gosto em você é do seu cheiro

Li as palavras em um assombro silencioso, em seguida tornei a lê-las, e as mãos de Shia, com sujeira nas unhas, vieram à minha mente. Ele estava sempre sujo, sempre plantando alguma coisa ou ajudando alguma velhinha ou outra a mover os móveis de lugar ou algo assim. Ele sempre cheirava a terra, como um jardim.

Não podia acreditar que ele estava de volta – e, *pior,* não podia acreditar que eu estava pensando nele. John estaria em casa em uma semana para me ver. Eu devia estar pensando nas mãos fortes e limpas de John e em como ele sempre cheirava a colônia fresca e sabão em pó.

Ele não ousaria usar camisetas surradas nem tênis sujos como Shia.

– Jo! – berrei.

Eram oito e meia, e todo mundo ia começar a chegar em nossa casa por volta das dez. Por "todo mundo" quero dizer alguns vizinhos com seus filhos. Eu não convidei nenhum de meus "amigos", pois metade deles não estava falando comigo por conta de um boato que nem era verdade. Isso é o que acontece quando você é rotulada como a "vadia" da escola em uma pequena cidade do exército. Isso segue você depois da formatura. Eu não me importava, e ainda não me importo. Se fossem realmente meus amigos, saberiam que eu não faria aquilo de que estavam me acusando. Aconteceu a mesma coisa comigo em Fort Hood, e foi muito pior; a usina de boatos, aqui, parecia brincadeira de criança.

Naquela noite, teríamos seguido nossa tradição de celebrar em casa, mas Jo e eu recebemos um convite de última hora para a casa dos King, para a festa de noivado de Bell Gardiner, então decidimos ficar lá por uma hora e nos assegurarmos de voltar para casa antes das 23h. Eu não queria ir, em especial porque estava com medo de encontrar Shia, mas imaginei que, como a festa seria na grande propriedade dos King, haveria muitas pessoas por lá, diminuindo minhas chances de vê-lo.

– Josephine! – tornei a gritar.

Enquanto esperava por ela, abri outra página do livro com que ela me presenteara.

O poema nela era simples e começava assim...

como pode nosso amor morrer...

Atônita, eu virei mais algumas páginas.

ele não vai voltar...

Abaixo do poema havia a palavra *murcho*, como se o poema tivesse sido escrito por Murcho. Pensei no buquê de flores na cômoda da sra. King. O cartão estava assinado por Shia, e as pétalas vermelhas estavam murchas. Toquei o canto de uma, e ela se soltou, caindo sobre a cômoda de madeira. Pensei em como ele partira tão de repente, e quanto tempo eu desperdiçara desejando que ele voltasse.

Tentando afastar aquelas flores murchas e seus olhos verdes brilhantes da cabeça, fechei bruscamente o livro e o joguei sobre a cama quando Jo entrou em nosso quarto.

– Estou aqui! – ela disse com um sorriso.

Suas mãos estavam cheias. Em uma delas, havia o modelador de cachos e o celular, e na outra, um punhado de Bugles. Seu cabelo comprido estava solto e tocou o alto de seus quadris quando ela se moveu em minha direção e parou atrás de mim na penteadeira. Seu rosto estava rosado por ter sido recém-esfregado, e sua pele branca brilhava.

Ela nunca ouvia quando eu lhe dizia como ela tinha sorte por ter uma pele tão imaculada. Beth e eu sofríamos mais com acne, mas a minha havia melhorado depois que comecei a trabalhar na Sephora, onde experimentei de graça todos os novos produtos de cuidado com a pele das melhores e mais importantes marcas.

– Sua maquiagem está muito boa – Jo comentou.

Ela ligou o modelador de cachos, e eu reparti meu cabelo, prendendo a parte de cima para que ela pudesse enrolar a de baixo.

Olhei fixamente para o espelho e sorri para minha irmã. Havíamos nos aproximado nos últimos tempos, e eu estava começando a ver uma mudança nela. Ela não era mais minha pequena Josephine, que fugiu de casa quando o sr. Laurence prendeu um guaxinim em uma gaiola e não quis soltá-lo. Ela estava crescendo muito rápido, e isso significava que eu também estava. Eu estava pronta para ser mais velha; odiava estar à beira de me transformar em mulher, porque me sentia como uma, mas não era tratada como tal.

– Cachos grandes, por favor.

Jo balançou a cabeça de modo afirmativo e começou a trabalhar.

– Você acha que Amy vai conseguir ficar acordada nesta noite? – perguntei enquanto ela enrolava uma parte de meu cabelo. Os fios estavam quentes quando ela os soltou do rolo e eles caíram sobre meu ombro.

Quando ela começou a responder, Amy entrou em nosso quarto.

– Jo, Meg. Aconteça o que acontecer, vocês têm de me contar como está a festa.

– Nós vamos. Você está tentando ficar acordada? Ou estará dormindo quando chegarmos? – perguntei enquanto Jo enrolava outra mecha de meu cabelo no rolo de metal.

Amy sacudiu a cabeça e deu uma volta ao nosso redor. Ela pegou um batom de minha penteadeira e se debruçou na direção do espelho, enquanto seus dedinhos tiravam a tampa, revelando uma tonalidade roxo-escura.

– Vou estar acordada. – Os dedos de Amy giraram o batom de um lado para o outro, como se ela estivesse tentando descobrir como usá-lo. – Vocês duas vão ter toda a diversão. Souberam que Bell Gardiner está noiva!? Mal posso esperar para ver seu anel! Ah, vocês vão se divertir muito mais que eu – Amy deu um suspiro profundo e passou a língua nos lábios antes de passar o batom. Quando terminou, afastou-se e se olhou no espelho.

– Vai ser incrível. E claro que sabemos, Amy. Nós fomos convidadas – Jo revirou os olhos.

Amy fez bico.

– Pare de esfregar isso na minha cara.

Eu não ligava para o noivado de Bell Gardiner nem para ela. Ela era um ano mais velha que eu e supostamente iria se mudar para a Flórida, para a faculdade, mas só chegou até o Bairro Francês. Segundo rumores, ela trabalhava em um bar no centro, bem no meio do Bairro Francês, em algum lugar entre as ruas Bourbon e Royal. Claro que ela era bartender, como minha tia Hannah.

– De que tamanho você acha que é o anel dela? – Amy perguntou com os pezinhos cobertos com meias se movendo por meu quarto pequeno.

Jo e eu nos entreolhamos no espelho.

– Mas de quem ela está noiva? – Jo perguntou.

Dei de ombros e fechei os olhos. Quem sabia? Não eu, e também não me importava. Eu me senti mal pelo pobre homem que a havia pedido em casamento. Eu podia ter inventado razão atrás de razão para não gostar dela, mas o motivo principal era Shia. Eles haviam saído juntos por algum tempo durante o fim de meu penúltimo ano, o último deles, e aquelas duas semanas pareceram as mais longas da minha vida.

– Quem sabe? Provavelmente de algum soldado – Jo sugeriu olhando para Amy pelo espelho.

Os olhos de Amy se iluminaram.

– Vocês podem imaginar? Todo mundo tem sorte, menos eu – ela suspirou.

– Sorte? Ficar noiva aos 20 anos? – respondi a Amy.

Embora minha resposta fosse desagradável, eu havia crescido desejando encontrar o amor de minha vida ainda jovem e ter a segurança de ser a mulher de alguém. Eu sabia que estava com inveja de Bell Gardiner e, embora nunca fosse dizer isso para minhas irmãs, eu torcia em segredo para que John me pedisse em casamento quando viesse em casa de licença na semana seguinte.

A voz de Beth chegou da porta, onde ela estava encostada no batente.

– Ainda bem que eu não preciso ir e estar com todas essas pessoas nem tentar pensar em coisas a dizer.

Ela odiava estar em multidões. Senti um pouco de culpa ao receber o convite pelo Facebook apenas para mim e Jo, mas Beth preferia muito mais estar em casa com Meredith e Amy a estar em uma festa cheia comigo e com Jo.

Dei um sorriso simpático para Beth e tornei a olhar para Jo.

– É isso o que você vai vestir esta noite? – perguntei.

Ela balançou a cabeça afirmativamente e olhou para sua roupa toda preta. Jeans preto, blusa preta. Uma linha fina de pele branca aparecia logo acima de seu quadril. Eu não me lembrava da última vez em que tinha visto Jo de vestido. Provavelmente naquela Páscoa quando Meredith fez todas nós usarmos vestidos iguais para as fotos de família. Argh, eles eram horríveis. Provavelmente estavam em alguma lista do Buzzfeed das fotos de família mais bregas.

– O que é esse cheiro? – Amy perguntou e farejou o ar. Cheirava a queimado...

– Oh, meu Deus, Jo! – Eu puxei a cabeça para longe dela, e uma mecha de meu cabelo estava soltando fumaça, ainda no rolo do modelador.

Amy gritou mais alto que eu, e Jo largou o modelador de cachos quente no chão.

– Pegue-o do chão! – Beth gritou. – Ele vai queimar o carpete.

Olhei para meu cabelo e passei os dedos pelo buraco que havia nele.

Jo começou:

– Desculpe! Eu...

– Não posso ir a lugar nenhum desse jeito! – Meus olhos se encheram de lágrimas, e, por mais que não quisesse gritar com Jo, eu sempre ia ser aquela garota que se preocupava com a aparência do cabelo.

– Eu estrago tudo – Jo murmurou, alto o bastante para qualquer uma escutá-la.

Suas palavras produziram um som tão triste, que quis confortá-la. Mas eu não parava de olhar para a mecha de meu cabelo que ela havia queimado e não sabia o que dizer.

Amy se aproximou de mim e puxou o arco de seu cabelo.

– Olhe, ponha isso aqui, você mal vai perceber.

Peguei o arco de suas mãos e o pus em meu cabelo. Eu nunca usava arcos, era velha demais para eles, mas havia algo provocante, um ar de menina no jeito como o arco preto se envolvia na parte da frente de meu cabelo.

Olhei para mim mesma no espelho e aprumei as costas. Eu não podia deixar que meu cabelo queimado estragasse minha noite. Eu ainda parecia sexy. Gostei do contraste entre minha maquiagem escura e o arco de menina.

– Você é muito bonita, Meg. Espero ficar tão bonita quanto você quando ficar mais velha – Amy disse.

Isso me fez sorrir. A pequena Amy sempre me dava a dose extra de confiança de que eu precisava. Bell Gardiner estaria impecável. Eu sabia que estaria. Ela sempre estava; seu noivo provavelmente era algum cavalheiro rico do Sul, e ela ia passar sua festa exibindo algum belo diamante. Eu ia passar a festa aborrecida e lembrando a mim mesma que eu também tinha alguém.

John logo estaria em casa.

John logo estaria em casa.

– John logo vai estar em casa – Jo falou, as palavras saídas de dentro de minha cabeça.

Sorri para seu esforço e calcei os pés nos saltos altos.

8

A entrada de carro da casa dos King estava repleta de automóveis pretos e pessoas com a melhor roupa de Ano-Novo. Meus pés já estavam me matando, e, toda vez que eu olhava para os pés com tênis de Jo, desejava não me importar tanto com o que as pessoas achavam de minha aparência. Se eu fosse como Jo, estaria usando salto baixo e jeans. Passamos por um SUV e olhei para mim mesma, usando a janela como espelho. Meu vestido brilhante estava justo, e meu cabelo já estava perdendo os cachos.

Olhei para mim mesma outra vez, tentando ser mais como Jo. Eu parecia sexy, sabia que sim; eu só precisava me lembrar disso mais algumas vezes.

– Meu Deus, está muito cheio – Jo comentou, esperando que eu a alcançasse.

A propriedade dos King era uma casa marrom-clara quadrada e enorme de dois andares, com colunas brancas grossas na varanda, que se estendiam até o segundo andar. As persianas compridas nas janelas do térreo estavam pintadas de preto, e, desde que eu tinha estado ali pela última vez, uma semana atrás, alguém havia pendurado fileiras de luzes piscantes nas grades do segundo andar, que desciam pelos pilares da frente. A casa também era linda; ela era minha casa dos sonhos antes mesmo de eu botar os pés em seu interior, mas naquela noite ela parecia ainda mais magnífica. Havia flores por toda parte. Campânulas roxas pendiam de treliças de ferro, e flores azuis cujo nome eu não sabia transbordavam de cestos pendurados.

As propriedades do sul da Louisiana eram as favoritas entre as que eu tinha visto. Eu amava as casas antigas e quadradas com persianas e colunas, e a estranheza sombria de tudo só as deixava ainda mais atraentes para mim.

Quando finalmente chegamos à varanda, meu coração estava batendo muito rápido, e meus dedos dos pés latejavam nos sapatos de salto. Eu vi o sr. Blackly, porteiro da propriedade, e ele sorriu, acenando para que eu furasse a fila na porta. Eu não podia acreditar que uma fila havia se formado na porta. Isso, porém, não me surpreendeu muito, pois a casa dos King era a maior dos arredores da base. Era uma casa grande em estilo *double-gallery*. Eu amava esse estilo de casa, sobretudo quando as casas ficavam no Bairro Francês.

Um dia, perguntei à sra. King por que ela não se mudava para mais perto do Bairro Francês. Ela me olhou com um sorriso afetado nos olhos e disse:

– Por que, querida Meg, eu amo meus diamantes – ela olhou para o pulso, e ele brilhou sob as luzes de seu banheiro. Assenti e passei blush em suas bochechas escuras.

Puxei Jo pela manga de sua jaqueta jeans, e abrimos caminho pela multidão que esperava para entrar. Não reconheci nenhum rosto naquele mar de gente.

O sr. Blackly me disse para me divertir e beber um pouco de champanhe por ele. Fiquei ainda mais surpresa quando chegamos à sala de estar. Todos os móveis estavam nos lugares de sempre, mas havia mesinhas para aperitivos, e, enfiado no canto, havia um bar completo. O homem atrás dele sacudia um copo de metal em uma das mãos e servia bebida em um copo com a outra. Eu me senti como se estivesse em uma festa de Gatsby.

– Isso é completamente louco – Jo falou em meu ouvido.

Concordei com ela enquanto seguíamos até a outra sala para ver se encontrávamos alguém que eu conhecesse, qualquer um, menos Shia.

A primeira pessoa que vi foi Bell Gardiner, parada perto do piano. Ela usava um vestido longo verde-esmeralda, e não consegui evitar olhar para sua mão esquerda. Seu anel brilhava a três metros de distância, e eu podia ver que a cor combinava com o vestido. Era lindo. Minha pequena aversão a ela cresceu imediatamente. Ela sorria para o homem à sua frente, e me perguntei se ele era seu noivo. Como tinha um início bem pronunciado de careca na parte de trás da cabeça, torci para que fosse. Eu era mesquinha, mas pelo menos podia admitir isso.

– Já passou uma hora? – Jo pegou o celular no bolso de trás do jeans e verificou a tela.

– Como se passaram apenas cinco minutos? – ela perguntou e enfiou o telefone de volta no jeans.

Jo pegou um sanduichinho de pepino, e continuamos a exploração. Alguns minutos depois, vi Reeder e o garoto Laurie parados perto do bar. Quando disse a Jo que queria falar com eles, ela sacudiu a cabeça, me mandou ir em frente e disse que ficaria onde estava.

Eu não queria deixar minha irmã mais nova sozinha em um lugar tão cheio, mas estava morrendo de tédio.

– Meg – Reeder sorriu quando me aproximei dele. Ele passou o braço ao meu redor, e eu me apoiei em seu peito enorme. Ele era monstruosamente grande.

Eu o conhecia desde a mudança para Fort Cyprus. Não demorou muito para o corpo de alunos me odiar. Ele sempre foi legal comigo. Costumava me levar para a escola nas manhãs em que estava de patrulha e era um dos únicos caras que eu já havia conhecido perto do qual me sentia segura.

Em uma noite desleixada de meu último ano de Ensino Médio, quando John havia rompido comigo, eu fui a uma festa e bebi meu peso em vodca sabor baunilha. Fiquei um lixo, cambaleando, e Reeder apareceu com os amigos. Foi a primeira vez que eu o vi sem uniforme e me joguei sobre ele como uma abelha faz diante de pólen. Quando ele me levou para casa e me acompanhou até a porta dos fundos, tentei beijá-lo.

Eu nunca tinha sido rejeitada por um garoto, ou um homem, antes daquela noite, e nunca mais fui desde que Reeder delicadamente recusou meus avanços. Ele disse que eu tinha bebido demais. Ele estava certo.

– Tem muita gente aqui – falei para os dois. Eu me perguntei como Reeder, um policial do exército, tinha se tornado tão amigo do garoto seboso da Europa que usava jaqueta de couro. Eu não confiava em um garoto com um cabelo daqueles.

– Claro. Feliz Ano-Novo! – Reeder ergueu um copo com um líquido transparente, e peguei uma flute de champanhe da bandeja de um garçom que passou.

Laurie me olhou e deu um gole em uma lata de Coca. Nojento.

– Onde está a outra garota? Sua irmã, suponho?

– Você não devia supor nada.

O canto de sua boca se ergueu em um sorriso.

– Bom, onde está sua não irmã?

Eu me fixei nele e o olhei bem nos olhos. Eles eram bem negros, era enervante.

– Ela não está interessada em você – disse a ele.

Jo nunca tivera um namorado, e de jeito nenhum esse cara ia tentar ser algo perto disso. Garotos como ele não queriam namorar; eles só queriam uma coisa, e Jo ainda não estava pronta para dar isso a ninguém.

– Hummm. Você é mesmo uma beleza. – Ele passou seus dedos longos e brancos pelo cabelo louro.

Virei o rosto, sem querer alimentar seu ego nem irritá-lo o suficiente para querer minha irmã ainda mais. Eu sabia como garotos como ele funcionavam. Procurei por Jo perto da mesa onde a deixara, mas não a vi ali, nem em lugar nenhum. Eu sabia que ela era capaz de cuidar de si mesma, melhor ainda que eu, mas não conseguia me livrar da sensação incômoda que se enraizara dentro de meu estômago no momento em que cruzamos a porta da festa.

Disse a Reeder que iria vê-lo mais tarde. Nem olhei para Laurie antes de sair para procurar Jo. Abri caminho pelos balões grandes com o número do ano novo, peguei outra taça de champanhe e fui procurar minha irmã.

9

jo

Cada centímetro da casa dos King transbordava disparidade e ganância. Fazia-me subir pelas paredes mofadas andar por uma casa tão cheia de excessos uma vez que no caminho até ali havíamos passado por um grupo de homens sem-teto que dividiam os restos de uma refeição resgatada do lixo do restaurante *creole* ao lado da base.

Claro que eu sabia que os King não podiam alimentar toda a cidade. Bem, talvez pudessem, mas não era culpa deles haver pessoas menos afortunadas que eles. Porém era difícil se lembrar disso quando passávamos por uma mesa cheia de fileiras bem arrumadas de garrafas de champanhe.

Sempre odiei a sensação que me tomava quando alguém me olhava de um jeito fixo. Eu tinha uma habilidade sobrenatural para sentir seus olhos em mim no momento em que eles me atingiam. Esperei por alguns segundos para erguer os olhos e, quando o fiz, vi um homem alto com cabelo castanho me olhando. Ele estava usando seu uniforme de gala, fazendo com que eu me perguntasse por que estaria usando seu uniforme formal em uma festa de noivado no Ano-Novo. Quando ele me viu olhar de volta, sorriu. Eu não gostei do modo como seu rosto se alterou quando ele sorriu. Não era amistoso ou receptivo; era carregado de expectativa e arrogância.

Como eu não sabia o que mais fazer além de retribuir o sorriso, foi exatamente o que fiz. Foi uma coisa pequenina e estranha, mas ele deve ter tomado isso como um convite para me abordar, porque pôs a garrafa de cerveja na mesa mais próxima e foi até mim. Olhei ao redor à procura de Meg, mas não consegui encontrá-la, por isso, no breve momento em que o soldado desviou os olhos de mim, mergulhei entre duas senhoras idosas e dobrei uma curva.

Dobrei outra curva e mais uma até passar pela cozinha cheia de empregados, atarefados para alimentar as centenas de pessoas atulhadas na mansão. O cheiro de pão de milho e alecrim fez com que meu estômago roncasse raivosamente. Eu deveria ter comido mais que Bugles e um sanduíche de pepino o dia inteiro. Quando um homem carregando uma bandeja passou pela porta, peguei um petisco. Olhei para a comida em minhas mãos e agradeci a minhas estrelas da sorte por não ter carne. Parecia algum tipo de molho de tomate sobre pão. Lembrei de Beth ter feito algo assim antes, mas não conseguia me lembrar do nome. Dei uma mordida, e meu estômago roncou outra vez.

Continuei andando, olhando para trás a fim de me assegurar que o homem não estivesse me seguindo. Sem vê-lo, mas não querendo correr nenhum risco, dobrei outra curva e subi uma escadaria vazia perto da porta dos fundos. Era muito silencioso ali atrás, e eu me perguntei por um segundo se devia estar naquela parte da casa. Meg me dissera algumas vezes que a sra. King era estranha em relação a alguns aposentos da mansão, mas eu queria muito escapar da festa, mesmo que apenas por alguns minutos.

Passei por duas portas e cheguei ao fim do corredor. Havia algo no canto... Parecia um banco, mas não conseguia ver bem, porque uma cortina cobria parte dele. Eu me aproximei para ver se podia me esconder ali por um tempinho.

Puxei a cortina para o lado e imediatamente esbarrei em uma estátua em cima de um pódio de mármore. Minhas mãos se projetaram à minha frente para segurá-la antes que ela se quebrasse no chão. Quando finalmente a firmei, virei para me sentar no banco.

– Ai! – uma voz masculina resmungou, e eu voltei a ficar de pé.

Laurie estava sentado no banco com uma lata de Coca em uma das mãos e meu braço na outra.

Eu me afastei bruscamente e puxei de volta a cortina para escapar.

– Desculpe! Não vi você aí.

De todos os lugares na mansão, ele tinha de estar sentado no único lugar tranquilo que consegui encontrar.

Laurie pôs a lata de refrigerante no chão diante de seus pés e me olhou.

– Tudo bem. Eu só estava me escondendo aqui.

Mesmo sentado, pude me lembrar de como ele era alto. Sua boca estava aberta, e olhei para ela brevemente, só o bastante para sentir um calor em meu rosto, em seguida virei os olhos.

– Vou embora – dei as costas para ele.

Ele tocou meu cotovelo.

– Não. Fique.

Quando ele disse essas duas palavras simples, senti algo como um *déjà-vu*, o que não era possível, pois eu só havia trocado algumas palavras com aquele rapaz. Achei que talvez estivesse enlouquecendo, misturando sonhos com realidade, mas jurava ter ouvido Laurie dizer essas duas palavras para mim antes.

– É que eu não conheço ninguém e não sou bom em conversar com estranhos, por isso preferi me esconder aqui até a hora de ir embora.

– Se você não conhece ninguém, quem diz a você que é hora de ir embora? – perguntei.

Ele inclinou a cabeça e me olhou por um instante. Suas pernas eram tão compridas, que se estendiam até o tapete no chão. Torci para ele não estar pressionando suas botas pretas sobre pele de animal.

– Boa pergunta – ele sorriu para mim. – E você? Quem lhe diz que é hora de ir? Sua irmã mais velha?

Sacudi a cabeça.

Ele me olhou pelo que pareceram minutos, mas na verdade foram apenas dez segundos. Contei cinco respirações enquanto esperava seus lábios se moverem. Seus lábios eram bem cheios, como os meus, e me perguntei se o chamavam de nomes perversos na escola como faziam comigo ou se sua boa aparência o salvava do ridículo de seus iguais, como acontecia com Meg.

– Então, o que você está fazendo na festa se não conhece ninguém? – perguntei.

Ele deu tapinhas no assento a seu lado, e eu me sentei, mantendo a maior distância dele possível. O banco era tão pequeno que tinha apenas uns 60 centímetros de espaço.

– Observação de pessoas.

– E como foi isso? Você viu alguma pessoa que gostou de observar?

O que isso significava?, – perguntei em silêncio a mim mesma.

Ele pareceu entender e sorriu.

– Sua irmã é boa de olhar, aquela Meg Spring. – Seu cabelo estava puxado para trás em um coque, e eu achei que ele devia ser modelo.

– Oh, minha irmã, *é claro*. – Eu ri. – *Todo mundo* gosta de olhar para Meg.

– Posso imaginar que isso seja verdade.

Ele se encostou nas costas estofadas do banco, e olhei para além dele, para o corredor comprido. Aquela casa parecia ainda maior de dentro que de fora. Havia antigos retratos de família na parede, pendurados em linhas perfeitamente simétricas.

– É um pouco assustador, certo? – ele falou baixo e depressa, e seus lábios se moveram bem rapidamente. – Imortalizar toda a família e pendurá-la aí em cima, nas paredes perto das quais os convidados não deveriam estar.

– É, muito.

– Então, e você? Quem você está observando lá fora?

Sacudi a cabeça.

– Ninguém.

Era verdade. Eu não estava observando ninguém como ele observava Meg. O rosto de Laurie estava virado para o outro lado. Ele estava arrumando a bainha de seu jeans escuro logo acima das botas.

Quando eu não consegui mais aguentar o silêncio que se sucedeu, perguntei:

– É verdade que você é da Itália?

Ele me olhou.

– Sim. Minha mãe é italiana. Uma pintora. Eu morei lá quando era novo, depois nos mudamos para os EUA, e no ano passado morei lá durante o ano escolar, até ser mandado de volta para cá.

Seu leve sotaque agora fazia sentido. Eu me questionei se seria rude pedir a ele que falasse italiano para mim, só para que eu pudesse escutar.

– Como é a Itália? Eu quero muito ir à Europa. Quando eu trabalhar para a *Vice*, tenho todo um plano de lugares para ir e histórias para cobrir. Quero ver muito mais lugares do que aqui, eu vi as mesmas coisas repetidas vezes ao longo de toda a minha vida. As mesmas pessoas, a mesma mentalidade. – Eu me perdi tanto em minhas próprias palavras e em meus sonhos para o futuro, que quase esqueci onde estava ou com quem estava falando.

– Então, Jo Spring, você tem sonhos, não é?

Decidi nesse momento que, embora eu provavelmente nunca mais tivesse uma conversa com ele, eu precisava ouvir sobre a Europa.

– Tenho. Não devíamos ter todos?

– Você está falando em geral, ou sobre mim especificamente?

Eu soube, então, que era sobre isso que Meg havia me alertado. Garotos que fazem joguinhos. Laurie Laurence era sem dúvida um garoto que queria fazer joguinhos. Jogos de palavras eram apenas o começo.

Eu sabia brincar também. Não importava que eu nunca tivesse tido um namorado. Eu tinha três irmãs. Eu era a rainha dos jogos.

Está bem, talvez Meg fosse a rainha, mas eu era a princesa. Com certeza.

– Eu preciso mesmo ir andando – falei para ele, em vez de mover minha peça no tabuleiro. Eu sabia que podia jogar, mas não queria. Eu queria ouvir sobre a Europa e o mundo fora de meu mundinho, mas ele não parecia disposto a compartilhar.

– O quê? Por quê? – Ele se levantou comigo, mas eu saí apressada, fechando a cortina às minhas costas antes que ele pudesse falar.

Xeque-mate, Laurie, pensei enquanto descia a escada correndo.

10

meg

— Você viu Jo? – perguntei a Reeder quando finalmente voltei a encontrá-lo.

Eu havia procurado na sala de estar, na sala de jantar e na cozinha, e não consegui encontrar minha irmã. Eu estava começando a entrar em pânico, imaginando a reação de Meredith quando eu chegasse em casa sem Josephine.

Peguei meu telefone na bolsa e verifiquei outra vez, para me assegurar que ela não tinha ligado ou mandado uma mensagem de texto em resposta.

Aonde diabos ela foi, eu me perguntei. *É melhor que ela não tenha me deixado aqui.*

Estava perto de dar uma hora de festa, e eu estava pronta para ir para casa. Eu não tinha visto a sra. King ainda. Embora eu tivesse passado quase todos os dias naquela casa nos últimos tempos, eu me senti deslocada por ela estar cheia de estranhos.

Reeder me disse que não, ele não tinha visto Jo, e eu me dirigi ao jardim nos fundos da casa. Peguei minha terceira taça de champanhe, empurrei a porta dos fundos e saí por ela. Multidões de corpos reunidos em círculos cobriam o gramado caro, e havia muitas luzes penduradas nas árvores. Estava bonito, até eu ouvir a voz da própria Bell Gardiner.

– Meg Spring! O que você está fazendo aqui?

Quando me virei, ela estava com um sorriso tão radiante que, por um momento, me convenci de que fôssemos amigas. Mas uma hesitação pequenina e mal perceptível em seu sorriso me lembrou de que não éramos. Por mais que eu não tivesse razão para não gostar dela, ela tinha ainda menos razão para estar me olhando fixamente como se eu, de algum modo, estivesse invadindo seu momento. Havia pelo menos 200 pessoas amontoadas na propriedade, e eu podia garantir que a maioria delas não tinha ideia de quem ela era.

– Eu fui convidada – consegui dar um sorriso para ela.

Por nada neste mundo eu deixaria que ela soubesse que havia me irritado tanto tempo atrás e que continuava irritando.

Seus olhos azuis brilhavam sob o dossel de luzes. Seu vestido mal estava preso no corpo magro; apenas uma alcinha no ombro esquerdo mantinha o cetim verde no corpo. As parte das costas do vestido era toda recortada, revelando sua pele branca por baixo. Ela nem estava usando sutiã. Vaca.

– Ah, você foi? – ela fez uma pausa para me olhar de alto a baixo. – Isso é ótimo.

Olhei para a mulher ao lado dela e supus que fosse sua mãe. Ela tinha o mesmo cabelo escuro e os olhos azuis de Bell.

– Parabéns pelo seu noivado – eu disse a ela.

Ela me lançou um olhar de pena.

– Deve ser difícil para você.

Olhei ao redor e percebi que todo mundo havia ficado em silêncio.

Eles estavam nos observando como se fôssemos o final da série *Gossip Girl – a garota do blog.*

Bell olhou para seu anel, e eu procurei as palavras. Por que aquilo seria difícil para mim? John ia voltar na semana seguinte de West Point. Eu não podia imaginar que seu noivo tivesse melhor situação.

Decidi me comportar como uma adulta madura e sorri, em vez de cuspir em seu rosto. A coisa que eu mais odiava na vida era parecer tola diante das pessoas, e ali estava Bell Gardiner tentando fazer com que eu parecesse patética e menos que ela, com seu vestido verde idiota e seu grande anel de noivado de esmeralda.

– Estou feliz por você, sério, Bell.

Eu me virei para me afastar e vi Shia se aproximando.

Oh, não, não, não, pensei comigo mesma. Minhas mãos se cerraram em punhos ao lado do corpo. Eu não queria ficar presa entre aqueles dois, não naquela noite, nem nunca.

– Shia, querido! – Bell acenou a mão no ar, e eu parei de mover os pés de modo que meu cérebro pudesse tentar pensar em algo espirituoso a dizer se algum deles fosse insolente comigo.

Onde estava seu noivo, afinal? Se ele a amava o suficiente para lhe comprar um anel tão bonito, por que não estava parado a seu lado em sua festa extravagante?

Tentei me esquivar dos olhos de Shia enquanto ele se aproximava de nós, mas não consegui. Eu odiava o jeito como ele sempre me atraía, mesmo quando eu não o via havia tempo. Ele estava usando algo que eu nunca imaginei vê-lo usar. Sua calça e camisa sociais pretas combinavam perfeitamente com o blazer preto que ele vestia. Antes daquela noite, eu só o havia visto de jeans e camiseta.

Tentei não olhar para seus olhos verdes, mas não consegui me forçar a fazer isso.

– Veja quem veio nos parabenizar – as palavras de Bell passaram direto por cima de minha cabeça, até que ela tomou a mão de Shia e o puxou para seu lado. Ele beijou seu cabelo.

Minhas pernas ficaram dormentes. Eu não conseguia formar um pensamento coerente enquanto eu a observava pegar as mãos de Shia entre as dela.

Seu anel brilhou, me cegando.

Que diabos de piada era essa?

Bell Gardiner e Shia King?

Como?

Por quê?

Ele me olhou com tranquilidade.

– Obrigado por vir, Margaret.

Margaret? Desde quando eu era Margaret para ele?

Uma memória sombria intrometeu-se dizendo que eu provavelmente havia me tornado Margaret quando o deixei esperando por mim no aeroporto. Foi aí que me tornei uma conhecida chamada pelo nome inteiro.

– Não é nada – falei. As palavras pareceram cacos de vidro em minha garganta.

Eu não podia acreditar que estava vivendo em um mundo onde Bell Gardiner e Shia King eram o feliz casal de noivos para quem aquela festa havia sido preparada. Eu nem sabia que os dois ainda estavam em contato.

Eu havia passado muitas horas com a sra. King nessa casa, na loja, em seu *country club*, e ela não havia mencionado nem uma vez nada sobre Shia e Bell. Ou Bell e Shia. Ou essa festa. Nem uma vez. Na verdade, ela mal mencionava Shia – ela falava principalmente sobre suas duas filhas, de quem ela tinha tanto orgulho. As duas tinham se formado na escola de direito, seguindo os passos do sr. King, o advogado mais famoso e rico em todo o estado da Louisiana.

– Esta festa não está ótima? – Bell perguntou.

Eu sabia que ela estava falando comigo. Temi não ter força suficiente para olhar para ela e ver seus olhos, por isso me lembrei do que Meredith sempre nos dizia: "*Nunca, nunca deixem que ninguém tire suas forças, garotas. Não deixem que ninguém faça com que vocês se sintam diminuídas, e, se tentarem, mostre quem vocês são*". Ela havia dito isso a nós quatro tantas vezes, que, quando eu tinha 10 anos, já havia decorado. Acho que ela disse ter lido isso em um livro quando estava grávida de mim.

Ergui os olhos para Bell Gardiner e Shia. Meu sorriso esticou minhas bochechas, e torci para que meu batom ainda estivesse no lugar.

– Está ótima, sério. Obrigada por me convidarem. Eu perdi Jo em algum lugar. Vou procurá-la, mas vocês dois tenham uma boa noite.

Eu não dei a eles tempo nem para piscar antes de me virar, tentando balançar os quadris com confiança enquanto desaparecia na multidão.

Meus olhos ardiam quando encontrei Jo apoiada na parede bebendo uma taça de champanhe.

– Você não deveria estar bebendo. Meredith vai me matar – falei.

Jo revirou os olhos.

– Está tudo bem. Eu não vou contar a ela. Você está pronta para ir?

Suas bochechas estavam vermelhas, e eu quis lhe contar sobre Shia e Bel, mas precisava de um minuto, ou de 30.

– Você já bebeu antes? – Peguei mais uma taça de champanhe na mesa, virei-a e peguei outra.

– Sim. Uma vez. Beth e eu entramos no estoque de bebidas de papai quando estávamos em Fort Hood – ela sorriu. – Nós passamos *muito* mal no dia seguinte.

Uma vaga lembrança de Beth segurando a cabeça de Jo em cima do vaso sanitário surgiu em minha mente.

– Não posso acreditar que Beth, entre todas as pessoas, tenha feito isso – ri um som amargo.

– Você descobriu quem é o noivo de Bell Gardiner? Eu não ouvi ninguém falar sobre isso. Acho que todo mundo só veio pela bebida grátis e os canapés. Ninguém gosta de Bell Gardiner.

O champanhe borbulhou e queimou em minha boca.

– Não sei – menti. – Mas você tem razão sobre ninguém gostar de Bell Gardiner.

Tantas vezes quis compartilhar mais com Jo, deixá-la crescer mais rápido do que meus pais queriam que ela crescesse. Meredith era boa em nos ensinar a ser frias, a ser capazes, mas ela não nos ensinava nada sobre a realidade de ser uma adolescente. Ela me disse uma vez que teve de crescer rápido demais e não queria isso para nós. Eu entendia isso até certo ponto, mas provavelmente Jo nunca havia sequer beijado um garoto, pensei com assombro. Na idade dela eu já tinha dormido com três. Eu, na época, não me desculpei por isso, e com certeza não o faria agora.

– Ei, preciso fazer xixi. Podemos ir? – Bebi o restante do líquido. Eu havia perdido a conta de quantas taças havia tomado. Meu peito tinha parado de doer, mas eu não conseguia deixar de pensar em Shia e Bell. Isso não fazia sentido para mim. Suas personalidades não podiam ser mais diferentes. Com as muitas viagens dele, como os dois mantinham um relacionamento forte o suficiente para ficarem noivos? Há quanto tempo estavam juntos? Eu não fazia ideia. Eu tinha vigiado a vida dele, pelo menos achei isso, mas sem dúvida tinha problemas no quesito stalkear. Isso, ou ele não se importava o suficiente com ela para mencioná-la *on-line*.

11

Encontrei com facilidade o caminho até o banheiro do segundo andar, o que era conectado ao quarto de Ineesha. Ela era a filha mais velha do sr. King. Eu me perguntei se Ineesha também estava ali. Eu não a tinha visto, mas seria ainda mais estranho se a irmã de Shia não tivesse se dado o trabalho de ir até a cidade para sua festa de noivado. Eu parei diante do espelho por alguns minutos antes de brigar com minha lingerie modeladora SPANX e conseguir me aliviar.

Quando estava saindo, pensei ouvir vozes masculinas falando baixo, mas de um jeito furioso. Parei perto de uma pintura pesada pendurada na parede. Eu conhecia bem a pintura. Era de toda a família King. Eu não precisava erguer os olhos para saber que a sra. King estava usando um vestido vermelho-vivo e que um jovem Shia estava sentado aos pés da mãe com um urso de pelúcia nos bracinhos. Suas bochechas eram gorduchas na infância, e seu cabelo estava comprido no alto, com montes de cachos no topo da cabeça.

Eu via a pintura sempre que passava pelos corredores vazios do andar de cima. Nesse momento, enquanto tentava ouvir a conversa pela porta aberta do quarto mais próximo de mim, olhei ao redor para me assegurar de que não vinha ninguém. Eu me escondi atrás da parede do canto. Os corredores estavam vazios; apenas vozes baixas e o eco da música no térreo podiam ser ouvidos. Eu me surpreendi que o som não estivesse mais alto ali em cima, considerando o número de pessoas na casa.

Meu estômago se revirou. A propriedade dos King sempre parecia muito vazia. Eu sempre podia ouvir o barulho de meus passos sobre o piso original de madeira – que a sra. King adorava me dizer ser dos anos 1860 – até os tetos altos, que complementavam as sancas originais que se prendiam às paredes de cor creme. A sra. King tinha muito orgulho de sua casa; ela falava sobre os detalhes dos vitrais do sótão com muito mais orgulho que nos raros momentos em que falava de seu filho único e suas "aventuras" pelo mundo.

Comecei a me sentir entediada e quis voltar para encontrar Jo, embora ela estivesse me dando nos nervos com aquele garoto Laurie. No momento em que dei o primeiro passo, ouvi uma voz que reconheci.

– *Você não sabe disso!*

Shia falava alto e com voz profunda. Deslizei lentamente meus pés pelo chão, movendo-me em silêncio para mais perto das vozes.

– Eu não sei disso? – uma voz trovejante berrou na direção do corredor vazio. Algo caiu e se quebrou contra o chão. Pareceu vidro se estilhaçando.

– Você não sabe de nada, garoto! Você acha que conhece o mundo só porque foi para alguma missão infantil e alimentou as pessoas de uma aldeia? Bom...

A voz se interrompeu, e ouvi a sra. King dizer alguma coisa ininteligível em seguida.

Eu conhecia o sr. King, mas em todo o tempo que passei na casa dos King, só tinha ouvido sua voz uma vez, quando ele ligou para o telefone fixo para falar com a mulher. Sua voz era a mais profunda que eu já tinha ouvido.

– Está feliz, agora? Você deixou claro que não quer que eu seja parte desta família! – Shia berrou.

Eu me perguntei se Bell Gardiner estaria na sala. Eu não conseguia evitar minha avidez constante por drama. Normalmente esse tipo de coisa não era coincidência, mas naquela noite eu estava mesmo cuidando de minha própria vida, apenas usando o banheiro – tentando escapar do drama de Bell –, de modo que o destino é que devia ter me levado para ouvir a discussão que eles estavam tendo.

Era estranho, porém, porque, diferentemente da maioria dos casos, enquanto eu estava parada no corredor ouvindo o sr. King berrar com o filho, não senti a onda de adrenalina provocada pelo drama da situação. Senti os pelos de meu braço se arrepiarem e minhas costas se aprumarem.

– Você nunca mereceu ser parte desta família! – o sr. King gritou. – Você é meu único filho, o único que pode carregar meu sobrenome, e olhe para você!

Pensei ouvir um choro feminino.

Bell Gardiner, talvez?, pensei enquanto me aproximava lentamente.

Respirei fundo e dei um último passo na direção da porta. Eu nunca havia estado naquele aposento antes, mas sabia se tratar do escritório do sr. King. Eu havia passado por ele uma vez quando a porta estava aberta, mas a única coisa de que eu me lembrava era a grande escrivaninha no centro da sala. Nesse momento, quando olhei de trás do batente da porta, vi três pessoas.

Shia estava parado mais próximo da porta, com as costas voltadas para mim. Diante dele estava o sr. King, um homem quase da altura de Reeder. Sua pele era de um marrom mais profundo que a de Shia, e seus olhos eram escuros, mas eles se pareciam tanto, que isso me surpreendeu.

O sr. King caminhou na direção do filho, que se virou de perfil para encará-lo. A camisa de Shia agora estava para fora da calça, pendendo bem abaixo de seus quadris. Seu rosto havia se transformado em uma careta tensa, com os olhos fechados e a boca retorcida nos cantos.

– Eu achava que, a esta altura, você teria terminado de desperdiçar seu tempo nessas brincadeiras infantis – o sr. King falou, com a voz se tornando um grito.

Shia girou e olhou para a mãe.

– Brincadeiras infantis? – Ele apertou a ponte do nariz e caminhou em uma linha irregular pelo carpete.

– Estou fazendo aquilo pelo que sou apaixonado! Vocês têm ideia de quantas pessoas ajudei? Alimentei, ensinei a ler... E aqui estão vocês me dizendo que sou uma criança?

A campainha de um celular pareceu berrar pelo escritório. Ele tocou até que o sr. King finalmente disse:

– Preciso atender isso.

As batidas de seus sapatos no chão ecoaram até mim – quase através de mim – no corredor.

– *É claro* que precisa – Shia falou, mas seu pai não respondeu.

Senti um aperto no peito e pensei sobre quando conheci Shia King. Nós tínhamos acabado de ser transferidos do meio do Texas para o sul da Louisiana, e eu estava caminhando sozinha pelo Bairro Francês. Eu me lembro de deixar minhas irmãs e a tia Hannah em uma loja de iogurte *frozen* para explorar o bairro por alguns minutos sozinha. Eu nunca havia ido ao Bairro Francês antes, e era a única coisa que eu esperava fazer quando recebemos a notícia sobre nossa mudança permanente de posto para a Louisiana.

Eu queria me mudar do Texas depois do que aconteceu em meu nono ano. Eu senti como uma bênção de Deus quando meu pai nos pôs sentadas, nervoso e pronto para as piores reações de nossa parte, e contou a nós, garotas, que iríamos nos mudar naquele verão. Eu vibrei, pronta para me livrar dos babacas torturantes de minha escola. Jo teve um ataque, Beth sorriu, e Amy não deu a mínima.

Aquele foi o verão em que me reinventei. Pintei o cabelo de castanho-escuro e cortei a franja. Aprendi a fazer minha maquiagem e senti que podia começar outra vez.

Naquele dia em particular, o sol estava brilhando sobre minha pele enquanto eu andava pelas ruas calçadas com pedras. Meus ombros ficaram queimados de sol em 20 minutos. Eu caminhava sem rumo, querendo apenas explorar as ruas. O cheiro adocicado de açúcar me conduziu pela Decatur até uma loja de pralina *creole*.

O prédio era lindo; o exterior parecia muito charmoso, muito Nova Orleans. Um metal azul que se assemelhava a uma fita de renda cobria as janelas. Era impossível pensar que alguém pudesse passar por aquele lugar sem entrar. Eu estava com água na boca, meu corpo estava superaquecido, e eu não era a única alma que havia saído naquele dia. Eu era aproximadamente a 20ª pessoa na fila no grande salão. O ar-condicionado estava forte, soprando alto desde o teto.

Carrinhos estavam cheios de suvenires, com a logomarca da loja em tudo, de camisetas a canecas. Eu peguei uma caneca porque não consegui resistir.

– Você precisa experimentar o chocolate – uma voz disse às minhas costas.

Eu me virei e vi Shia ali parado, com seu sorriso jovial e seus olhos verdes e cintilantes.

– Eu nunca estive aqui.

Ele sorriu e olhou para a minha caneca.

– Imaginei.

Eu me virei para a frente outra vez.

Alguns momentos depois, seus dedos bateram em meu ombro.

– Você não tomou o chocolate – ele falou enquanto eu dava a primeira mordida no doce crocante de pralina.

Eu quase pedi o chocolate, mas decidi não fazer isso apenas para contrariá-lo. Nossa relação manteve esse padrão. Ele me dava conselhos, e eu fazia o oposto, só para provar alguma coisa. Por isso nós nunca teríamos funcionado. Tentamos algumas vezes, mas nenhum de nós tinha paciência para aguentar o outro.

– Meg? O que você está fazendo aqui em cima?

A voz da sra. King me trouxe de volta de minhas recordações. Seu queixo quadrado estava empinado, e eu me ergui mais reta, tentando pensar em algo a dizer.

E, apesar de tudo, seu tom de voz suavizou-se em torno das palavras, como se o marido e o filho não tivessem gritado um com o outro, pouco antes, como se a árvore genealógica da família estivesse sendo derrubada.

– Eu, uhm... – fiz uma pausa. – Estou procurando minha irmã.

Ouvi passos no interior da sala grande e quis sair dali antes que Shia me visse.

– Sua irmã? A pequena lourinha ou a de cabelo comprido?

Quis dizer à sra. King que, na verdade, eu tinha três irmãs, mas senti que isso não ia ajudar em nada; ela não parecia lembrar seus nomes, embora eu falasse sobre minhas irmãs o tempo todo. Bom, não diria o tempo todo, uma vez que eu não falava muito perto da sra. King, mas, quando tinha oportunidade, falava muito sobre minhas irmãs mais novas.

– Essa mesmo, sim, desculpe por incomodá-la. – Olhei ao redor, na tentativa de evitar seu olhar pesado. Ela era muito intimidadora.

Olhei para sua roupa e me perguntei se algum dia eu iria me vestir como ela quando fosse mais velha. Seu blazer marrom combinava perfeitamente com a saia lápis, a cor não era nem um tom diferente. Em seu pescoço havia um colar grosso de pérolas, e seus lábios eram fúcsia-escuro. Ela era uma mulher de quarenta e tantos anos muito bonita. Eu não conseguia imaginar sua aparência quando ela acordava. Mesmo quando eu chegava no início da tarde para fazer sua maquiagem, ela já havia penteado o cabelo e, normalmente, estava muito bem arrumada, com joias combinando perfeitamente e tudo.

Eu queria ser como ela quando crescesse.

Não achei que ela quisesse que eu percebesse a maneira como olhava de volta para a porta aberta quando começamos a caminhar pelo corredor.

– Está tudo bem, querida. Vamos descer – ela falou com neutralidade.

A sra. King estava pelo menos 15 centímetros mais alta que eu com seu salto alto. A forma como ela andava com eles fez com que meus pés já doloridos parecessem ainda mais patéticos. Eu tinha um longo caminho a percorrer.

Ela fazia com que eu me sentisse a mais velha e a mais jovem que jamais poderia ser.

Olhei para minha patroa, e ela se virou para me encarar ao passarmos pelo banheiro do segundo andar. A porta estava fechada, e uma linha fina de luz se projetava sobre o chão. O silêncio reinava, por isso, ao falar comigo, sua voz estava delicada como um polvilhar de açúcar de confeiteiro.

– Você gostou da festa? Tenho certeza de que ouviu algumas coisas que não deveria. Nós podemos apenas esquecer esse momento particular da família, não podemos?

Balancei a cabeça afirmativamente. *Sim, por favor.*

Torci para que ela não me repreendesse por dizer que estava doente para trabalhar e estar ali, arrumada e obviamente não doente.

– Claro. E, sim, a festa está incrível. Estou feliz por seu filho e por todos vocês.

Seu sorriso ergueu as bochechas empoadas. Quem quer que tivesse feito sua maquiagem essa noite, tinha feito um trabalho quase tão bom quanto o meu.

– Eu não ficaria feliz *demais* – ela comentou tão baixo que quase pensei ter imaginado isso.

Nenhuma de nós voltou a falar enquanto atravessávamos o segundo andar da casa. A música e as vozes da festa subiam até onde estávamos. Era estranho quão silencioso estava o andar de cima. Na casa de meus pais, posso ouvir qualquer barulho de parede a parede. *Eu vou ter uma casa como esta antes dos 30.*

– Você quer tomar algo comigo antes de nos juntarmos novamente à festa?

Nunca pensei que fosse ver o dia em que a sra. King me convidaria para tomar um drinque. Eu nem sabia o que ela estava me oferecendo, mas, a essa altura, eu teria bebido um copo de melado só pela sensação de inclusão.

– Claro – tentei manter o sorriso frio, não muito excitado. Garotas maduras ficam tranquilas. O tempo inteiro.

Eu a segui até uma pequena copa de serviço. Enquanto caminhávamos, tirei o cabelo de trás das orelhas e puxei a barra do vestido. Após pegar uma garrafa preta com um rótulo em forma de losango na frente, ela se virou para mim.

Então a sra. King apontou acima de minha cabeça.

– Pegue dois copos.

Quando ergui os olhos, havia fileiras de copos e taças. Havia de tudo, de flutes de champanhe a canecas de cerveja. Peguei dois copos que me pareceram bons para o que quer que ela fosse me fazer beber. Quando os entreguei a ela, a sra. King girou o pulso, e seu relógio cintilou sob a luz. Tudo nela emanava elegância e classe. Ela me deu um sorriso de aprovação, e meu coração saltou. Então abriu uma pequena geladeira embutida na parede. Ela se abaixou, e ouvi gelo tilintar nos copos.

Li o rótulo na garrafa preta: HENDRICK'S GIN. Eu havia bebido gim apenas uma vez até aquela noite, com minha ex-melhor amiga do Texas, Justina. Foi uma noite horrível. O começo do fim de nosso relacionamento.

– Aqui está – ela empurrou um copo para mim e pousou o dela. Seus dedos compridos envolveram o gargalo de vidro, e ela tirou a tampa da garrafa. Suas unhas cor *crème brûlée* pareciam muito elegantes e bonitas em sua pele escura enquanto ela servia gim sobre os cubos de gelo.

Quando ela terminou, esperei um momento, na esperança de que ela misturasse alguma coisa ali. Ela não fez isso. Simplesmente tomou um gole puro e disse:

– Eu não bebo com frequência, mas, quando faço isso, é a sério.

Sorri e segui seu exemplo, erguendo meu copo até o dela. Dei um gole pequeno, e minha língua queimou, mas, na verdade, não era tão ruim. Era muito melhor que cerveja barata ou os *coolers* de vinho que meus amigos no Texas sempre roubavam do estoque de suas mães. Até esse dia, eu não conseguia aguentar o cheiro dos *coolers* de vinho; eles me lembravam aquelas vadias falsas que destruíram minha vida no Texas.

A sra. King pôs o copo na bancada à nossa frente.

– Então, Meg, você está saindo com alguém?

Não consegui evitar me perguntar como seu batom não estava nem um pouco borrado.

Balancei a cabeça afirmativamente e torci para não engasgar quando falasse.

– Sim, sra. King, estou saindo com um homem chamado John Brooke. Ele vai se formar em West Point na semana que vem. – Queria que ela ficasse impressionada.

– Acho que o conheço. Que bom, ele vai cuidar de você. Isso é tudo o que podemos esperar. – O jeito como ela disse essas palavras me irritou um pouco, mas, se ela não estivesse certa, por que eu teria mencionado a formatura de John em West Point?

– É – foi tudo o que eu disse.

– Posso lhe dizer uma coisa, Meg? – Não era um pedido. Ela ia falar independentemente de minha resposta.

Assenti mesmo assim. Dei outro gole no gim, que queimou um pouquinho menos que o primeiro.

– Meu filho acha que sabe tudo sobre o mundo e como ele funciona. Ele tem essas ilusões de ser alguma espécie de salvador. – Ela gesticulou com a mão no ar como se estivesse dispensando alguém que não estava ali. – Tudo o que queremos para ele é que seja bem-sucedido. Queremos que ele deixe nossa família orgulhosa e leve adiante o legado de seu pai por aqui. Você sabe quanta pressão há sobre nossa família? Ser a família mais rica daqui *e* ser negra?

Os olhos de minha patroa caíram sobre mim, e eu não sabia ao certo como reagir. Não sabia quanta pressão havia. Sabia apenas como as pessoas falavam sobre os King, como se eles fossem alguma coisa entre um conto de fadas e a realeza.

– Meu filho tem a responsabilidade de levar nosso nome adiante. Minhas duas filhas fizeram o que se esperava delas; droga, até mais do que se esperava. Ineesha se formou com destaque em sua turma e agora é a sócia mais jovem na história de seu escritório. O marido de minha filha mais nova vai concorrer ao Senado. E aqui está Shia, desperdiçando seu tempo nesses países, deixando que a ilusão de liberdade afete seu futuro. Ele largou a faculdade, pelo amor de Deus.

Eu não sabia o que dizer. Não me sentia qualificada para dar conselhos, nem mesmo para comentar aquilo, mas queria que ela continuasse a falar.

– O que a senhora gostaria que ele fizesse? – perguntei.

Ela não hesitou.

– Que fosse para a escola de direito. Aproveitasse esse noivado com Bell Gardiner. Escutasse seu pai.

– Mas Shia não quer ser advogado. – Desejei ter conseguido manter a boca fechada.

Seus olhos endureceram um pouco, mas ela concordou.

– Você tem razão. Ele não quer, mas, quando for um adulto vivendo em uma casa como esta, vai nos agradecer. Você não ficaria feliz de viver em uma casa como esta, Meg? Mesmo que tivesse de fazer alguns sacrifícios para chegar lá?

Olhei pela copa de serviço, que era mais bonita que a maioria dos aposentos na casa de meus pais.

– Sim, ficaria.

Quando Jo e eu falávamos sobre o futuro e nossos planos para ele, eu sempre me sentia automaticamente culpada por querer ser uma mãe e uma esposa. Jo tem um plano diferente para si, e a ideia de ser esposa e mãe, sem uma carreira, parece um inferno para ela. Mas, para mulheres como eu e a sra. King, não havia vergonha nisso. Era tão ruim que eu sacrificasse algumas coisas para ser esposa e mãe? Não, eu não achava isso. Para Jo e Meredith, sim, mas não para mim.

– Sabia que você tinha a cabeça no lugar. Por que Shia não pôde apenas fazer o que dissemos, se matricular na faculdade de direito? Ele ainda não está muito atrasado; seu pai tem contatos. Ele pode ser aceito agora, mesmo após desperdiçar dois anos pedalando pelo globo. Mas ele simplesmente não nos dá ouvidos, essa criança impossível.

Era estranho ouvir a sra. King falar sobre Shia desse jeito, como se ele estivesse cometendo muitos erros, quando às vezes eu desejava poder ser como ele. Desejei não me importar com o que as pessoas pensassem de mim e desejei poder deixar minha família para viajar pelo mundo. Desejei ser corajosa o suficiente para fazer isso. Pelo menos por algum tempo.

– Tenho certeza de que ele vai mudar de ideia. Ele tem sorte de ter pais como a senhora – reconfortei-a, sentindo-me um pouco traidora.

O sorriso da sra. King teria compensado minha culpa se Shia não tivesse entrado pela porta aberta nesse mesmo instante e me lançado um olhar no qual pude ler que ele tinha ouvido cada palavra que havíamos dito sobre ele.

12

jo

Meg havia desaparecido fazia 20 minutos, então fiquei entediada e tive vontade de ir embora. Bom, para ser bem honesta, eu estava pronta para ir embora no momento em que passamos pelo portão de ferro fundido que separava os King do resto do mundo. Aquilo parecia mesmo um universo alternativo, no qual pessoas ricas permaneciam paradas enfiando colherinhas de caviar na boca e lavando-as com bebida cara. Esse era um mundo no qual eu nunca gostaria de acabar.

Felizmente, o champanhe estava facilitando as coisas.

– Esta festa não está linda? – uma mulher alta me perguntou. Precisei virar o pescoço para vê-la e, mesmo assim, não consegui ver muito de seu rosto. Ela usava um chapéu grande e com plumas na cabeça. Era um pavão rico e elaborado. Talvez igualmente inútil.

– Está simplesmente deliciosa – mudei minha voz para a de uma beldade do Sul, e a mulher bateu palmas.

Tipo, bateu palmas mesmo.

– Está sim! Essa Bell Gardiner tem sorte pela chance de se casar e entrar para a família King. Você pode imaginar?

Seu prazer e a sensação de assombro em relação a essa família fizeram meu estômago se revirar. Para mim, os King eram esbanjadores, chatos e extremamente narcisistas. Essa festa mostrava isso. Quase tanto quanto as pinturas assustadoras dos cinco colocadas de modo estratégico em cada aposento em que eu tinha estado até agora. Talvez fosse verdade que se pintarem um retrato seu seja como roubar sua alma. Ou era tirar sua fotografia? Não conseguia me lembrar, mas isso explicaria o que havia acontecido naquela casa. Eu não sabia muito sobre eles, mas, com o ódio de Meg por Shia e suas reclamações sobre a frieza da sra. King, eu não precisava investigar muita coisa por conta própria. Essa festa opulenta era suficiente.

– Não posso imaginar. Aposto que é, tipo, muito divertido ficar preso nesta casa grande e antiga sem nada para fazer além de beber champanhe e reclamar da vida. Tipo, é *muita* diversão, certo? – Movi os quadris ao falar, e um sorriso se abriu em meu rosto quando a mulher franziu o cenho para mim.

– *Qual* o seu problema?

Seu ultraje era ridículo. Ela agia como se eu estivesse falando de sua irmã ou sua mãe. Talvez esse fosse o caso, mas eu não sabia.

– Nenhum. Só estou dizendo. Ouvi dizer que, se você se muda para esta casa, começa lentamente a se transformar em um robô. É loucura. Bell Gardiner. – Apontei com a cabeça na direção da mesa comprida em que a mulher da noite e seus amigos estavam sentados. Seu noivo era a única pessoa ausente no grupo. O assento vazio ao lado dela destacava-se como um polegar inflamado.

– Você é... – a mulher bufou, e seus olhos pequenos e brilhantes saltaram de baixo de seu chapéu escandaloso. Eu não queria ficar por ali tempo suficiente para que ela encontrasse as palavras, por isso mergulhei entre um garçom e um grupo de homens altos.

Queria voltar para o banco escondido, mas sem correr o risco de Laurie chegar e tentar seus jogos comigo.

Peguei meu telefone e mandei uma mensagem para Meg: "Vou para casa. Me encontre lá quando você terminar. Eu não aguento mais".

Meg ficava bem sozinha. Ela passava quase todo fim de semana fora e só voltava para casa horas depois de eu ter dormido. Peguei outro pão com tomate e, ao sair, sorri para os seguranças gigantescos diante do portão.

Peguei o telefone para solicitar um carro pelo aplicativo Safr, mas, quando olhei para a rua, a escuridão silenciosa me atraiu. Eu poderia caminhar por alguns minutos, conseguir um pouco do ar fresco da Louisiana para meus pulmões e algum silêncio em minha cabeça, e só depois chamar um carro para me levar pelo restante do caminho até em casa. Bom, até o portão da base. Motoristas não podiam passar pelos portões de segurança sem um adesivo no carro. Às vezes eu dava sorte e conseguia um motorista com o adesivo ou uma identidade militar para passar por eles, mas nem sempre.

De onde eu me encontrava, o portão ficava a uma viagem de dez minutos de carro e, do portão, eu levava cinco minutos para chegar à porta da frente de casa. Eu poderia estar em casa em pouco tempo, botar o pijama e ficar com minhas irmãs. Tínhamos uma tradição que seguíamos todo ano. Beth e Meredith enchiam a cozinha de comida e, quando a tia Hannah chegava, era ainda melhor. Bom, a comida era. Não o silêncio desconfortável entre minha mãe e sua irmã, que ecoava o vazio do aposento. Amy sempre corria de um lado para o outro perguntando a todo mundo quais eram suas recordações favoritas e contava as dela primeiro. Meredith e Amy sempre dormiam antes da meia-noite, e Beth acordava Meredith pouco antes. Nós nos abraçávamos e dançávamos à meia-noite, papai sempre acendia estrelinhas e gritávamos "*Prost*" ao brindarmos. Meu pai aprendera isso na Alemanha, e amávamos esse brinde.

Sentia falta de meu pai. Estava começando a pensar nele toda hora. Quando era mais nova, era mais fácil me distrair para não sentir sua falta. Eu vivia atarefada com a escola e com minha escrita, e os dias passavam mais rápido. Mas agora que eu vinha prestando atenção no mundo ao meu redor não era tão fácil.

Meus professores falavam sobre a guerra, e meu *feed* do Twitter era cheio de política, a maior parte dela em conflito com o que eu aprendia na escola.

Eu me sentia muito mais jovem apenas um ano antes.

Meredith sempre me dizia que ter 16 anos era diferente de qualquer outra idade. Com 15 você ainda não dirige e provavelmente ainda não está saindo com garotos. Eu comecei a menstruar depois de todas as minhas irmãs, exceto Amy. Eu me sentia muito jovem até que, de algum modo, sem que eu percebesse, no ano anterior fui lançada no início da vida adulta. Todo dia era algo novo, e eu sentia o mundo ficar menor a cada amanhecer. Minhas irmãs achavam que eu estava sendo dramática, mas agora o momento era diferente de quando Meg tinha minha idade, dois anos antes.

Só mais um mês e meu pai estaria em casa. Ele voltaria, e a vida iria se animar um pouco. Eu teria alguém com quem debater, alguém para rebater minhas ideias. Eu tinha orgulho de meu pai, mas não conseguia evitar desejar que ele não tivesse se inscrito para ser oficial. A culpa crescia em meu peito, e retirei meus pensamentos, desculpei-me mentalmente com meu pai e com o universo e reformulei meu pensamento. Eu tinha sorte por ele estar voltando para casa, sabia disso. Porém, por mais que eu soubesse, isso não me fazia sentir muito melhor quando ele estava longe.

Passei por um campo aberto e pensei na privacidade que todo aquele espaço proporcionava. Aposto que os King eram donos daquela terra também, uma vez que não havia casas nela. Apenas gado. Dois olhos me olharam fixamente na escuridão, e caminhei um pouco mais distante do animal. Eu não tinha problemas com gatos e passarinhos, mas grandes animais de fazenda não eram o meu negócio. Como na maioria dos dias no sul da Louisiana, o ar ficava grudento à noite. Ainda estava frio, mas essa noite estava mais quente que a manhã. Procurei mais vacas e tentei ficar embaixo das luzes da rua para o caso de algum carro passar. Meg ainda não havia respondido minha mensagem, por isso torci para que Meredith não surtasse quando eu chegasse em casa sem ela.

Eu achava que não, mas ia ver o que aconteceria. Talvez Meg me mandasse uma mensagem de texto ou me ligasse antes de eu chamar um carro. Escrevi para ela outra vez: Meg, onde está você?

Pensei ter ouvido um galho se quebrar às minhas costas, mas também sabia como funcionava minha imaginação. Sempre que havia muito silêncio, minha mente criava algo para mantê-la ocupada. Por isso eu escrevia, para descartar um pouco de minha imaginação fértil.

Outro barulho. Certo, então tem algo atrás de mim. Uma vaca?

Que seja uma vaca...

Eu me virei, e Laurie estava caminhando cerca de três metros atrás.

Ele ergueu os braços no ar.

– Não atire!

Laurie riu, e olhei fixamente para ele. Ele estava me seguindo?

– Por que você está me seguindo? – gritei. Agora ele estava a apenas cerca de um metro e meio; seus passos longos o levaram rapidamente até mim. Sua camisa estava para fora da calça, e seu cabelo louro estava puxado para trás, fora de seu rosto.

– Não estou. Eu só a vi andando e tive vontade de me juntar a você. – Ele sorriu e passou a língua sobre os lábios.

Eu olhei para seus olhos.

– Isso me parece *muito* com seguir alguém. O que você quer?

Seus lábios molhados brilhavam sob a luz da rua.

– Estou indo para casa também. Por que não irmos juntos?

Uhmm.

– É uma caminhada longa daqui. Caso você não saiba. – Ele provavelmente não sabia, uma vez que havia acabado de se mudar para lá, e eu meio que amei saber mais que ele sobre isso.

Ele riu e sacudiu a cabeça por um segundo.

– Você é muito agradável, Jo Spring.

Eu não sorri.

– Não sou? – Apontei para o copo de papel em sua mão. – Isso é café? Onde você encontrou café, droga?

Eu tinha visto mesas e mesas de champanhe e dois bares cheios, mas nada de café.

– *É* café. Você quer? – Ele o ergueu.

Eu precisava de café e o peguei. Ainda estava quente.

– Neste momento, prefiro café a elogios.

Levantei a tampa de plástico do copo. Eu o cheirei para me assegurar de que não havia álcool ali. O champanhe que fingi gostar tinha sido mais que suficiente para mim. Depois daquela noite, não entendi mesmo por que as pessoas gostavam tanto de beber. Adultos, talvez – eles têm mais com que se preocupar –, mas adolescentes? Não entendo seu amor pelo álcool.

Botei a tampa de volta. Isso era seguro? Eu odiava ter de questionar a respeito.

– Tome um gole você – falei, entregando o copo de volta a Laurie.

Seus olhos foram de mim para o copo, o qual ele pegou. Além de inclinar a cabeça para o lado, ele não fez nada antes de beber um pouco. Ele gargarejou como se fosse antisséptico bucal e sorriu depois de engolir, botando a língua para fora provando que havia bebido tudo.

– A caminhada é só de dez minutos, se cortarmos caminho pelo cemitério – Laurie sugeriu alguns momentos depois.

– O cemitério? – Não podíamos simplesmente cortar caminho pelo cemitério. Ele estava com os portões fechados.

E era um pouco assustador. Honestamente.

– É – Ele chutou uma pedra com a bota. A pedra correu pela rua escura, e tudo o que podíamos ouvir era o cricrilar de grilos e a vibração de gafanhotos nos campos à nossa volta. Estávamos nos aproximando de um milharal que era sempre muito escuro toda vez que eu passava por ele. Não consegui evitar pensar na escolha de Amy para o filme de terror do último Natal: *Colheita maldita*.

– É mais rápido. Confie em mim. Sempre corto caminho pelo cemitério.

Irritou-me ele saber disso e eu não.

– Também está fechado.

– E daí? Posso ajudá-la a pular a cerca, se está preocupada com isso. A maioria das garotas não consegue subi-la. Vou ajudar você – ele ofereceu com um sorriso.

Eu amava um desafio, e o jeito como ele falou "a maioria das garotas" me irritou.

– Tenho certeza de que consigo. Não preciso de sua ajuda – sorri de volta para ele e o segui pela rua.

– Não deveria estar assim tão quente aqui fora. O verão vai ser brutal – Laurie comentou.

Olhei para ele.

– Nós estamos conversando sobre o clima?

Ele riu enquanto respondia.

– Acho que não.

O cemitério era marcado por um grande portão vermelho de madeira.

– Pronta? – Laurie perguntou com um sorriso afetado, que era um desafio embalado com um grande laço vermelho.

– Sim – comecei a subir um segundo antes dele e não precisei de sua ajuda para pular a cerca de aço. Subi e desci sozinha e rasguei a calça apenas em dois lugares. O jeans foi um sacrifício necessário para minha causa de autossuficiência.

Ficamos em silêncio enquanto caminhávamos entre os túmulos. Laurie me disse que, se incomodássemos os mortos, eles iriam nos incomodar também.

Sabia que ele só estava me falando bobagem, mas eu ainda tremia e caminhei um pouco mais perto dele, assegurando-me de dar passos os mais leves possíveis até chegarmos outra vez a uma rua pavimentada. Estávamos quase no portão. Eu podia vê-lo a distância, apenas alguns minutos de caminhada à frente.

Laurie havia acabado de se mudar para lá. Como ele sabia mais sobre minha cidade do que eu?

– Então, Jo. Pelo que você é apaixonada?

– Que coisa aleatória de se perguntar – ri, tentando acompanhar seus passos longos.

– Na verdade, não. Sou curioso.

Laurie enfiou as mãos nos bolsos e reduziu o passo para andar só um pouco atrás de mim.

– Eu quero saber de você, Laurie. – Estiquei as costas o mais alto que pude. – Me conte algo sobre você. Eu não estou para brincadeiras.

– Uhmm, Jo. De algum modo, eu não acredito nisso.

Ele sorriu, e a Lua brilhou mais forte.

13

— Não vou deixar você caminhar comigo se continuar a ser antipático – respondi.

Eu não queria passar todo o caminho até em casa brincando de adivinhação, com Laurie fazendo comentários incompreensíveis e longe de serem produtivos sobre tudo o que eu dizia.

– Não vou ser. Prometo apenas meu melhor comportamento daqui em diante. – Ele ergueu a mão e traçou uma cruz sobre o coração.

Foi fofo. Eu ri.

– Vamos conversar – ele sugeriu e começou a disparar pergunta após pergunta para mim. Quando chegamos ao portão da base, eu havia falado tanto com ele, que a caminhada havia passado voando.

De onde veio meu nome?

Por que eu gostava de ser chamada de Jo em vez de Josephine?

Qual de minhas irmãs era a mais velha? Qual era a mais nova?

Eu não havia descoberto quase nada sobre ele, além de que queria ser sua amiga.

Quando nos aproximamos do portão, não sabia ao certo por que pista seguir. Um de meus amigos não militares uma vez me disse que o portão era como uma cancela de pedágio. Laurie parecia saber o caminho, por isso o segui até a pista mais distante à esquerda. As luzes acima de nós estavam muito claras, e os policiais do exército que guardavam cada pista seguravam armas enormes presas a seus uniformes.

Coleman, amigo de Meg, era o guarda do portão, cujo trabalho era verificar nossa identificação e nos dar as boas-vindas ao "grande lugar" que era Fort Cyprus. Ele não criou dificuldades para nos deixar passar. Ele sequer checou nossos documentos de identidade. Provavelmente queria dormir com minha irmã, como o resto dos soldados que conhecíamos.

– Diga-me por que você está sempre de cara fechada, Jo.

Quando informei a Laurie que eu *nem sempre* andava de cara fechada, ele me fez essa pergunta outra vez, e eu o olhei fixamente. Eu me perguntei se todos os garotos eram interessantes como ele. Meu pai era, mas alguns dos garotos em minha escola, e mesmo os mais velhos com quem Meg saía, pareciam menos estimulantes que iogurte natural.

– Então, Jo, posso supor que você tem um gênio forte para acompanhar essa expressão fechada? – Laurie questionou quando passamos pela loja de conveniência militar logo depois do portão.

A loja estava sempre cheia e tinha a melhor comida quente e os melhores *cappuccinos* por menos de um dólar, que saíam da máquina em 30 segundos. Sempre que saíamos de lá, eu olhava para o recibo, que funcionava como um lembrete de todo o dinheiro que economizávamos por não pagar impostos sobre nossos *cappuccinos*, tornados e *donuts* Krispy Kreme. Meu pai dizia que devíamos sempre usar os recursos fornecidos para nós pelo exército. Durante o ano letivo, ele enchia ali seu grande caneco de café toda manhã. Eu amava os dias em que ele podia nos levar para a escola. Normalmente era apenas uma vez por semana, mas ele falava durante todo o caminho.

Por um segundo, eu me esqueci de que estava parada com Laurie enquanto meu pai se encontrava a dez mil quilômetros de distância. Uma fileira de carros saiu do estacionamento, e esperamos no meio-fio.

Laurie parecia o tipo de garoto que ficava fora até tarde.

– Meu pai diz que tenho gênio forte. Ele diz que meu gênio, minha língua afiada e meu espírito inquieto sempre me metem em problemas.

Laurie riu disso.

– Seu pai parece saber do que está falando.

Laurie fungou e pegou um lenço de papel no bolso. Ele limpou o nariz e acenou para que eu caminhasse à sua frente. Desci o meio-fio e fiz uma piada sobre não cair daquela vez, mas não acho que ele tenha entendido.

– Então, Laurie. Você me fez várias perguntas. Minha vez. – Não me virei para olhá-lo e me assegurei de me manter alguns passos à frente. – O que há para se fazer de divertido por aqui?

– Nada. Eu também estou sempre tentando descobrir isso. Mas não há nada – respondi, distraída na minha vez de interrogá-lo.

– Você precisa criar suas próprias aventuras, Jo.

Quando o olhei, senti como se ele pudesse ler minha mente.

Ele cria as próprias aventuras, pensei.

– Você quer que eu entre? – Laurie perguntou quando chegamos à entrada de minha casa.

As cortinas estavam abertas, e eu podia ver Meredith sentada na poltrona de papai e tia Hannah no sofá. Amy estava do outro lado do sofá, com o telefone na mão. Não vi Beth, mas tive a certeza de que ela estava na cozinha. Conferi meu telefone e eram apenas 22h45. Meg ainda não havia me respondido.

– Claro. Minha família pode ser... – Olhei para dentro e me perguntei se minha mãe e minha tia iam gritar uma com a outra antes ou depois da meia-noite. – Mas você pode entrar. Nós temos muita comida e essas coisas.

Olhei para a casa do velho sr. Laurence, que estava negra como breu, e gesticulei para a casa.

– Você precisa dizer a ele ou algo assim?

– Não – Laurie riu. – Ele está na cama. Não vai nem perceber.

– Ele é tão horrível como todo mundo diz que é? – perguntei sem pensar.

Laurie parou de andar por um momento, e permanecemos no meio da minha entrada de carro.

– Você quer saber como foi nossa manhã hoje?

Balancei a cabeça afirmativamente e enfiei o cabelo comprido atrás das orelhas, dos dois lados.

– Esta manhã o motorista nos levou até o Bairro Francês, a esse lugarzinho onde meu avô gosta de comprar suas tortas para as festas. Ali havia uma pequena peixaria e, enquanto esperávamos nossa vez, uma mulher sem-teto chegou implorando para que o proprietário permitisse a ela limpar alguns peixes em troca de alguns restos para sua família comer. Havia um garotinho com ela que parecia não comer há dias.

Meu estômago se embrulhou.

– O dono da peixaria respondeu que não e os expulsou de lá. Então meu avô deu uma bronca no sujeito, comprou um saco de peixe e levou para fora. Ele deu a ela um bolo de dinheiro, o peixe e uma garrafa de água – Laurie me olhou. – Ele até sorriu para a criancinha sem dentes, e aquele homem quase nunca sorri. Ele é duro, mas é um bom homem. Não dê ouvidos a boatos inventados sobre ele por mulheres entediadas.

Fiquei pasma...

Mas adorei a virada na trama. Eu adorava a ideia de que as pessoas nunca eram quem pensávamos que fossem. Era tolice achar que a primeira impressão ou mesmo a décima fosse suficiente para conhecer todo um ser humano. Eu não acreditava nisso; além do mais, era muito mais engraçado quando o velho sr. Laurence se revelava um ursinho carinhoso, e não um urso-pardo.

– Essa é sua mãe? – Laurie apontou para a casa.

Vi tia Hannah parada na janela.

– Não, essa é minha tia. Aquela outra é minha mãe. – Apontei para Meredith, sentada na poltrona. Ela vestia um velho vestido de algodão, e seu cabelo estava envolto em um lenço florido.

– Vamos. – Puxei a jaqueta de Laurie, e ele me seguiu pela porta rangente.

Amy se sentou ereta quando entramos, e vi suas mãozinhas voarem até o cabelo para balançar os fios louros.

Meredith nos observou em silêncio, mas não fez nenhum movimento de sua poltrona.

– Oi, todo mundo... – Laurie cumprimentou a sala embaraçosa e acenou com a mão.

– Laurie vai passar o Ano-Novo com a gente, tudo bem? – falei.

Não esperei que ninguém respondesse e já o conduzi até a cozinha. As luzes estavam com o *dimmer* no mínimo, por isso aumentei no botão. Laurie apertou um pouco os olhos, mas eu as mantive fortes.

Apontei para a comida.

– Coma.

Com um sorrisinho irônico, Laurie pegou um punhado de salgadinhos de uma tigela. Ele se debruçou sobre a bancada para olhar o que havia nas panelas elétricas, ergueu a tampa das salsichas grelhadas e botou uma concha cheia em um prato de isopor. Eram minhas favoritas antes de parar de comer carne.

– Vamos conversar mais – Laurie sugeriu.

– Já falei muito, e pode perguntar a Beth, eu consigo falar o dia inteiro. Nunca sei quando parar! – ri. Eu me senti muito mais calma ao voltar para a minha casa depois da festa elegante na casa dos King. Não me surpreendeu Meg ficar presa por lá. Desconfiei que ela não fosse chegar em casa antes da meia-noite.

– É Beth que não sai nunca, certo? A de bochechas rosadas que sempre carrega um cesto de roupa? – Laurie perguntou com interesse, em seguida enfiou uma colher de salsichinhas na boca.

Um fio fino de molho barbecue escuro caiu em sua camisa, e ele o esfregou. Se eu tivesse feito isso, Meg teria brigado comigo e me mandado mudar de roupa. Garotos pareciam se safar de tudo, e isso me dava nos nervos.

– Sim, essa é ela. É a minha garota. É a mais decente de todas nós – respondi com lealdade. Era verdade. Beth era melhor que todas nós, até que Meredith.

Eu sempre ouço vocês chamarem umas às outras quando estou sentado na sala em frente. – seu queixo se moveu na direção da casa de seu avô. – E, quando olho pela janela, sempre as vejo amontoadas umas em volta das outras, ao redor da mesa ou no sofá. É legal.

Não sabia o que dizer. Nós o havíamos espiado algumas vezes, por isso não era algo com o que eu pudesse ficar irritada, e, de qualquer modo, eu não estava. Conhecia muita gente enxerida.

– Como nos parecemos pela janela, Laurie? – perguntei por curiosidade.

– Vocês parecem o grande sonho americano sobre o qual cresci ouvindo falar.

Minha cabeça tombou um pouco para o lado, e mergulhei um biscoito na bola de queijo que Beth fizera para mim.

– Posso lhe garantir que isso está muito longe da realidade. Estamos longe do sonho americano, mas em breve estarei perto. Vou me mudar assim que me formar no Ensino Médio e nunca olharei para trás. Tenho tudo planejado.

– Para onde você quer se mudar? Você não vai sentir falta de suas irmãs?

O forno começou a apitar quando ele terminou essa pergunta, e Beth entrou na cozinha arrastando os pés. Seu rosto corou até o pescoço ao ver Laurie.

– Beth, este é Laurie. Ele vai passar o Ano-Novo com a gente.

Beth estava vestindo jeans claro com dois buracos nos joelhos e uma camiseta grande de nossa viagem à Disney World no ano anterior. Ela também usava o avental de Meredith com tranças bagunçadas e azuis impressas nele. Seu cabelo estava puxado para trás e mal preso no lugar com uma fita.

– Oi – ela o cumprimentou e, em seguida, se ocupou com o forno.

Ela não falou muito.

Amy chegou quicando na cozinha, e percebi seus lábios com novo brilho. Ela não estava usando *gloss* nos lábios nem aquele vestido alguns minutos atrás. Eu só podia supor ser em benefício de Laurie.

– Oi, Laurie. Obrigada por vir à nossa festa – Amy falou em uma voz que eu nunca havia ouvido antes dela.

Laurie tinha duas vezes a altura de Amy. Suas bochechinhas estavam bem vermelhas.

Beth riu de onde estava, perto do forno, e eu voltei a checar meu telefone. Não estava preocupada com Meg, mas irritada que ela pudesse desaparecer só por estar com um bando de pessoas ricas.

14

Botei o gorro na cabeça.

Eram nove da manhã do dia de Ano-Novo, e eu não conseguia mais ficar sentada em casa escutando Amy reclamar ou Meg falar sobre Shia e Bell por nem mais um minuto. Peguei uma vassoura e botei minhas botas mais fortes. Eu poderia varrer a entrada de carros ou algo assim.

– Mas o que você vai fazer agora, Jo? – Meg perguntou.

– Vou me exercitar – sorri e pisquei os olhos.

– Você já deu uma caminhada esta manhã, e está frio lá fora. Você é louca por querer sair quando temos uma lareira acesa e Netflix. – Meg olhou para Beth em busca de apoio.

Beth não parecia interessada em tomar o partido de ninguém.

Levantei a vassoura no ar.

– Eu não sou como você, Meg. Não consigo ficar sem fazer nada o tempo todo. Eu preciso de mais aventura que isso.

Meg bufou e apertou botões no controle remoto. Eu a deixei sozinha e saí. A entrada de carros na verdade estava bem limpa, por isso não soube ao certo o que fazer com a vassoura que levara para fora comigo. Olhei para a casa dos Laurence e contei suas janelas da frente. Seis.

A casa era feita de pedra majestosa, e o jardim da frente era mais bem cuidado que o nosso. Fort Cyprus mandava alguém cortar sua grama e cuidar de seu jardim enquanto o cabeça da casa estava fora, em missão.

A casa dos Laurence não parecia uma casa de oficial: parecia uma casa de general. Era bonita, com móveis de jardim combinando e um carrão preto estacionado na frente. Ela parecia solitária, meio sem vida. Não havia crianças brincando do lado de fora nem garotas adolescentes gritando no interior, nem sapatos na varanda. Sempre havia sapatos na varanda em nossa casa.

Enquanto eu observava atenta os detalhes da casa dos Laurence, minha imaginação começou a correr loucamente. Imaginei a casa como um palácio encantado, cheio de prazeres esplêndidos e inúteis dos quais ninguém desfrutava. Eu me perguntei sobre a família do velho sr. Laurence e por que a única pessoa que estava sempre em sua casa era o neto. Sabia que o motivo podia ser uma simples família militar em que ninguém vivia no mesmo estado que os familiares por causa das transferências. Laurie já havia me dito que o pai estava na Coreia.

Olhei para a janela do segundo andar e, quando percebi, Laurie estava ali parado, olhando direto para mim. Era tarde demais para me mover. Acenei com a vassoura no ar, e a janela resistiu quando ele a puxou para cima.

– Como você está? – ele quis saber.

Dei de ombros. O nariz dele estava vermelho, e do chão seus olhos pareciam inchados.

– Como você está?

– Um pouco doente. Vou ficar bem.

– Você vai ficar aí trancado o dia inteiro? – Não sabia o nível de conforto que era preciso ter com um garoto antes de começar a andar com ele, mas eu não estava certa se me importava muito com o que eu devia fazer.

– Você está oferecendo sua companhia, Jo? – Ele sorriu para mim da janela. Ao sorrir, não pareceu mais doente.

– Não – sorri em resposta.

– Você *devia* me oferecer sua companhia – ele comentou, seguro de si.

Acho que gostava de como ele era confiante. Eu não sabia ao certo se isso era verdadeiro, mas queria que ele ficasse por perto o suficiente para descobrir.

– Venha, Jo Spring! – ele chamou da janela acima de mim.

– Não tenho certeza se serei muito divertida com você doente! – berrei. – Não sou nem tão legal nem tão quieta!

Ouvi Amy falar dentro da cozinha, enquanto observava minha conversa com Laurie.

– Eu não ia querer que fosse!

Sacudi a cabeça. Queria conhecê-lo melhor, e era minha vez de fazer todas as perguntas. Mas precisava pedir a Meredith e me assegurar de que ela não tivesse problemas com isso. Não podia imaginar que ela tivesse, mas nunca havia pedido para ir à casa de um garoto antes.

– Preciso perguntar à minha mãe se posso ir aí. Agora feche a janela antes que você piore! – Dei as costas para ele e levei a vassoura para dentro. Passei pela porta dos fundos e encontrei Amy, Beth e Meredith paradas na cozinha.

Depois de dez segundos de silêncio, finalmente perguntei às três:

– O que foi?

– Nada – Meredith falou com os lábios se erguendo em um sorriso. Ela parecia tramar algo. Seu rosto em forma de coração olhava pela janela, para a de Laurie. Fui até lá conferir para onde ela estava olhando, e vi Laurie parado diante do espelho, escovando o cabelo.

– Não é nada demais – falei para elas. – Vocês não deviam ser tão enxeridas.

Amy começou a fazer sons de beijos com seus pequenos lábios rosa. Seus cachos louros se agitavam ao redor de seu rosto.

– Mas ele é muito gato. Você tem muita sorte – ela choramingou, beijando o ar mais uma vez.

– Amy! – Meredith e eu dissemos ao mesmo tempo.

– O quê? – Os quadris de Amy se projetaram e, por um segundo, ela aparentou ter 16 anos. – Ele é.

Amy pegou seu telefone na bancada e pediu a Beth que fizesse seu café da manhã. Beth começou imediatamente a andar pela cozinha, abriu um armário e pegou um pão.

– Então, Meredith, você se importa que eu vá na casa ao lado conversar com Laurie?

Ela estava no meio de um gole em seu café, por isso engoliu e sacudiu a cabeça.

– Não, eu não me importo, Jo. Você se sente confortável indo?

Amy olhou para cima, erguendo as sobrancelhas douradas.

– Me sinto.

– Então confio em você para ir até lá. Me mande uma mensagem de texto em uma hora para eu saber que está tudo bem.

Beth sacudiu um jarro de suco de laranja. Se eu não estivesse com pressa para chegar na casa ao lado, teria sido inútil como Amy e feito com que ela me servisse um copo.

Quando segui pelo corredor, passei por um espelho...

Eu estava com uma aparência horrível. Não havia pensado em minha aparência ao ver Laurie nem que estava usando *legging* preta, um moletom do Pac-Man e tênis Vans sujos. Achei que fosse varrer a entrada de carros, não conversar com ele em sua casa.

Porém eu não tinha vontade de me trocar, e ele já tinha me visto com essa roupa. Parecia muito trabalho pensar em roupas e ficar toda enfeitada só por causa de um garoto. Eu nunca entendi esse conceito, porque o que acontece quando você vai morar com alguém? Você precisa botar o despertador para uma hora antes de eles acordarem só para se aprontar? Não, obrigada.

Fui até o banheiro, escovei os dentes, passei a escova de Amy no cabelo e o enfiei atrás das orelhas. Meu cabelo sempre ficava bem oleoso muito rápido. Eu não estava com vontade de respirar os vapores poeirentos do xampu a seco de Meg, por isso enfiei o gorro de volta na cabeça.

Então me aproximei do espelho e estudei meu rosto. Meus lábios estavam grandes como sempre, e minhas sobrancelhas grossas estavam descontroladas outra vez. Meredith sempre me disse para deixá-las como estavam até que ela me levasse para fazer uma depilação. Ela chegou a pegar fotos de dez anos atrás, quando sobrancelhas finas estavam na moda. Fiquei feliz por ter vindo depois desse período na história da beleza.

Eu ainda tinha sono nos olhos, por isso molhei um pano em água morna e os esfreguei, a boca também. Antes que pudesse encontrar outra coisa para fazer com minha aparência, apaguei a luz e voltei à cozinha.

– Aqui, leve para ele algumas sobras de ontem à noite. – Meredith me entregou um prato coberto e, em seguida, colocou com delicadeza uma torta por cima. A torta era do Natal. Era a receita de torta de cereja de Meredith que ninguém, só papai, comia. Como a tia Hannah estava ali, agora, ela parecia querer compensar ter perdido o Natal fazendo tantas tortas quanto humanamente possível.

– Está bem, está bem. – Impedi que Meredith botasse outra panela, dessa vez com almôndegas, em cima da pilha. Na borda da bancada central da cozinha havia um pote pequeno com salsichas grelhadas com molho barbecue das quais Laurie pareceu gostar muito na noite anterior, por isso eu as peguei também.

– Cuidado, você vai amassar essa torta – Meredith me alertou. Beth pegou a pilha de minhas mãos e botou as salsichas no grande prato do fundo.

– Eu abro a porta – Beth se ofereceu, passando por Meredith para me ajudar. Achei que os olhos de Beth pareciam um pouco cansados.

Ajustei os recipientes nos braços e caminhei pelo jardim dos fundos.

– Jo! Você não vai usar isso! – Meg gritou de dentro de casa. Continuei pelo jardim e não olhei para trás, para minha irmã.

Ao chegar à entrada da casa dos Laurence, toquei a campainha duas vezes antes que alguém atendesse. Estava prestes a ir embora quando um senhor de idade puxou e abriu a porta. Seu cabelo era branco e quase transparente, mas estava bem penteado e parecia que nem o vento poderia movê-lo. Eu o reconheci imediatamente como o velho sr. Laurence.

– Mande-a subir! – a voz de Laurie desceu pelas escadas, e o velho sr. Laurence gesticulou para que eu entrasse.

Seus olhos estavam desconfiados e tinham o tom mais estranho de verde-rio que eu já tinha visto. Os olhos de Laurie eram muito estranhos, e me surpreendeu que ele fosse tão diferente do avô. O velho sr. Laurence tinha um queixo quadrado e bem formado, e seus ombros grossos me lembraram alguém da TV, mas não consegui pensar em quem.

Agradeci ao velho, caminhei na direção da escada e vi Laurie descendo. Meus braços estavam me matando. O interior da casa era muito estranho. As cortinas eram marrons e enormes e caíam sobre o papel de parede verde-musgo. Havia tantas cortinas que isso distraía. Os candelabros e livros espalhados aleatoriamente por toda parte me lembraram do cenário de *Downton Abbey*, ou algo assim. Era mais bagunçado do que eu imaginara, sobretudo ao pensar na imagem através das janelas que eu, de vez em quando, espiava.

– Você precisa de ajuda? O que é tudo isso? – As pernas compridas de Laurie o carregaram rapidamente pela escada, e ele pegou a comida em meus braços.

Ele me levou até seu quarto e pôs a comida em uma mesa perto da porta. Seu quarto, à primeira vista, parecia insosso, mas, quando olhei com mais atenção, vi toques de magia por toda parte. A distância, seu papel de parede parecia feito de rabiscos negros sobre uma folha branca, mas, quando me aproximei dele, vi que eram partituras musicais.

Sua cama ficava contra a parede oposta à porta. Os lençóis e as fronhas eram todos brancos e de tecido grosseiro e me lembraram um anúncio da IKEA. O sol da Louisiana estava brilhando por suas janelas grandes e abertas. Era mais quente no quarto do que lá fora, e o ventilador de teto produzia uma brisa agradável. Enquanto Laurie tirava a tampa do Tupperware das salsichas, explorei seu quarto. Ele não pareceu se importar, porque se sentou na beira da mesa e começou a comer enquanto eu folheava as páginas de um velho livro de arte com *Barcelona* na capa. As páginas eram cheias de fotos coloridas e vívidas de belas praias e de comida estilo tapas.

– Você esteve em Barcelona?

Sua boca estava cheia de comida. Ele assentiu.

– Era maravilhoso?

Ele tornou a assentir.

Não conseguia imaginar como era ser tão jovem e ter viajado tanto. Como filha de militar, eu havia me mudado com minha família algumas vezes, de Connecticut para o Texas e, agora, para a periferia de Nova Orleans, mas isso não era nada em comparação com viajar pela Europa e ter uma artista italiana como mãe. Eu amava muito Meredith, mas não tinha herdado dela o gosto pela escrita.

Deixei o livro de Barcelona e peguei um caderno cheio de anotações.

– Isso não. – Laurie o tirou de minha mão antes que eu pudesse abrir qualquer uma das páginas.

Isso fez com que eu tivesse ainda mais vontade de vê-lo.

– O que é isso?

– Um caderno de desenhos, mas não sou bom nisso.

Deixei que ele o escondesse de mim. Um dia, quando fôssemos amigos, perguntaria se ele poderia me mostrar.

Fui para outra parte de seu quarto, perto da cama. Ele tinha pilhas de *graphic novels* em línguas que eu nem reconhecia. Ao lado disso havia garrafas vazias de Coca e dois copos do que supus ser água. Na cabeceira, sua carteira estava em cima de uma revista *GQ*, cheia de cartões e recibos. Eu a peguei e comecei a ver os cartões. Honestamente, quem guardava tantos cartões? Havia um cartão de presente da Urban Outfitters, um cartão de fidelidade da Panera Bread e um cartão de visita com o nome de um corretor de imóveis.

Antes que eu pudesse ver mais, Laurie disse meu nome e, em seguida:

– Uh, o que você está fazendo mexendo na minha carteira?

Senti que fiquei um pouco ansiosa.

– Só olhando – dei de ombros e me virei para ele.

Ele estava com o prato de torta na mão, mas não parecia aborrecido. Ele me deu um meio sorriso.

– Isso é uma coisa que as pessoas por aqui fazem? Pegar a carteira de alguém e olhar o que tem dentro? – Havia humor em sua voz. – Imagine se eu pegasse sua bolsa e abrisse sua carteira! – Ele se sentou no sofazinho que havia ali.

– Não tenho bolsa. – Acho que podia ser considerado invasivo mexer nas coisas de uma pessoa como eu havia acabado de fazer. A carteira pareceu mais pesada, e eu a larguei de volta na mesa de cabeceira.

– Tenho três irmãs. – Não consegui evitar rir de mim mesma. – Nós não temos nenhuma privacidade. Desculpe! – Eu me afastei alguns passos da cabeceira e tentei encontrar outra coisa para olhar.

– Você sabia que o idioma russo não tem uma palavra para privacidade? – Lauri perguntou.

Seu sofá era grande o suficiente para que nós dois nos sentássemos, por isso me sentei no lado oposto ao dele. Havia uma almofada laranja com uma cara de raposa entre nós. Eu a botei no colo e toquei em seu pelo. Por um segundo, achei aquele comentário algo aleatório de saber, mas aí me lembrei de que também sabia disso.

– Na verdade, eu sabia – disse com bastante orgulho.

O queixo de Laurie se virou em minha direção.

– Você sabia? Como?

Não pensei que ele tivesse acreditado em mim e achei isso engraçado.

– Li em um livro uma vez.

– Que livro?

– *O cavaleiro de bronze*. É um...

Laurie se levantou de repente do sofá.

– Eu conheço! Era o livro favorito de minha mãe. Bom, livros, eu li a trilogia no verão passado.

– Não pode ser.

Laurie era sem dúvida o garoto mais interessante que eu já havia conhecido.

– Pode, sim. A versão italiana cortou um pouco do texto, você pode acreditar nisso?

Gostei de como ele se empolgava com facilidade. Eu fazia isso também, mas Meg sempre me dizia que isso era imaturo.

– O quê? Por que eles fariam isso?

– Não sei ao certo. Mas fizeram.

– Do que estávamos falando antes? – Minha cabeça ficou confusa quando tentei me lembrar do que havia acontecido antes de estar no sofá com Laurie.

– Quem se importa? Vamos falar sobre sua tia e sua mãe. Elas são irmãs?

Contei a ele sobre nossas teorias sobre tia Hannah e Meredith e o drama entre elas. Contei a ele mais do que devia, mas achei que não houvesse problema. Por um segundo pensei em Meg e em como River a havia torturado quando eles terminaram. Eu precisava me lembrar de que rapazes até podiam ser importantes para mim, mas eu era mais importante. Eu queria uma carreira e queria ser levada a sério. Não conseguia imaginar ser a esposa de alguém e gostar disso. Não achava que houvesse alguém por aí de quem eu gostasse tanto a ponto de dividir o controle remoto.

O telefone dele tocou duas vezes enquanto eu estava falando. Quando parei por um instante, ele disse, com o tipo de sorriso tímido usado por garotos em revistas:

– É minha mãe.

Eu me perguntei se ele sabia que parecia um músico atormentado ou um ator batalhador. Ele tinha o polimento do filho bem-arrumado de um político, mas a esperteza do filho de um *bartender*. Olhei fixamente para sua boca e para o modo lento como ela se movia quando ele explicava coisas em detalhes, com lembranças de Roma e Boston, e vi como ele, de algum modo, amava as duas cidades igualmente. Eu me perguntei qual seria a aparência das garotas com quem ele normalmente saía. Não que garotas bonitas não pudessem ser inteligentes, porque eu sabia que podiam. Conhecia muitas. O problema, porém, é que, às vezes, ensinam a garotas bonitas que sua função é ser bonita, e não ser inteligente.

Eu me perguntei se ensinavam a mesma coisa aos garotos. Uma vez Meg me disse que as garotas mais bonitas tinham vida mais fácil. Não acreditei nela e não achei que um dia fosse concordar com isso. Eu me perguntei se as garotas bonitas com quem Laurie saía eram interessantes, não era justo achar que não, mas, como eu não tinha muita experiência social, só tinha os estereótipos básicos em que basear minhas ideias.

Depois de alguns minutos, ele mudou de assunto.

– E o Ensino Médio?

Eu gemi.

– Odeio. Mal posso esperar para ser jornalista. Ou uma mulher de negócios ou uma escritora, ou as três coisas.

A expressão de Laurie mudou. Achei que quisesse dizer algo, mas ele continuou a tamborilar nos lábios com os dedos e a puxar seus cantos. Eu costumava fazer isso quando era mais nova e tinha constantemente uma irritação vermelha terrível em volta da boca. Meg a chamava de "anel em torno de minha rosa", e Amy me dizia que era uma doença. Supus que houvesse dois tipos de pessoas. Bom, três, incluindo a doce Beth, que ajudava a esfregar pomada nos meus lábios antes de deitar.

Comecei a falar com ele sobre o Ensino Médio e sobre como eu me sentia em relação a meus professores. Principalmente o sr. Geckle e como ele havia me expulsado do jornal e me rebaixado para o livro do ano. Laurie riu muito e pareceu com bastante raiva, em especial do sr. Geckle, de suas bochechas vermelhas e de seus dedos peludos.

– Você tem um jeito muito engraçado de explicar as coisas e contar histórias. É tão... tão... verdadeiro, mas contado de um jeito no qual eu não teria pensado – Laurie falou. – Quando eu era mais novo, meu pai tinha uma namorada que falava igual a você. Ela morava em algum lugar da Nova Inglaterra e era como uma cigana, ou algo assim.

Ri como se fosse uma coisa boba de se dizer, mas adorei a comparação.

– Você quer conhecer a casa? – Laurie me perguntou na terceira vez em que seu telefone tocou.

Quando chegamos à grande escadaria, Meredith me mandou uma mensagem dizendo que meu pai ia ligar em 20 minutos. Disse a Laurie que precisava ir, e ele me levou até a porta.

O velho sr. Laurence estava me observando e abriu a boca como se quisesse dizer algo antes que eu partisse, mas deu meia-volta e desapareceu por trás de outra porta.

15

meg

— Jo? Jo? Onde está você – gritei, parada no pé de nossa escada.

Ouvi um "Aqui!" baixo no andar de cima, que parecia vir de nosso quarto. Quando cheguei lá, encontrei Jo lendo *A redoma de vidro*, coberta dos pés aos ombros com o cobertor xadrez de papai, que normalmente descansa nas costas de sua poltrona.

Essa era a utopia de Jo: uma tigela de Bugles no colo e os dedos segurando um romance encadernado. Para ela, isso representava algum tipo de refúgio; todas sabíamos disso. Meredith nos lembrava de nossas forças e fraquezas. Jo era inteligência – a educação era fácil para ela. E eu, bom, eu era bonita e charmosa. Posso não ter essa inteligência vinda dos livros, mas tenho a inteligência das ruas, e às vezes isso leva você mais longe na vida. Nós íamos ver.

Jo ficaria bem, e Amy também. Beth era a única que me preocupava.

– Como eu posso ajudá-la? – Os olhos de Jo se afastaram a contragosto do livro. Ela segurava suas bordas com firmeza e cuidado para não perder a página.

– Olhe. – Ergui a tela de meu telefone, que mostrava um convite do Facebook com o rosto orgulhoso de Bell Gardiner.

Por que ela me convidaria? Só para esfregar na minha cara que agora ela era parte daquela família?

– A srta. Gardiner, que em breve será a sra. King, nos convidou para o jantar do dia de Ano-Novo da família King. Não é simpático? – Saí do sério. Eu estava tentando me manter calma, mas não tinha muita paciência naquele momento.

Jo deu um suspiro e fechou o livro. Seus olhos estavam cheios de maturidade e sabedoria quando ela falou. Ela parecia estar mudando e evoluindo a cada dia.

– Você quer mesmo ir, Meg? Ou esse é algum tipo estranho de sabotagem social na qual nós não devíamos nos envolver? Parece uma armação para mim. Já li histórias que começavam assim – Jo terminou, cheia de ceticismo e entusiasmo.

– Jo – suspirei. Ela não havia entendido. Eu não queria apenas ir, mas meio que precisava fazer isso. Precisava fingir que não estava incomodada com o novo noivo de Bell Gardiner, a nova família puro-sangue que eu tanto desejava dramaticamente. Eu não me importava com sua subida para uma parte da sociedade na qual uma mulher que trabalhava em um bar não tinha lugar.

Eu podia chegar ao mesmo nível, só precisava de tempo. Bell Gardiner era mais velha que eu e tinha mesmo uma vantagem. Quando John voltasse, eu ia compensar isso. Estaria com um homem que me adorava, e isso era tudo o que eu sempre quis na vida. Bom, isso e crianças bonitas, doces e felizes, uma bela casa e um bom casamento. Sabia que Jo não compartilhava dos mesmos valores, mas esperava que ela me apoiasse nisso.

– Sim, quero ir. O que vamos vestir? – perguntei-lhe, mudando o rumo da conversa. Eu só tinha duas horas para me arrumar. Era óbvio que, fosse qual fosse a razão de Bell para me convidar, havia sido uma lembrança tardia, o que me irritou mais do que a aleatoriedade do convite.

Jo afastou o cobertor xadrez azul e cinza de seu corpo e olhou para baixo.

– O que estou vestindo está bom? – Ela revelou uma camiseta cinza e um jeans escuro com rasgos nas pernas.

– Você precisa de um vestido, Jo. Você *precisa*. Veja este convite! Haverá talheres combinando e pessoas nos servindo jantar, você não pode ir de jeans.

Normalmente eu gostava do estilo Los Angeles relaxado de Jo, mas não para algo assim. A sra. King ficaria muito ofendida se eu levasse minha irmã a seu jantar anual de Ano-Novo vestindo jeans.

– Não tenho vestido. – Jo deu de ombros como se isso não fosse grande coisa. E, justiça seja feita, para ela não era; mas, para mim, isso era monumental. Devia haver uma razão para Bell Gardiner me convidar. O convite não viera da sra. King, como eu teria esperado. Nem esperava ser convidada, mas teria sido uma história totalmente diferente se a própria sra. King tivesse me convidado, sobretudo depois dos bons momentos passados juntas na noite da véspera.

Então eu precisava manter meu melhor comportamento com a sra. King, e Jo vestindo jeans não seria adequado.

– Josephine, você precisa usar um vestido ou eu não posso ir. – Tentei fazer com que minha voz não vacilasse.

Eu odiava o fato de estar tão estressada por isso. Não conseguia evitar. Quando pensava em Bell Gardiner esfuziante naquele vestido verde da outra noite, isso me deixava em pânico e me fazia imaginar como todos estariam arrumados em uma situação tão formal. Eu não podia aguentar ser a única pessoa parecendo deslocada.

– Jo, por favor. Você não pode usar um dos vestidos de Beth ou dos meus? Só encontre alguma coisa para vestir! Mas tem de ser um vestido. – Eu estava ansiosa.

Jo se sentou e pôs o livro na mesa na ponta de sua cama.

– Então eu não vou. Não gosto desses encontros sociais esnobes e de energia negativa. Eles não têm sentido, e não me importo com quem gosta ou não de mim.

Ela estava sendo ridícula. Eu não sabia que duas irmãs pudessem ser tão diferentes. Não parecia possível que essa garota bonita de cabelo comprido e pernas longas fosse do meu sangue. Ela não podia se importar menos com sua reputação ou com o que os garotos e as garotas de seu ano pensavam dela. Honestamente, eu me importava mais com o que as mulheres pensavam; eram elas quem julgavam. Às vezes achava que queria ser mais como Jo, mas, quando imaginava uma realidade solitária, rapidamente me afastava dessa ideia absurda.

– Vamos lá, Jo.

Ela fechou os olhos e os manteve fechados, como sempre fazia, e deixei que minha mente divagasse por um momento. Pensei em Shia. No que ele iria vestir, em como iria agir perto do sr. King depois da briga da véspera. Senti no estômago uma sensação de que havia bebido leite estragado e torci para que essa sensação terminasse antes do jantar. Quando eu me preocupava assim, meu pai tinha um jeito de conversar comigo e de me acalmar. Meu pai, Shia, Jo... eles eram todos tão diferentes, ainda assim, de algum modo, ligados a mim e à minha vida.

– Você pode vestir alguma coisa minha, Jo. Qualquer coisa que você quiser.

Eu estava ajudando *muito*.

No momento em que ela balançou a cabeça concordando, ainda que de modo relutante, corri para tomar um banho, me raspar, me depilar e me arrumar.

Duas horas mais tarde, estávamos paradas diante da entrada de nossa casa. Jo usava um vestido jeans meu. Uma das alças estava pendurada um pouco para fora de seu ombro. Seu cabelo comprido estava jogado para um dos lados, com a parte do meio bagunçada. Isso combinou bem com ela. Jo tinha o tipo de rosto e o volume de cabelo que podiam funcionar com um visual desmazelado. Quando eu tentava isso, parecia mais despenteada que ondas na praia.

Ela parecia estar na Califórnia, não na Louisiana, mas estava absolutamente linda. Como sempre. Mulheres na Sephora pagariam 40 dólares cada pela coloração natural em suas faces.

– Nós vamos fazer isso – falei para ela, que balançou a cabeça desafiadora para mim. De algum modo eu soube que ela concordaria com qualquer coisa que eu lhe pedisse para fazer. Isso fez com que eu a amasse ainda mais, e senti nossa conexão crescer. Isso estava acontecendo muito nos últimos tempos. Jo estava finalmente naquela idade em que podíamos nos relacionar outra vez. Em algumas idades essa conexão se enfraquece um pouco, como aos 12 e dos 14 aos 16. Mas agora ela estava com quase 17 anos, e enfim achei que ela fosse legal o suficiente para andarmos juntas outra vez.

– Nós vamos fazer isso. – Ela sorriu de volta para mim.

Eu sempre a amei, mas o amor fraternal é diferente do amor completo e confortador de uma amiga. Havia coisas que eu contava a minhas amigas no Texas que me sentiria absolutamente humilhada se Jo ou a doce Beth soubessem. Nos últimos tempos, Jo estava apagando a linha entre irmã e amiga.

O que fazia com que eu me sentisse bem, ter outra pessoa em quem confiar. Claro que eu confiava em minha mãe e em todas as minhas irmãs, mas confiança e tranquilidade nem sempre andam de mãos dadas. Era difícil encontrar essas pessoas, e eu costumava confiar repetidas vezes nas pessoas erradas.

Quando eu ia chamar o Uber, Jo empurrou minha mão para baixo, sacudindo a cabeça. Uma limusine desconhecida saiu da entrada de carros dos Laurence para a nossa. Quando a porta se abriu, tentei dizer ao motorista que estava na casa errada, mas Laurie surgiu no teto do carro. Era um carro enorme e antigo e parecia um pouco cafona, mas o rosto de Jo se iluminou como em um Quatro de Julho quando ela o viu fazer uma mesura com a cabeça e levantar a mão como um lanterninha a fim de conduzi-la até o carro. Não gostei do jeito como ele me deu as costas depois de ajudá-la, como se eu nem estivesse ali. Não foi da atenção que fiquei com ciúmes; eu só não achava que ele fosse bom o suficiente para Jo.

Jo precisava de uma alma antiga, com mão firme e um ego durável. Seu pretendente tinha de ser confiável o bastante para guiá-la e controlar seus lamentos emocionais. Já Laurie, o neto crescido na Europa que usava botas Chelsea e coque japonês... Jo não estava pronta para esse tipo de sonho adolescente enlouquecedor.

– Sua carruagem as espera, garotas Spring! – Laurie gritou para mim enquanto eu lutava para passar pela caixa grande sobre o assento.

– Eu não sou o sr. Laurence, sou Laurie – ele dizia a Jo quando me sentei no banco diante deles. Havia um espaço de um metro entre os dois. As mãos dele desatarraxavam a tampa de uma garrafa de coca na camisa, e Jo sorriu quando Laurie passou a garrafa para ela.

– Laurie Laurence, que nome estranho – Jo falou e levou a garrafa aos lábios.

– Não – ele riu.

– Meu nome é Theodore, mas eu não gosto dele. Se quer saber, quando eu era novo os caras na minha turma me chamavam de Dora, por isso o mudei para Laurie quando comecei o Ensino Médio. Nós nos mudamos do norte para o sul da Itália; foi fácil recomeçar.

Os ombros de Jo se moveram de excitação, e ela tocou sua garrafa de coca na dele. Eles pareciam estar indo para um baile de formatura, mas Jo se recusava a ir aos bailes de formatura ou de volta às aulas, ou mesmo aos jogos de futebol americano. Eu estava em todos, torcendo na área dos alunos. Nós não podíamos ser mais diferentes. Quando eles voltaram a beber, um filete de refrigerante escorreu dos lábios de Jo, passou por seu queixo e caiu no vestido jeans claro.

– Conte-me sobre a Itália, preciso ouvir tudo – Jo pediu, esfregando a mancha com a mão. Ela estava me dando uma enxaqueca.

Laurie entregou-lhe um guardanapo e lhe disse que não estava tão ruim. Ela riu e se encostou no assento de couro. Percebi uma sensação de familiaridade com ele que achei inapropriada, mas o máximo que eu podia fazer era conversar sobre isso com minha irmã depois. Talvez toda garota, até Jo, precisasse de um Laurie para conduzi-la para a vida e de volta dela, deixando-a deflorada e amadurecida. Talvez fosse disso que Jo precisasse para se desenvolver totalmente. Ela estava meio que presa àquele estágio de timidez e reclusão em casa. Isso era ótimo para ela, mas ficava mais difícil fazer amigos na escola.

Aí Laurie começou a falar sobre sua escola em Vevey, onde todos os caras têm o mesmo corte de cabelo e tentam dormir com as professoras. Quando saíam no recesso de primavera na Suíça, eles contavam aos outros garotos sobre suas tentativas, e Laurie não disse, mas Jo e eu sabíamos que isso devia fazer com que eles se sentissem mais como homens.

Eu me senti estranha testemunhando o primeiro flerte em andamento de Jo com um garoto. Não tínhamos irmãos e eram pouquíssimos os primos homens, e esses primos nós nem conhecíamos, por isso garotos, para nós, eram como uma espécie diferente. Passei por isso no sétimo ano quando menstruei e meu peito e meus quadris cresceram. Os garotos começaram a me notar, e as garotas começaram a ser más comigo.

Nunca quis governar a escola como Shelly Hunchberg, mas queria ter amigos. Eu me decidi por um grupo de garotas meio horríveis que, em sua maioria, eram apenas obcecadas com o YouTube e batons sem brilho. Elas se tornaram mais horríveis à medida que ficamos mais velhas e tomaram o partido de outra pessoa contra mim. Depois disso não nos falamos mais. Eu não queria que Jo passasse por esses testes sociais. Por mais que os professores ou pais quisessem negar, os anos entre os 16 e os 20 eram difíceis. Jo estava no início da experiência.

Eu me desliguei do que quer que Laurie estivesse dando para Jo comer e olhei pela janela. Não se tratava de uma viagem longa. Eu já estava entrando em um ninho de vespas; precisava parar de me preocupar tanto com Jo. Queria manter minha irmã abrigada, mas não achava que isso fosse ajudá-la em longo prazo. Para sentir alguma coisa, você precisa conhecer os altos e baixos, pensei. Se eu impedisse Jo de cometer seus próprios erros, ela nunca aprenderia a navegar sozinha. Eu via isso o tempo todo com minhas amigas. Seus pais as mimavam, e elas não aprendiam nada sobre como o mundo real funcionava. No momento em que eram demitidas da Forever 21, elas ligavam histéricas para casa com os iPhones agarrados às mãos trêmulas e imploravam para voltar. Eu vi isso inúmeras vezes.

Eu ainda morava com Meredith e pretendia fazer isso até que eu e John ficássemos noivos. Não sabia quando isso ia acontecer, mas sabia que seria em breve. Nas forças armadas, era ainda melhor para a reputação ser casado. Eu estava completamente pronta para ser a esposa perfeita de um oficial. Ainda tinha coisas a aprender antes de dominar as partes domésticas de meu papel, mas conhecia as partes sociais. Embora Jo não visse, havia mais em ser uma mulher de militar do que cozinhar e dirigir uma van cheia de crianças de um lado para outro. Tinha a ver com ser forte, ser capaz de administrar toda uma casa e apoiar o marido e o país da melhor maneira possível.

Passamos por uma fileira de casas grandes, de modo que eu soube que estávamos perto da casa dos King. Jo e Laurie ainda falavam sobre a Europa.

John Brooke me daria o melhor de tudo. Ele era estável e bonito. Era o pacote completo. Desejei segurança por toda a minha vida. Isso era algo que Shia jamais estaria disposto a me dar – apesar do dinheiro da família, ele estava disposto a jogar tudo fora, aventura após aventura. John podia me dar estabilidade. John Brooke era um sujeito legal que não falava muito, mas, quando falava, sempre tinha as coisas mais inteligentes a dizer.

– Meg disse que meu vestido é grande demais. Ela me obrigou a vesti-lo – ouvi Jo dizer a Laurie enquanto ele a ajudava a sair do carro. – Você pode rir – ela lhe disse enquanto me olhava com um sorriso no rosto.

Laurie não riu.

Ele só baixou os olhos por um segundo e sussurrou algo para Jo que pareceu "Você não precisa usar vestido", e ela mostrou a língua para mim.

Não consegui evitar rir do pequeno vestígio de inocência que restava nela. Sabia que ele iria se evaporar em breve; eu havia percebido seu corpo começar a florescer durante o verão anterior.

Jo pegou minha mão quando saímos do carro e a apertou firme enquanto passávamos pelo portão da casa dos King outra vez. Shia estava parado na porta e me viu antes que eu pudesse me esquivar dele.

Apertei mais os dedos de Jo e me inclinei para que Shia me desse um beijo no rosto. Eu não queria ser formal com ele, mas tinha um papel a cumprir. Ele também e, por isso, manteve os lábios apertados sobre minha bochecha apenas pelo tempo necessário.

Eu me afastei. Meu vestido marrom já havia grudado em meu corpo do momento em que deixei o carro até chegar à porta da frente. A propriedade parecia completamente diferente da noite anterior. Eu estivera ali há menos de 24 horas, mas ela estava completamente transformada.

A primeira diferença era que não havia uma multidão. Os King estavam todos enfileirados na escada, acenando como verdadeiros diplomatas, e também havia Bell Gardiner, com o cabelo puxado para trás em um pequeno coque. Pequenos grampos se projetavam nas laterais, e eu podia sentir o cheiro de spray de cabelo nela a mais de um metro de distância.

Sem me olhar, Shia sorriu para Jo.

– Obrigado por se juntarem a nós. Vai ser divertido, prometo. – Ele apertou seu ombro, e eu a observei relaxar. Ele era bom nisso.

Virei para o lado e vi Laurie me olhar fixamente. Jo olhou para ele, depois para mim, e seus ombros se curvaram um pouco. Laurie acenou para mim, talvez em tom de brincadeira, mas eu o enxotei e entreguei o casaco para um homem na porta que se parecia demais com Christopher Walken.

Primeiro, segui para o banheiro do corredor. Infelizmente, Bell e a mãe estavam bem no meu caminho. Para evitá-las, atravessei pela cozinha e vi a sra. King. Ela estava parada ao lado da bancada de mármore no centro da cozinha aberta. Formas irregulares de cinza cobriam o mármore branco, e a pintura dos portais e das sancas era exatamente do mesmo tom de cinza. O ambiente parecia uma antiga sala íntima.

– Meg – ela disse ao me notar.

Sua mão elegante segurava um copo de vinho. Ela me deu um sorriso imperial e acenou para que eu me aproximasse. Jo e Laurie seguiram, e torci vergonhosamente para que a sra. King não visse a mancha no vestido de minha irmã.

A sra. King largou o copo e me abraçou. Laurie beijou suas duas faces. Eles fizeram isso corretamente, porque os dois tinham viajado para a Europa. Vi Jo estudar o gesto de *faire la bise* e ouvi Laurie explicá-lo a ela enquanto todos caminhavam na direção da sala de jantar. Eu soube nesse momento que ela logo iria começar a dar dois beijinhos em todo mundo.

Jo sem dúvida iria deixar essa cidade quando tivesse 18 anos. Ela nos lembrava disso todo dia. Um homem de cabelo ruivo olhou fixo para a parte de cima do vestido de Jo. Eu estendi a mão e puxei a alça para cima de seu ombro.

Meus pés estavam me matando; eu mal havia deixado as bolhas de ontem sarar antes de colocá-los novamente sob tortura. Havia 12 cadeiras dispostas ao redor da grande mesa oval. Caminhei lentamente para encontrar o lugar com meu nome escrito nos pequenos cartões. Ao encontrá-lo, vi que meu lugar era exatamente diante de Shia e de Bell, e a quatro cadeiras de Jo. Pensei em pedir que mudassem meu lugar, mas não queria ser difícil.

Durante o jantar, pratos após pratos de comida deliciosa foram servidos. Toda a refeição de seis pratos foi muito parecida com um típico jantar de *réveillon creole*, o principal em um Natal estilo Nova Orleans, mas os King estavam fazendo isso no dia de Ano-Novo. De algum modo, parecia apropriado. Essa família podia mudar a própria data do Natal, e muitas pessoas seguiriam.

Durante a refeição, Jo conversou com Laurie e Shia King sobre a comida, embora eu a tivesse visto quase vomitar com o *foie gras* no pratinho à sua frente. Ela beliscou metade dos pratos, e Shia comeu um pouco de suflê do garfo de Bell Gardiner. A equipe de garçons era rápida e eficiente. Quando Jo derrubou uma colher de sopa de alho-poró na mesa, rapidamente cobriram o ponto com um guardanapo novo. Além disso, eles usavam pequenas vassourinhas de mão para varrer a toalha de mesa creme entre todos os pratos.

Consegui chegar à sobremesa, aos coquetéis e ao café que se seguiram, e mesmo ao discurso estranho da sra. King. Ela agradeceu ao marido por seu coração sensível e ao filho por passar as festas com eles. Olhei para Jo, que estava olhando para Laurie. Ousei ser rude e peguei meu celular na bolsa. Na tela principal havia a notificação de uma mensagem de texto de Amy: Como estão as coisas, garota de sorte? Você nem sabe como tem sorte!

Não respondi a Amy, mas escrevi uma mensagem para Meredith dizendo que havíamos chegado bem, embora fosse tarde. Então guardei o telefone na bolsa e a pendurei nas costas da cadeira. Acompanhei a maior parte da conversa na mesa. Todos falavam sobre teatro e noites de gala e de suas próprias realizações. Balancei a cabeça seguindo o concurso de superioridade. Honestamente, eu me senti um pouco amarga sentada ali sem ter nada a dizer além de que trabalhava para a sra. King e costumava trabalhar na Sephora. Até Bell tinha mais a dizer que eu, e ela era a droga de uma *bartender*. Shia havia viajado pelo mundo, sua família era rica graças ao sucesso do sr. King, e o sr. King criara três membros funcionais da sociedade. Eu nem podia dizer que era uma maquiadora de verdade. Apenas era boa nisso. A matriarca da casa tentou me estimular na conversa elogiando meu talento para a maquiagem, dizendo como eu fazia com que ela parecesse dez anos mais jovem. Quando fui responder, Bell e a mãe assumiram o controle da conversa, por isso continuei a balançar a cabeça, e meus lábios se fecharam enquanto os criados limpavam à nossa volta.

Eu precisava de um pouco de ar fresco; ia perder a cabeça se não saísse por um minuto. Percebi que alguns lugares à mesa estavam vazios, então peguei meu copo de água e me levantei. Tentei chamar a atenção de Jo, mas ela gesticulava com as mãos olhando de um lado para outro, entre Laurie e um homem mais velho que eu nunca tinha visto antes.

Achei que ela estava bem; suas bochechas estavam coradas, e seus ombros, relaxados. Como ela parecia estar dando uma aula para eles, saí.

Caminhei sem pressa pelo corredor e fui até o pátio dos fundos. Lá fora, ouvia apenas vozes baixas vindas da sala de jantar. O pátio estava vazio. Eu me sentei em uma cadeira preta de ferro e apoiei os cotovelos na mesa também preta e de ferro.

Olhei para a paisagem perfeita ao redor, e ela me intimidou. Manter uma propriedade daquela envolvia muita coisa. Sempre havia sonhado com uma casa grande e um jardim maravilhoso. Ainda assim eu não sabia se seria capaz de me lembrar de mandar aparar os arbustos. As luzes cintilantes da noite passada ainda estavam ali. Era uma bela noite da Louisiana. Fazia cerca de 20 graus e havia uma brisa suave que pegava as pontas soltas de meu cabelo e as empurrava para baixo. Eu estava estranhamente em paz até minha bolha ser estourada.

A voz de Shia foi a tachinha.

– Encontrou alguma coisa interessante aqui fora?

Sacudi a cabeça, sem estar pronta para abrir mão de minha serenidade pacífica e, sem dúvida, não pronta para conversar com Shia.

– Não. Você devia voltar para dentro. Não tem nada aqui fora para ver.

Tentei ser engraçada, mas não funcionou. Shia caminhou na minha direção e se sentou diante de mim. Sua cadeira rangeu, e tentei imaginar a sensação de crescer em uma terra de contos de fadas na qual até velhas mesas de jardim eram encantadoras. Mas sabia bem que não era justo dizer que sua vida era um conto de fadas.

– Então, apesar de estar aqui ontem à noite e hoje, minha mãe diz que você anda doente. Você está se sentindo bem, Margaret?

Ele já estava bem perto de mim e se inclinou ainda mais na minha direção. Até os grilos fizeram silêncio. Eu prendi a respiração. Podia sentir o cheiro de mel em seus lábios. Ele era muito dissimulado. Fazia você desejá-lo, mas aí desaparecia e te deixava pensando ter imaginado a coisa toda.

– Estou bem. Obrigada por perguntar – me virei para o outro lado e soltei o cabelo. Eu me perguntei se minha maquiagem ainda estaria no lugar. Não pensava nisso desde o jantar.

Será que eu cheirava a gumbo de camarão? Shia King não estava cheirando a gumbo, nem mesmo às alcachofras cheias de alho que eu o vi devorar. Ele cheirava como seu eu simples, como chuva e madeira e um toque de colônia. Sua roupa me surpreendia quanto mais eu olhava para ela. Não havia me dado a liberdade de observá-lo com atenção, mas agora estávamos só nós dois, e ele olhava fixamente para o chão.

Sua camisa e seu blazer eram quase da mesma cor oliva, e sua camisa elegante estava abotoada até o pescoço. Havia pequenos padrões pretos impressos sobre ela, e Shia estava usando botas cinza-escuro. Ele parecia saído de Nova York ou de Milão. De repente me preocupei que ele pudesse ver a marca do sutiã tomara que caia. Eu não podia usar roupas como as de Bell Gardiner, mas sabia que ficava bem naquele vestido marrom. Só tinha um pouco mais para cobrir.

– Não havia percebido que você e minha mãe eram tão próximas – ele me olhou e levou um copo aos lábios. – Até que ouvi vocês falarem sobre mim ontem à noite. Sempre soube que você era mais parecida com ela que eu, mas não havia percebido quão parecidas vocês duas são.

– Ela só quer o melhor para você, Shia. Você é seu único filho. Eles querem o melhor para você...

– O meu Deus, Meg! Você ouviu o que disse? Você está sentada aqui... – Ele fez uma pausa, e seus olhos se concentraram em mim. Ele tamborilou os dedos no centro do desenho sobre a mesa, que lembrava trepadeiras. – Você é um clone dela. Ontem à noite, quando olhei na copa, foi assustador ver como vocês se pareciam. Vocês seguravam o copo do mesmo jeito.

Seus ombros estremeceram, e eu me encolhi.

Parte de mim não conseguia esconder que estava lisonjeada por Shia achar que a mãe e eu éramos parecidas, mas talvez fosse por isso que ele algumas vezes gostava de mim e, em outras, me odiava.

...e ele havia me chamado de *Meg* outra vez, finalmente.

– Você tem sorte por seus pais se preocuparem tanto – falei.

Shia revirou os olhos e jogou a cabeça para trás, olhando para o céu estrelado.

– Eu costumava achar que você entendia, Meg. Mas você simplesmente não compreende. É isso.

Seu jeito de sacudir a cabeça me fez sentir que ele estava me julgando imensamente. Estendi os braços e me levantei da mesa.

– Você não sabe nada sobre quem eu sou ou o que eu entendo.

Se ainda houvesse água em meu copo, eu poderia tê-la bebido ou jogado nele, não sabia ao certo. Eu queria drama, nós éramos assim.

– Soube em um momento. E você sabe disso. – Seus olhos estavam firmes quando se fixaram aos meus.

Eu dei a volta em minha cadeira e passei por ele a fim de atravessar o jardim. Se meus sapatos fossem menos assassinos, teria sido muito mais fácil sair com classe e petulância. Em vez disso, acabei no chão, esforçando-me para arrancar o pé de um buraco na terra. Shia passou por cima de mim com um olhar inexpressivo no rosto, enquanto puxava meu sapato para fora.

O salto quebrou, e ele olhou para meu tornozelo.

– Isso está feio.

Movi os olhos para onde ele estava olhando.

Meu tornozelo latejava de um jeito anormal. Eu não havia percebido a dor forte até ele fazer aquela observação. O que era estranho. Jo teria uma teoria sobre isso; ela tinha teorias para tudo. Quis perguntar a ela.

– Pronto, deixe que eu ajude você a se levantar. – Shia estendeu os braços para pegar minhas mãos.

Eu me afastei e mudei de posição, sacudindo a cabeça.

– Chame Jo. Eu não preciso de sua ajuda.

Ele jogou as mãos para o ar, mas não disse nada enquanto entrava para buscar minha irmã.

Fiquei ali humilhada, da pior maneira possível, e podia sentir as lágrimas arderem no fundo dos olhos. Eu precisava dar o fora dali o mais rápido possível. De qualquer modo, não podia nem acreditar que havia ido até ali – em que diabos eu estava pensando? Não sabia. Eu me sentei na grama macia e esperei que alguém voltasse. Eu deveria ter ficado em meu lugar à mesa, aí não teria parecido tão idiota.

Jo apareceu correndo pela porta dos fundos, movendo-se muito depressa nas botas sem salto. Eu devia ser esperta como Jo.

Minha pele parecia pegajosa.

– Torci o tornozelo. Eu te digo: foram esses sapatos idiotas. – Movi meu corpo um pouco, e meu pé latejou. – Acho que não consigo ficar de pé.

– Eu te disse que esses sapatos eram horríveis para seus pés. Eles não valeram a pena, valeram? – Jo esfregou meu tornozelo.

– Preciso ir para casa. Chame um carro ou algo assim. – Não sabia como ia atravessar ou dar a volta na casa, muito menos entrar no carro, mas descobriria um meio.

– Laurie! – Jo chamou em voz alta.

Olhei feio para ela e gesticulei com a mão no ar.

– De jeito nenhum. Não faça com que ele me leve. Tenho certeza de que ele quer ficar. Jo, eu não...

Eu parei no meio da frase. Laurie saiu andando da casa, seguido por Shia. Fiquei completamente mortificada. Mordi a bochecha e tentei me levantar, mas, no segundo em que pus todo o meu peso sobre o joelho, caí para trás e gritei de dor.

– Meg, pare de se mexer – Shia falou.

Bufei e teria brigado com ele se a sra. King não estivesse agitada às suas costas. Ela parecia preocupada, mas um pouco entediada. Era estranho; eu não queria ser o centro das atenções nesse grupo como eu costumava querer.

– Está tudo bem. Só preciso chegar ao carro – disse ao grupo que aumentava.

– Vou levá-la para casa. Está tudo bem – Laurie falou, pegando o telefone no bolso. Ele resmungou algumas palavras, desligou o aparelho e o enfiou novamente no jeans.

Gostei do jeito como ele olhava para Jo em todo lugar a que ela ia. Ela desapareceu e voltou com uma grande mancha marrom na barriga do vestido. Minha irmã estava muito desmazelada. A sra. King nem olhou para Jo. Era como se ela nem estivesse ali.

– É muito cedo, Laurie. Tem certeza de que não tem problema? – perguntei.

Jo olhou para ele.

Laurie balançou a cabeça.

– Sempre saio cedo. Eu saio, verdade. Vamos levá-la para o carro, ele vai chegar a qualquer segundo. Vou ajudar Jo a levá-la para casa.

Laurie me ergueu nos braços antes que eu pudesse protestar. Observei os olhos de Shia queimarem em suas costas até que desaparecemos no interior da casa.

16

beth

Laurie entrou apressado em nossa casa, com Meg do seu lado, agarrada a ele. A camiseta do rapaz estava enrolada na mão dela. Meg mancava. Jo a segurava do outro lado. Eu procurei sangue. Não sei por quê, mas acho que viver em uma cidade militar nos dá instintos diferentes dos de uma pessoa normal.

Não vi nenhum sangue, e Meg não estava chorando nem gritando. Corri até eles para ajudar. O rosto de Meg estava pálido, e ela estava usando um belo vestido marrom que agora tinha faixas verdes de grama na lateral. Eu me ajoelhei e, delicadamente, ergui a barra de seu vestido a fim de verificar seu tornozelo antes de mexer nele.

– Está quebrado, Beth, não está? – Meg gritou.

Laurie estava parado desconfortavelmente acima de Meg, com as mãos enfiadas nos bolsos e os joelhos levemente dobrados.

– Não, Meg. Está só torcido. Vou buscar gelo. Não se mexa – falei e fiquei de pé.

Quando cheguei à porta da cozinha, gritei para Jo:

– Não permita que ela se mexa.

Meredith entrou na cozinha com grampos no cabelo e o vestido arrastando no chão.

– O que está acontecendo?

Abri a gaveta do armário mais perto dela e peguei sacos plásticos.

– Meg torceu o tornozelo na casa dos King. Parece bem feio.

Minha mãe puxou e abriu a porta do *freezer* e me ajudou a encher um saco.

– Esse é o garoto Laurence?

Balancei a cabeça afirmativamente.

– Ele parece legal.

Ela fechou a porta do *freezer* e se apoiou na bancada.

– Também acho que sim.

Meredith me seguiu até a sala e agradeceu a Laurie por ajudar Meg. Jo disse a mesma coisa para ele e desapareceu escada acima. Ela não voltou. Laurie não parou de olhar para a escada durante a hora seguinte, antes de finalmente desistir e ir embora. Não achava que Jo soubesse como lidar com garotos, em especial os altos e com cabelo comprido como Laurie. É provável que nem tenha lhe ocorrido se despedir dele.

Essa era Jo; ela estava sempre em seu próprio mundo. Era uma de suas melhores qualidades, mas ela precisava saber quando reaparecer.

Na manhã seguinte, acordei antes de todo mundo, comecei a preparar o bule de café, alimentei o peixe e reguei as plantas. Eram apenas oito horas, mas achei que já devia fazer o café da manhã. Não sabia se tínhamos tudo de que eu iria precisar, por isso procurei nos armários e na despensa pelos ingredientes.

Ovos – confere.

Leite – confere.

Torradas... Empurrei um saco de tortilhas e encontrei um pão integral atrás. Achei que houvesse um pacote de bacon em algum lugar do *freezer*, por isso investiguei. Por baixo de um saco de peito de frango congelado, encontrei meio quilo de bacon. Liguei a água quente e deixei que ela corresse sobre a carne para descongelá-la. Sentia falta de meu pai, de como ele acordava cedo comigo e ajudava a fazer o café da manhã. Nós conversávamos sobre música enquanto dobrávamos a roupa lavada, e esse tempo com ele parecia muito merecido. Ao olhar para trás, percebo que cheguei a pensar que essas horas nunca iriam terminar. Elas pareciam infinitas durante o ano em que ele estava aqui, embora não devessem. Eu devia estar acostumada com ele partindo; todas devíamos, com o tempo, ter nos acostumado com isso. Mas acontecia o contrário.

Enquanto eu esperava o forno esquentar, virei o bacon. Meu pai costumava me contar sobre os shows a que ele e minha mãe iam. Eles eram fãs de Bob Dylan nos anos 1990. Eu me lembro de um ano em que eu os ouvi chegar aos tropeções na velha casa no Texas. Minha mãe ria tão forte que achei que ela estivesse chorando. Eu me escondi na porta e observei meu pai levantá-la do chão depois de persegui-la pela cozinha. Eu me lembro de como ele a abraçou apertado junto a seu peito quando finalmente a alcançou. Os pais em minha memória eram muito diferentes dos que eu conhecia agora, mas a vida era assim. Eu tinha sorte só por ter meus dois pais sob o mesmo teto.

Amy entrou na cozinha quando o bacon começou a cheirar pela casa inteira.

– Uhm... – Ela se sentou à mesa, pegou o telefone no bolso e não disse mais nenhuma palavra. Mentalmente, eu me fixei no fato de o pijama de Amy ser pequeno demais; as pernas da calça terminavam pelo menos cinco centímetros acima de seus tornozelos.

Depois de algum tempo, Meg entrou na cozinha e serviu a si mesma uma xícara de café fumegante, enquanto eu tirava o tabuleiro de bacon do forno. Ela saltou até a mesa em um pé só e se sentou.

– Acho que derrubei um pouco – lamentou quando sua bunda encostou na cadeira.

Eu lhe disse que limpava. Ela sorriu e me disse obrigada, que seu tornozelo a estava matando.

Jo e Meredith foram as últimas a se juntarem a nós. Quando todas estavam sentadas, o rosto de Meg havia se transformado em uma careta, e o dedo de Amy ainda mexia no celular.

– Nossa, não é estranho como agora nós devemos apenas continuar com nossa vida após as festas? Tudo vai voltar ao normal quando vocês retornarem para a escola – Meg comentou com a boca cheia de ovos.

– Eu queria que fosse Natal e Ano-Novo o tempo todo. Todo mundo ficaria ainda mais estressado e teria ainda menos dinheiro – Jo criticou.

– Jo. Pare com isso – Meredith retrucou, mas sorriu ao se virar.

Todas tomamos o café da manhã, e Amy falou sobre alguma espécie de troca de comida que ela estava fazendo na escola quando eles voltavam do intervalo. Ofereci-lhe o que pude, e ela me soprou um beijo com *gloss* de onde estava sentada. Meredith disse que tinha mandado um e-mail para papai na noite anterior e torcia para que nesse dia ele conseguisse falar por Skype. Tive a impressão de que, ultimamente, as ligações estavam vindo com menos frequência. Além disso, havia lido os e-mails entre ele e minha mãe sobre sua próxima missão. Eu sabia que seu pelotão estava sendo enviado a uma missão, porque ele comentou que estaria fora por mais de uma semana.

Eu gostava muito mais quando ele permanecia na base. Eu não era como Jo, que lia toda *hashtag*, nem como Amy, que era feliz por não ter consciência da maior parte dos acontecimentos. Eu estava no meio disso, em minha própria pista. Ao acrescentar cuidar de minha mãe e minhas irmãs, eu diria que havia uma ou duas estradas pedagiadas entre nós três. Eu estava morta de preocupação com papai e esperava que ele ligasse logo para mamãe.

– Meg, preciso de uma carona para o trabalho amanhã. Não posso mais tirar folgas neste mês. Meu gerente vai me matar – Jo comentou.

Ela remexia em seu prato. A omelete vegetariana devia estar fria a essa altura. Eu a fiz antes de preparar as rabanadas. Jo era a única na casa que não brigava por minhas rabanadas, exceto quando papai estava em casa. A mãe de meu pai me ensinou a fazê-las com pão integral e um pouco mais de noz-moscada, além de uma *pitada de audácia* – ouvi a última parte em sua voz. Ela tinha um sotaque do Meio-Oeste, embora dissesse que uma coisa dessas *não existia*. Lá estava a voz outra vez.

Jo e meu pai eram as duas únicas pessoas em que se podia confiar perto de um prato de *cookies* quentes com pedaços de chocolate. Ainda assim, os dois comiam um saco inteiro de salgadinhos em uma sentada. Jo e seus Bugles eram melhores amigos para sempre. Já a omelete que eu fiz com certeza não era. Algo parecia estar errado com Jo.

– Eu mal consigo andar, Jo. Como posso levá-la a algum lugar? – Meg apontou para o próprio tornozelo.

Estava sem dúvida muito menos inchado que na noite passada.

– Não posso faltar ao trabalho outra vez, e o ônibus demora demais para chegar a qualquer lugar.

Meredith saiu da cozinha, e eu logo iria segui-la. Jo e Meg precisavam resolver isso sozinhas, e minha mãe parecia um pouco distraída. Ela provavelmente estava exausta de preocupação.

– Meredith! – Jo falou com voz calma. – Você está ocupada na terça? Posso conseguir uma carona até lá, mas não para casa.

Meredith voltou, perguntou a que horas ela largava e disse-lhe que talvez tivesse de esperar uns 20 minutos antes de conseguir buscá-la.

– Também tenho que pegar a tia Hannah no trabalho – ela explicou.

– Obrigada – Jo sorriu para Meredith.

Quando minha mãe voltou a sair, Amy se virou para Jo e disse:

– Não é culpa dela não poder te levar. Ela está machucada.

Jo pareceu pensar sobre o que Amy havia dito. Então girou na cadeira e ficou de frente para Meg.

– Desculpe. Sei que não é sua culpa. Estou cansada e terminando aquela matéria. É estressante.

Meg não podia nem tentar esconder a surpresa em seu rosto. Ela era sempre muito reservada, e percebi que as desculpas honestas de Jo a abalaram um pouco. A mim também.

– Obriga-a-a-a-a-da – Meg respondeu, estendendo a palavra, que soou confusa. – Tudo bem, eu sei que você está no meio de muita coisa.

O choque de Meg se transferiu direto para mim, e algo me ocorreu. Meg e Jo estavam passando muito mais tempo juntas do que jamais haviam passado antes. Ultimamente eu ouvia suas vozes à noite, conversando enquanto todo mundo estava na cama. Eu não ouvia esse som desde que éramos crianças, quando Meg usava Jo como sua cobaia de cosméticos após a hora de dormir. O travesseiro de Jo sempre aparecia coberto de maquiagem pela manhã.

– E por que você não pede a Laurie para te levar, já que agora ele é seu namorado? – Amy tocou o braço de Jo, que puxou a mão.

– Quem poderia imaginar que Jo teria um namorado tão gato. Ele é quase gato *demais*. – Amy tocou a tela de seu telefone e olhou novamente para nós três.

A resposta de Jo foi direta:

– Cale a droga da boca.

– Só estou dizendo – Amy sorriu e olhou para Meg em busca de aprovação. Ela idolatrava tudo em Meg.

Alguns segundos se passaram, e Jo se levantou da mesa.

– Vou me levantar – ela anunciou e saiu da cozinha. Eu fui a seguinte. Precisava terminar meu trabalho de História no *laptop* de minha mãe antes da meia-noite. Eu sabia que ia me arrepender de trabalhar em uma tarefa sobre a Segunda Guerra Mundial logo antes de ir para a cama. Isso com toda a certeza ia me dar pesadelos, mas eu estava atrasada em meus deveres escolares por conta da preguiça da febre das festas.

Quando entrei na sala, Meredith estava sentada na poltrona reclinável de papai com os olhos fechados. Eu me inclinei sobre ela e peguei o *laptop* ao lado da cadeira; ela abriu os olhos e me deu o maior susto.

Então começou a rir quando eu me assustei.

– Desculpe, querida – ela disse com um sorriso.

Ela parecia muito jovem quando sorria. Minha mãe era bonita, mas às vezes parecia ter envelhecido cinco anos em um. Eu estava preocupada com ela e não podia esperar que meu pai estivesse em casa.

– Eu tenho um trabalho para fazer. Eu o trago antes de ir para a cama – falei-lhe. Ela sorriu parecendo um pouco sonolenta.

– Está tudo bem. Você pode fazer isso aqui embaixo se quiser. Vou ficar quieta. Só vou assistir a *Criminal Minds*. – Ela ergueu a alavanca da poltrona reclinável, e o descanso para os pés ganhou vida.

Eu ri.

– Você não vai ficar quieta de jeito nenhum se estiver assistindo a *Criminal Minds*.

Ela falava em todas as cenas, tentando constantemente adivinhar quem era o assassino e gritando com a TV.

Ela riu e deu de ombros.

– Acho que o FBI deveria vigiar os roteiristas desse programa. Tem umas coisas bem pervertidas – ela dizia isso toda vez que assistíamos ao seriado juntas. Eu era a única que aguentava assisti-lo. Amy era sensível demais. Meg era medrosa demais, e Jo era literal demais. Ela encontrava as falhas na trama e a legalidade de tudo.

Eu amava esses momentos com minha mãe, quando ela estava feliz e distraída.

– Vamos lá, Beth, fique aqui embaaaixooo – ela choramingou e apertou as mãos unidas como se estivesse orando.

Tentei permanecer séria enquanto me sentava no sofá e jogava o controle remoto para ela.

– Fale só nos comerciais. Promete?

Ela passou o polegar e o indicador sobre os lábios como se os estivesse fechando com um zíper e fingiu jogar a chave para mim.

17

Nas poucas semanas que se passaram desde o Natal, as coisas mudaram.

Jo e Laurie ficaram inseparáveis.

Shia estava outra vez fora do país, salvando o mundo a seu modo, e Meg tinha voltado a trabalhar na casa dos King. John Brooke estaria em casa muito em breve, e era apenas sobre isso que Meg falava. Ela estava sempre muito agitada, mas fingia não estar.

Meredith se mantinha ocupada, e tia Hannah nos visitava mais que o habitual.

Todo mundo estava bem, exceto Amy, que havia sido suspensa da escola por continuar a trocar comida na aula, mesmo depois de a professora lhe pedir inúmeras vezes para não fazer isso.

Parece que alertaram o diretor quando Amy foi pega com uma torta de limão inteira em sua carteira. Uma torta. Em sua carteira. Quando ela me pediu que a fizesse, não pensei duas vezes. Achei que fosse para algum tipo de celebração na escola, por isso fiz do nada, para ela, o que devia ser uma réplica caseira da receita do restaurante Petite Amelie.

Então Amy ficou em casa comigo por uma semana, e Meredith me pediu que lhe desse aulas nesse período. Eu só gastava duas horas por dia terminando minhas lições *on-line*, por isso tive bastante tempo durante os cinco dias seguintes à sua suspensão. Minha irmã estava sentada diante de mim, à mesa da cozinha; a casa era só nossa naquela manhã.

– Quero ir outra vez à casa de Laurie – ela reclamou enquanto comia uma colher de cereal.

Enfiei minha colher na tigela, joguei anéis encharcados de Cheerios na boca e, do mesmo jeito murmurado com que ela havia falado comigo, perguntei:

– Por quê?

– Porque sim! – seu suspiro foi pesado e dramático. Ela era sempre emotiva, ainda mais que Meg. Amy sempre parecia flutuar acima das nuvens. De nós, Meg era a que mais tinha os pés no chão; Amy, a que tinha menos.

– Eles lá têm tudo. Um jardim grande. Eles têm até um carrinho de golfe estacionado no quintal dos fundos – ela gemeu.

Pensei nos patinetes e nas bicicletas para os quais meus pais haviam passado meses economizando e precisei lembrar a mim mesma de que Amy só tinha 12 anos. Ela não entendia que estava sendo uma garotinha mimada.

– Como você sabe?

Amy não parava de bisbilhotar. Ouvi Meredith dizer à tia Hannah que ela deveria botar uma senha em seu computador se não quisesse que Amy mexesse ali.

– Eu apenas sei – ao prosseguir, Amy tinha um brilho no olho. – Nós devíamos nos mudar para lá. Tem uma biblioteca para Jo, um piano para você e Meg adora a estufa. Tenho certeza de que podemos encontrar algo para Meredith.

Era verdade: o velho sr. Laurence tinha um piano de cauda lindo em sua casa, eu só o vira de perto uma vez, na semana anterior, quando entrei na casa pela primeira vez.

Sorri para Amy.

– Pode ser difícil fazer com que o velho sr. Laurence nos ceda aquele casarão.

Amy balançou a cabeça afirmativamente, e seus cachos louros roçaram seus ombros.

– Você podia convencê-lo. Uma de nós podia até se casar com o velho.

– Eca! Você não faria isso! – Olhei boquiaberta para minha irmã, principalmente para provocá-la, mas não gostei do jeito como ela estava falando, apenas no sétimo ano, sobre se casar com um homem de idade por dinheiro. Quem sabia onde ela havia aprendido isso, talvez com Meg?

– Eu faria! E você também deveria – Amy respondeu com um falso sotaque sulista. – Eu faria praticamente qualquer coisa por uma vida melhor. Se eu fosse a mulher do velho sr. Laurence, ia poder pintar o dia inteiro, beber chá e ser uma mulher sulista adequada. – Amy ergueu a colher e levantou o mindinho no ar.

Ri um pouco da mudança em sua voz, mas não gostei de como aquela conversa havia se desvirtuado. Eu precisava falar com Meredith sobre o comentário de Amy, mas, honestamente, não sabia o que dizer. Eu não sabia nada sobre casar, nem mesmo sobre conversar com o sexo oposto.

Em vez de lhe dar um mau conselho, falei:

– Se você dedicasse tanta energia à matemática como dedica a planejar sua vida como uma esposa decorativa, você podia pelo menos ter um diploma.

Amy sorriu, e as covinhas em suas bochechas apareceram. Seus dentes eram muito retos, mas um pouco pequenos demais para seu rosto, fazendo com que ela parecesse mais jovem do que era.

– Que seja.

– Essa expressão nunca vai pegar, Amy.

Ela revirou os olhos.

– Já pegou, Beth.

– Contente-se com o que você tem.

Ela sacudiu a cabeça.

– Eu quero mais.

– Bom, se você quer mais, então trabalhe por isso. Ninguém vai te dar nada. Quanto antes você perceber isso, mais fácil será sua vida. Olhe para o papai: ele faz tudo isso por nós, para garantir que tenhamos uma vida boa. – Estendi o braço sobre a mesa e toquei sua mão. – Sei que é difícil, mas tente e seja um pouco agradecida.

Amy olhou para a mesa e depois voltou a me olhar.

– Mas achei que ele fizesse isso por seu dever patriótico.

Ri um pouco.

– Isso também. Agora vá pegar seu livro de matemática e vamos fazer alguns deveres.

Suspirando, Amy comeu um último bocado de seu café da manhã e me seguiu até a mesa de centro da sala, onde passei duas horas ensinando-lhe a dividir por números com mais de dois algarismos. Seu livro didático era muito mais avançado do que imaginei. Ela já estava aprendendo a subtrair frações. Acho que só fui aprender isso no nono ano. Eu a ajudei a somar e subtrair números negativos sem usar os dedos, e ela riu quando errei algumas das respostas. Eu a testei, e ela ia ficando melhor a cada vez.

Sentada diante de Amy, eu me senti como uma irmã mais velha pela primeira vez em muito tempo. Senti como se estivesse vivendo no interior de uma dessas séries de televisão para toda a família, sobre temas do cotidiano americano em que irmãos andam de mãos dadas e nunca querem arrancar a cabeça uns dos outros. Meg costumava assistir a um desses programas, e todas ficamos obcecadas por ele, mas não conseguíamos nos lembrar de como ele se chamava e não nos lembraríamos nem que nossa vida dependesse disso. Lembrávamos que uma garota de cabelo crespo conversava com a Lua, que seu vizinho gostava dela, mas não do título. Alguns meses antes, passamos uma tarde procurando por ele na internet, mas não conseguimos encontrá-lo.

Eu, normalmente, me dava bem com todas as minhas irmãs. Jo e Amy eram as que mais brigavam e, consequentemente, mal passavam algum tempo juntas. Amy e eu convivíamos mais, uma vez que eu estava sempre em casa.

Eu me perguntei se ela gostava de ficar comigo da mesma forma que gostava de ficar com Meg. Meg ensinou Amy a alisar os cachos com chapinha e a pintar florezinhas na unha do dedão do pé. Quando conversavam, Jo ensinava Amy a escrever poemas curtos; as duas os liam em voz alta uma para a outra, e eu havia ouvido Jo contar a Amy histórias de fantasmas sobre o Bairro Francês. No último Halloween – enquanto tia Hannah cuidava de Amy –, eu, Meg e Jo fizemos um *tour* dos fantasmas no Bairro Francês. O tema do *tour* era todo sobre mulheres assassinas. Foi incrível. Jo contou tudo a Amy quando chegamos em casa e subiu no conceito dela por isso. Conhecendo Jo, ela talvez estivesse tentando assustar a irmã, mas, em vez disso, aquilo deixou Amy intrigada.

Na mesa das irmãs, tentei pensar no que eu apresentava a Amy... quando nada me veio à mente, eu me distraí perguntando:

– O que você quer ser quando crescer?

– Esposa do velho sr. Laurence – ela riu.

– Sério?

Ela deu de ombros e olhou para o teto.

– Eu quero ser como Meg.

– Meg? De que jeito?

Eu não quis dizer que Meg ainda não havia realizado muita coisa na vida, mas tinha a sensação de que Amy queria dizer que gostaria de se parecer com Meg.

– Você sabe... – Amy deu de ombros. – Quero usar batom e vestidos justos e ser popular e bonita.

A blusa de Amy tinha uma pequena mancha na gola, e eu me perguntei quem a havia ensinado a se preocupar tanto em ser bonita.

– Não é sua obrigação ser bonita. Sua obrigação é fazer o melhor por você mesma, mas não é sua obrigação ser bonita. Você não deve isso a ninguém.

– Claro, Beth.

E, honestamente, fiquei até um pouco surpresa por ela escutar o que eu disse.

18

Mais tarde naquela noite, Jo estava atrasada para o jantar, e Meredith me mandou à casa ao lado para buscá-la. Meredith tinha regras estritas sobre todas estarmos em casa para o jantar durante a semana; era uma das coisas em que ela insistia. Nós podíamos sair antes e depois se quiséssemos, mas eu nunca me vi com vontade de fazer isso. Eu gostava de paz e sossego e de conversar com minha mãe e ajudá-la na rotina diária que meu pai havia deixado para trás ao viajar.

Jo sabia a regra de Meredith e nunca a havia quebrado até aquela semana, quando se atrasou três dias seguidos. Meg era a única outra que às vezes quebrava a regra do jantar, mas, desde que havia feito 18 anos, Meredith, na maior parte do tempo, deixava que ela fizesse o que quisesse.

Meredith poderia ter ido ela mesma buscar Jo, mas nos últimos tempos eu estava com a sensação de que, a cada dia que se passava, era mais difícil para ela sair de casa. Todas ajudávamos o máximo possível. Jo estava trabalhando muito mais que antes e começou a pagar a própria conta do telefone celular. Meg era nosso táxi, e Amy... Bem, Amy era nova e não ajudava muito. Quando tinha a idade de Amy, eu já ajudava com a louça e a roupa para lavar, mas Amy era um garota de 12 anos muito nova e às vezes parecia que ela não tinha a menor noção de responsabilidade.

Ao botar os pés nas sandálias, eu me lembrei de que estava ajudando Meredith ao ir chamar Jo. Eu não saía de casa desde a véspera, quando fui buscar Jo na casa dos Laurence. Às vezes eu dava longas caminhadas sozinha pela vizinhança, só para conseguir algum ar e para confortar Meredith. Eu sabia que ela se preocupava com minha ansiedade, mas eu estava mais feliz em casa e não me importava em ficar sozinha. Eu preferia isso.

Meredith estava tentando encontrar a folha de louro na carne assada de panela, e Amy tentava arrumar a mesa enquanto eu me preparava para sair de casa. Em geral isso me tomava alguns minutos, pois precisava me assegurar de que tinha tudo de que precisava. Às vezes desejava nunca precisar sair de casa. Eu tinha até a ideia de usar aqueles tubos, como o banco faz, para mandar alimentos e suprimentos por tubulações rápidas, de modo que as pessoas nunca precisassem sair de suas casas.

– Beth, você está quase pronta? O jantar estará na mesa em dez minutos.

– Sim, Meredith. – Saí pela porta dos fundos e atravessei o jardim.

Procurei qualquer pista de vida no interior da janela curva que se projetava da parede dos fundos da casa dos Laurence. A cozinha parecia vazia de onde eu estava. Laurie e Jo estavam ali dentro em algum lugar, e talvez fosse só isso, eu esperava. O velho sr. Laurence me intimidava com suas sobrancelhas grossas e sua cara amarrada. Eu nunca tinha visto alguém tão aborrecido por estar vivo. Eu não era exatamente um raio de sol, mas o velho sr. Laurence me fazia parecer um arco-íris.

Laurie não parecia ter a mesma expressão carrancuda permanente do avô. Eu o havia visto ser delicado com Jo no sábado passado, quando ficou até tão tarde em nossa casa, que eles dormiram juntos no sofá. A cabeça de Jo estava apoiada no braço de Laurie, e a boca dele permanecia levemente entreaberta enquanto ele inspirava e expirava. O corpo dele era tão comprido que eu quase tropecei em suas pernas ao tentar acordá-los.

A amizade deles fazia muito sentido para mim. Suas personalidades insurgentes encontraram uma à outra em uma base militar cheia de pessoas que seguem ordens em quase todas as partes de suas vidas. Eu achava que daria uma boa soldada. Jo, nem tanto. Ela adorava questionar a autoridade em todos os aspectos de sua vida. Às vezes isso lhe causava problemas, como quando quebrou a janela do velho sr. Laurence ou quando escreveu uma reportagem de página inteira no jornal de sua escola sobre os efeitos do transtorno de estresse pós-traumático sobre os soldados de volta da guerra, e seu professor, o sr. Geckle, basicamente lhe disse que ela não tinha chance de botar aquele artigo no jornal da White Rock High, e então ela o incluiu pouco antes da impressão. Por sorte, ela recebeu apenas um dia de suspensão da escola como castigo. Sempre torci para que ela não se metesse em problemas demais, mas sabia que incluir páginas no jornal era brincadeira de criança comparado ao que ela era capaz.

Quando Jo estava com Laurie, eu me sentia um pouco menos preocupada com ela. E Josephine era a irmã com quem eu mais me preocupava. Ela era a mais inspirada de todas nós e tinha uma paixão que podia queimar um campo de flores silvestres, mas eu não sabia se ela iria conseguir botar isso para fora quando fosse preciso. Ela precisava de papai, precisava de alguém que pudesse ajudá-la a transformar sua paixão ardente em mudança produtiva. Jo sempre tinha sido uma lutadora, desde se recusar a fazer com que a Barbie saísse com o Ken a deixar a sala de aula quando lhe pediram para dissecar um sapo.

Papai era sempre bom em trazê-la de volta à realidade. Ele lhe explicou que a Barbie não precisava sair com o Ken, mas que eles *podiam* ser amigos, e escreveu um bilhete dispensando-a do resto do projeto de dissecação.

Eu também sentia falta de papai. Sentia falta de como Meredith ficava quando ele estava em casa. Sabia que, como filha de militar, eu devia estar acostumada a essa vida, os deslocamentos de um ano de duração com apenas um ano de intervalo. Minha vida deveria continuar normalmente quando ele estivesse fora, mas às vezes era difícil. Eu sempre encontrava Meredith enrolada na poltrona reclinável dele, com um porta-retratos de madeira na mão. Dentro do retângulo de 14 por 21 havia uma foto de meu pai antes de se tornar oficial, o sargento Frank Spring, com equipamento completo de combate. Ele tinha sua arma pesada nas mãos, e seu sorriso ocupava todo o rosto. Ele sempre parecia mais novo nas fotos, Meredith dizia. Ela me contava muitas coisas sobre ele quando eu a levava da poltrona para a cama. Algumas noites ela chorava, e em outras ela sorria e me contava uma lembrança feliz de quando eles eram jovens. Sabia que Meredith sentia falta de ser jovem, e isso me deixava um pouco triste por ela.

Quando bati delicadamente na porta dos Laurence, meu coração estava batendo forte. Eu detestava estar em situações assim, quando eu não tinha certeza do que ia acontecer. Eu gostava quando sabia onde estava e quem estaria à porta. Eu não era boa em lidar com o inesperado. Contei até dez nos dedos e olhei novamente pela janela grande. A cozinha era sombria, toda em cerejeira e granito preto. Havia um relógio enorme pendurado na parede que marcava nove horas, mas, quando peguei o telefone do bolso e abri a tela, vi que haviam passado apenas 20 minutos das cinco.

Tornei a bater, dessa vez com um pouco mais de força, em seguida olhei para além da cozinha, para a sala de estar. Uma fileira de porta-retratos enfeitava o console da lareira. Eu não conseguia ver as imagens em seu interior, mas havia muitos. Uma sombra se movendo na cozinha fez com que eu me assustasse e me afastasse da porta. A sombra se aproximou, e tive um vislumbre de cabelo branco.

Droga, Jo.

O velho sr. Laurence puxou e abriu a porta e acenou para que eu entrasse, em seguida me deu as costas. Ele não fez contato visual antes de se virar, ele não disse oi... nada. Ele me conduziu até a escada e gesticulou no ar outra vez. Balancei a cabeça afirmativamente para agradecer-lhe e subi a escada. Aquilo me lembrou de quando eu era jovem e corria do banheiro escuro do corredor e pulava na cama, a fim de acabar com as chances de algo embaixo dela me pegar.

Eu não sabia qual era o quarto de Laurie porque, quando estive lá no dia anterior, eu os encontrei na biblioteca. Dessa vez, passei por um banheiro com uma grande banheira de pés de garras e um chuveiro cercado por vidro. O corredor estava escuro, embora o sol ainda não tivesse desaparecido por completo.

Ao chegar à penúltima porta pude ver uma réstia de luz projetada sobre o piso de madeira do quarto. Passei por ela caminhando lentamente e percebi que se tratava do quarto de Laurie. Minha irmã estava deitada no chão com um livro na mão, seu rosto habitualmente relaxado estava enfeitado com um sorriso, e ela não me percebeu parada na porta. Laurie estava na cama com os olhos no celular, e a caixa de som em sua mesa tocava música eletrônica suave. Eu bati na porta e disse o nome de minha irmã. Laurie me chamou para entrar.

– Você está atrasada para o jantar, por isso Meredith me mandou aqui.

Laurie não disse nada, apenas ergueu a cabeça, acenou para mim com a mão livre. Percebi que ele usava pulseiras frouxas feitas de fios e contas.

Jo verificou o telefone e balançou a cabeça afirmativamente.

– Estávamos só conversando sobre a biblioteca. Você devia vê-la. Há um piano enorme lá dentro, é muito legal. – Jo parecia uma adolescente de um filme de Karen McCullah.

– Eu sou a única pessoa que o toca e, sério, eu mal encosto nele. Meu avô o tem há um século – Laurie comentou da cama. – Venha, Beth, você pode se sentar.

Fui até a poltrona no canto do quarto. Havia uma pilha de revistas em cima dela. Laurie indicou que eu devia tirá-las para poder me sentar. Eu me afundei naquela poltrona. O couro negro estava desgastado e cheirava a cedro e tabaco. Havia um travesseiro comprido de mais de um e meio metro no chão, ao lado da parede forrada com papel de decoração. A casa dos Laurence tinha um clima mais Nova Orleans que a nossa, provavelmente porque era muito mais velha que a nossa. Nós éramos apenas a segunda família a viver naquela casa, embora Fort Cyprus fosse muito, muito antiga. Meredith disse que tinha havido um incêndio na casa original, iniciado pela filha mais nova da última família a viver ali. A casa queimou inteira, e o pai teve queimaduras severas, mas todos sobreviveram.

Nossa casa era de construção mais nova, com revestimento cinza e uma varanda profunda. A casa dos Laurence era uma revitalização do estilo grego, na esquina da Nightshade com a Iris, e tinha mais livros e quinquilharias do que eu jamais tinha visto em meus 15 anos. Havia uma sensação antiga no ar do lugar. Ele tinha gosto de canela e cravo. Havia sombras em todo canto, e eu imediatamente percebi o que Jo via ali. Ela era ávida por perigo, e ali estava ele, do jeito mais seguro possível. A casa assustadora não tinha personalidade como nossa casa. Na casa dos Laurence, a escuridão circulava pelas paredes e pairava no ar denso.

O quarto de Laurie era cheio de coisas. Para todo lado que eu olhava havia cartazes, discos, livros; não restavam nem 30 centímetros de espaço em lugar nenhum.

– Beth, de que tipo de música você gosta? Sua irmã estava me dizendo agora que você ama Bastille.

Jo não falou nada, e eu não olhei para ela. Laurie era legal, mas eu odiava conversar com pessoas que não conhecia. Isso me provocava coceiras na pele.

Com a respiração queimando em meus pulmões, respondi:

– Gosto. Eu toco piano e teclado. Um pouco de violão, mas sou péssima nisso.

– Cale a droga da boca... você não é! – Jo resmungou do chão. Ela bateu os dois pés juntos. Faltava uma fivela em um dos pés de suas botas de cano curto. Eu pretendia consertá-la, mas havia me esquecido. Ela a estragara na mesma noite em que Meg e Shia tiveram sua última grande discussão, meses atrás. Até que, naquela semana, Jo havia voltado a usar tênis e botas de amarrar.

Senti meu rosto inteiro queimar.

– Não sou tão boa.

– Tenho certeza de que você é ótima – Laurie sorriu para mim e baixou o telefone.

Meu celular começou a tocar na bolsa, e Jo se sentou. O *ringtone* era uma música de Ed Sheeran que minha mãe ouvia todos os dias desde a partida de meu pai.

– Ela está ligando. – Levantei-me rapidamente. Dei um pequeno aceno para Laurie e esperei por Jo junto à porta.

Ela nos disse que precisava ir ao banheiro por um momento. Bom, o que ela disse exatamente foi:

– Vou fazer xixi. Encontro você lá embaixo.

Então desci a escada sozinha. Passei pela sala que podia ver da janela de nossa cozinha. Mesmo antes de entrar ali, sabia do piano, via Jo observar Laurie tocar pela janela. Mas vi o piano de perto na primeira vez em que entrei naquela casa. Olhei para trás, na esperança de que não houvesse ninguém ali. Não havia. Sempre havia empregadas ou alguém chegando na casa, ou pior, o velho sr. Laurence, com quem eu não queria esbarrar outra vez.

Caminhei até o piano. O Seiler elegante estava posicionado bem diante de uma janela panorâmica com estrutura de carvalho. Era a janela pela qual eu costumava ver Laurie tocar. Passei o indicador por uma tecla negra brilhante, e uma fina camada de poeira o cobriu. Eu o soprei e me sentei no banco. O ritmo tipicamente acelerado de meu coração se reduziu um pouco enquanto eu movia os ombros e erguia as mãos no ar, meus polegares pairando acima do Dó médio. Eu não sabia quão alto seria o instrumento, mas bati meu polegar na tecla a fim de avaliar. Foi bastante baixo, e me preocupei um pouco menos que alguém me pegasse ali sentada, tocando aquelas teclas. Fazia muito tempo que eu não tocava em qualquer coisa além de um teclado barato e, desde que Meredith me deixou estudar em casa, eu vinha usando o velho teclado que meus pais tinham me dado de Natal quatro anos antes.

Após tocar por alguns segundos, percebi que não estava tocando uma música que eu conhecia; meus dedos tocavam teclas familiares de uma música em que eu estava trabalhando antes de deixar a escola. Eu me deixei tocar por mais alguns segundos antes de tirar as mãos do piano e sair da sala.

Ao ver uma sombra no corredor, torci para que fosse Jo ou Laurie.

19

meg

John ia chegar em casa nesse dia.

Não podia acreditar que ele estivesse finalmente voltando para casa.

Eu estava contando os dias, as horas e agora os minutos até ele voltar para Fort Cyprus. Eu estava vestindo uma blusa comprida cuja gola tinha formato de coração e os ombros vazados. Uma vez usei uma blusa decotada, e ele não conseguiu tirar as mãos de mim. Torci para que dessa vez isso se repetisse. Eu havia imaginado muitas situações em minha cabeça em relação a como seria quando John voltasse para mim.

Eu me sentei em minha penteadeira e verifiquei os e-mails no celular.

Havia um de John. Meu coração se acelerou, e cliquei nele imediatamente.

A mensagem era de apenas alguns minutos atrás. A linha de assunto dizia: *Conte-me.*

Oi, Meg.

Tudo bem? Tenho pensado muito sobre quando eu voltar para casa e acho que não posso mais fazer isso. Estou confuso.

Desculpe.

Segundo-tenente Brooke

Reli a mensagem e senti o sangue se esvair de meu rosto.

Depois de ler aquilo pela quarta vez, joguei o telefone sobre a penteadeira como se ele estivesse em chamas. Minha lata de pincéis de maquiagem saiu voando. Os pincéis se espalharam por todo o chão. Eles rolaram por meus pés, e um pincel kabuki grosso passou pelo bico recortado de meus sapatos Steve Maddens. Minhas unhas estavam pintadas de vermelho-sangue porque John gostava de minhas unhas dos pés pintadas. Ele me disse isso uma vez.

Eu me lembrava de todos os elogios que ele havia me feito.

John Brooke não falava muito. Suas palavras saíam com menos frequência, mas isso fazia com que eu as apreciasse mais.

Estava tentando ser racional, pensar antes de fazer qualquer movimento, mas era difícil. Eu não sabia se devia responder, apagar ou mandar a mensagem para outra pessoa em busca de uma segunda opinião.

De onde estava vindo aquilo? John estaria em casa nessa noite, em apenas duas horas! O que poderia ter acontecido no último dia e meio para deixá-lo tão confuso? Na última vez em que conversamos, ele me provocou por não gostar de filmes de super-heróis, e prometi assistir a pelo menos um com ele. Ele falou sobre a mãe no Maine e sobre a irmã que acabara de ter o terceiro bebê. Não havia sinais de haver algo errado.

Eu lhe disse que mal podia esperar para tocá-lo outra vez. Entrei em alguns detalhes sobre o que havia planejado para ele. A linha ficou em silêncio por um instante, em seguida ele inspirou e me disse que eu o estava matando. Isso fez com que eu me derretesse de dentro para fora, e eu mal conseguia mesmo esperar para tocá-lo. Achava que, essa noite, estaríamos em uma cama quente de hotel. Antes das dez achei que ele estaria dentro de mim, me contando como sentia minha falta enquanto fazia amor comigo. Como precisava de mim e se sentia perdido sem mim. De manhã, teríamos panquecas extravagantes de hotel com coisas como purês e açúcar ao lado. Eu iria lhe dar as panquecas extravagantes e provocá-lo até que ele me rolasse de costas e fizesse amor comigo sobre os lençóis de muitos fios.

O que eu diria às pessoas?

O que eu devia contar à *sra. King*? Oh, a senhora sabe, John Brooke terminou comigo em vez de me pedir em casamento. Agora estou solteira. Shia e Bell Gardiner ainda estão noivos, e eu estou solteira trabalhando para a senhora. Mencionei que estou solteira outra vez?

Como John pôde fazer isso comigo? E pela porra de um e-mail? Isso me abalou profundamente, com todos os meus músculos doendo ao mesmo tempo. Essa sensação era a própria insanidade. A ansiedade ardente do fracasso social sozinha era suficiente para me matar – some-se a isso estar solteira outra vez e lidar com todo mundo sabendo que ele havia acabado as coisas por e-mail.

Eu devia saber que era bom demais para ser verdade. Esse era um movimento previsível realizado pelos homens sempre previsíveis em minha vida. Meu ex-namorado River havia feito a mesma coisa, só que por mensagem de texto, e depois mandou fotos particulares minhas para metade da escola.

Entrei na sala de computadores e vi minha foto me cegando de todas as telas...

Eu ainda não sabia quem havia feito aquilo, mas provavelmente era uma das pessoas de meu grupo de velhos "amigos". De River, para eles, para John. Eu nem deveria ter me surpreendido por esse padrão continuar em minha vida.

– O que está acontecendo? – a voz de Jo chegou a meus ouvidos como se viesse por um túnel.

Não sabia o que dizer a Jo sobre o que estava acontecendo em meu mundo. Eu não sabia se ela tinha idade suficiente para lidar com isso, ou se meu ego era resistente o bastante para receber um golpe como esse. Olhando para trás, eu me preocupava demais com o que as pessoas pensavam de mim, mas, no fim das contas, minha reputação era mais importante que qualquer coisa. Eu havia trabalhado duro para estabelecê-la quando fomos transferidos para Fort Cyprus, embora eu pudesse sentir minha imagem escorrer pelos dedos. Eu lutava contra isso. Eu não estava pronta para deixar que o véu sobre minha vida fosse retirado. Eu aprumei as costas.

– Nada – engoli em seco. Eu podia sentir a ardência das lágrimas.

Meus olhos se dirigiram a Jo, mas ela não estava me olhando. Estava olhando para a bagunça que eu havia feito no chão. Ela pegou meu telefone sobre a penteadeira, virado para baixo e coberto de pó branco.

Então ela olhou para a tela. Apenas deixei que fizesse isso. Eu mudei de ideia muito rápido – isso não era parte de enlouquecer?

Se John estava confuso, eu precisava tentar desanuviar sua mente. Mas se não houvesse chance, então talvez eu pudesse começar a narrativa do rompimento antes dele.

Os olhos de Jo se arregalaram quando ela leu o e-mail.

– Mas que droga isso significa?

– Não sei, Jo. – Meus olhos arderam mais quentes com as lágrimas ameaçadoras.

– Ele não deveria estar aqui em algumas horas? – Jo passou por cima da bagunça que eu havia feito e se sentou na beira da cama. – Você escreveu para ele respondendo?

– Não! – Sacudi a cabeça.

– Eu devia fazer isso? – Eu estava relutante em admitir que não sabia que droga fazer.

– Eu faria. Ele é seu namorado. Você devia poder ligar para ele.

Como se fosse muito óbvio que eu devesse conseguir ligar para John e conversar sobre aquilo simplesmente porque ele era meu namorado e ponto. Oh, Jo. Ela tinha muito a aprender sobre garotos e relacionamentos e como se orientar pelo campo minado.

– Você não entende – falei.

– Como eu não entendo?

– Você nunca teve um namorado até Laurie...

Seus olhos se arregalaram, e um rubor tomou seu pescoço e suas faces.

– Laurie *não é* meu namorado.

– Eu não posso simplesmente telefonar para ele. As coisas não funcionam assim. Se eu ligar, ele vai fazer uma de duas coisas. Ele vai *mesmo* terminar comigo, ou não responder. As duas são opções horríveis. Neste momento, ele só está *confuso*.

Agora Jo estava confusa, o que achei fascinante e um pouco simples de sua parte.

– Então... você espera até... – E ela fazia com que as coisas parecessem muito preto no branco, mas nada sobre aquilo era outra coisa além de cinza.

Meu telefone fez um barulho na mão de Jo, e ela quase o deixou cair no chão.

– E-mail – ela disse com muita delicadeza. – É um e-mail. De John Brooke.

Eu me virei e olhei para ela pelo espelho da penteadeira. Ela estava com o telefone erguido, de modo que eu pudesse ver a tela. Eu me senti louca. E assombrada. Procurava pisar em terra firme. Eu respirei muito e lhe pedi que o lesse para mim.

Sem hesitação, ela começou a ler: "Oi, Meg. Desculpe pelo que disse antes. Eu não quis dizer aquilo. Vejo você esta noite, mal posso esperar. Segundo-tenente Brooke".

Olhei bem para Jo e esperei que o sangue começasse a circular por meu corpo.

– Viu, ele só estava um pouco apreensivo. Está tudo bem. Se eu tivesse ligado, isso teria arruinado tudo.

Outro alerta de e-mail.

– John outra vez. – Os olhos de Jo estavam na tela.

Meu coração bateu forte. *O que está acontecendo?*

– Leia – gritei para ela.

– "Meg, na verdade eu não posso fazer isso. Não me ligue nem escreva outra vez. Desculpe. Segundo-ten..."

As palavras de John saindo da boca de Jo caíram pesadas sobre meu peito. Eu não queria mais ouvir.

– Entendi! – berrei.

Quis pegar meu telefone de suas mãos antes que ele sinalizasse outra vez, mas não conseguia me mexer. Minha cabeça girava, e eu estava passando as mãos pelo jeans. Enganchei os dedos nos rasgos e puxei.

– Desculpe, Meg. – Jo estava ao meu lado. Ela ergueu a mão no ar como se fosse me tocar, mas não conseguiu fazer isso. Minha irmã nunca foi afetuosa, e isso não era um problema.

– Tudo bem.

Olhei para mim mesma no espelho e tentei descobrir o que em mim John Brooke não queria mais. Imediatamente pensei em River e no Texas e me perguntei se alguém havia contado a John que ele estava namorando a puta de Fort Hood. Tinha de ser isso. Não podia ser meu penteado, a curva de meus seios. Tinha de ser por ele ter descoberto sobre meu passado por lá.

Olhei para os cílios grossos colados em minhas pálpebras. A caixa dizia *Minx*, e os cílios tinham uma curva sensual. Eles eram demais?

As maçãs de meu rosto estavam brilhantes, e meus lábios estavam grossos e pintados com um vermelho profundo. Eu levei muito tempo para me arrumar naquele dia, queria estar perfeita para nosso reencontro. Eu me senti uma idiota, toda arrumada para um homem que achava que um e-mail era uma forma apropriada de comunicação em um relacionamento.

Fazia meses desde a última vez em que eu tinha visto John. Nosso reencontro deveria ser especial e de reafirmação. Eu havia pintado as unhas, lixado os pés e estava usando uma calcinha sexy de renda com sutiã combinando. Eu me assegurei de que minha pele cheirasse a coco e usei meu último pagamento da sra. King para comprar um novo par de Steve Maddens. Eu havia conseguido ficar apropriada para o Ritz--Carlton do Bairro Francês.

Eu não conseguia pensar no que vestiam as pessoas dentro daquele hotel elegante. Lembro-me de saber que os King fizeram sua festa de aniversário de casamento em um dos salões de festas de lá. Shia reclamara da sensação antiquada de dinheiro sulista do hotel, o qual não havia sido redecorado em cem anos.

Agora eu nunca iria vê-lo. Eu não iria saber.

Passei os dedos pelo cabelo e arranquei os grampos que seguravam a franja pequena e rebelde atrás das orelhas. Peguei lenços para tirar a maquiagem e puxei o adesivo com tanta rapidez que ele rasgou.

Jo permaneceu em silêncio enquanto eu limpava o batom escuro dos lábios. Tenho certeza de que ela pôde sentir a vergonha escorrer de mim em ondas densas e pecaminosas, estourando aos meus pés. Eu botei meu melhor batom para ele, e isso significava alguma coisa, especialmente porque eu nem pude usar meu desconto nele.

Tentei me fazer rir por me preocupar com o batom borrado diante de minha vida despedaçada. Desejei não me importar tanto quanto me importava, mas isso simplesmente não era real – e eu queria que alguma coisa, qualquer coisa em minha vida, parecesse real. Mesmo que fosse uma sensação horrível.

Meus cílios falsos estavam presos em um copo em minha penteadeira, e procurei por algo entre meu batom borrado e as unhas pintadas dos pés, quando vi Jo, de olhos reluzentes, naturalmente brilhantes, às minhas costas.

– Por que você não quer se casar, Jo? – Esperei que ela pudesse aguentar o peso de minha pergunta.

– Por merdas assim – ela respondeu com um meio sorriso.

– Sério?

Ela deu de ombros e se sentou no canto da cama.

– Não sei. Não é que eu não queira, eu só não acho que seja algo em que eu deva estar me concentrando neste momento. – Ela fez uma pausa. – Nem tão cedo. Eu quero ser uma jornalista, uma escritora, mais que uma esposa. Eu só tenho 16 anos!

Sua resposta pareceu muito simples. Tão juvenil, mas tão sábia ao mesmo tempo. Apenas Jo podia fazer isso.

– Não é que eu só queira ser a mulher de alguém, Jo. Eu quero ter um emprego, essas coisas. Eu só quero alguém com quem aproveitar a vida. Você era nova demais para se lembrar de quando papai e mamãe realmente agiam como se se amassem; talvez seja por isso que você não ligue tanto.

Jo inspirou ar pelos lábios; o som quase pareceu um riso.

– Não acho que tenha nada a ver com isso.

Eu não sabia ao certo se tinha, mas fazia um pouco mais de sentido do que eu estar apenas desesperada por atenção e afeição masculina. Eu queria o que vi que meus pais tiveram em determinado momento. Eu ainda me lembro de quando meu pai chegou do Afeganistão dois deslocamentos atrás, e da expressão em seu rosto ao ver minha mãe correr para ele. Havia muitas pessoas naquele campo na cerimônia de volta ao lar, mas ela o encontrou antes de nós, soltou a mão de Amy, enfiou-a na de Beth e saiu na direção dele.

Achava que jamais iria conseguir me esquecer do jeito como ele a segurava e das lágrimas em seus olhos quando ele pegou Amy no colo e a apertou contra o peito. Ela tinha cerca de oito anos na época, e todas estávamos vestindo camisetas com nosso sobrenome nas costas e qualquer coisa aleatória que quiséssemos pintar nelas com tubos de tinta grudenta. A de Amy dizia: BEM-VINDO DE VOLTA, PAI, com a versão em boneco de palitos de nossa família. Meu pai pediu a minha mãe que guardasse essas camisetas para ele, para um dia fazer uma colcha com elas.

Meu pai era um bom homem, e John Brooke também era. O que havia de tão ruim em querer passar o resto de minha vida com um bom homem?

– Você conhece um casal que se ame além de seus próprios pais? – perguntei. Jo deu de ombros.

– Na vida real?

– E que outra vida existe?

Ela me olhou, depois olhou para suas mãos. Seus dedos passaram por seu edredom.

– Livros, TV. Muitas vidas.

Quis corrigi-la, a fim de garantir que ela não achasse que palavras em um livro, saídas de dentro da mente de um autor, ou que palavras de atores em uma tela em nossa sala de estar fossem a mesma coisa que a realidade. Achei que ela soubesse que isso não era verdade; ela só estava agindo de seu jeito caprichoso e artístico.

– Ah, Jo, você não tem ideia do que está falando – suspirei. Eu a amava, então seria delicada, mas ela era uma criança. Ela era esperta para algumas coisas, é claro, mas não sabia nada sobre relacionamentos. Isso me preocupava. Imaginar Jo como a mãe de um recém-nascido era como imaginar Shia King usando um terno negro elegante em um tribunal.

– Eu discordo, Meg. – Jo remexeu nas unhas, sem olhar para mim.

Eu fiz um pequeno ruído de irritação.

– Está bem. – Ri um pouco. Às vezes ela achava que sabia tudo. – Isso não significa que você esteja certa. Você não tem nenhuma experiência em sair com alguém.

Jo suspirou, suas mãos se ergueram do colo, e ela passou os dedos abertos pela frente do cabelo. Quando éramos novas, Jo tinha o pior redemoinho bem na frente, bem ao lado da parte central. Com 16 anos, ele ainda estava ali, mas era um pouco menos perceptível, seu cabelo era muito denso.

– Nós temos de continuar a conversar sobre isso?

– *O quê?* – Senti um vazio por dentro. Vazio e ansiedade à menção do nome de John. Eu me senti patética e confusa. – Meu namorado que devia estar aqui em algumas horas acabou de terminar comigo por e-mail! – minha voz se ergueu, e minha garganta ardeu.

Olhei fixamente para meu telefone. Ele não tocava há algum tempo, mas de algum modo eu ainda podia ouvir a notificação do e-mail ecoar no silêncio de meu quarto.

Meu peito subia e descia – e Jo nem estava tentando me confortar. Ela apenas estava ali sentada, com os olhos se movendo lentamente pelo quarto, e as mãos calmamente entrelaçadas sobre o colo. Distraída e virtuosa.

– Simplesmente vá – suspirei.

Eu não sabia o que mais lhe dizer, e sabia que não deveria esperar que Jo me dissesse alguma das coisas que eu precisava escutar.

Onde estava Beth?

20

Parei de chorar quando me sentei no sofá entre Beth e Amy. Meredith fez comida caseira para nós, e eu fiquei ali sentada com um cobertor puxado até o queixo e uma tigela de macarrão com queijo no colo. Estiquei os pés sobre o colo de Amy, que estava quase dormindo. Ainda não eram nem oito horas, mas eu também estava pronta para ir para a cama. Jo estava sentada no chão com seu *laptop* sobre as pernas, e eu não estava mais com raiva dela. Eu não podia culpá-la por não se importar com algo que ela não entendia.

Egoistamente, desejei que alguém partisse seu coração, mas em seguida voltei atrás. Eu não queria isso para ela. Mudei o nome em minha cabeça e desejei para o universo que Bell Gardiner ficasse de coração partido. Nisso eu não voltei atrás.

– Tem um carro na entrada – Meredith comentou. Ela se inclinou para a frente e puxou a cortina grossa que cobria a janela.

Comi outro bocado de macarrão com queijo e esperei que os faróis desaparecessem na janela. Como vivíamos em uma rua sem saída, as pessoas costumavam usar nossa entrada de carros para fazer o retorno.

Ouvi uma porta de carro se fechar, e Meredith empurrou com as pernas o descanso de pés da poltrona reclinável de papai.

– É um homem – ela continou.

Meu primeiro pensamento foi que meu pai estivesse mais cedo em casa para nos surpreender, mas isso não era provável; ele sabia como Meredith detestava surpresas.

– Quem é? – Beth perguntou.

– Não sei dizer... Parece John...

Eu me levantei rapidamente do sofá e corri até a janela, com a tigela na mão e tudo. Vi John Brooke caminhar pelo meu jardim, de uniforme e com uma expressão séria em seu rosto familiar.

– O que ele está fazendo aqui!? – minha voz saiu como um guincho, e Beth chegou ao meu lado em um instante.

O rosto de Amy se retorceu de horror.

– Oh, não! Meg, ele está aqui, e você está vestindo *isso*.

Olhei para baixo. Meu short florido e a camiseta rosa sem manga não podiam estar mais distantes do que eu havia planejado vestir quando o visse novamente. Por que diabos ele estava ali? Sua série de e-mails não havia sido suficiente?

Beth pegou a tigela de macarrão com queijo de minha mão no momento em que as costas dos dedos dele começaram a bater na porta.

– Não o deixem entrar! – gritei em meio ao pânico que estava enchendo a sala.

– Esse filho da... – Meredith começou a dizer.

– Por que não? Talvez ele... – Jo também começou a falar.

Eu não conseguia pensar direito. Por que eu havia tirado a maquiagem? Meus olhos tinham de estar inchados? Por que ele estava aqui?

– Sim ou não, Meg? – Meredith perguntou ao ficar de pé.

Pensei nisso por um segundo. Será que eu deveria dizer umas verdades para John Brooke? Será que eu deveria brigar com ele por terminar comigo por e-mail e depois aparecer na minha casa?

Ele bateu novamente.

– Deixe que ele entre – falei, odiando estar com uma aparência horrível.

Jo era uma estátua, sentada no chão, digitando sem parar.

Minha boca tinha gosto de trufas, e eu sabia estar cheirando como um cogumelo e com um aspecto horrível. Meus dedos passaram pelo cabelo quando Meredith abriu a porta da frente.

– Oi, Meredith? Tudo bem? – A voz de John estava muito profunda.

Meredith se virou para me olhar, e John entrou. Ele estava usando o uniforme de West Point, e seu cabelo estava mais curto do que eu jamais tinha visto. Seus olhos azuis me encontraram, e eu não consegui segurar o grito que saiu de meus pulmões rasgando e se derramou pelo chão. John pareceu desapontado, e ele seguiu na minha direção com o quepe nas mãos.

Dei meia-volta, saí correndo pelo corredor até meu quarto e bati a porta às minhas costas. Passos pesados pisaram forte em minha direção, e uma batida delicada tocou a porta, mas John a abriu antes que eu pudesse responder.

– Ei – ele disse de forma vacilante.

Eu o olhei em toda a sua glória de West Point. Seu corpo inteiro parecia ter crescido desde a última vez em que eu havia posto os olhos nele. Os botões dourados em seu uniforme cinza eram muito brilhantes. Ele parecia tão arrumado, e eu... eu estava a droga de um caos.

– O que você quer, John? – Torci para ter soado intimidadora e no controle, não como uma garota de 19 anos que havia acabado de passar as últimas duas horas chorando por um garoto.

Só que John não parecia mais um garoto. Ele parecia um homem.

– O quê? Meg, o que está acontecendo?

Ignorei a voz em minha cabeça me dizendo para me olhar no espelho por vaidade. Ver minha aparência horrível só iria tornar as coisas piores.

– O que está acontecendo? – Eu ri. – Você me diz, John. Que diabos está acontecendo? Por que você veio até aqui?

Suas sobrancelhas de cor louro-avermelhado se juntaram sobre seus olhos claros, e ele deu um passo para trás, na direção de minha porta.

– Vá em frente e saia se você quiser! – gritei com ele, todo o senso de sanidade saindo pela janela mais perto de mim.

– Mas que diabos? Você sabia que eu estava vindo. Nós tínhamos planos, lembra?

– Sim! Tínhamos. Mas você está confuso, lembra? Você deve estar tão confuso que se esqueceu de me enviar um e-mail dizendo que estava vindo, afinal de contas!

Senti as pernas ficarem mais fracas quanto mais alta saía minha voz. Eu me sentei na beira da cama e levei as mãos à cabeça.

– Meg... – A voz de John estava delicada. – Não entendo o que está acontecendo. Não sei do que você está falando. Eu vim buscá-la para podermos ir para o Bairro Francês pelo fim de semana. Acabei de chegar, peguei meu carro e vim para cá.

Eu olhei para ele. *O quê?*

Será que ele estaria mentindo? Olhei para a confusão nítida em seu rosto e para o pequeno movimento em suas mãos trêmulas. Eu não sabia o que dizer disso.

– Você está tentando me dizer que mudou de ideia?

John caminhou na minha direção, e eu me encolhi quando ele segurou minhas mãos. Ele as largou e se ajoelhou diante de mim. Eu me concentrei na estrutura de seu uniforme cinza, nas costuras marrons, no colarinho alto se erguendo por seu pescoço. Seu rosto estava vermelho, sempre era um pouco, mas ele parecia mesmo confuso.

– Meg, por favor, me diga, o que está acontecendo? – A voz delicada de John me tocou como uma carícia leve como pluma, acalmando minha raiva por sua rejeição.

– Você me mandou e-mails? – Peguei o telefone que estava carregando embaixo de meu travesseiro e o puxei na minha direção.

– Mandei e-mails para você? – Suas mãos sardentas seguraram as minhas, elas envolveram o telefone e minhas mãos trêmulas. Eu as puxei, ele deixou, e eu abri a série de e-mails.

Com o telefone na mão, ergui a tela para ele. Seus dedos seguraram as bordas de meu iPhone, e seus olhos se esforçaram para ler a fonte pequena.

Alguns segundos depois, ele começou a sacudir a cabeça.

– Eu não mandei isso. Eu não... Eu não faria isso, Meg.

Olhei para ele e deixei que sua afirmação fosse absorvida. Será que ele estava mentindo? Olhei em seus olhos e não soube dizer. Quem faria isso comigo se não fosse ele?

Shia foi a primeira pessoa que passou por minha cabeça.

Seria possível?

– Meg, olhe para mim. – Os dedos de John levantaram meu queixo, de modo que olhei em seus olhos. – Meg, senti muito a sua falta. Vim aqui esperando que você estivesse feliz em me ver.

Ele meio que riu, e tomei a consciência de minha mortificação. Claro que John não faria isso comigo.

Ergui as mãos do colo e as levei até a cabeça dele.

– Oh, meu Deus, desculpe! Estou tão feliz de ver você. – Passei as unhas compridas pelas laterais de seu cabelo curto e desci por seu rosto liso e recém-barbeado. – Eu senti muito a sua falta.

Seus olhos se fecharam quando meus dedos passaram por sua boca, e seus lábios se entreabriram ao meu toque, desabrochando em um sorriso. Não beijei John, embora quisesse fazer isso. Ele também não me beijou, mas ele nunca havia sido a pessoa mais afetuosa mesmo.

Ouvi uma voz do outro lado da porta, e nem me incomodou que minhas irmãs fossem umas merdinhas enxeridas. Eu não me importei. John estava ali, bem na minha frente e recém-saído de West Point.

Suspirei ao me lembrar de minha aparência terrível.

– Eu estava muito, muito diferente antes dessa coisa dos e-mails.

– Você está ótima, linda. – John levou a mão até meu rosto e passou as costas dos dedos por minha pele. – Eu nunca a vi assim.

A ansiedade se revirava em meu peito. Eu não havia planejado deixar que John me visse sem maquiagem tão cedo, se é que iria deixar.

Pedi-lhe que me desse alguns minutos para preparar a bolsa para o fim de semana e mandei que ele fosse socializar com minha família. Quando ele abriu a porta, Amy e Jo foram flagradas ouvindo nossa conversa, mas ele só riu e bateu continência para Amy. Enquanto eles seguiam pelo corredor, ouvi John explicar seu uniforme antiquado para Amy, e minha mente imediatamente me fez pensar como ele se encaixaria bem em minha família. Ele estava muito calmo, mesmo depois de meus gritos com ele na frente delas.

Se tivesse sido Shia e eu o tivesse acusado de algo que ele não havia feito, ele iria brigar comigo com grande intensidade e fazer com que eu me humilhasse por seu perdão. Shia era emocional demais, obstinado demais. John Brooke era forte também, mas de um jeito delicado.

John Brooke era bom para mim, era mesmo.

21

John pensou em tudo. Ele alugou uma limusine para sermos levados até o Bairro Francês, e nós fomos sentados na parte de trás do carro, cheio de olhares apaixonados e amor ingênuo. Pareceu a noite do baile de formatura sem o boquete desconfortável no banco de trás do carro de River. John tinha uma garrafa de champanhe de supermercado com gosto de morango e felicidade. Durante a viagem no escuro, ele segurou minha mão entre as dele em seu colo, e eu bebi o espumante em uma taça de plástico.

– Conte-me sobre sua formatura. Desculpe, eu não consegui ir.

– Está tudo bem. – Seu sorriso me lembrou que ele, na verdade, não havia me convidado, para começo de conversa, mas eu não estava mais aborrecida por isso.

Eu não estava.

Nós éramos apenas namorado e namorada, por isso eu entendia por que ele não queria que eu fosse para o estado de Nova York para ter um grande fim de semana com ele e conhecer sua família e seus novos amigos.

Às vezes eu odiava que as namoradas de militares não tivessem a atenção nem o reconhecimento que tinham as esposas. E, outras vezes, até acreditava no que Jo dizia sobre a cultura militar forçar os soldados a se casarem cedo. Ao mesmo tempo, esses homens e mulheres passam por muita coisa por seu país, por que eles deveriam fazer isso sozinhos? Os soldados mais tristes que eu conhecia eram os que não tinham mulheres e filhos esperando por eles em casa. Claro, a maior parte deles tinha pais, mas não era a mesma coisa.

Será que John Brooke ainda ia querer se casar comigo depois de minha crise? Ele não havia mandado aqueles e-mails. Eu sabia que não. Para reafirmar isso, olhei para seu rosto. Havia mudanças desde a última vez em que eu o tinha visto? Todo nosso relacionamento havia sido a longa distância. Isso devia ser um sinal, mas não era. Em vez disso, nos fez mais fortes; era assim com os militares. Ele parecia exatamente o mesmo, talvez ainda menos aberto que antes, se isso era possível. Suas mãos ainda estavam cobertas por sardas marrom-claras, e seu nariz ainda tinha uma covinha na ponta.

Olhei para trás dele, para meu próprio reflexo. Meu rosto nu me encarou de volta, e mesmo no escuro eu podia ver os círculos ao redor dos meus olhos. Eu nunca ia a lugar nenhum sem maquiagem, e ali estava eu com John, a caminho do Ritz, parecendo uma completa bruxa.

Ele continuou a me contar sobre sua cerimônia de formatura e como pôde ouvir os soluços orgulhosos da mãe enquanto ele atravessava o palco. Imaginei que qualquer pai ficaria orgulhoso demais com o filho se formando em West Point. Embora eu não a tivesse conhecido, me perguntei que tipo de mulher ela realmente seria. Ele apertou minha mão e esticou os lábios em um sorriso quando olhei para seu rosto liso. Ele parecia muito bem em seu uniforme. Era especial. Ele era especial, e seu uniforme ajudava a mostrar isso.

– Eu adoraria que você um dia conhecesse minha mãe – ele me disse quando nossa limusine entrou na autopista principal. O carro deslizava suavemente entre as faixas; tudo parecia muito diferente de meu Prius ou do Cherokee roxo de meus pais, como se estivéssemos flutuando acima do calçamento.

– Ela ia amar você. – Seu polegar passou por minha pele, um pequeno padrão que representava o conforto e a afeição dos quais eu precisava.

Ela ia?, quis perguntar, mas teria parecido insegura, e uma mulher nunca, nunca deve deixar que um homem saiba que ela está insegura. Meredith me ensinou isso, e ali estava eu, finalmente praticando o que ela pregava há 19 anos. Seu conselho estava sendo útil agora, especialmente quando o homem em questão havia acabado de me encontrar de pijama e com anéis de máscara para os cílios em volta dos olhos. Eu precisava de confiança para apagar aquela imagem de minha cabeça.

Olhei para John, e ele se inclinou para me dar um beijo no rosto. Ele não podia ter mandado os e-mails. Eu não tinha ideia de quem havia feito isso, mas eu sabia que não havia sido ele. Não podia ter sido.

Inclinei o queixo em sua direção e gostei do jeito como as luzes da rua iluminavam seu rosto enquanto passávamos correndo.

– Eu adoraria conhecê-la. – Assegurei-me de que meus lábios tocassem o canto dos dele, apenas o suficiente para deixar que ele sentisse seu calor, mas não o bastante para ficar satisfeito.

Quando chegamos ao hotel, o carro parou em uma entrada de carros coberta, e dois manobristas se aproximaram. Um deles parecia um cara com quem eu havia ido para o Ensino Médio, e tentei não usar isso contra ele. Nossas bolsas foram apanhadas, até meu estojo de maquiagem, e tentei não me encolher quando o de aspecto familiar quase o jogou no carrinho.

John segurou minha mão enquanto caminhávamos por um labirinto para chegar ao saguão e aos elevadores. Havia casais por toda parte, casais brancos mais velhos que cheiravam a *spray* para cabelo e dinheiro; cada homem por que passávamos tinha um relógio grosso no pulso. Eu não estava mais em Fort Cyprus.

A mulher atrás do balcão foi amistosa, com batom rosa-escuro e cílios postiços. Ela perguntou se gostaríamos de um *upgrade* para um quarto Club, e John disse que sim. Ela começou a explicar os benefícios do andar Club, como se nós tivéssemos nosso próprio tipo de área. Acho que ela o chamou de *lounge*, o qual estava cheio de geladeiras com água e refrigerante, e no centro do *lounge* havia uma mesa cheia de comida servida em estilo bufê.

Apenas me concentrei em absorver a energia do lugar e tentei apagar qualquer tensão que ainda restasse em mim do contratempo com os e-mails. Olhei para John por todo o tempo em que ele falou, e também quando levaram nossas malas, e quando subimos pelo elevador e caminhamos pelo corredor comprido.

Nosso quarto era bonito, como eu sabia que seria. Decidi fingir que não me sentia toda confusa por dentro e falar até expulsar a dor de cabeça latejante que me assombrava desde cedo. John estava ali comigo, bem ao meu lado, segurando minha mão e fazendo coisas para me deixar feliz. Eu devia a ele mais que olhos inchados e uma expressão triste no rosto.

O rapaz com as malas finalmente nos deixou sozinhos depois de explicar praticamente cada centímetro do quarto e seus confortos. A cama já estava aberta, e ri de uma lembrança de alguns verões atrás.

– O quê? – John perguntou. Ele não estava segurando minha mão, porque estava desfazendo nossas malas.

– Eu me lembrei da época em que eu e minha família ficamos em um hotel em Houston. Eles abriram a cama enquanto estávamos no jantar, e Jo se convenceu de que havia um fantasma no quarto. – Ri novamente, lembrando-me de como ela ficou louca com isso. – Ela fez com que meu pai olhasse nos armários e embaixo da cama, o que não fazia sentido, uma vez que não se pode ver fantasmas.

Olhei para John, e ele tinha um sorriso no rosto.

– Jo é uma coisa – ele falou com uma expressão delicada no rosto.

Sacudi a cabeça.

– É. Ela é mesmo.

– Você está com fome? Você jantou?

Eu não me lembrava se havia comido ou não. Eu não tinha nem ideia de que horas eram.

– Você está com fome? Você acabou de desembarcar de um voo longo. Aposto que está.

Ele balançou a cabeça afirmativamente.

– Um pouco. Você quer sair? Ou pedir?

Serviço de quarto era uma novidade opulenta que eu queria aproveitar ao máximo.

– Você se importa se pedirmos? Eu não estou arrumada nem nada...

Ele olhou para as próprias roupas, seu uniforme perfeitamente cortado, e de volta para mim, de *legging* e suéter.

– Essa coisa dos e-mails realmente estragou meu plano cuidadosamente orquestrado. – Tentei engolir a queimação em minha garganta.

Eu ainda estava muito confusa e com raiva por estar sendo sacaneada de um jeito tão doloroso e sem sentido. Aquilo havia tido um grande efeito em nossa noite juntos – eu queria tentar esquecer o que havia acontecido. Pelo menos até o dia seguinte.

– Serviço de quarto, então. – John balançou a cabeça afirmativamente e sentou na cama. – O que você quer comer? – Ele começou a ler o cardápio do serviço de quarto.

22

jo

— Quantas vezes você vai dizer isso? – Amy gemeu, puxando os braços para a frente de seu corpinho enquanto atravessava a sala de estar.

– Quantas vezes for necessário – Beth respondeu. – Você precisa terminar seu trabalho amanhã antes de irmos para o parque.

Eu não estava prestando atenção àquela conversa, porque estava tendo minha versão de uma aventura pela sala, sentada de pernas cruzadas no chão. Coloquei a velha escadinha de Amy diante de mim e apoiei o *laptop* e o chá em cima dela. Era a coisa mais próxima de uma escrivaninha que eu tinha; a mesa em meu quarto esvaziava meu cérebro toda vez que me sentava atrás dela. Nunca escrevi mais que algumas linhas sentada ali, e Meg e eu a tínhamos em nosso quarto desde que nos mudamos para o Texas. Nem sabia quantos anos fazia. A mesa era amaldiçoada.

Estava lendo uma reportagem da *Teen Vogue*, um texto de uma repórter *freelancer* temporária chamada Haley Benson. Ela escrevia sobre fazer uma viagem sozinha e como isso tinha mudado sua vida. Ela tomava café da manhã, almoçava e jantava fora sozinha e saía para caminhadas pela costa de areias brancas de uma ilha em algum lugar longe da Louisiana.

Quando dei um Google nela, descobri que era nascida na Geórgia e havia ganhado recentemente uma promoção na revista. Em sua foto de perfil no Facebook, seu cabelo castanho tinha comprimento médio e estava preso em uma trança frouxa. Imaginei em reverso o que eu estava fazendo: a ideia de uma pessoa aleatória e um tanto curiosa, mas acima de tudo uma adolescente admiradora, me pesquisando *on-line* e esperando ter um pouco do que eu tinha não parecia possível.

Odiava momentos como esse, quando eu começava a me perguntar no que eu estava pensando quando um dia decidi me mudar para Nova York.

Eu não era como a maioria das outras garotas em minha escola ou na internet que viam muitos episódios de *Gossip Girl* e acreditavam pertencer à Big Apple. Eu era mais como a candidata a jornalista desejosa e um pouco triste, mas em geral esperançosa, com experiência zero, mas toneladas de conhecimento, que ficava acordada até tarde toda noite olhando fixamente para uma tela e consumindo cada pedaço de mundo que pudesse conseguir. Na escola, eles nunca lhe dizem que a maioria dos trabalhos relacionados às artes ou aos meios de comunicação ficava nas suas costas. Eu não gostava do sol da Califórnia, por isso tinha de ser Nova York.

Além disso, viver em uma cidade grande iria me permitir invisibilidade em meio ao mar de almas flutuantes. Eu mal podia esperar.

Eu deveria estar trabalhando em meu texto, em vez de fantasiando e me preocupando com minha fuga, mas eu estava pronta para seguir adiante. Torci para que as pessoas não estivessem mentindo quando diziam que o Ensino Médio só compunha uma pequena parte de sua vida. Segundo meus professores, meu desempenho no Ensino Médio determinaria quem eu iria me tornar quando adulta, o tipo de emprego que eu teria, o quanto eu seria aceita no mundo. Eles pregavam sobre como as notas do SAT eram importantes e me faziam lavagem cerebral para eu acreditar que iria usar divisão por números de mais de dois algarismos em minha vida depois da White Rock High.

Meredith confirmou que eu não iria usar.

Então havia Roy Gentry, um de meus poetas favoritos, que sofreu *bullying* sério no Ensino Médio e praticamente gritava que a droga do Ensino Médio não importava porra nenhuma depois que você saía dele. Ele dizia que metade da turma com quem havia se formado não se lembrava de seu nome nem por que eles fizeram de sua vida um inferno por quatro anos; eram sempre os mais populares que caíam mais feio no mundo real. Ler suas postagens em mídias sociais me deixou feliz por não atingir o auge no Ensino Médio, e eu esperava muito, pelo bem de Meg, que o Ensino Médio não importasse no mundo exterior. Sua experiência era muito pior que a minha.

Comecei a pensar sobre o grande número de pessoas que se mudavam para cidades grandes, dividiam apartamentos com pessoas horríveis e estranhas e ganhavam um salário mínimo para dobrar camisetas, enquanto esperavam ser contratadas pela empresa de seus sonhos. Isso estava em minha mente porque outra coisa que a internet me ensinou foi que grande parte dos artigos que chega à internet ou é impressa era escrita por jornalistas experientes, não por alunos do Ensino Médio que dividem um quarto com a irmã mais velha. Eu precisava fazer minha voz se destacar da dos veteranos, e em meu texto eu precisava que as pessoas soubessem o que estava acontecendo no Camboja.

Fechei a página de Haley Benson no Facebook e sua matéria e abri meu *browser*. Estava quase terminando meu artigo e, depois, iria ser sugada pela toca de coelho que eram os fóruns da internet. Eu podia passar horas lendo a insanidade dos comentários de fóruns e era levemente obcecada por ver o que as pessoas nos cantos mais profundos e escuros da internet tinham a dizer. Abri uma aba privativa e fechei o que quer que Amy tivesse aberto. Torci para que ela não estivesse vendo coisas que não deveria ver em meu computador, e uma olhada rápida no histórico pareceu indicar que tudo estava seguro. Fechei mais uma aba, uma página do Google.

Na semana anterior, Amy estava no *Live Journal* lendo velhas anotações minhas postadas no fim do Ensino Fundamental. Elas eram cheias de drama e ensaios sobre almoços na escola. Naquele momento me fizeram rir, mas eu ainda não queria minha irmã menor lendo aquilo e me perturbando por isso pelo mês seguinte. Foi minha culpa, porque eu deixei o site aberto, mas mesmo assim.

Eu ficava muito irritada por não ter nenhuma privacidade. Odiava que meus pais não deixassem eu botar uma senha em meu computador. Embora eu devesse saber que não podia fazer isso, eu os desafiei uma vez, e meu pai verificou-o aleatoriamente, encontrou a tela de *prompt* da senha e retirou meu *laptop* por duas semanas.

Acho que eu devia ser grata por Amy utilizar o telefone para a maior parte de seu uso de internet, e Meg só utilizar meu *laptop* quando quer assistir a tutoriais de maquiagem no YouTube. Ela diz que sua tela é pequena demais para ver o contorno, seja lá que diabos isso signifique.

Abri meu documento de Word e examinei o parágrafo em que encerrei minha última rodada de correções. Assim que terminei de ler, a tela ficou preta, e eu entrei em pânico imediatamente. Minha garganta ficou apertada. Gritei por minha mãe – o que mais podia fazer? Meus dedos apertaram o botão de ligar repetidas vezes, e soltei o ar profundamente quando o alerta de bateria baixa piscou na tela antes de tudo ficar preto outra vez.

– Você pode me passar o cabo da fonte? – perguntei para ninguém em especial. Eu compartilhava o carregador com meus pais desde que

Meg levou para casa um filhote de vira-lata com dobras de pele penduradas na bochecha, e ele roeu o meu. Eu deveria usar parte de meu próximo pagamento para comprar outro. Sempre pensei em fazer isso. Menos de um ano atrás, o cachorro acabou se revelando parte *pit bull*. O controle de animais de Fort Cyprus o levou de nosso jardim e cometeu eutanásia com ele em 48 horas, porque não conseguimos achar um novo lar para o animal. Meu pai teve de me carregar do escritório do abrigo e cobrir minha boca, porque eu não parava de gritar com o babaca atrás do balcão.

Minha mãe interveio e, ao ver a situação, substituiu seu ar de advertência pela habitual expressão gentil em seu rosto, um sorriso aveludado e olhos azuis delicados como nuvens.

– Jo, você está *on-line* há um bom tempo. Por que não vai fazer alguma coisa? Vá ao cinema, pergunte a uma de suas amigas se você pode visitá-la. *Alguma coisa.*

– Que amigas? – Amy perguntou e riu até que Meredith fez com que se calasse. – Leve-me ao cinema! – Amy pediu como se tivesse razão, lembrando-me de como sua companhia era ótima.

Meredith deu de ombros e me olhou direto nos olhos.

– Ou você pode me ajudar a arrumar a garagem.

Fechei o *laptop* e me levantei imediatamente.

– Na verdade, acho que vou sair para dar uma volta.

Estiquei os braços com uma espécie de floreio e enfiei os pés em meus Vans sujos. Meredith sempre prometia nos levar ao *outlet* shopping logo após o Natal, mas agora estávamos no fim de janeiro, e o Natal havia terminado no ano passado. Por isso, por enquanto, eu esperava que o furinho em cima do dedão não se expandisse.

Pouco antes de eu fechar a porta, ouvi Amy perguntar a Meredith se ela podia ir comigo. Torci para que minha mãe dissesse não, mas mantive a porta só um pouco aberta para saber se eu precisava correr.

– Amy, vamos fazer alguma coisa legal, como um bolo zebrado ou biscoitos doces em forma de flores – Beth começou com a voz em sua doçura máxima e bem convincente.

A excitação de Amy foi audível, e eu fechei a porta. Fiquei feliz por escapar dessa, honestamente.

A caminho da entrada de carros, mandei uma mensagem de texto para Meg a fim de me assegurar de que tudo estivesse bem com John. O que aconteceu essa noite não fazia nenhuma droga de sentido. Dois e-mails de rompimento até ela espalhar maquiagem por toda parte e ele aparecer como um cavalheiro com um carro alugado, em vez de um cavalo branco, e, finalmente, sua viagem – de carro – na direção do pôr do sol de Nova Orleans com ele.

Honestamente, eu não sabia se ele estava mentindo, se ela estava confusa ou que droga estava acontecendo com eles. Tudo o que sabia é que eu não teria saído com ele sem uma explicação dos e-mails – ou alguma prova de que ele não os havia mandado.

Torci para que fosse um erro de comunicação. Eu não achava que Meg pudesse lidar com a rejeição desse jeito. Especialmente não depois de esperar meses e meses por ele terminar West Point.

O barulho de um graveto se quebrando me arrastou de volta para onde eu estava. Olhei ao redor e não vi ninguém, mas atravessei a rua mesmo assim. Provavelmente era um animal, com sorte não um gambá. Eu já havia sido borrifada três vezes na vida, e isso simplesmente não era normal. Gambás obviamente tinham implicância comigo, e eu não estava no clima de esfregar o corpo com latas de extrato de tomate outra vez.

Quando terminei minha volta pelo quarteirão e passei pela casa dos Laurence, não consegui evitar olhar para sua janela gigantesca e iluminada. Eu podia ver muito da sala de estar atulhada, toda a mobília muito aristocrática e exagerada. Eu estava começando a me acostumar com o lugar, mas ainda me sentia um pouco estranha indo até lá. Eu me perguntei se Laurie estaria em casa. Era um pouco cedo; eu parei de caminhar, debatendo comigo mesma se devia ou não bater na porta. Eu não havia percebido que não tinha o número de telefone de Laurie, e isso parecia um pouco estranho, mas tudo com Laurie trazia essa sensação. Ele vivia em seu próprio mundo, um que eu gostava de visitar.

A porta da casa se abriu, e uma mulher saiu de lá. Não uma mulher, percebi. Uma garota. Uma adolescente.

Não uma adolescente, era uma cobra de cabelo louro e voz irritante...

Olhei fixamente como um cervo no meio da estrada, imóvel enquanto um carro corria em sua direção.

Shelly Hunchberg atravessou o jardim e clicou a chave de seu pequeno Volkswagen verde. Não consegui acreditar que não havia percebido antes aquele inconfundível carrinho cor de meleca.

O que ela estava fazendo na casa de Laurie?

Então a silhueta do próprio Laurie encheu a porta, e ele ficou parado observando-a enquanto ela saía da entrada de carros. Cascalho foi triturado por seus pneus, e odiei o barulho.

Dentre todas as pessoas, Shelly Hunchberg? Como ela *conhecia* Laurie? Eu sabia que a cidade era pequena, composta em sua maior parte por famílias do exército, mas Laurie nem ia para a nossa escola.

– Jo? – ele chamou de repente.

Pensei em sair correndo, mas isso teria sido ainda mais estranho que minha espécie de espionagem.

– Jo? É você aí?

– Sou! – guinchei. Minha voz parecia estranha.

A luz ao redor de Laurie desapareceu quando ele fechou a porta às suas costas e saiu da varanda. Nós nos encontramos no meio da rua. Ele estava usando uma camiseta preta de mangas compridas e jeans escuros pelo menos um tamanho grande demais, e seu cabelo estava molhado e caía pouco abaixo dos ombros.

– Ei. – Ele parecia um pouco sem fôlego.

– Oi – falei, embora o que quisesse dizer era: *Por que você está com a vadia do mal Shelly Hunchberg em sua casa? Você não sabe que ela é horrível e a maior vaca da minha escola e que ela chupa sua alma... e provavelmente outras partes de você... até o talo?*

– O que você está fazendo por aqui? Só dando uma volta?

Dei de ombros. Por que tudo parecia tão estranho de repente?

– Basicamente. Meg está com John Brooke. Amy está sendo irritante, e meu *laptop* morreu enquanto eu corrigia um texto. Então me restou o ar da noite.

Laurie riu e enfiou o cabelo por trás da orelha esquerda.

– Por que vocês, garotas, o chamam de John Brooke? Como se ele fosse um agente superimportante ou presidente ou algo assim?

Respondi que não sabia exatamente por quê, mas achava que Meg havia começado com essa onda.

– Como ele é? Ele é tão fascinante quanto sua irmã acha que é?

– Não exatamente – ri. – Mas, quero dizer, ele é legal e tudo mais.

– Legal?

Não disse mais nada porque não queria ser uma babaca e rir à custa de John Brooke. Ele era correto, até mesmo tenso, mas não era ruim.

Para mudar de assunto, perguntei a Laurie como havia sido seu dia. Ele me disse que tinha ido ao posto com o avô para renovar seu cartão de identificação e depois foi jantar em um restaurante que servia apenas lagostins de água doce. Torta de lagostim, sopa de lagostim, tudo de lagostim.

Laurie mudou seu leve acento italiano para um sulista.

– "Frito, refogado, salteado. Tem camarão com abacaxi, camarão com coco, camarão com pimenta, sopa de camarão, ensopado de camarão, salada de camarão, camarão com batatas, hambúrguer de camarão, sanduíche de camarão..."

No fim, foi engraçado.

– Você decorou mesmo *Forrest Gump: o contador de histórias*?

Ele assentiu.

– Não o filme inteiro, mas grande parte dele. É um dos melhores.

Concordei, embora fosse um talento estranho conseguir recitar tanto do filme.

Laurie olhou de volta para sua casa.

– Você quer entrar? Ou dar uma volta? Estou com um pouco de fome.

– Claro – falei, embora quisesse dizer: *Shelly filha do inferno Hunchberg não acabou de lhe dar o fruto de seus quadris, ou qualquer que seja o ditado?*

Em vez disso, atravessamos a rua em silêncio até que Laurie fez outra citação de Bubba, e eu ri, embora a contragosto.

23

meg

A comida estava deliciosa, em especial uma porção decadente de queijos fortes que vinha com algo chamado Hurricane Po'Boy, que era coberto de molho barbecue e camarões crocantes. John pediu em excesso e sobrou muita comida, incluindo um *crème brûlée* completamente intocado.

Planejei beliscar a cobertura de açúcar queimado antes de ir para a cama. Ou talvez nós pudéssemos até nos divertir um pouco com ele.

Mas John parecia semiadormecido na cadeira, e eu estava tão cheia que mal conseguia me mexer. Ainda assim, estando finalmente sozinha com ele, eu precisava de um banho ou correr uma maratona. Como eu não queria vomitar minha refeição como uma modelo dos anos 1990, rastejei da cama fofa de penas, passei por John e fui até o banheiro da suíte.

A área do banheiro era em sua maioria coberta de azulejos escuros, com a pia e um espelho de tamanho considerável separados de todo o resto. O chuveiro era enorme, assim como a hidromassagem. Era ainda maior do que parecia nas fotos.

Preparei o banho perfeito, e logo bolhas começaram a se empilhar cerca de 30 centímetros acima da borda da banheira. John se despiu enquanto eu ligava para minha mãe e conseguiu entrar na água antes de eu poder sequer dar uma olhada em seu corpo. Não ficávamos juntos desde que ele teve uma folga de duas semanas em outubro. Eu estava mais nervosa do que havia antecipado, e meu estômago inchado, cheio de queijo, não me tranquilizava em nada.

Quando entrei na banheira, John estava com borbulhas até o pescoço, e seus olhos ao mesmo tempo me acalmaram e atraíram.

– Entre. Estou um pouco solitário, aqui – ele sorriu.

Ele era um homem de poucas palavras, mas sabia que palavras usar, e quando. Puxei o suéter pela cabeça e o deixei cair no chão. Seus olhos estavam sobre mim, me absorvendo, me devorando, o que me deixou excitada o suficiente para me esquecer do bebê de comida que forçava meu estômago.

Tirei a calça, e os olhos de John devoraram meu corpo como se fosse um *brunch* de domingo em um clube sulista. Apertei os braços contra as laterais do peito e me molhei um pouco quando a água respingou após John se mexer. Eu amava o que o corpo de uma mulher podia fazer com um homem. Não o que podia fazer *por* eles, mas *com* eles. Os garotos na minha escola sempre diziam que eu era uma tentação, e eu era. Amava isso. Eles me queriam e não podiam, por isso fingiam ser bons demais para mim, me xingavam e repassavam fotos de meu corpo, que eles mesmos jamais poderiam tocar.

Quando minha calcinha desceu por minhas pernas lindas e bem cuidadas, John ficou boquiaberto, e seus olhos mal piscavam. Eu me levantei, com adrenalina circulando por mim, saboreando a tensão que sentia dele. Saí por completo da calcinha e entrei na banheira. A água queimou minha pele quando submergi no banho de espuma delicado. Eu me sentei diante de John na grande banheira, com um mar de espuma flutuando entre nós. O cabelo curto dele ainda estava seco, parecendo mais leve que os pelos molhados de seu peito. Eu queria tocá-lo, por isso deslizei para junto de seu corpo nu, e ele afastou as pernas, deixando que eu apoiasse minhas costas contra seu peito.

– Senti falta do seu corpo – ele falou enquanto suas mãos exploravam meu pescoço e meu peito. As mãos de John Brooke nunca eram brutas; elas carregavam em si um pouco de timidez que me dava a sensação de ele representar um certo desafio.

Apertei a bunda contra a frente de seu corpo e o senti duro contra mim.

– Eu senti falta do seu.

Suas mãos seguraram as minhas, e ele me virou para trás. Ele moveu minhas mãos entre suas pernas, fazendo com que eu segurasse sua extensão. Eu me senti poderosa enquanto manipulava seu corpo com movimentos delicados. Eu me senti como uma deusa quando sua cabeça caiu para trás. Minhas mãos pareciam estar conectadas com a terra. Meredith sempre nos disse que o corpo de uma mulher é a entidade mais divina e poderosa do universo, que ele cria vida – e pode acabar com ela também. Ela me ensinou a nunca ter vergonha de meu corpo nem de minha sexualidade.

Embora eu achasse que ela não quisesse dizer exatamente que eu devesse levar isso tão longe quanto eu invariavelmente levava.

Ali estava eu, uma predadora sexual, praticamente a versão graciosa de uma estrela pornô, usando minhas mãos e meu corpo para levar minha presa ao êxtase. Observei os olhos de meu homem e me assegurei de que ele soubesse que eu estava pensando em sacanagem, em sacanagem com ele, e não podia esperar para que ele entrasse em mim. Cheguei a dizer isso e tive prazer ao ver seu rosto mudar. Olhos piscando, boca aberta arfando meu nome, e ele estava chegando mais perto, por isso eu acelerei o movimento e perguntei se ele queria que eu fodesse com ele, e ele mal conseguiu balançar a cabeça afirmativamente, porque estava muito cativado pelo meu corpo e pela forma como meus quadris se moviam enquanto eu montava nele e o botava dentro de mim. Ele balbuciou uma série de palavras e despejou meu nome ao gozar rápido demais. Por mais que eu estivesse lisonjeada por ter alcançado o que eu pretendia ainda mais rápido do que havia planejado, eu sabia por nossa história que, depois de gozar, ele precisava de uma pequena pausa.

Ele beijou meu pescoço e me empurrou de cima dele, aninhando-me a seu lado. Eu me movi outra vez para a frente dele e apoiei novamente a cabeça em seu peito. Então houve mais silêncio.

Nós ficamos sentados desse jeito pelo que pareceram horas, e quando ouvi o ronco delicado de John atrás de meu ouvido, virei-me e vi que seus olhos estavam fechados.

Eu estava exausta e sabia que ele devia estar, mas ali estava eu completamente nua em uma banheira com ele, e mal havíamos nos tocado antes que ele gozasse. Ele estava dormindo. De olhos fechados, com respiração pesada e a boca entreaberta. Dormindo.

Eu estava nua e ensaboada, e ele estava dormindo.

O Ritz no Bairro Francês era insano. Eu me senti a um mundo de distância da casa de meus pais, da banheira manchada e dos pratos que Beth lavava e secava e todo mundo deixava na pia por um dia antes que ela os lavasse.

Eu não ia ficar sentada naquele quarto extravagante enquanto ele cochilava na banheira. Eu precisava sair uma noite, mas também não queria uma noite sozinha.

Eu me afastei de John, assegurando-me de que ele não acordasse. Fiquei surpresa por a banheira ser grande o suficiente para que eu me sentasse do outro lado, apoiasse o queixo na borda, com os pés estendidos, e ainda assim não tocasse o corpo de John.

Os e-mails daquele dia incomodaram minha mente, enquanto as bolhas se desfaziam sobre a água que esfriava. Pensei ter deixado a babaquice da sabotagem de meus colegas para trás no Texas. Lidei com dois anos de merda e saí de Fort Hood para Nova Orleans só um pouco manchada. Não conseguia pensar em ninguém que fosse perder seu tempo me mandando e-mails falsos, exceto Bell Gardiner, talvez? Aquela garota com sua cinturinha fina e seu cabelo preto comprido seria totalmente vingativa a ponto de fazer isso. E mesquinha o suficiente. Ela me odiava por nenhuma outra razão além de meu relacionamento com Shia, se é que dava para chamá-lo assim. Eu achava triste ver como as garotas se voltavam umas contra as outras por causa de garotos, em vez de se aliarem. Bell Gardiner era um pouco velha demais para estar mandando e-mails falsos, mas ela ainda usava delineador branco, então não podia considerar que não houvesse nada acima dela.

Bell Gardiner podia ficar com Shia King. Desde o dia em que ele partiu de Louisiana em sua primeira viagem humanitária, eu havia me convencido de que não queria ter nada com seus olhos verdes nem com o belo marrom fulvo de sua pele. Eu não me importava que ele achasse Bell Gardiner melhor do que eu. John Brooke era sem dúvida um par melhor que Shia para mim. Isso não deveria ser uma competição.

Mas era. Provavelmente Shia estava trepando com Bell Gardiner enquanto eu me encontrava sentada, nua em água morna de banheira, com um namorado roncando.

Um namorado roncando que havia acabado de se formar em West Point, pelo menos.

É provável que Shia estivesse em cima de Bell Gardiner, prometendo-lhe as mesmas coisas que havia prometido a mim.

"Nós vamos viajar o mundo juntos, Meg."

"Mal posso esperar pelo nosso futuro, Meg."

Uma vez ele me disse que mal podia esperar para contar à sua mãe que estávamos juntos, e eu cheguei a acreditar nele.

Eu tinha visões de nós dois de mãos dadas, caminhando pelas ruas da Cidade do México, comendo frutas frescas de carrocinhas. Ele nunca acreditou que eu fosse partir com ele, e foi isso o que corroeu nosso relacionamento, sua recusa em acreditar que eu deixaria minha mãe e minhas irmãs para viajar pelo mundo com ele.

Enquanto olhava para John Brooke dormir na banheira, ainda não sabia bem se Shia estava certo em relação a mim.

Shia King se insinuava em minha mente de onde quer que estivesse, o que bagunçava minha cabeça. Eu tinha sorte de estar ali em uma suíte enorme e cara de hotel com John Brooke, mergulhada em uma banheira no centro do Bairro Francês. Pobre John, ele estava muito cansado, e eu estava sendo o pior tipo de vadia por pensar em Shia.

Eu me movi outra vez para perto de John e levei a mão para o meio de suas pernas. Ele permaneceu mole por alguns minutos, mas, ao despertar, isso também aconteceu com o resto dele. Seus olhos se abriram, e seu corpo se agitou um pouco antes de ele se lembrar de onde estava, então ele fechou os olhos, apoiou a cabeça na borda da banheira enorme e me deixou brincar com seu corpo.

Comecei devagar, com a mão apertada ao redor dele, movendo-me de cima a baixo, e senti suas mãos em meus ombros virando-me para trás. Sua boca encontrou a minha imediatamente, e ele gemeu em nossos lábios.

– Me toque – falei na boca dele.

Suas mãos permaneceram tímidas enquanto exploravam meus seios, e seus dedos evitaram completamente meus mamilos, o que me deixou louca. Eu não sabia dizer se ele estava fazendo isso de propósito, para me excitar, mas queria acreditar que estivesse. Não sabia com quantas mulheres John havia dormido, mas sem dúvida sabia que eu não era a primeira.

Suas mãos desceram pelo meu tronco até ele parar entre minhas pernas. Eu estava arfando. Ele gemia e muito, bem duro em minha mão. Eu estava me perdendo no ritmo de seu beijo, com sua mão entre minhas pernas, entrando e saindo. Subi em seu colo, envolvi os braços em seu pescoço e desci meu corpo sobre ele outra vez.

Os olhos de John se fecharam quando ele entrou em mim, e eu afundei em toda sua extensão. Ele era muito grosso, embora não muito comprido, e senti minha mente ser levada para o familiar estado de desejo.

24

jo

— Você quer café? – Laurie acenou para que eu o seguisse até a cozinha. – Descafeinado ou normal? – ele perguntou, considerando o fato de eu me levantar como uma resposta à primeira pergunta.

Ele abriu uma gaveta e pegou uma caixa de sachês de café. Como barista, aquilo me fez revirar os olhos, mas os sachês não eram nada perto da oferta do descafeinado.

– Descafeinado?

Ele balançou a cabeça afirmativamente.

– Descafeinado sequer é café.

Ele colocou um sachê da Dunkin' Donuts na máquina.

Esfreguei as têmporas de um jeito dramático e me aproximei da máquina de café instantâneo.

– Seu respeito deslavado pelos grãos está me matando.

Laurie jogou a cabeça para trás, e seu cabelo se espalhou por todo lado.

– Ei, nem todos nós podemos ser um barista extraordinário.

– Você não precisa ser um barista extraordinário para não querer beber água com sabor de café – provoquei.

Ele pôs duas canecas sobre a bancada de mármore. Uma tinha um pinguim, e a outra dizia NAMASTE NA CAMA dentro do contorno de um sol.

Apontei para a caneca.

– Legal.

Ele era o tipo de garoto que tinha canecas peculiares de café, mas bebia descafeinado. Ele não fazia sentido para mim, mas eu gostava da contradição que ele era.

Quando nossos "cafés" ficaram prontos, subi atrás dele até seu quarto. Pude sentir o cheiro do quarto antes mesmo que passássemos pela porta. Seu familiar cheiro caseiro encobriu meus sentidos e imediatamente me relaxou. Era estranho como isso funcionava.

– Que colônia você usa? – Eu me joguei no sofá que havia em seu quarto e pus os pés em cima de sua velha mesa de centro de carvalho. Ele tinha me dito que ela era da Espanha e que sua mãe havia pago uma fortuna para enviá-la por mar.

– Na verdade, não sei. – Laurie se levantou, caminhou até a cômoda e pegou um vidro pequeno.

Em vez de me perguntar por que eu queria saber ou me lançar um olhar estranho, ele leu o nome da colônia. Eu nunca tinha ouvido falar nela, e seu sotaque fez com que ela soasse ainda mais exótica e cara do que eu tenho certeza que era.

Durante seu café descafeinado, ele continuou a me dizer como se sentia em relação ao pai mandá-lo morar com o avô, o qual não entendia como um jovem funcionava. Laurie era um ser solitário, embora social. Ele me confundia.

– Você ainda sente falta de seu pai? – Laurie me perguntou ao se sentar. – Ou você agora está acostumada com essa vida?

– Ainda sinto falta dele. Eu nunca quero me acostumar com essa vida para não sentir mais falta de meu pai.

Laurie mordeu o lábio inferior e me perguntou se eu achava que não sentir falta do pai fazia dele uma pessoa má. Eu respondi que não, que, se ele fosse uma pessoa má, ele nunca teria feito essa pergunta, para começo de conversa. Ele aceitou isso, e nós ficamos sentados em silêncio enquanto terminávamos nossas bebidas em uma calma pacífica.

Havia cartazes antigos de filmes pendurados na parede de Laurie sem aparentemente nenhum padrão, presos com tachinhas. Os filmes nos pôsteres iam de *O planeta dos macacos* original a *Quase famosos*. Como acontecia com outras questões ligadas a Laurie, eu insistia em tentar encontrar o fio comum entre eles, algo que solidificasse pelo menos o tipo de pessoa que ele era.

Laurie me olhava fixamente enquanto eu observava os cartazes. Eu podia sentir seus olhos sobre mim, embora não estivesse desconfortável, o que em si era um pouco estranho.

– Está com fome? – ele perguntou por fim.

– Estou sempre com fome.

Ele se levantou e estendeu o braço para pegar minha mão, e eu hesitei por um segundo antes de deixar que ele a tomasse e me conduzisse para fora.

Enquanto descíamos a grande escadaria, Laurie apontou para uma série de retratos de família nas paredes. Todos tinham molduras diferentes mas do mesmo tamanho. Uma das molduras era feita de aço escuro e continha uma foto de uma fileira de homens de uniforme. Não que estivessem, porém, todos vestidos com o verde do exército. Alguns vestiam o azul da marinha ou o azul da força aérea. Na extremidade da fileira havia um garotinho, Laurie, o único na foto que não estava uniformizado. Com uma camiseta preta e um jeans azul rasgado, ele não devia ter mais de 12 anos. Uma massa densa de cabelo louro cobria sua testa, e ele não estava sorrindo.

– Uma imagem vale por mil palavras – ele falou com voz provocante, e examinei o restante das fotos enquanto terminávamos de descer a escada.

Perto do pé da escadaria havia algumas fotos no estilo livro do ano de mais homens de uniforme.

– Com que frequência você vê sua mãe?

Ele deu de ombros.

– Agora faz algum tempo, mas, desde que eu me mudei para os Estados Unidos, costumo vê-la a cada seis meses. Nas férias de Natal e nas de verão.

Eu não conseguia imaginar viver em um país diferente do de minha mãe e de meu pai e morar com meus avós. Era verdade que eu não via meus avós paternos desde a cerimônia de promoção de meu pai, quase dois anos atrás. Eles ficaram em um hotel bem perto de nossa base no Texas e foram até nossa casa no fim de semana que passaram lá. Meu pai disse que meu avô estava doente, mas, naquela manhã de domingo, nós seis, meus pais, minhas irmãs e eu, fomos ao Golden Corral para tomar café da manhã, e eles estavam lá, sentados a uma mesa a apenas duas de distância de nós. Meu avô devorava salsichas e parecia bem saudável para mim.

Em relação à mãe de minha mãe, bom, ela e Meredith estavam em um daqueles períodos em que não se falavam, e faz um tempo que parei de me importar por não conseguir compreender os altos e baixos de seus estados de ânimo. Isso nunca parecia valer o esforço.

Eu preferia morrer no armário dos faxineiros da White Rock High a viver com qualquer um de meus avós.

– Você sente falta da Itália?

– Da Itália ou da minha mãe?

– Das duas?

– Sim, das duas.

Ele não se aprofundou, e eu não pedi que fizesse isso. Eu estava colecionando pequenos fragmentos de Laurie a cada conversa e podia ser paciente enquanto os montava todos juntos.

Quando entramos na cozinha, Laurie puxou e abriu a porta da geladeira de tamanho industrial e jogou uma caixinha para mim. Eu me esforcei para pegá-la e, ao conseguir, era um Yoo-Hoo.

– Oh, meu Deus! – Ergui a caixa diante de mim e não consegui evitar o sorriso florescente que se espalhava por meu rosto. Foi como uma onda de passado olhar para a logomarca azul escrita sobre o amarelo. Puxei o canudinho do verso, enfiei-o no lugar e dei um grande gole.

– Muito bom, certo? Nossa empregada os trouxe para casa algumas semanas atrás, e estou obcecado. É como leite achocolatado – ele falou como se aquilo não fosse um componente da criação dos *millennials.*

– Você não bebia isso quando era criança? – Quando ele sacudiu a cabeça, acrescentei: – O mundo é muito grande. Sabe de uma coisa? Juro que a maioria das casas aqui tinha essas criaturas à disposição.

O riso de Laurie foi delicado como gotas de chuva.

– Antes tarde do que nunca. – Ele tomou um gole e lambeu o chocolate de seus lábios. – O mundo é pequeno, não grande.

Olhei para ele, que se virou para abrir outra vez a porta da geladeira. Ele não pareceu encontrar o que procurava e a fechou.

– Como você acha que é pequeno? – perguntei às suas costas enquanto ele atacava a despensa.

– Talvez devêssemos pedir algo? Pizza? Chinês?

Por mais gostoso que pizza soasse, eu não tinha levado nenhum dinheiro comigo e não sabia ao certo se meu cartão iria passar, porque eu havia comprado uma nova bolsa de *laptop* e guardara o resto com o objetivo de me mudar. Eu não era muito boa com orçamentos, mas tinha 16 anos. Não precisava ser.

– Não trouxe nenhum dinheiro – alertei-o, mas ele já estava segurando o folheto com todas as promoções.

Laurie me olhou através de suas sobrancelhas grossas e louras, mas não disse nada. Ele pegou um celular no bolso do jeans escuro e voltou a passar a língua pelos lábios. Eles eram um pouco grandes demais para seu rosto, mas eu estava certa de que o transformavam em mel para garotas de sua idade... e provavelmente da minha idade também. Meg sempre disse que os garotos iam gostar de meus lábios grossos, mas, até agora, além de algumas poucas observações detestavelmente grosseiras sobre eles, os garotos não pareciam se importar. Eles gostavam mais dos peitos de Meg, o que eu achava irônico, porque lábios podiam fazer os garotos mais felizes que seios.

– Sim, claro – ele falou ao telefone.

Seria possível pedir pizza sem ter de esperar? Eu achava que não.

– O que você quer em sua pizza? – Laurie perguntou.

– Nada de carne, por favor.

Ele pediu uma pizza grande de queijo e palitos de torrada, e subimos para esperar. Ele não me explicou por que o mundo era pequeno para ele, mas eu sabia que um dia ele faria isso.

25

beth

Amy estava sentada à mesa da cozinha se desculpando pela quinta vez em cinco minutos. Havia um cheiro amargo de massa queimada, denso e enevoado, ali. Abri a porta dos fundos a fim de tentar arejar tudo, mas o ar estava estagnado, determinado a fazer com que Amy tossisse muito. Seus olhos azuis estavam injetados na parte branca, e ela mantinha as mãos no peito.

– Amy, suba até que a coisa fique melhor por aqui. Não é bom você respirar isso – acenei com a mão na nuvem branca de ar entre nós.

Era um fracasso culinário dramático de minha parte. Eu deveria ter observado Amy ligar o forno e garantido que ela pusesse a temperatura em 180 graus, em vez de 250. E eu sem dúvida deveria ter voltado a verificar antes de botar o tabuleiro de biscoitos açucarados lá dentro e ligar o *timer*.

Amy manteve a bunda na cadeira.

– Estou bem. Veja, está melhorando.

Eu não conseguia acreditar que minha mãe ainda não havia se levantado do sofá. A cozinha era bloqueada por uma parede com uma porta de entrada, mas ela deve ter sido capaz de sentir o cheiro de fumaça. Sentimos seu cheiro em nosso quarto no andar de cima, com a janela aberta e um daqueles queimadores de cera que minha mãe costumava vender.

Abri outra janela, logo acima da pia, e olhei para a casa dos Laurence. Eu sabia exatamente onde o piano estava posicionado, embora estivesse escuro na sala. Pouco antes de me virar para Amy outra vez, uma luz se acendeu no térreo. Laurie, seguido por minha irmã Jo, passou pela porta iluminada da sala do piano. Eu me perguntei se eles estariam namorando. Isso iria me surpreender devido à dureza de Jo quando se tratava dela mesma, mas talvez ela estivesse pronta para ter o primeiro namorado.

Jo foi a última de nós a dar o primeiro beijo; até eu já havia sido beijada por dois garotos – e nunca mais ia querer voltar a beijar.

– O que está acontecendo? – Amy parou ao meu lado, na ponta dos pés para ter uma visão clara pela janela.

– Nada, enxerida. – Eu cutuquei a lateral do seu corpo, e ela se esforçou mais para tentar ver algo interessante do outro lado do jardim.

– Eles já estão se pegando? Fazendo sexo um com o outro?

– Ei! Psst! – Bati com o ombro no de Amy. Eu estava sorrindo quando a corrigi. – Eles não estão fazendo sexo – sussurrei. Fiz uma pausa. – E o que você sabe sobre sexo?

Amy me olhou. Seus olhos azuis bebê estavam perceptivos, e seu sorriso me lembrou de como ela estava em sintonia com o mundo. Aos 12 anos, eu brincava com as bonecas de minhas irmãs mais velhas e era parte do coral de minha escola. Aos 12, Amy tinha o mundo na palma da mão e, com um gesto do indicador, podia ver quais de seus colegas de turma estavam namorando uns com os outros e, com um toque de seu dedo, ela podia conversar com alguém no Japão.

– Você não quer saber. – Amy riu confiante.

– A internet?

Ela balançou a cabeça afirmativamente.

Mais de algumas vezes eu me preocupei com o que Amy via na internet. De vídeos de pessoas brigando a clipes nojentos de pessoas espremendo espinhas, o tempo inteiro ela via coisas que teriam me torturado aos 12 anos. Na semana anterior, eu estava dobrando a roupa limpa, e Amy contou à minha mãe e a mim sobre um bebê de oito meses que havia sido espancado pela mãe até a morte. A forma como as palavras saíram de sua boca soou como se ela tivesse deixado passar completamente o horror de toda a história.

Comecei a alertá-la para tomar cuidado, mas ela terminou minha frase com uma voz que imaginei ter o objetivo de imitar a minha.

– ...na internet. Você nunca sabe quem está lá fora. Não é seguro. – Ela quicou um pouco na ponta dos pés ao dizer isso.

Toquei seu ombro magro porque eu precisava que ela me levasse a sério. Não queria que ela pensasse tanto nisso quanto eu, porque, ao mesmo tempo que eu considerava realisticamente que as chances de algo acontecer comigo fossem baixas, as estatísticas ainda eram muito assustadoras.

– Amy – insisti quando ela não me respondeu.

Ela projetou o queixo quadrado na minha direção.

– Você é paranoica, Beth – ela riu. Às vezes ela achava que tudo era uma piada.

Seus dentes eram pequenos, seus caninos eram afiados, e às vezes ela era um pouco demais para o próprio bem-estar, mas eu queria ardentemente protegê-la. Jo e Meg também. Embora eu não fosse nem a mais velha nem a mais nova, ainda tinha mais responsabilidades que todas as minhas irmãs combinadas.

– Estou tentando ajudá-la. Isso vai ficar mais real para você quando crescer.

Sua expressão relaxou, e ela respirou fundo.

– Eu não sou mais criança, Beth.

Ela me olhou com simpatia nos olhos e no rosto, e eu sacudi a cabeça. Antes que eu pudesse dizer qualquer coisa em resposta, nossa mãe entrou na cozinha com uma expressão confusa no rosto. Suas pálpebras estavam tão inchadas que eu mal conseguia ver as pupilas azuis, e seu cabelo estava um emaranhado louro, sua franja, coberta de suor.

– Qual o problema? Vocês, garotas, estão bem? – Ela moveu a cabeça lentamente para examinar a cozinha, mas quase como se achasse estar movendo a cabeça rapidamente de um lado para outro.

– É, desculpe. Nós queimamos os biscoitos. – Acenei com a mão no ar.

O rosto de minha mãe fez um giro completo. Seus olhos até se abriram um pouco. Mas só um pouco.

– Você está bem? – Amy perguntou olhando para mamãe, depois para mim.

Minha mãe assentiu, passou as unhas pela franja e tocou a parte de cima do cabelo. A frente dele sempre estava um pouco armada. Há anos Meg tentava convencê-la a se livrar daquilo, mas ela apenas o aparava. Um pouco. Só um pouco.

– Sim. Eu estou bem. Apenas cansada. Eu tive uma dor de cabeça por dois dias. – Sua voz estava toda rouca, como a de um sapo.

Fui até o armário e peguei uma xícara para servir um pouco de leite a ela. Amy disse que queria ir para a cama, e Meredith deu um beijo em sua testa antes de envolver os braços na cintura de Amy e apertar.

– Dez minutos no telefone, depois pare. Vou subir em meia hora. Isso dá a você tempo suficiente para tomar banho e lavar o que tiver de lavar, escovar o que tiver de escovar. – Amy de repente tinha 5 anos outra vez, sorrindo com a expressão que minha mãe havia usado enquanto todas nós crescíamos.

– Vista seu pijama, mexa em seu telefone e vá para cama, com as cobertas cobrindo o que tiver de ser coberto. – Mais um sorriso de Amy, e meu também, desta vez.

– E apague as luzes, está bem?

Amy balançou a cabeça afirmativamente, e minha mãe lhe disse que a amava.

Depois que minha irmã saiu, minha mãe parou para beber o leite morno e esperar que uma fornada de *cookies* comestíveis saísse do forno. Passava um pouco das nove, mas era sábado, por isso não havia problema Amy ficar acordada nem Jo e Meg não estarem em casa. Como eu estudava em casa, todo dia parecia mais ou menos igual depois de algum tempo. Eu ficava acordada até mais tarde do que todo mundo ali na maioria das noites, e às vezes minha mãe ficava acordada até tarde comigo assistindo a filmes de terror ou conversando durante infomerciais. Em outras noites, ela fazia com que Jo e as outras fossem para a cama, enquanto eu permanecia deitada no sofá ouvindo música, e a única coisa que ela fazia era me dar um beijo na testa e dizer que me amava.

Várias vezes Jo deu um ataque por eu ser a filha "favorita", mas era porque eu era a única quc ajudava minha mãe a administrar a casa enquanto papai estava viajando.

– Tem notícias de papai? – perguntei.

Minha mãe, esgotada, me olhou fixamente por alguns segundos. Ela até deu um gole em seu leite e o bochechou na boca antes de responder. Uma sacudida lenta de cabeça foi suficiente para que eu soubesse que ela não tinha.

Algo entre um terremoto e um suspiro saiu de mim, e pus os cotovelos sobre a mesa e apoiei a cabeça.

– Faz quantos dias? – perguntei, embora eu soubesse muito bem.

– Quatro.

– Qua-tro – repeti. Quatro dias pareciam 400. – Você perguntou ao Grupo de Prontidão Familiar?

Minha mãe balançou a cabeça afirmativamente.

– Mais dois dias e vou procurar a Cruz Vermelha como fiz quando meu pai... – ela fez uma pausa e se corrigiu. – Quando seu avô morreu. Eles me ajudaram a entrar em contato com seu pai.

– E se Jo, Meg ou mesmo Amy perguntarem? – Mas eu também queria saber o que estava acontecendo.

O robe de Meredith escorregou de seu ombro, e vi que ela estava usando roupas de meu pai. Ela fazia muito isso, mas, quando ficávamos sem notícias sobre ele, era pior. Como meu pai era oficial de artilharia, ele saía em missões por dias de cada vez sem ser capaz de falar conosco. Infelizmente, essa era a mesma sensação de quando alguém era ferido ou morto, quando o exército bloqueava toda comunicação até que a família fosse notificada. Esses dias normalmente davam a sensação de prender a respiração enquanto alguém a chutava repetidamente no estômago.

Jo e Meg não haviam perguntado pelo papai, mas eu não as estava julgando por isso. Elas precisavam lidar com as coisas a seu próprio modo, e as duas tinham vidas movimentadas. Era eu quem passava 90% de meu tempo dentro de casa. Os outros 10% eram divididos entre o mercado, às vezes uma ida ao PX e caminhadas aleatórias até a loja de conveniência da base.

– Não sei, Beth. Nós vamos ter de dizer a elas. Não quero esconder nada das meninas. Eu só esperava não ter de mencionar isso. – Os lábios de mamãe tremeram, mas ela os segurou imediatamente. – Eu esperava que, a esta altura, ele tivesse me mandado alguma mensagem.

Houve uma batida na porta, e o rosto de minha mãe se contorceu em algo parecido com as criaturas das histórias que Jo costumava escrever. Meu cérebro voou até o que minha mãe estava pensando.

Nós duas permanecemos sentadas e imóveis.

– Não é possível. – A respiração de minha mãe estava entrecortada, e ondas de lágrimas estavam prestes a se derramarem.

Fui na direção da porta, e minha mãe agarrou meu braço. Seus dedos estavam apertados, e eu vi apenas pânico em seu rosto.

– Não, *não* é possível – eu lhe disse, e desenganchei-me delicadamente dela.

Olhei para ela outra vez a fim de lhe dizer que tudo iria ficar bem. Ela normalmente acreditava em mim, mas, naquele momento, eu não sabia se era possível confiar em mim.

Meu coração estava violento dentro de meu peito quando saí das lajotas da cozinha para o carpete da sala, e minha garganta começou a se fechar, meu peito arquejava quando afastei as persianas. Havia um carro estacionado na entrada de automóveis, mas a luz de nossa varanda estava queimada, e todas esquecíamos de trocá-la, por isso não consegui identificar que tipo de carro era.

Outra batida.

Pouco antes de minha cabeça começar a se revirar como minhas entranhas, fechei a mão ao redor da maçaneta da porta e a abri.

E, em vez de uma avalanche destrutiva, encontrei Shia King afastando-se da varanda, de costas, murmurando algo consigo mesmo.

Ele ergueu as mãos no ar quando eu saí na varanda – se você podia chamar uma série de blocos de cimento de varanda.

– Desculpe, Beth, vocês estavam dormindo?

Sacudi a cabeça.

– Ah, tudo bem. Certo. Meg está?

A camiseta dele tinha uma cara de leão e parecia ter sido muito usada.

Sacudi a cabeça.

Ele assentiu, e sua língua patinou lentamente sobre os lábios.

– Tudo bem – ele falou, parecendo derrotado.

Eu sempre gostei de Shia, embora não falasse muito com ele. Quando ele começou a aparecer, saindo com Meg, eu havia começado a me distanciar das pessoas.

– Bom, eu vou... – ele estendeu as palavras.

– Embora.

A rua estava muito silenciosa, e havia ainda mais luzes no interior da casa dos Laurence.

– Espere – consegui dizer.

Shia virou-se bruscamente de volta e esperou que eu falasse.

– Ela volta na segunda-feira.

– Onde ela está? – Eu devia estar com toda a minha apreensão no rosto porque, antes que eu pudesse responder, ele disse:

– Desculpe por perguntar. Se você não quiser me dizer, tudo bem.

Eu não era tão transparente quanto Jo, mas estava perto.

– Não, sem problema. Ela está com John Brooke. – Senti uma pontada de culpa abaixo das costelas.

Ele balançou a cabeça como se já soubesse, e achei que ele fosse dizer algo além de:

– Você vai bem, Beth?

Mas ele não fez isso.

Eu lhe disse que estava bem, e após mais dez segundos minha mãe saiu na varanda e passou apressada por mim. Ela estava chorando, e seus soluços cortavam o ar imóvel da Louisiana enquanto ela corria na direção de Shia com o robe esvoaçante às suas costas.

Ele recuou e quase caiu. Seu rosto estava contorcido em algo que eu só conseguia descrever como puro pânico. Ele tinha de estar confuso com o comportamento raivoso de Meredith. Eu estava e sabia que ela havia achado que ele fosse um mensageiro entregando notícias arrasadoras. Ela estava muito cansada.

– Por que você está aqui? – Seus punhos estavam cerrados ao lado do corpo.

– Vim falar com Meg.

Minha mãe emitiu um som baixo, algo entre um suspiro e uma expressão de escárnio. Achei que ela fosse empurrar Shia, e acho que Shia pensou a mesma coisa, porque ele saiu do caminho de Meredith e recuou lentamente até seu carro.

– Por que você acha que Meg quer falar com você? – minha mãe praticamente gritou, não mais chorando. Isso acabou rápido.

Fechei a porta atrás de mim e dei alguns passos na direção de onde eles estavam sobre a grama.

– Não sei. Não tenho certeza se ela quer – ele respondeu à minha mãe em um tom que fez com que eu me perguntasse o que Shia havia feito com Meg.

Eu sabia tudo sobre o drama de Shia e Meg enquanto ele estava acontecendo. Segurei o cabelo de minha irmã enquanto ela vomitava na pia da cozinha após uma briga em particular com ele. Ela nunca conseguiu suportar o estresse e, como nossa mãe, vomitava com facilidade. Foi em uma daquelas sextas-feiras em que ela disse a minha mãe que "ia sair", o que significava que ia estacionar o carro nos fundos do estacionamento do ginásio da base e esperar por Shia. Meg me contou uma vez sobre suas sessões de amassos, mas eu deixei o segredo escapar na frente de Meredith, e Meg nunca me perdoou. Ela me chamou de "Ophelia" por meses. Eu odiava ser chamada pelo nome de minha ex-melhor amiga como insulto, mas eu a havia traído da mesma maneira que Ophelia me traíra.

Na última vez que Meg stalkeou minha velha melhor amiga, ela estava saindo com River. Não que eu esperasse que Ophelia retribuísse sequer uma fração do que eu sentia por ela, mas eu nunca poderia esperar que ela saísse com alguém tão repulsivo quanto River, mesmo que ela não soubesse, em primeira mão, como ele era nojento e escorregadio. Mas ela sabia, pelo menos parte da história.

Ophelia nos ajudou a destroçar os lençóis aviltantes da traição. Depois saiu com ele. Mais de uma vez. Mas, quando nos mudamos para cá e Meg conheceu Shia, passávamos algumas noites por semana em minhas "lições de piano".

– Ela está com John Brooke, Shia. É *onde* ela está! – minha mãe exclamou, parecendo um pouco louca e mais com minha irmã mais velha que com ela própria.

– Ele a levou para o Bairro Francês para passarem algumas noites. John Brooke acabou de se formar em *West Point*, Shia!

Shia não disse uma palavra.

– John Brooke é um bom homem que faz minha filha muito feliz.

Shia permaneceu impassível.

Minha mãe prosseguiu.

– Ele veio esta noite para buscá-la depois de um problema com e-mails. Você por acaso saberia algo sobre isso?

As sobrancelhas escuras de Shia se juntaram. Ele sacudiu a cabeça.

– Que problema com e-mails?

Eu não conhecia Shia bem o bastante para saber quando ele estava mentindo, mas em geral eu era boa o bastante para perceber coisas assim, e ele pareceu honestamente confuso. Jo dizia que essa característica iria me levar longe em uma carreira jornalística, mas não tinha me ajudado nem mesmo a chegar à porta da frente.

– Alguém mandou um e-mail para Meg que não devia ter mandado, fingindo ser alguém que não era e causando a ela um sofrimento desnecessário. Como ela não tem um grupo grande de amigos aqui, tenho certeza de que vai ser fácil reduzir a lista já pequena de suspeitos e descobrir. Quem mais iria querer machucá-la sem razão aparente?

– Não eu. – Shia levou as mãos ao peito e tocou a camiseta surrada com os dedos. – Que tipo de e-mail?

Minha mãe sacudiu a cabeça.

– Não vou dividir os assuntos dela com você. O que você está fazendo aqui? Sobre o que veio conversar?

Shia me olhou. Eu virei o rosto. Ele parecia estar com dificuldade para saber o que dizer a Meredith. Eu não o culpava.

– Então? – ela insistiu.

O normalmente falante Shia hesitou para engolir a isca de minha mãe: ele parecia saber que não devia ser demasiado falante quando ela estava desse jeito.

– Eu só queria conversar com ela. Não sei se ela iria querer que eu...

– *Ela é minha filha, e você a machucou.* Ou você vai me dizer sobre o que queria conversar com ela ou vai entrar nesse seu carrinho caro aí e voltar pela cidade e tentar novamente uma próxima vez.

Shia era vários centímetros mais alto que minha mãe, mas, nesse momento, ele parecia muito menor.

Ele deu um suspiro e virou o corpo na direção da casa dos Laurence. Eu me perguntei se Jo e Laurie iam ouvir o drama ali fora e sair. Eu não sabia se Shia viveria até seu casamento se Jo saísse e encontrasse Meredith desse jeito e Shia recuando com aquela expressão culpada pintada no rosto; ela ia arrancá-lo do chão. Meg nunca quis que ninguém soubesse sobre seus encontros com Shia, e eu jurei segredo. Eu era muito, muito boa em guardar segredos, menos de Ophelia.

Minha mãe chegou para o lado e se apoiou no Jeep de meu pai.

Shia inclinou o queixo e puxou a cabeça para trás.

– Sra. Spring, a senhora sabe que sempre gostei da senhora. – Sua língua rosa dardejou sobre os lábios. – E eu nunca iria desrespeitá-la, mas não tenho a menor ideia do que a senhora está falando.

A porta da frente se abriu às minhas costas, e uma luz dançou pela grama.

– Quem está aí? – Amy perguntou atrás de mim. Senti suas mãos tocarem minhas costas quando ela passou por mim.

– Oi, Amy. Como vão as coisas? – Shia perguntou. Ele parecia muito desconfortável, mas tentava ser educado.

– Entre, Amy – Meredith alertou.

– Mãe...

Quando minha mãe voltou os olhos para Amy, minha irmãzinha entrelaçou o braço ao redor do meu. Tentei persuadi-la.

– Vamos entrar, Amy. Mamãe e Shia estão conversando. – Eu tinha a sensação de que ela ia armar uma briga.

Mas minha irmã tinha, digamos, esse brilho nos olhos...

Eu não sabia o que estava por vir, mas, ao me virar para puxá-la para dentro, ela não se mexeu.

Shia olhou de minha mãe para mim e para Amy.

– Olhe, sra. Spring, eu só estava tentando encontrar Meg e conversar com ela...

Minha mãe chegou tão perto dele, que eu não sabia ao certo se ela ia beijá-lo ou empurrá-lo.

– Conversar sobre o quê? Os e-mails que você mandou para ela tentando estragar seu relacionamento com John?

Shia sacudiu a cabeça.

– Eu nunca faria o que quer que a senhora está dizendo, sra. Spring. Eu nunca machucaria Meg.

Amy recuou um pouco, e seu rosto estava corado.

– Você já a machucou. Você se acha tãaoo melhor que nós, não é, Shia King? – Meredith o provocou. Eu me perguntei quanta bebida minha mãe pusera escondida na caneca nessa noite.

– O quê? – Ele esfregou a cabeça raspada. – Não. Eu...

– Só vá embora, Shia! Afaste-se de nós, droga, e volte para sua mansão em...

– Mãe! – intervi finalmente para deter seu ataque. Ela gostava de Shia; ela só estava botando sua raiva para fora em cima dele porque ele a havia assustado.

Ela me olhou fixamente, e eu sacudi a cabeça. Seu olhar estava assassino, e por um segundo não a reconheci.

Sem uma palavra para Shia, para mim ou Amy, minha mãe voltou a passos largos para casa e bateu a porta da frente.

– Desculpe por isso. Ela está...

– Está tudo bem. Eu entendo – a voz de Shia estava triste.

– Vamos – puxei Amy para que ela me seguisse para casa.

Pouco antes de entrarmos, ela se virou outra vez para Shia e gritou:

– Ela está no Ritz do Bairro Francês com John Brooke!

Quando entramos, e os faróis elegantes em estilo estrangeiro brilharam pela janela antes de desaparecerem pela rua, minha mãe perguntou:

– Por que você fez isso, Beth?

Sua voz não estava alta, mas para mim essa era a pior parte. Ela estava com raiva, mas nunca foi do tipo de mãe que gritava conosco o tempo inteiro. A mãe de Ophelia era assim. Ophelia fugia para minha casa quando o pai chegava em casa com hálito de uísque.

– Você estava gritando com ele, mãe. Pelo que sabemos, ele não fez nada de errado – me expliquei.

Minha mãe suspirou e apoiou o braço nas costas da poltrona reclinável.

– Bom, pelo menos ele não sabe onde ela está.

Olhei para Amy e depois para minha mãe.

Amy passeou entre nós duas.

– Contei a ele. Desculpem, mas nenhuma de vocês ia ajudá-lo.

– Ele não precisava saber onde ela estava. Sua irmã está bem sem ele, e ela está com John.

Eu não concordei que Meg estivesse bem sem Shia, mas ainda tinha de repreender Amy por falar demais.

– Você não tinha o direito de fazer isso, Amy.

– Eu só acho que ele a ama – minha irmãzinha retrucou.

Minha mãe riu. Isso não era real.

– O que faz você achar isso?

Minha mãe se sentou na poltrona reclinável de meu pai, e Amy se sentou no pufe vermelho, provocando um ruído ao se afundar nele.

– Porque ele está aqui – Amy disse, como se mamãe soubesse menos que Amy sabia aos 12 anos.

Eu me sentei no sofá e pus os pés para cima. Os cobertores nas costas do sofá sempre cheiravam à nossa casa no Texas. Minha mãe usava ainda mais cubos de cera perfumada na época, e o cheiro nunca deixava o tecido. Eu peguei o cobertor de águia de papai, o que cheirava a torradas com canela, e o puxei por cima das pernas.

– E como isso significa amor? – mamãe perguntou. Ela parecia estar com menos raiva agora. Parecia mais com a mãe que eu conhecia e amava e menos como tia Hannah quando bebia demais e ficava com raiva pelas menores coisas.

– Ele mora longe! E está noivo de Bell Gardiner! Mas ainda assim veio até aqui. Claro que ele ama Meg.

Ri da explicação de amor do sétimo ano de Amy.

Mamãe também.

– Não funciona assim, querida. Se garotos gostam de você, ou amam você, eles vão demonstrar. Você vai saber. Se precisamos debater ou questionar isso, ele não ama você, e, mesmo que amasse, se ele não demonstra isso de jeito nenhum além de aparecer na sua casa às dez da noite, estando noivo, ele não merece mesmo seu amor.

Eu me perguntei se as mesmas regras também se aplicavam a garotas.

– Não é mais assim. Talvez quando você era jovem.

Meredith escarneceu e olhou para Amy com uma descrença suave.

– Shia King machucou sua irmã. E, depois de tudo pelo que ela passou, ela não precisa de mais nada disso. Nada de e-mails, nada de garotos ricos que se acham bons demais para minha filha. – Minha mãe se virou outra vez para mim.

– Vocês duas deviam saber disso. Eu já lhes disse o que vocês têm de aturar e o que não têm. Meg não precisa tolerar as historinhas de Shia e, Amy... – Minha mãe olhou direto para ela. – Você não precisa ajudar Shia a estragar a vida de sua irmã. Ela está feliz com John Brooke.

– O que Shia *fez* com Meg? Por que nós não gostamos dele outra vez? Porque eu tenho bem certeza de que ele é o cara mais rico e gato por aqui. A linha de seu queixo...

Amy estava praticamente salivando quando mamãe a interrompeu.

– Amy, é isso o que você quer fazer na vida? Ser amada por garotos ricos e bonitos?

– Sim! – Amy respondeu com voz esganiçada. – Sim, *claro* que é!

– E depois o quê? O que acontece quando você estiver na casa dos 30 e seu garoto bonito e rico crescer e se transformar em um homem não tão bonito, rico e mimado e, Deus proíba, alguma coisa aconteça e você seja deixada para criar filhos sozinha, sem nenhuma experiência profissional?

Amy suspirou.

– Mãe, sério. Isso não vai acontecer. Eu vou me assegurar de que meu marido seja sempre sexy – Amy riu.

O rosto de minha mãe estava duro.

– Estou falando sério, Amy. Você precisa se assegurar de ter um emprego e determinar suas próprias habilidades. E você não pode sair por aí julgando garotos só pela aparência. Não é justo quando garotos fazem isso com garotas, então nós também não devíamos fazer isso.

– Eu vou me casar com alguém como papai, e ele vai ficar perto para sempre e me ajudar a criar minhas filhas. – Conhecíamos essa tática de Amy, dizer algo com o que você não pudesse discordar nem discutir e, portanto, esperançosamente terminar nossa discussão absurda com ela.

Isso fez com que minha mãe sorrisse mesmo a contragosto.

– Espero que sim. E espero que você tenha três ou quatro filhas iguais a vocês. Sabe o que dizem?

Eu sabia, porque minha mãe havia dito isso para Meg muitas vezes. Meg falava sobre ter filhos mais que qualquer garota de 19 anos em sã consciência. Eu tinha certeza de que ela seria uma boa mãe um dia, mas achei que ela pudesse dar ouvidos a Jo e esperar até estar mais velha para se preocupar com essas coisas.

– Não. Eu não quero saber o que dizem. – Amy jogou a cabeça para trás, e minha mãe tocou a ponta do nariz dela. Amy riu. – Não me digaaaa.

– Dizem que tudo aquilo pelo que você faz sua mãe passar volta em dobro quando você tem uma filha. Então insista com isso, e vou ter minha vingança quando você tiver a Amy Júnior.

Minha mãe atacou com cócegas o corpo de Amy, e o riso de minha irmã ecoou pelas paredes. Era um som bom, que ajudava a diluir toda a tensão do que havia acabado de acontecer.

Quando Amy escapou de minha mãe, ela se sentou ao meu lado no sofá. Meredith ligou um filme, *Halloween: a noite do terror* original.

Pouco antes de começar, Amy perguntou à minha mãe se ela iria contar que ela havia entregue Meg para Shia.

Mamãe se virou para olhar Amy com uma expressão engraçada.

– Com toda certeza eu vou.

E então voltou para o filme.

26

jo

O quarto de Laurie era uma bagunça. Ele tinha camadas de contradições. De um toca-discos da Urban Outfitters com um disco de Halsey tocando, a uma caixa autografada de velhas fitas de luta livre. Ele era tão fascinante, mas tão ironicamente normal que isso fazia dele um personagem para mim.

Eu podia escrever quarenta mil livros sobre ele. Talvez um dia fizesse isso.

Continuei com minha viagem pelo mundo de Laurie e caminhei até a mesa. Ele sempre me encorajava a espiar suas coisas, como se fosse um jogo.

– Avise-me se você encontrar algo que a surpreenda – ele disse com uma caneta na boca.

– Ah, eu aviso.

Abri uma gaveta, e ele mudou a música no toca-discos pelo telefone.

Meus dedos sentiram algo macio como uma pele e, em seguida, algo frio e metálico.

– Mas que diabos? – Puxei a mão e a passei pelo jeans.

Laurie estava de pé, movendo-se em minha direção. Eu me perguntei se seu avô estaria em casa.

– O quê? – Laurie enfiou a mão na gaveta da pele misteriosa, e eu fechei os olhos.

Podia ser um *hamster* morto ou um rato selvagem. Nojento.

Quando ele retirou a mão, havia um chaveiro peludo preto e vermelho pendurado na ponta de seu dedo indicador.

– É só um pé de coelho. – Ele o agitou mais perto de mim, e eu dei um pulo para trás.

Eu não via um chaveiro de pé de coelho há séculos, mas me lembrava de quando Meg costumava ter um monte deles de seu emprego no rinque de patinação perto de minha escola no Texas. Ela tinha um roxo pendurado no espelho retrovisor de seu primeiro carro, um velho Buick Riviera com pintura castanho-amarelada e interior marrom-madeira. O pé pendurado me dava medo.

– Eca.

– Não é eca. É boa sorte.

Sacudi a cabeça. Meg costumava dizer a mesma coisa.

– Uma pata de animal não é boa sorte. A natureza não permitiria uma coisa tão cruel.

Laurie parou ao meu lado, esfregando a coisa.

– Isso é uma coisa muito humana, não é? Afirmar que a pata decepada de um animal é nossa para dar sorte. Isso é muito maluco.

– É.

– É por isso que você não come carne?

– Não. Bom, de certa forma é. Acho que sim. Não diretamente pés de coelho. Você pode guardar essa coisa? – Apontei com meu rosto franzido de nojo. Ele o jogou para dentro da gaveta e a fechou bruscamente. Eu havia terminado com minhas investigações por enquanto.

– Eu acho legal. Quero dizer, não planejo mudar minha dieta. – Ele bateu sobre o estômago para reforçar as palavras. – Mas é legal que você faça o que quer e que acredite em alguma coisa.

– Eu acredito em muitas coisas.

– Ah, eu sei que acredita.

Nós nos sentamos em lados opostos do sofá. Eu estava mais perto de uma mesinha lateral redonda pintada de dourado com nossas caixas de Yoo-Hoo em cima. Eu não conseguia lembrar qual delas era a minha. Teria sido muito esquisito apenas supor e pegar uma delas e começar a beber.

– Então, suas irmãs têm namorado? Sei que Meg tem John seja lá qual é o nome dele, mas e Beth e Amy?

Eu me ergui e pressionei sua perna.

– Amy tem 12 anos.

Ele deu de ombros, e seu rosto aparentava dizer *"e...?"*

– Tive minha primeira namorada muito antes dos 12. O nome dela era Lucia, e ela tinha cabelo cacheado lindo.

– E por que você e Lucia terminaram?

Laurie passou o dedo pelo cabelo. Ele estava tão ondulado agora que tinha secado ao ar.

– Bom, eu achei que éramos exclusivos, e ela estava saindo com todos os garotos da minha turma. Isso quebrou meu coração de 10 anos. Eu na verdade nunca me recuperei.

Eu revirei os olhos

– Claro. Mas, sério, não. Amy não tem namorado. Beth também não tem.

Eu não queria dizer que achava que Beth nunca teria um *namorado*. Não era minha verdade para dizer.

– E você?

Sua pergunta não pareceu tão estúpida quanto essas palavras tipicamente soariam vindas de um cara como Laurie. Não sei por que meu cérebro continuava a pensar nisso – *um cara como Laurie* – porque eu não sabia decifrar o que isso significava.

– Não. E você?

– Se eu tenho um namorado? Não – ele sorriu, exibindo os dentes. Ele tinha o que Meredith chamava de dentes de criança rica.

– Uma namorada – esclareci. Shelly Hunchberg deixando sua casa estava na ponta de minha mente e minha língua.

– Na verdade, não.

Olhei para o teto, me perguntando se Laurie já havia partido o coração de alguma garota antes. Eu desconfiava que sim, que ele havia feito isso. Claro que havia. Garotos como ele eram feitos justamente para isso. Torci para que algumas garotas que se apaixonassem por ele saíssem mais fortes do outro lado, não menos inteiras que antes dele.

– Aqui, nenhuma – ele contou.

Uhm.

– Nenhuma aqui em Fort Cyprus ou nos Estados Unidos da América?

Laurie riu e moveu a perna, fazendo-a bater na minha. Eu me afastei, e seu sorriso cresceu ainda mais.

– Fort Cyprus.

– E Shelly? Ela é uma de suas namoradas?

Mais risos dele.

– Não. O que você sabe sobre ela, por falar nisso?

– Nada que você queira ouvir, tenho certeza. Como vocês dois vieram a se conhecer?

– A mãe dela a mandou aqui para nos trazer um pacote para o evento beneficente que elas estão fazendo.

– Que evento beneficente?

– Na verdade, não sei, mas acho que meu avô respondeu que eu iria.

Eu me perguntei o que era esse evento beneficente. Aposto que algum tipo de piquenique. O sol havia saído para brincar nos últimos dias, e a mãe de Shelly, Denise, usava qualquer razão para realizar um "evento beneficente" no qual ela fosse o centro das atenções.

Se Meredith não sabia sobre isso, eu não queria que ela soubesse.

– Ela parece legal – ele falou. – Bonita. Um pouco mandona.

Acho que não gostei da forma como suas palavras pressionavam os lados do meu corpo. Eu de repente não queria saber mais nada sobre sua opinião a respeito de Shelly. Nem sobre ninguém que Laurie achasse bonita e um pouco mandona. Eu não queria desenhar o rosto das garotas do passado de Laurie. Achei estranho que, antes, eu nunca tivesse pensado nessas garotas nem quisesse saber quem elas eram.

Eu não estava com ciúme, estava? Eu não tinha certeza, mas isso me confundiu.

A parte de cima das bochechas de Laurie estava vermelha.

– Você teve algum namorado aqui? – Sua voz saiu mais aguda que o normal. Eu não olhei para ele. – Nos Estados Unidos da América? – Ele usou o sotaque italiano para brincar com a forma que as palavras soavam.

– Não. Na verdade, não – não mesmo.

Ele fez um barulho na garganta.

– Quantos namorados você teve?

– O quê? Tipo, em toda a vida? – A resposta era zero, a menos que um relacionamento de uma semana de duração pela internet com alguém que conheci postando uma publicação do Tumblr contasse. Eu achava que não.

Não sei ao certo quanto Eurosnlife17 havia levado a sério nosso caso de vida curta, mas, como ele pediu nudes uma semana mais tarde, achei que ele tivesse algumas outras amantes *on-line* em qualquer que fosse a versão virtual de um caderninho preto.

– Na verdade, não – respondi a Laurie por fim. Eu pude ouvir a hesitação em minha voz, mas não sabia ao certo se me importava com isso. – Acho que não conversei com tantos garotos.

Observei a curva de seu pescoço quando ele engoliu.

– Uhm, por que não?

Eu não achava ter uma razão específica por si só; eu simplesmente não tinha feito isso.

Comecei a falar, sobretudo para dar uma resposta a mim mesma.

– Não sei. Eu só não fiz isso. Não que eu tenha tentado não namorar, apenas nunca aconteceu. Eu tenho muito tempo – falei para ele e para mim mesma.

Isso não era problema, também, pensei. Eu não namorava como Meg e ainda era virgem. Eu não sabia qual era a sensação de ter o corpo duro de um garoto embaixo de mim e não sabia o que fazer com as mãos enquanto beijava. Eu ainda não tinha aprendido essas coisas, mas eu só tinha 16 anos. Sim, eu teria gostado de achar alguém em minha escola fascinante o suficiente para namorar, mas eu não tinha muitas opções.

Eu não ia de jeito nenhum aceitar um sujeito como River, que rompeu com Meg por mensagem de texto uma semana depois de ela fazer sexo com ele e destruiu a vida dela por quase dois anos. Eu não queria ser humilhada por um garoto como Josh Karvac, que se recusava a usar qualquer camisa que não fosse um uniforme esportivo e só saiu com Meg porque River disse que ela fazia bons boquetes.

Às vezes, e de maneira muito, muito egoísta, eu pensava em como tinha sorte por ter uma irmã com tanta experiência, de modo que eu soubesse o que não fazer. Eu não queria ficar conhecida por fazer bons boquetes, queria ser conhecida por minhas palavras e minha voz. O problema era que os garotos não pareciam se importar tanto com a voz de uma garota quanto gostavam de silenciá-la enfiando o pau em sua garganta.

– Ninguém em sua escola nunca tentou? – Laurie perguntou.

Olhei para ele, mas me concentrei no reflexo das luzes do teto nas pupilas de seus olhos.

– Defina *tentar*.

Ele sorriu.

– Na verdade, não. Houve zero tentativas.

– Isso é difícil de acreditar.

– Eu vi essa mesma conversa em um filme.

Ele sorriu.

– Tenho certeza. É a velha história da garota adolescente tensa e sarcástica que não tem ideia de como é bonita e nunca teve um namorado. Isso acontece o tempo todo. – Sua mão se moveu em um círculo diante de seu rosto, e o humor rugiu suas bochechas.

– Não me chame de tensa – falei fazendo bico.

– Não use gargantilhas – ele riu, e senti seu olhar tocar meu pescoço.

Minha mão se ergueu rapidamente, e eu toquei a tira de veludo ao redor de meu pescoço.

– Eu gosto de gargantilhas, babaca.

Seus olhos permaneceram sobre mim.

– Eu também.

Engoli em seco e me senti ansiosa, de repente, como se algo horrível estivesse prestes a acontecer, mas estivesse além de minhas forças detê-lo.

Queria que os toques de formigamento de ansiedade voltassem para o lugar de onde tinham vindo. Os centímetros entre nós pareceram inexistentes, e eu podia sentir nele o cheiro de cigarros.

Olhei fixamente para Laurie, e ele olhou fixamente para mim até virar o rosto e falar. Ele olhava para a parede quando disse:

– Tenho certeza de que você vai encontrar um namorado em Nova York.

– Espero que sim. – Também olhei para a parede e me perguntei por que estava mentindo. Eu não me preocupava em ter um namorado em Nova York. Eu me preocupava em ter um emprego e talvez um gato.

– Eu também – Laurie comentou, e achei que ele também estivesse mentindo.

– Você tem alguma pergunta sobre o jogo do namoro? – ele quis saber alguns segundos depois.

– Jogo do namoro? Por que isso é um jogo?

Ele me olhou.

– Porque é o que as pessoas fazem. Elas pegam tudo o que deve haver de bom nelas e o complicam em excesso. Nós fomos postos na Terra para procriar, nos casarmos e manter a terra funcionando, é isso. Esse é nosso propósito, e todo mundo torna isso muito mais complicado.

Eu não podia discordar mais dele.

– Espero que meu único propósito no universo não seja procriar e manter a Terra povoada. Isso parece um romance distópico vagabundo. Eu quero ter mais propósito que isso. Talvez eu não queira me casar e ter bebês. Talvez eu queira uma carreira, viver sozinha, viajar, dormir até tarde e entrar em um avião sempre que quiser. O que há de tão mal nisso?

– Não há nada de mal nisso. – Laurie se aproximou um pouco de mim, mas não achei que ele tivesse percebido. – Só não concordo. Claro que quero ter um papel vital no universo e tal, mas também quero me casar, ter uma família e passar meu tempo com minha mulher e meus filhos.

– Você quer? – Minha boca estava seca. Era estranho ouvir um garoto da idade de Laurie ser todo animado para ter uma família.

– É. Eu não quero ser como meu pai – a voz de Laurie estava baixa, e ele olhou ao redor do quarto como se alguém pudesse estar ouvindo. – Ou como meu avô. Ele tem esta casa grande, esse legado de sua carreira militar, mas é só isso. Quando morrer, tudo o que vai deixar para trás é um filho que é um pai de merda e um neto chorão e mimado.

Laurie contava essas verdades muito abertamente, era fascinante.

– O que você quer deixar para trás? – perguntei.

– Ainda não descobri, mas sei que vai ser algo mais importante que divisas em um uniforme. – Ele parecia estar muito próximo de mim. – O que você quer deixar para trás?

– Ainda não sei, mas quero que seja épico.

– Épico – ele repetiu com intensidade no olhar. – Posso ver sua lápide agora: Jo Spring, filha de Meredith, que deixa um legado épico.

– Laurie Laurence, filho de um general do exército, pai de mil bebês.

Sua mão envolveu meu joelho, e ele o apertou de brincadeira.

– Mil? É um pouco demais, e meu nome não é *Laurie Laurence* – ele reclamou, e eu ri como se ele tivesse acabado de deixar um bilhete de amor em meu armário da escola.

Quando olhei para Laurie, ele estava se movendo em minha direção, um centímetro por segundo; ele não podia estar se movendo mais devagar. Seu cabelo havia caído sobre a testa, e eu não conseguia parar de olhar para a pequena cicatriz de um corte em seu lábio inferior.

Senti sua boca tocar a minha antes que eu conseguisse formar um único pensamento coerente sequer. Eu não sabia como havíamos chegado até ali, de rir e brincar para um beijo. Talvez fosse sempre assim, eu não tinha como saber. Tudo o que eu soube foi que minha boca se abriu, e seu beijo era mais delicado do que eu esperava. Seus lábios eram úmidos e macios como o pudim da tia Hannah. Nossos dentes não bateram como no primeiro beijo de Meg. Ele não tinha gosto de cafeína adocicada como achei que fosse ter meu primeiro beijo. Naquele momento, naquele quarto, a boca de Laurie tinha gosto de perigo e levemente de cigarros.

Eu de repente entendi por que as pessoas eram ávidas pelo gosto de tabaco. A língua de Laurie era doce e terrosa, e meus olhos se fecharam sozinhos quando ele beijou estrelas dentro de mim. Senti suas mãos em meus quadris quando o controle escapou de meu corpo. Ele estava, aparentemente, botando toda sua força nas mãos enquanto elas apertavam meus quadris. Meu suéter era muito grosso e estava amassado em suas mãos grandes; ele apertou com mais força.

– Droga, Jo. – Aquelas palavras arderam em mim, e ele me puxou para seu colo. Sangue pulsava em meus ouvidos, e passei meus dedos em seu cabelo denso.

Seu beijo foi só a semente. Seus dedos se transformaram em galhos, enraizando-se em meu corpo. Minhas mãos deixaram de ser minhas, e achei que era por isso que Meg se submetia a toda a dor trazida por garotos. Por essa sensação. Valia a pena, pensei, enquanto Laurie virava meu mundo de cabeça para baixo. Como minha mente mudou depressa de conclusões inteligentes e pensadas para um xarope meloso escorrendo de um tronco de árvore.

Quando suas mãos tocaram minha barriga, eu movi os quadris para ficar mais perto dele. Seus olhos ecoaram os meus de volta para mim. Senti outro marco feminino em meu interior, germinando, florescendo e explodindo em pétalas deliciosas de feminilidade. Não era essa a sensação que deveria ter? Uma explosão dentro de meu corpo? Eu não achava que meu corpo fosse forte o suficiente para aguentar muito mais, mas, quando a campainha tocou e nos interrompeu, fui jogada de volta à realidade e torci para que Laurie e eu não tivéssemos acabado de estragar tudo o que tínhamos.

27

meg

Toda manhã em casa eu esperava que o sol me acordasse. Eu podia sentir seu calor através das cortinas de jérsei manchadas de fumaça de cigarro. A camada extra de alcatrão agarrada ao tecido não ajudava muito a bloquear a luz do sol. As cortinas em meu quarto haviam sido de Meredith – daí sua estampa de girassol. Minha mãe era obcecada por girassóis por toda sua vida. Ela tinha tigelas e vestidos de verão, chaveiro e um protetor de direção no carro, tudo com grandes girassóis florescentes. Assim era muito fácil comprar presentes para ela.

Quando acordei naquela manhã, eu não estava enfiada na cama que tinha desde que podia me lembrar; eu estava em uma cama *king size* feita das nuvens mais sofisticadas que o velho dinheiro sulista podia comprar. A cama de hotel estava luxuriante sob meu corpo pesado e deliciosamente fresca contra minha pele. Eu me levantei no meio da noite, baixei o termostato digital para 18 graus e dormi como a droga de um bebê depois disso. O termostato era preciso, diferente do antiquado da casa de meus pais, por isso quando ele dizia 18, era realmente isso. O Ritz no Bairro Francês era uma mistura sensata e exuberante de moderno e clássico. Eu me perguntei como seria acordar em um lugar como aquele toda manhã.

Eu podia acordar ao lado de John em uma casa na qual meus pais não estivessem no controle. Eu me perguntei como seria uma casa sem tantas pessoas. Meredith sempre dizia que eu ficaria entediada sem o barulho de minhas irmãs mais novas, mas aparentemente o próprio John era bastante barulhento. Para minha surpresa, John Brooke não era muito de abraços e estava dormindo ruidosamente. Eu podia jurar que no passado ele dormia com os braços ao meu redor. Eu me lembrei de quando ficamos no Red Roof logo após o portão da base, e eu acordei suando, com seu corpo enrolado no meu. Na época, ele também não roncava, não que eu pudesse me lembrar – e aqueles ruídos de baleia não seriam fáceis de esquecer.

Fazia apenas três meses. Por que parecia tanto?

Ele dormia de costas e roncava. E por roncos quero dizer que grunhia ruídos que pareciam chamados de acasalamento de ursos-pardos e tosses como se estivesse sufocando com a própria respiração. Torci para que seu ronco fosse temporário. Talvez ele fosse precisar de algum tempo para se ajustar agora que estava livre do acordar cedo de West Point. Eu estava com os dedos das mãos e dos pés cruzados. Era uma coisa boa a existência daquelas tiras de dilatação nasal. Nós precisaríamos comprar uma caixa delas antes da noite.

Meu pai roncava como John – só que pior, se você pode imaginar isso. Os chamados ao vento de meu pai à meia-noite eram uma das razões para Meredith dormir tantas noites na poltrona reclinável quando ele estava em casa. Ali estava eu já pensando em todas as noites pelo resto de minha vida. Dizer que John e eu tivemos uma noite excitante e confortável seria como dizer que fazia sentido Dan Humphrey ser a Gossip Girl.

Nosso quarto luxuoso no andar Club estava negro como breu. Cortinas grossas mantinham de fora cada grama de luz solar do mundo exterior. Quanto mais eu olhava para o teto, mais minha visão voltava, mas eu ainda odiava não ser capaz de ver o quarto.

Jo sempre gostou de ficar no escuro como a droga de um morcego, mas não eu. Eu me sentei um pouco, esfreguei as mãos para esquentá-las e me movi sobre a cama *king size* para verificar a hora no despertador na mesa de cabeceira. O quarto estava frio, e eu estava sem blusa. Meus mamilos estavam duros, e John nem se moveu quando toquei suas costas com meu peito pontudo e frio.

A tela no despertador exibia dois uns e dois zeros. Eu não podia acreditar que havia dormido até tão tarde, mas dormir nas nuvens faz isso com uma dama. Talvez o ronco de John não me incomodasse desde que tivéssemos o mesmo tipo de edredom de plumas luxuoso do Ritz.

Eu me sentia rica; mesmo no escuro do quarto, eu me sentia como a realeza em um espaço feito para uma rainha. No Bairro Francês, eu me sentia muito longe de Fort Cyprus. A cama e o quarto pareciam estar aninhados em algum lugar nas colinas ondeantes da Toscana, seguindo até o oceano. A ideia da Toscana me fez pensar em Shia, que havia postado fotos de si mesmo em belas cidadezinhas na Itália, bebendo vinho e comendo cestos inteiros de pão fresco com mozarela artesanal. Ele postou fotos desde a costa rochosa de Nápoles até a bela estrutura da catedral de Milão. Ele disse que ia à Itália sempre que podia.

Um dia eu ia viajar. A sra. King tinha me contado que havia bases militares na Itália, na Inglaterra e na Alemanha. Vivendo na Europa, Jo diz que você pode pegar um trem para qualquer país para fazer uma visita de um dia. Ela diz que é por isso que famílias nos EUA que economizam a vida inteira para ir a outros estados dificilmente deixam o país. É caro demais viajar para fora do país. Mesmo a Disney World custa milhares de dólares. Uma garrafa de água lá custa mais que uma caixa no mercado. É uma das muitas coisas que Jo sabe na qual eu nunca havia pensado. As mídias sociais mudaram o mundo.

Telefones com câmera arruinaram meus anos no Ensino Médio. Não posso imaginar o que o Twitter e o Instagram vão fazer ao crescerem.

Ainda assim, aprendi uma lição. Passei a maior parte de meu tempo *on-line* vendo fotos de pessoas que se formaram antes de mim e vendo seus bebês nascerem por todos os lados. Quando eu estava no Ensino Médio, a maioria de minhas amigas era mais velha que eu, por isso agora a maioria delas tinha 22 anos e estava no segundo filho.

Na época eu tinha esta regra: eu não pegaria o ônibus escolar depois da primeira semana de aula, por isso me moldei na caloura descolada com peitos grandes e uma atitude ingênua. Eu sempre tinha carona. Irritava-me como eu havia me importado durante todo o Ensino Médio com o que os garotos pensavam do meu corpo. Que desperdício de tempo e energia. Eu nunca soube como realmente estava no controle de meu corpo.

– John – sussurrei, mas ele não se mexeu.

Imaginei poder ver o ruivo alourado de seu cabelo e seu maxilar cerrado na escuridão. Amy uma vez disse que ele parecia estar sempre apertando os dentes de cima e de baixo. Ele tinha o rosto de um soldado, o rosto do rei de um baile de formatura. Dei meu voto a ele apertando meus lábios sobre sua nuca.

– Ui – o grunhido ecoou pela escuridão. Eu o beijei outra vez e mordi de leve sua pele.

– Meg, por favor. Estou exausto.

Suas palavras me atingiram bem no rosto, mas eu tive de considerar que ele havia passado quase quatro anos no horário de outra pessoa. Ele tinha que acordar ao amanhecer para o treinamento físico, e West Point tinha qualificações muito mais rígidas do que para os soldados alistados comuns. John Brooke era da elite. Um dos melhores dos melhores. Ele merecia dormir.

Eu não ia ficar sentada lamentando por ele não querer acordar comigo, embora tivéssemos passado meses afastados. Eu precisava considerar como ele se sentia, como ele devia estar cansado. Então, depois de mais dez minutos olhando fixamente para o teto, tirei meu corpo da cama confortável e fui até o banheiro.

Quando liguei o interruptor, as luzes eram fortes, fortes demais para meus olhos. Mexi no interruptor outra vez e acendi as luzes mais fracas do teto. Eu as deixei o mais fracas possível. Minhas bochechas estavam vermelhas em meu reflexo, como sempre, mesmo sob a luz suave. Odiava o fato de, por mais que eu pusesse base verde sobre minha pele rosada, ela estar constantemente vermelha. Eu tinha a pele de minha mãe, assim como Amy.

Liguei a água fria na pia de mármore e borrifei as raízes escuras de meu cabelo com xampu seco, passando os dedos pelo pó branco. Escovei os dentes, torcendo em segredo para que John acordasse antes de eu estar vestida, mas ele não acordou, e 20 minutos mais tarde eu me vi com um guardanapo enfiado na frente de meu vestido de verão de algodão, cravando os dentes em um verdadeiro *beignet* do Café Du Monde, sozinha. O açúcar de confeiteiro caiu por todo o meu colo, grudando em meu vestido azul-marinho, mas nem liguei, de tão bom que estava.

Tomei um gole de café para fazer com que aquilo se parecesse mais com um café da manhã e terminei o prato em menos de cinco minutos. O café do Café Du Monde era bom, e o fato de só o servirem de dois jeitos fazia com que parecesse algo luxuoso. Não era como a Starbucks, onde eu pedia um Grande Iced Caffè Latte, com leite extra e gelo extra, por favor. No Café Du Monde você tem duas opções: café preto ou misturado com leite. Eu pedi *au lait* – metade café, metade leite quente.

Com o passar dos minutos, fiquei cada vez pior em fingir que não me importava que John não acordasse por mim. Será que eu deveria ter tentado acordá-lo outra vez? Eu não sabia, por isso expulsei os pensamentos com outro gole de café. Eu estava cercada de pessoas, um grupo de turistas da China, todos vestindo roupas limpas e impecáveis, dividindo alguns pratos de *beignets*. Uma garotinha chinesa com um belo sorriso apontou para um pombo comendo de um prato a pouco mais de um metro de distância. Uma família afro-americana, usando camisetas iguais em que se lia REUNIÃO DA FAMÍLIA MERRIWEATHER, estava se levantando para ir embora, e eu observei uma garota com belo cabelo natural, aproximadamente da minha idade, dar um tapinha no ombro da garçonete e lhe entregar uma gorjeta grande. Um grupo de adolescentes, de diversas raças misturadas, estava rindo e gritando a uma mesa mais para o fundo. Um senhor branco de idade comia com uma garotinha que não podia ter mais de 5 anos e uma mulher que parecia uma versão mais velha da garotinha loura.

Nova Orleans era um caldeirão de vários tipos diferentes de gente, e eu amava isso. Bases militares também eram assim, mas elas nunca eram tão belamente construídas quanto uma cidade como essa. Prédios do governo eram em sua maioria marrons ou castanho-amarelados, enquanto Nova Orleans era uma mistura complexa de casas em estilo *creole* e americano com muitas cores e detalhes. No ar, eu podia sentir o cheiro de café, de açúcar, de fumaça de cigarro e do sol ao mesmo tempo. Eu podia ver todos os tons de pele, todas as classes sociais, enquanto estava sentada à mesa de ferro diante do Café Du Monde. Ainda era início da tarde, então havia mais mesas vazias do que eu já tinha visto, mas mesmo assim estava bem cheio.

– Você terminou, querida?

Ergui os olhos e retribuí o sorriso do garçom mais velho sem um dente. Havia algo doce nele. Talvez fosse o cabelo prateado e o rosto envelhecido e enrugado. Ele parecia ter tido uma noite difícil nas últimas 400 noites.

– Sim – empurrei meu prato para ele.

Ele fez um som de reprovação.

– Você vai desperdiçar todo esse açúcar? – Sua voz era tão aguda quanto o cabelo era branco. Ele tinha um boné de papel na cabeça e um uniforme branco, o uniforme tradicional do Café Du Monde. Como o lugar nunca fechava, eu me perguntei se seu turno havia acabado de começar ou estava prestes a terminar.

Meus olhos se moveram para o prato que ele estava levando embora e para a pilha de pó branco sobre o papel. Parecia cocaína, só que um pouco melhor para você. Ele dobrou a toalha de papel encerado como se fosse um taco e juntou o açúcar de confeiteiro, que era da mesma cor de seu cabelo.

– Vou lhe contar um pequeno segredo – ele sussurrou para mim em voz conspiratória. Isso me fez pensar em quando Jo costumava me acordar no meio da noite para sair em uma aventura. Nós saíamos escondidas pela porta dos fundos de nossa casa no Texas e passávamos pelo portão quebrado para chegar ao centro comunitário no fim de nossa rua.

Balancei a cabeça afirmativamente, esperando que o homem dividisse seus segredos comigo.

– Um pequeno segredo local... – sua voz ficou baixa outra vez. – É jogar um pouco disto... – Ele agitou delicadamente o açúcar. – Dentro disto. – Ele apontou para meu café.

Um sorriso se abriu em meu rosto, e eu lhe disse que adoraria experimentar. Depois de misturar a sobra, bebi o resto de meu *au lait* doce com açúcar de confeiteiro extra, sentindo-me como se pertencesse ao Bairro Francês agora que eu sabia esse segredo delicioso das pessoas bem informadas. Depois de dar uma nota de dez para ele, fui até a loja ao lado para me torturar. Eu fazia isso com frequência. Era um tipo de pessoa extremamente autodepreciativa, além de autoconsciente. A mistura era um circo.

Quando cheguei à loja ao lado, o cheiro de pralinas confeitadas estava tão forte que fiquei instantaneamente com fome outra vez. Verifiquei meu telefone à procura de uma mensagem de texto ou uma ligação de John, mas havia apenas uma mensagem de voz da *concierge* do Ritz. Por que isso? Nada de John. Eu iria levar algumas pralinas para ele. Eu já havia comido uma porção inteira de *beignets*; se comesse mais, teria de trocar meu vestido coberto de açúcar de confeiteiro. Já havia fila no Aunt Sally's, é claro. Entrei no fim dela. A mulher à minha frente tinha um cachorrinho na bolsa, e fiz uma careta para ele. Ele rosnou, e eu recuei um pouco, rindo de mim mesma. A mulher se virou e me deu um olhar irritado. Ela revirou seus olhinhos doces, pequenos e brilhantes para mim. Ela era uma mulher toda sulista banhada em mel, o tipo que insultava você e em seguida dizia "Deus a abençoe". Basicamente a mãe de minha mãe.

Eu conhecia esse tipo. Seus olhos permaneceram no pó branco em meu vestido, e eu me perguntei se meus lábios protuberantes e meus cílios caros fariam com que ela soubesse que eu não era qualquer garota cansada na fila por açúcar puro sobre papel de cera.

– Se não quer atenção, por que carregar um cachorro na bolsa por aí? – falei em voz baixa.

Ela me ouviu e bufou, em seguida virou-se para frente outra vez. Senti o cheiro de seu Chanel Nº 5 e olhei para uma pedra enorme que decorava seu dedo com unha feita. Sua bunda parecia ótima no jeans que ela estava usando, e isso me deu vontade de revirar os olhos, por nenhuma razão além de minha própria mesquinhez. Eu desperdiçava muitos pensamentos reduzindo outras mulheres. Odiava pensar na frequência com que eu havia feito isso quando era mais nova. Jo e seus documentários tinham mudado minha perspectiva. Eu ainda não estava com tanta raiva do mundo quanto Jo, mas será que deveria estar?

A fila no interior do Aunt Sally's estava andando bem rápido, e quando cheguei ao balcão para pedir me enrolei com minha escolha entre o original ou o de chocolate. Eu queria os dois.

– Dois de chocolate, por favor. E uma caixa mista – disse por fim depois de uma pausa de dois segundos.

Entreguei meu cartão de débito à mulher e esperei para assinar o recibo. Eu me perguntei quando Shia ia deixar Nova Orleans e me perguntei se John tinha planos de se encontrar com ele. A loja estava cheia de Shia e da lembrança de nosso primeiro encontro, basicamente no mesmo lugar onde eu estava parada. Deveria haver uma fita de aviso ao redor da área, ou pelo menos ao redor do próprio homem. Tentei pensar em John, em meu adorável John, que provavelmente devia estar acordando. A noite anterior não tinha sido exatamente a noite romântica e apaixonada que eu esperava, mas era um novo dia, e eu tinha pralinas para botar na mesa.

Quando saí, achei que minha mente estivesse me pregando uma peça.

Mas não. Isso estava realmente acontecendo.

Shia King caminhava em minha direção, em carne e osso, com os olhos já sobre mim. Eu não podia correr nem me esconder. Bom, podia, mas ele sem dúvida me pegaria se eu fizesse isso. E eu não senti vontade de correr. A rua era grande o suficiente para nós dois. Mas ele era a pior pessoa possível para eu esbarrar naquele momento. Literalmente a pior.

Embora eu soubesse que ele não ia de jeito nenhum me deixar passar sem pelo menos uma observação irritante, só para fazer daquilo um jogo, me virei para o outro lado e dei uma mordida em minha pralina. Antes que meus dentes terminassem de se afundar no caramelo, sua mão envolveu meu braço. Eu afastei-me delicadamente de seu toque, mas me virei para ele.

– Eu conheço você? – perguntei com a boca cheia. Shia me fazia perder as maneiras como nenhuma outra pessoa. Sua mãe ficaria horrorizada com meu mastigar sem classe com caramelo grudado nos dentes.

Ele começou a rir, mas não havia barulho. Seu corpo estremeceu um pouco, e ele sacudiu a cabeça com seu sorriso branco muito grande e os dentes se cravando no lábio inferior. Eu sempre perdia o fôlego quando ele fazia isso.

– Sério? – Ele abaixou um pouco o queixo e ergueu uma sobrancelha.

Mas prendi a respiração, porque ele estava noivo de Bell Gardiner. Bell Gardiner, entre todas as pessoas.

– Uhm... Não tenho certeza. – Dei outra mordida e saí andando. Eu sabia que ele iria me seguir. – Você parece o noivo de uma amiga minha.

Ele surgiu ao meu lado.

– Isso é chocolate?

Puxei para longe a pralina antes que seus dedos pudessem pegá-la.

– Talvez. Em que posso ajudá-lo, Shia?

– Então, afinal de contas, você sabe meu nome?

– Como disse, acredito que você seja o noivo de minha amiga.

Havia pessoas por toda a nossa volta. Um casal empurrando dois gêmeos em um carrinho. Os gêmeos usavam bonés de pescador iguais em suas cabecinhas de batata; um deles fez contato visual comigo e sorriu, e eu retribuí o sorriso.

Seu sorriso me deixou um pouco triste, mas ele era muito encantador.

– Uhm, eu acho que não – Shia falou.

O bebê com quem acreditei estar tendo um momento começou a chorar histericamente. Eu continuei a andar.

Shia riu ao meu lado, em seguida disse:

– Enfim, isso é uma coincidência. O que você está fazendo no Bairro Francês?

Ele estava caminhando ao meu lado, mas de costas. O sol estava tão forte que tive de apertar um pouco os olhos ao olhar para ele. Ele estava usando uma camiseta verde-terrosa, e a poesia do livro de Jo me veio à mente outra vez. A que diz: *um pouco mais humano que o resto de nós*.

Os pelos faciais de Shia haviam crescido um pouco mais do que o que eu estava acostumada a ver, e isso fazia com que ele parecesse mais velho do que era. Eu nunca o havia visto pessoalmente como um princípio de barba – só no Facebook. Quando ele estava em casa, sempre se mantinha barbeado.

– Cuidando da minha vida. E você?

Ele riu sem fazer barulho outra vez.

– Não posso dizer o mesmo.

Tentei não rir.

– O que você quer, Shia? Onde está Bell Gardiner?

Seu sorriso não vacilou, nem mesmo um pouquinho.

– Trabalhando. Onde está John Brooke?

Touché, babaca.

Não olhei para Shia.

– Dormindo. Sabe, eu não sabia que os bares abriam tão cedo aos domingos. Ou talvez você tenha uma conexão.

Torci para que minhas palavras o irritassem tanto quanto eu desejava. Ele tinha sorte por eu ainda estar falando com ele. Pelo menos era disso que eu estava tentando me convencer.

– Há, há, Meg. Não seja ciumenta. Não fica bem em você.

Quase esbarrei em um homem que carregava uma casquinha de sorvete, e ele me xingou baixo quando teve que, basicamente, saltar do caminho. Como Shia caminhava de costas e não esbarrava em ninguém? Ele era relaxado demais. Até no visual básico que usava, e usava bem: uma camiseta que dizia MANILA na frente, com um ônibus colorido embaixo da palavra, e short preto de ginástica com o logo da Nike, é claro. Ele devia ter aquele short em todas as cores. Shia estava sendo muito... *Shia.*

– Não estou com ciúme – neguei. Fixei os olhos em uma van-táxi cheia de homens barulhentos, e eles gritaram algo grosseiro para um grupo de mulheres em que todas vestiam as mesmas blusas. Apenas uma era diferente: ela dizia NOIVA em branco, em vez de AS CACHORRAS DA NOIVA em preto. As mulheres gritaram em resposta, e eu olhei para Shia.

– Nojento – ele observou. Seus olhos seguiram o táxi até que ele desapareceu, e nós não conseguimos mais ouvir os homens gritarem.

– Muito – torci para que aquelas mulheres tomassem cuidado em uma cidade cheia de vans-táxis cheias de homens e lotadas de bebida *frozen* colorida. Eu odiava essa parte do Bairro Francês. Eu amava a cultura rica, a comida e a música. Nova Orleans tinha muita beleza fora da Bourbon Street. Eu sonhava viver em uma casa grande no coração do Bairro Francês. Eu teria de esperar até que meu marido e eu nos aposentássemos, pois achava que ia passar a maior parte da vida em uma base militar.

– Espere, por que você está aqui? Você não devia ter ido embora, a esta altura? – perguntei a Shia.

Nós chegamos à esquina da Canal com a Decatur e eu tive de parar na faixa de pedestres para esperar o sinal se abrir. Havia pelo menos meia dúzia de pessoas na calçada com a gente, mas não parecia. Estavam todos cuidando da própria vida.

– Vou ficar um pouco mais em casa.

Olhei para seu rosto e dentro de seus olhos.

– Por quê? Bell está grávida, ou algo assim?

Seu sorriso desapareceu.

– Sério, Meg? Você vai ser assim tão imatura?

Eu estava determinada a não dizer nada...

– Eu *não* estou sendo imatura – retruquei um pouco alto.

Meus olhos foram do chão para as pessoas à nossa volta, para o trânsito na Canal Street.

Ele sorriu.

– Vá embora – falei, sem na verdade querer dizer isso.

– Não – ele respondeu, sabendo que eu não queria. – Achei que você e Bell fossem amigas. Além disso, você não parava de dizer que eu parecia o noivo de sua amiga.

Olhei boquiaberta para ele.

– Amigas? Você deve estar brincando, certo?

Bell e eu nunca fomos amigas. Ela era horrível daquele jeito de lobo em pele de cordeiro. Pequenos insultos passivo-agressivos como "Meg, se precisar, conheço o melhor dermatologista" quando esbarrei com ela no PX com uma espinha bem pequena no queixo. As únicas vezes em que ela havia sido "simpática" eram questionáveis. Ela me dava uma bebida de vez em quando no trabalho, mas mesmo isso acabou quando minha tia Hannah arranjou um emprego atrás do bar com ela. Reeder, Breyer, John e eu íamos ao Bairro Francês toda vez que John voltava do estado de Nova York de licença, mas ele foi de meu lugar favorito a mais detestado da noite para o dia.

Shia sorriu.

– Está bem, talvez não amigas exatamente.

Havíamos voltado a caminhar, eu para a frente e ele de costas mesmo na rua movimentada e cheia. Estávamos no centro do Bairro Francês, e não havia escassez de gente agitada naquela manhã quente de domingo.

– Mas você não tem nenhuma razão para não gostar dela. *Eu* gosto bastante de John.

Meu hotel estava chegando. Foi quase um quadrado perfeito a caminhada de volta do Aunt Sally's para o Ritz. O que eu devia fazer em relação a Shia estar andando comigo?

– Você e John eram amigos. Isso não é a mesma coisa. – Peguei o telefone do bolso e verifiquei se havia algo de John. Nada.

– Nós não éramos tão bons amigos, e por que você se importa, afinal, com a pessoa de quem estou noivo? – Shia deu de ombros. O verde de sua camiseta combinava muito bem com sua pele escura. Ele sempre parecia arrumado sem esforço, mas ele era mais que seu rostinho bonito. Assim como eu.

Shia já havia me dito a mesma coisa sobre John, que eles não eram grandes amigos. Quando lhe perguntei por quê, Shia apenas disse:

– O que você acha?

E abriu a porta do carro com chofer que ia levá-lo ao aeroporto naquele setembro.

Houve um momento em minha vida, apenas meses atrás, em que senti que estava sempre me despedindo de Shia. Nós éramos amigos, e ele também era amigo de John, mas não era como se John se sentisse um pouco vazio quando Shia partia. E o próprio John tinha estado em West Point pelos últimos três anos. Minha amizade com Shia mal existia se comparado com meu relacionamento com John, e eu tinha visto os dois mais ou menos o mesmo número de vezes. Frequentemente eu não pensava nada sobre a pequena quantidade de tempo que eu passava com John: eu só pensava em como ele me amava e era muito mais maduro que Shia. Shia e eu mal estávamos nos falando nos últimos tempos. Eu queria fingir que não sabia por quê.

– Nós mal nos falamos nos últimos meses – falei por fim. Eu não podia deixar que ele me manipulasse como amava fazer. Ele não era o tipo de cara com quem você apenas conversava despreocupadamente, dizendo palavras insossas como todas as outras pessoas. Ele não perguntava sobre o tempo, perguntava sobre seu tipo de tempestade favorito. Suas conversas eram da cor do arco-íris, todas elas. Quando Shia King falava com você, ele entrava em sua mente e levava partes com ele. Ele não perguntava coisas do dia a dia como "*Tudo bem com você?*".

– Você teria alguma coisa para me dizer, Meg?

No verão anterior, bem diante da Jackson Square, ele me perguntou: "*Qual a última coisa que fez você chorar?*".

– Não sei. Mas eu teria gostado da opção.

Continuamos a andar, e eu podia ver meu hotel de onde estávamos. A temperatura estava subindo enquanto a tarde assumia o lugar da manhã. Ele ficou em silêncio enquanto refletia sobre minhas palavras, provavelmente pensando em uma resposta que faria minha cabeça girar com pensamentos que eu não estava pronta para ter.

Naquela noite em frente ao parque, famoso por artistas que vendiam suas pinturas, algo começou a crescer no espaço entre nós. Eu não sabia muito sobre arte. Eu não era como Jo ou Shia King. Entretanto, sabia todos os tons de batom da Tarte e o melhor corte de cabelo para a forma de seu rosto. Todos nós tínhamos nossos talentos.

– Como está seu pai?

– Ele não liga faz algum tempo – contei-lhe.

Aquela noite abafada de agosto deveria ter sido uma noite normal, em que eu me fazia de táxi, levando Beth à casa de uma amiga para "estudar" (na época em que ela queria sair de casa) e depois deixando Jo no trabalho. Seu último emprego foi em um pequeno lugar de café com crepe bem em frente à Jackson Square. Eu planejava dar uma volta e talvez ir ao shopping, mas vi Shia parado diante da entrada, e o reconheci no quarto de Reed no quartel.

Passei todo o turno de Jo falando sobre uma publicação de River no Facebook. Era um meme sobre ex-namoradas loucas porque *eu* era a louca. Certo. Ele não tinha apenas espalhado para metade da escola fotos de meu corpo, as quais eu havia confiado a ele, mas não parava de postar frases idiotas sobre ex-namoradas.

Quando eu havia me aberto completamente com Shia, Jo me mandou uma mensagem de texto para buscá-la após seu turno. Eu não pude acreditar como as últimas quatro horas haviam passado rápido e não pude acreditar que tinha entrado em tantos detalhes sobre a merda que havia acontecido no Texas. Eu não queria que essa parte de mim me seguisse para um novo estado, uma nova vida, mas ali estava eu derramando aquilo tudo sobre concreto.

Antes daquela noite, Shia e eu havíamos nos encontrado talvez umas seis vezes. Às vezes com John, às vezes com Reeder, mas nunca na casa de Shia. Sempre nos quartos no quartel. Eu nem sabia que ele era parte da família real de Fort Cyprus até que Reeder deixou isso escapar uma noite no campo atrás da loja de conveniência da base, mas Shia se esquivou de mais conversas sobre isso antes mesmo de percebermos o que ele estava fazendo.

Depois de derramar aquilo tudo sobre ele como vinho tinto barato sobre um lençol branco, Shia e eu ficamos amigos, acho que era possível dizer isso. Depois tivemos uma briga, naquela noite em que eu estava usando uma tiara na cabeça. Ele me chamou de princesa e me beijou com lábios de cereja e língua de prata. Nenhum de nós queria que aquela noite nos assombrasse, e então John me pediu para levarmos nossa relação para o próximo estágio. Mesmo nesse período, eu continuei a sair com Shia, e ele tentava me convencer a deixar a cidade com ele. Ele sempre ria tanto no fim que eu não sabia se estava ou não falando sério.

Seu silêncio nesse momento acabou comigo, e eu me virei rapidamente para ele, irritada, e disse:

– John está no quarto do hotel esperando por mim

Os olhos de Shia permaneceram na calçada movimentada à nossa frente, e o sinal abriu para que atravessássemos.

– Mentira! – uma voz do meio da rua gritou.

Quando olhei, havia um sem-teto ali parado, com as mãos no ar e líquido escorrendo de sua barba grande. Shia me deu um tapinha delicado no braço para que eu continuasse a andar.

Minha frustração fervilhou.

– Se você vai me ignorar, então saia de perto de mim.

Shia riu, e eu grunhi.

– Não estou ignorando você. Estou pensando antes de falar. Você devia experimentar isso.

Revirei os olhos do jeito mais teatral possível.

– Eu quero mesmo ver John. Posso ir com você? – Shia se ofereceu. Ele esperou que eu assentisse e me seguiu até o hotel.

28

beth

— Tia Hannah ligou – falei à minha mãe assim que ela entrou pela porta.

A porta de madeira se fechou e praticamente não fez barulho. Não era como nossa porta grossa de mogno no Texas na qual Jo costumava arremessar estrelas ninja de pontas afiadas. Aquela coisa batia sempre que soprava um vento e abalava a casa com ela. A porta desta casa parecia feita de bétula e poder ser levada pelo vento a qualquer momento.

Mamãe botou sua bolsa no chão e foi até a geladeira. Vi as rugas de tensão brotarem em sua testa, mas ela manteve uma expressão séria.

– O que ela disse?

Minha tia havia ligado três vezes antes de eu finalmente atender, e ela parecia estar cobrindo o fone. Eu teria dito isso à minha mãe se suas olheiras não estivessem da cor de meu jeans.

– Que precisa que você ligue de volta. Ela parecia estressada – fiz uma pausa longa o bastante para que minha mãe enfiasse a cabeça na geladeira para me evitar. – Está tudo bem?

Minha mãe se ergueu e fechou a geladeira com uma caixa de ovos na mão.

– Sim, sim, está tudo bem. Você fez todo o seu dever escolar? Você ainda está com uma semana de atraso?

Um clássico de Meredith Spring, mudar de assunto de uma forma ainda melhor que Amy. Eu conhecia minha mãe duas vezes melhor que minhas irmãs, portanto isso significava que eu conhecia cada jogada dela. Ela não tinha muitas, mas ultimamente estava usando todas. Ela estava tentando me distrair perguntando sobre meu trabalho de casa e me fazendo falar sobre mim mesma.

– Eu tirei o atraso depois das férias de Natal, lembra? – Eu me lembrava de ter lhe dito isso bem na sala de estar.

– Ah, sim.

Minha mãe abriu o armário e pegou uma tigela grande. Ela não estava no clima de cozinhar ultimamente, mas eu não ia mencionar isso. Eu não me importava de preparar a maioria das refeições ali, mas estava feliz por ter a manhã livre. Era quase meio-dia, Jo estava no andar de cima escrevendo em seu quarto, e Meg estava com John no Centro da Cidade. Amy se encontrava na casa de alguma garota da rua, então estávamos em grande parte sozinhas. Eu devia a meu pai usar todo tempo que pudesse para ver como estava minha mãe. Ele não ligava havia *dias*, e os olhos dela estavam injetados nessa manhã.

O cabelo de minha mãe estava puxado para trás com um prendedor. Seu cabelo começava a rarear na frente, onde ela enrolava os fios em uma grande onda sobre a linha do cabelo. Meg sempre implorava que ela lhe deixasse dar um novo estilo, mas até então nossa mãe havia recusado.

– Quanto tempo mais você tem? Eu devia saber disso. – Ela sacou um sorriso do bolso de sua camiseta favorita. Ela dormia com uma camiseta em que se lia o nome da velha companhia de meu pai acima da imagem de um tanque. Ela estava tão usada que o tecido preto havia ficado cinza e o tanque havia começado a descascar. A estampa agora parecia uma casa ou outra coisa, não um tanque.

– Até maio, tecnicamente, mas talvez eu consiga terminar antes.

Minha mãe abriu a caixa de ovos e os examinou.

– Seu pai vinha me perguntando sobre o próximo ano. E a escola mandou um e-mail... – sua voz abaixou um pouco.

Meu pai queria que eu fosse para uma escola "normal". Eu sabia, mas ele nunca diria isso diretamente.

– Que tipo de e-mail?

Ela pegou alguns ovos nas mãos e foi até a tigela na bancada.

– Só um e-mail de inscrição para você, Amy e Jo. Você está pronta para voltar para a escola?

Ela parou de falar, e percebi que estava tentando organizar os pensamentos antes de botá-los para fora. Ela escolheu a coisa mais estranha para me tratar como bebê.

– Papai acha que eu devo voltar para a escola?

– Não foi isso que eu disse. Eu disse que ele perguntou ao longo dos últimos meses se você estava pronta para voltar.

– Mas por quê? Tem alguma coisa errada com o que eu estou fazendo agora? Eu estou à frente do cronograma e só fiquei para trás uma vez, isso durante as festas. Jo levou bomba no teste de matemática na semana passada.

– Isso não tem a ver com notas.

Mamãe começou a quebrar os ovos contra a borda da tigela. Os ovos quebraram com tanta força que tenho certeza de que pequenos pedaços de casca foram parar lá dentro, mas não quis mostrá-los. Eu costumava fazer isso no fim, tirando pequenos fragmentos de casca de ovo. Minha mãe não era boa em não deixar casca cair no ovo, mas pelo menos ela não era como Jo, que se recusava a olhar para os ovos. Ela comia uma carne moída que não era mesmo carne com tortillas quase todo dia no café da manhã. Ou de vez em quando um *bagel* recheado até a borda de *cream cheese*.

Esperei que minha mãe explicasse por que eu era um fracasso como adolescente.

– É que você vai estar no décimo ano. O primeiro ano do Ensino Médio é sempre difícil, com certeza, mas você teve uma folga. Você acha que é hora de tentar outra vez? Agora que Jo pode botar você no livro do ano com ela? Você é muito inteligente, Beth.

Não era a primeira vez que minha mãe levantava isso, mas dessa vez ela foi muito mais direta que nunca.

– Você não entende. Não é questão de ser inteligente, Meredith – falei acidentalmente. Percebi que isso a desestabilizou. Minhas irmãs haviam adotado o hábito de Jo de chamá-la pelo nome, mas eu gostava de chamá-la de mãe. Às vezes eu a chamava de Meredith por conta do hábito de minha irmã, mas tentava não fazer isso. – Não é questão de eu ser inteligente, é sobre a maior parte do dia de aula não ter nada a ver com escola de verdade.

– O que isso significa?

Eu dei um suspiro. Parecia que eu havia explicado isso um número suficiente de vezes no ano anterior.

– Isso tem a ver com *bullying*? Porque...

– Não tem a ver com *bullying*, mãe. Tem a ver com ninguém entender que eu não gosto de estar junto de pessoas como Meg, Jo, Amy e você e papai. Não consigo aprender com uma sala cheia de gente. Desculpe se isso não é normal...

– Beth... – Mamãe fez uma pausa. Seu tom de voz era indecifrável, e seus olhos estavam cheios de culpa. Eu nunca quis que ela se sentisse culpada, só queria que ela visse que isso não tinha nada a ver com ela. – Eu não estava dizendo que você tem de voltar para a escola. Eu só toquei no assunto por causa do e-mail. Você sabe o que é melhor para você, está bem? Confio que você saiba o que é melhor para você, e se você quer estudar em casa até a faculdade, tudo bem.

Eu sabia que tinha sorte de ter a opção de ficar em casa. A maioria dos pais teria sido o oposto dos meus e me forçado a "trabalhar minha ansiedade", coisa que meus pais tentaram até que eu não aguentei mais e comecei a faltar.

– Obrigada – suspirei, apoiando-me na bancada.

Eu teria mencionado que minha faculdade seria em casa também, mas eu só queria que aquela conversa terminasse.

Minha mãe continuou a fazer o café da manhã até que Jo desceu com os braços cheios de jornais e disse que Laurie ia passar por lá mais tarde. Ele estava passando muito tempo com Jo, mas eu achava isso uma coisa boa. Ela não era boa em fazer amigos como Meg e Amy. Ela não era tão ruim quanto eu, mas mesmo assim não era lá muito boa.

– Mas o que é isso? – minha mãe perguntou, olhando boquiaberta para Jo e sua bagagem.

– Estou procurando uma coisa – Jo respondeu, como se isso explicasse o que ela estava fazendo. O cheiro de bacon tomou a cozinha até que eu acrescentei cebolas ao famoso café da manhã da fazenda de minha mãe. Era uma mistura de batatas, óleo, manteiga, sal e pimenta, bacon, salsicha, ovos e queijo. Jo tinha sua própria frigideira sem carne, e eu comia das duas.

Depois que devoramos nossos pratos, Jo falou:

– Isso estava muito bom. Obrigada, gente. – E voltou para sua pilha de jornais enquanto eu começava a lavar as frigideiras.

O telefone começou a tocar outra vez, e desliguei a campainha.

Segundos mais tarde, alguém bateu na porta. Jo largou o jornal que estava diante de seu rosto, e minha mãe parou um momento antes de me pedir que atendesse.

Torci para que não fosse tia Hannah, mas quando vi os dois oficiais parados na porta retirei meu desejo imediatamente.

29

meg

Liguei duas vezes para John antes que Shia e eu voltássemos para o Ritz. Ele não atendeu, e eu não podia simplesmente entrar no quarto com Shia e acordar John. Então, enquanto esperávamos que ele voltasse à vida, Shia e eu ficamos no salão Club do hotel. De algum modo encontrei um jeito de comer mais. O salão na verdade era formado por três salas, uma com um bufê extravagante de almoço disposto em uma mesa enorme de banquete. Carnes, queijos, sanduichinhos feitos de queijos dos quais eu nunca tinha ouvido falar. Eles tinham frutas cortadas em diferentes formas e uvas em palitos.

As duas outras salas eram para se sentar. Eu não podia contar quantos sofás e poltronas reclináveis enchiam o espaço. Dentro dessas salas, o tempo não avançava muito. Eu não sabia que ano a decoração devia estar representando, mas sem dúvida era uma época em que as pessoas adoravam estampas florais em tudo. Shia e eu nos vimos em uma bela mesa para quatro pessoas no canto, perto de uma TV de tela plana que devia ter pelo menos 50 polegadas.

Shia moveu um biscoito por seu prato e passou um pouco de *homus* nele. Eu não conhecia mais ninguém que amasse *homus*. Sorri ao pensar em como Amy uma vez o chamou de "comida de pessoas ricas", e Jo disse-lhe para calar a boca e pesquisasse alguma coisa no Google pela primeira vez na vida.

– Por quanto tempo você vai ficar neste hotel? É legal, certo? – Shia jogou o biscoito inteiro na boca. Ele mastigava em silêncio; todo aquele treinamento sulista e elegante à mesa sendo especialmente útil. Eu fiz um curso de etiqueta na base quando tinha 12 anos, mas Shia era criado desde o nascimento para ser um cavalheiro.

– Mais uma noite – respondi com o fundo de minha garganta em chamas. Peguei minha água e terminei de responder à pergunta. – E, sim, eu diria que é. Veja este espaço. – Meus olhos percorreram o salão, e Shia os seguiu.

– Você adora coisas brilhantes.

Voltei bruscamente meu olhar para ele.

– E o que isso deve significar? – Minha irritação mal se continha por trás dos cantos de minha boca sorridente.

Ele deu de ombros.

Olhei pela sala e me concentrei no funcionário do hotel que estava rearrumando a mesa que ele acabara de limpar com um guardanapo branco fresco e imaculado.

– Só estou dizendo. Você não gosta? – Shia me desafiou. Vi seus olhos se desviarem do pó espalhado sobre o peito de meu vestido.

– Nem todos nós queremos jogar fora nossas economias e *não* ir para a faculdade. – Os olhos de Shia se esbugalharam, e seus joelhos acertaram a mesa antes que eu registrasse ter dito o que disse.

Nós estávamos brigando?

Eu havia acabado de começar uma briga, eu sabia, mas às vezes essa era a única forma de nos comunicarmos. O que eu havia acabado de dizer parecia muito mais pessoal e um pouco duro demais para nossas provocações habituais. Essas provocações normalmente não acarretavam brigas; eram mais para chamar a atenção um do outro sobre nossos defeitos, mas eu nunca me senti maliciosa, não importava quantas vezes eu havia dito a minhas irmãs que o odiava.

– Jogar fora? Você não tem literalmente nenhuma ideia do que está falando. Mas continue aí nesse pedestal, Meg. Tive uma conversa por telefone esta manhã com minha amiga no Camboja, e ela me disse que removeu duas garotas em um mês de um bordel com o dinheiro que levantamos para ela. Uma das garotas tinha 12 anos, a mesma idade de Amy, e tinha sido uma escrava sexual por três anos.

Meu estômago se revirou.

Ele continuou.

– O que você fez? Além de pintar o rosto de minha mãe e levar seus cachorros para passear?

Fiquei ali sentada absorvendo cada palavra que ele disse e as remoí e remoí até meu telefone tocar na mesa entre nós.

Eu, de algum modo, encontrei minha voz.

– É melhor eu atender isso – disse, me controlando.

O nome de John piscava na tela, e eu a deslizei para responder. Ele me disse que havia acabado de acordar. Quando mencionei Shia, John disse que ia malhar na academia, tomar um banho e depois nos encontrar.

Quando desliguei, Shia riu, mas não foi com escárnio.

– Malhar? Ele simplesmente não para.

– Ele está em uma rotina. – Pensei que ele iria pelo menos me pedir para voltar ao quarto enquanto tomava um banho, ou ir junto com ele à academia.

– É.

Shia olhou para a TV e revirou os olhos para a tela.

– Nosso país está...

– Não comece com essa conversa de política. Preciso de mais café – resmunguei. Ele era como Jo: quando começavam, não paravam. Eu admirava isso na maior parte do tempo, mas não nesse dia. Minha mente foi para a menina de 12 anos no Camboja. Tentei me lembrar se o texto de Jo era sobre o mesmo lugar...

– Está bem. Como estão as coisas com você? Já se matriculou no curso de maquiagem?

Instantaneamente quis apertar o botão de retroceder. Sacudi a cabeça e tomei outro gole de água.

– Não. Ainda não.

– Por quê? Ele está prestes a começar, quando... em maio?

Fiquei surpresa por ele se lembrar disso.

Claro que ele se lembrava, retrucou a parte honesta de meu cérebro.

– É. Tenho certeza de que agora ele está cheio. De qualquer modo, o verão para mim vai ser movimentado.

Eu não sabia por que havia adiado minha inscrição no curso. Conheci um maquiador quando ele foi à Sephora para o lançamento de uma marca. Ele me falou de um curso que ia fazer em Los Angeles no verão. A pessoa que ia dar aula era uma maquiadora de celebridades, e ela supostamente era a mestra das técnicas mais novas. Tecnicamente, eu não tinha treinamento como maquiadora, e o curso iria me dar um pouco mais de credibilidade, mas era do outro lado do país e caro.

– Isso são razões ou desculpas? – Essa era uma das coisas que Shia adorava perguntar sobre tudo, da razão por eu não ter retornado seus telefonemas a escolhas de vida.

– Os dois.

– O que está acontecendo, Meg?

Eu me remexi na cadeira e olhei ao redor. Estava muito menos cheia do que quando chegamos. Só havia quatro ou cinco pessoas ali, e uma delas era um senhor de idade que tinha adormecido sentado de maneira bem rígida no sofá com os óculos apoiados na ponta do nariz.

– Com o quê? É só um curso de maquiagem. – Dei de ombros e bebi o resto de minha água.

Shia havia parado de comer, e uma garçonete apareceu para retirar nossos pratos. Eu segurei o *crostini* em meu prato, mas Shia deixou que levassem o seu. Ele também deu à moça uma gorjeta, e me perguntei a quantas pessoas eu deveria ter dado gorjeta mas não dei desde que chegamos. O carregador de malas? O manobrista? O *concierge* quando eles entregaram o uniforme limpo de John pela manhã?

– Na vida. Você não está fazendo o curso sobre o qual falou por semanas. E está trabalhando logo para a minha mãe? – Shia prolongou a frase como se precisasse que eu realmente ouvisse o que ele estava dizendo.

– Ela me paga bem. Mais que meu outro emprego.

Ele tinha uma relação com a sra. King diferente da minha e, por mais intimidadora que ela fosse para mim, eu só podia esperar ser como ela um dia. Ela era tudo o que eu queria ser.

– E você está fazendo o que para ela? A longo prazo aonde isso vai te levar?

Não respondi, e ele continuou. Ele suavizou sua voz, por isso ela não aumentou como poderia ter aumentado.

– Minha mãe disse que você está tentando se casar com John. Isso é verdade?

– Ela disse isso? – A queimação em minha garganta se espalhou para minhas orelhas e bochechas.

– Não literalmente. Mas ela deu a entender. Ela estava dizendo como nós podíamos fazer para você uma grande festa de noivado.

Ele fez uma pausa, mas não achei que tivesse terminado de falar. Eu o interrompi mesmo assim.

– Como a sua festa de noivado?

Ele suspirou e levantou a barra da camiseta para limpar o rosto. Uma faixa de pele surgiu, e eu olhei para meu prato. Eu queria olhar para ele, mas não queria lhe dar satisfação.

– Um pouco como a minha. Porém mais romântica, mais real, eu acho.

– Uh, hum – me encostei no encosto acolchoado de minha cadeira. Eu não sabia quão romântica seria minha festa de noivado ou por que Shia estava sugerindo que a sua não havia sido real, mas não queria entrar em seu jogo. Uma mulher diferente apareceu com uma jarra de água e encheu meu copo.

Movi um cubo de gelo pela boca, e Shia chegou para a frente na cadeira.

– Então é isso? Nós vamos simplesmente fingir que não temos nada sobre o que conversar?

– Você está falando de seu noivado?

Ele sacudiu a cabeça.

– Não. Eu estava falando de *você*. O que aconteceu com você precisar ir embora daqui?

– Ainda estou planejando ir.

Ele lambeu os lábios.

– Quando?

– Logo. Não sei. Meu pai está fora, e Jo ainda nem se formou. Não posso simplesmente deixá-los. Estou trabalhando e guardando meu dinheiro.

O senhor que dormia no sofá agora estava acordado e em movimento, remexendo em uma cesta com sacos de batatas fritas na bancada embaixo da TV mais perto de nós.

– Logo, hein? – Shia falou.

Estava tão irritada que senti como se minha raiva fosse manchar a cadeira estofada embaixo de mim com faixas negras malhadas.

– Qual o seu problema? Por que está começando com essas merdas comigo?

– Não estou. Só estou me perguntando por que você mudou completamente de planos, e agora o quê? Você está de olho em qualquer base para a qual John vá ser transferido?

Sua resposta me lembrou de seu discurso logo antes de uma vez em que deveria encontrá-lo no último outono. O inverno havia chegado depois disso, e agora estávamos quase na primavera.

– Sério, Meg. Você tem 19 anos. Você tem muito tempo para fazer suas coisas antes de se tornar uma...

– Pare – ergui a mão. – Não me venha com sermões. Você está noivo, Shia.

– Por que você insiste em repetir isso? Isso tem alguma coisa a ver com você, Meg? Eu achei que estivesse iludido e tivesse inventado sobre nós dois em minha cabeça. Então, se isso é verdade, por que você insiste em falar de meu noivado?

Ele me pegou. Eu não queria falar sobre o dia em que estragamos quaisquer restos de relacionamento que tivéssemos, e agora havia essa falsidade estranha em que mal nos falávamos e que irritava minha pele. Eu não queria que as coisas fossem tão confusas entre nós. Discutir com Shia normalmente me fazia cair na risada e sentir uma pequena centelha na ponta de minha língua, mas enquanto estava ali sentada no elegante salão Club no luxuoso Ritz-Carlton no famoso Bairro Francês em Nova Orleans, eu parecia chapinhar em um barril denso de xarope de bordo.

– Ah, não segure sua língua agora – ele falou depois que nos encaramos por um minuto.

O senhor de idade foi embora com três sacos de batatas sabor sal e pimenta e uma garrafa de coca enfiada embaixo do braço.

Eu contei uma pequena semente de verdade.

– Eu não disse que você estava iludido.

Ele riu sem emitir som.

– Sim, você disse. Você contou a Reeder uma história nada, nada verdadeira sobre nós. Você tem contado essa mesma história a si mesma? – ele perguntou, mas sem perguntar de verdade.

– O que eu devia dizer? Não quero nenhum drama em nosso grupo. Você também não devia querer. Por isso eu disse o que precisava dizer para me livrar.

– Sempre é sobre você, não é? E quem é "nosso grupo"? Ninguém fala comigo enquanto estou viajando. Ninguém também fala com John, exceto eu, e nem isso é frequente. Não é preciso haver drama. Eu não sou River.

Meu pulso atravessou o teto do salão Club.

Shia continuou.

– Eu não teria ficado puto com você por não vir comigo. É sua escolha e sua vida. Mas seria legal se você pudesse apenas ter me dito que não ia ao aeroporto. Eu teria entendido se você tivesse apenas me *contado*. Sido honesta comigo. – Ele juntou as mãos em concha e as moveu lentamente.

– Achei que estivesse sendo honesta. Achei que pelo menos uma vez pudesse ser como Jo e pular em um avião e partir sem um plano.

Com voz fria, ele falou:

– Nós tínhamos um plano. Era literalmente uma viagem planejada com os fundos de meu pai.

– Você sabe o que estou dizendo. – Sua semântica sarcástica não ia nos levar a lugar nenhum.

– Desculpe por não te contar... – Lembrei-me do modo duro como eu o deixei na expectativa. – ...até você aterrissar.

– Eu não estou com ra...

– Ora, ora, vejam quem está aí! – John exclamou de repente ao nosso lado, dando tapinhas nas costas de Shia. Seu cabelo estava molhado, então ele devia ter tomado banho, mas ele não podia ter malhado tão rápido.

E imediatamente eles agiram como irmãos! Os dois se abraçaram, e seus sorrisos eram enormes e falsos; eu podia identificar insinceridade a um quilômetro de distância.

30

jo

Quando Beth voltou para a cozinha, a cor havia se esvaído de seu rosto. Em seu encalço havia dois homens em uniforme do exército.

Meredith caiu de joelhos antes que eles falassem.

Beth correu em sua direção.

Senti minhas meias enraizadas no chão. Eu não conseguia me mover enquanto o caos tomava conta do lugar.

Minha mãe começou a gritar, mas as vozes dos homens se sobressaíram a seus gritos.

– Meredith, Meredith! É apenas um ferimento, eu só vim porque Frank é meu amigo. Desculpe ter assustado você! – o homem mais alto berrou.

O suposto amigo de meu pai parecia querer dar o fora dali. Seu rosto havia ficado muito vermelho, e os jornais da bancada estavam por todo o chão.

– Onde está ele? Onde está meu marido? – Meredith perguntou.

O outro homem deu um passo à frente, e sua bota cobriu a foto de uma cerimônia de volta para casa de um pelotão de batedores que havia retornado na semana anterior.

– Alemanha. Ele está em um hospital lá enquanto recupera as forças para voltar para casa.

– Alemanha? – Beth perguntou.

Eu havia dito a ela que a maioria dos soldados feridos acabava na Alemanha antes de voltar para casa nos EUA.

Beth passou algo pelos ombros de minha mãe, e eu me senti como se estivéssemos em um episódio de *True Life* ou algo assim. Aquilo tudo não parecia estar realmente acontecendo conosco. Eu me senti como um artigo na internet. Li uma vez que, se assistisse demais a documentários e vídeos no Facebook, podia-se ficar insensível à violência em tempo real, porque seu cérebro e sua memória não conseguiriam detectar a diferença de assistir a isso acontecer virtualmente.

O ambiente girou um pouco até que minha mãe se acalmou. Beth a fez se sentar na poltrona reclinável de meu pai com uma xícara de qualquer coisa que cheirava um pouco mais forte que café.

Beth ligou para a tia Hannah e para nossos avós.

Vinte minutos antes, eu estava examinando jornais antigos em meu quarto no andar de cima. Estava ouvindo música e pesquisando páginas e páginas de cobertura de cerimônias de volta para casa. Eu sequer sabia o que ia fazer com isso, mas sabia que Laurie tinha um plano quando me deu uma lista de nomes para procurar. Isso de repente pareceu incrivelmente sem importância enquanto os ombros de minha mãe tremiam embaixo do cobertor que a cobria.

Tia Hannah apareceu 30 minutos depois. Amy chegou da casa da amiga e não parou de perguntar a Meredith o que estava acontecendo até gritarem com ela. Beth olhava fixamente para a parede, e eu olhava para meu computador. Tia Hannah apenas permanecia sentada no sofá, com um olhar vazio para a TV na parede. A bagunça de fios pendurados e enrolados ao redor do cabo de extensão gritava *incêndio doméstico*, mas havia muitas coisas que precisavam ser plugadas.

– Você já falou com Meg? – Meredith perguntou quando tia Hannah lhe levou mais uma bebida. Eu não tinha sequer um comentário mental sobre ela estar bebendo, eu não tinha o direito de questioná-la naquele momento. Até desejei avidamente uma bebida, embora odiasse o gosto de álcool.

A única coisa que sabíamos era que o tanque de meu pai havia passado por um explosivo caseiro ao lado da estrada e pegado fogo. Dos quatro homens, meu pai foi um dos dois sobreviventes. Um dos homens mortos havia acabado de ter um bebê na metade de seu período no Iraque. Não parecia justo, mas eu não conseguia falar a palavra *justo* se meu pai estava vivo. Os homens que chegaram com a notícia disseram à minha mãe que ela podia ir para a Alemanha e ficar com meu pai até que ele se recuperasse, e ela disse que ia ver se conseguia.

Beth e eu ficamos na cozinha com tia Hannah e consideramos nossas opções se Meredith decidisse ir.

– Posso levar Amy para suas coisas e a mim mesma para o trabalho – ofereci. – Só preciso buscar minha carteira. Posso ir na segunda-feira.

Tia Hannah olhou pela sala e voltou para perto do forno, que ela desligou. Ele estava ligado desde que Beth e mamãe começaram a fazer o café da manhã, o que parecia ter sido em outra vida.

– Posso ficar aqui na maioria das noites, mas trabalho cinco dias por semana – disse-me tia Hannah. Beth assentiu e afastou uma grande mecha de cabelo castanho da testa. – Posso ajudar o máximo possível.

– Amy é a única que não consegue cuidar de si mesma – falei quando Amy entrou na cozinha.

– Eu posso cuidar de mim muito bem, Jo – seu tom de voz estava duro, mas não a culpei. Todas tínhamos tido um dia longo, e ninguém ainda havia tido notícias de Meg. Pensei em ligar para Shia ou enviar um e-mail para John, mas não sabia o tamanho da confusão que isso poderia criar.

– Enfim... – Beth abriu a geladeira e serviu um copo de leite a Amy. Beth pegou um pacote de Oreos e o empurrou sobre a mesa. Pela primeira vez na vida, Amy sacudiu a cabeça para os biscoitos.

– Então, Jo, você vai precisar fazer aquele teste. Quantos turnos você trabalha nesta semana? – Beth perguntou.

Eu não sabia disso na hora e disse a minhas irmãs e à minha tia que lhes contaria quando soubesse. Apoiei os cotovelos sobre a bancada fria e senti a cozinha se mover e nossas vidas mudarem com a passagem de cada respiração.

31

meg

John se sentou ao meu lado com uma coca de 600ml na mão e um prato de salada com salsichinhas cobertas com um molho que parecia molho de carne escuro.

– O que vocês dois fizeram o dia inteiro? – ele perguntou a Shia e a mim, passando um *crouton* no garfo por uma poça de molho rancheiro.

Shia me olhou por um momento, como se esperasse que eu respondesse primeiro. Eu queria que ele fizesse o mesmo.

– Eu estava passeando um pouco pelo Bairro Francês. Não conseguia dormir – falei.

Enrolei o cabelo na mão e olhei fixamente para meu copo de água. Água havia se acumulado em gotas parecidas com pérolas por toda sua volta, e passei meu dedo na umidade, desenhando pequenas linhas com a unha. Nem os copos de água no Ritz eram copos simples; eram mais como taças de cristal lapidadas com padrões únicos.

Repassei rapidamente minha manhã e terminei com:

– E trouxe isto – disse erguendo o saco de pralinas do chão. – Elas são muito boas, comprei algumas. – Sorri, e John mastigou sua comida. Coloquei o saco novamente no chão perto de meus pés.

John cobriu parcialmente a boca e falou:

– Legal, são aquelas coisas com nozes? Mas a loja é bem legal; é tipo mexicano ou algo assim?

Shia tossiu. Ou engasgou. Eu não sabia ao certo.

Como John chegou a essa conclusão, nunca vou saber, mas achei ser conhecimento bastante básico que o Bairro Francês não tivesse ligação histórica com o México. Os espanhóis, sim; o México, não. Mas, na verdade, eu não sabia dizer onde a Espanha ficava em um mapa. Eu sabia, claro, que era parte da Europa.

– Eles são *creoles*. Você quer um? – perguntei a Shia sem olhar para ele, mas senti seus olhos quentes em meu rosto. Shia me agradeceu e pediu uma pralina de chocolate, que eu sabia ser para me provocar.

– O quê? – ele perguntou com um sorriso, sabendo que eu não podia dizer uma palavra na frente de John.

Achei que fosse um pouco Nicholas Sparks nós termos nos encontrado na mesma loja de pralinas em que nos conhecemos. Se eu fosse a romântica radical e incorrigível que Jo sempre dizia que eu era, teria acreditado que esbarrar nele na Aunt Sally's fosse algum marcador mágico do destino significando que estávamos destinados a seguir juntos na direção do pôr do sol.

Mas eu não era tão boba assim. No máximo, apenas metade do que Jo pensava que eu era.

John sacudiu a cabeça quando entreguei a Shia a pralina embalada, mastigando a comida com a boca não totalmente fechada.

– Vocês dois gostam de coisas doces. Nojento.

– Humph – foi o ruído que saiu de minha boca.

Shia pareceu querer dizer alguma coisa, pensou melhor, seus olhos olhando para o teto e tudo, mas não disse o que lhe fez parar e refletir. Ele se encostou na cadeira.

Alguns segundos se passaram, e ele perguntou despreocupadamente:

– Então, quais são os planos para hoje? Qual a sensação de estar de volta ao mundo real?

John passou a mão pelo queixo liso. Ele riu.

– É estranho, com certeza. Principalmente porque posso vestir roupas normais... – Seus dedos puxaram a camisa polo.

– Para o dia, não sei. Meg planejou o dia, eu acho. Certo, Meg? – John me olhou.

Certo o quê?

Eu tinha a impressão de que ele estava planejando todo o fim de semana. Eu me lembrava especificamente da voz sonolenta de John pelo telefone.

– Não se preocupe com nada, querida. Estou convidando você. Só vá até o carro. É a única coisa que você precisa fazer.

– Certo? – ele perguntou outra vez. Enquanto eu o observava roer um *crouton* coberto de molho rancheiro, algo brilhante caiu de seus ombros e desapareceu no ar asfixiante, deixando-o um pouco menos colorido do que em minha memória.

– Eu, na verdade, não planejei nada – disse lentamente e me senti muito estranha sem saber exatamente por quê. – Mas acho que há muita coisa que podemos encontrar de última hora. Mesmo se apenas passearmos a pé ou algo assim. Sempre tem alguma coisa para fazer. Nós podíamos fazer o *tour* dos fantasmas como fizemos com Reeder e eles. Lembra? – Olhei para John, Shia olhou para mim, e eu olhei para a mesa. – Nós estamos bem no meio do Bairro Francês; há muita coisa para fazer.

– Ah, sim. Isso está bom para mim, querida – John ergueu o quadril para pegar o telefone no bolso de trás. – O que quer que você queira fazer está bom para mim.

Balancei a cabeça afirmativamente para ele, sorrindo. Ele retribuiu o sorriso, mas só um pouco, então olhou para seu telefone. Ele tinha um iPhone novinho que tirava fotos como uma câmera profissional. Era como um pequeno computador em sua mão. Eu queria muito um, mas eles eram caros demais, e Amy já estava abusando tanto na conta de dados de nosso plano que Meredith ameaçava tomar seu telefone todo mês. Eu não podia acrescentar uma despesa e ouvir minhas três irmãs mais novas reclamarem disso. Amy não entendia que eu *trabalhava* para ter quase tudo além do básico.

– Legal – respondi sem animação. Fiquei muito confusa sem saber por que estar sentada a uma mesa com Shia e John parecia pior do que quando eu tinha 17 anos e precisei tirar meus sisos.

– Humph – Shia fez esse barulho baixo com a garganta, rompendo o silêncio por um segundo.

Eu me perguntei no que ele estaria pensando, mas não pretendia perguntar. A situação toda era bastante estranha.

Incomodava-me que eu parecesse uma idiota na frente não apenas de Shia King, mas de John Brooke. Devia estar parecendo que eu não pensava muito em nosso tempo juntos. Se eu soubesse que deveria planejar a droga de uma escapada romântica, eu teria marcado massagens para casal no *spa* do Ritz. Teria pedido antecipadamente o café da manhã na cama com morangos e champanhe. John tinha 21 anos, eles teriam permitido. Eu teria planejado um fim de semana de retiro de casal perfeito, assim como havia ajudado a sra. King a planejar uma viagem para Atlanta com o sr. King. Eles fizeram massagens de US$ 400 no *spa* de primeira qualidade em Buckhead, e a sra. King fez uma esfoliação com açúcar. Quando fiz a reserva, acrescentei a hora de brinde na sala dos casais. Não tive a chance de ser tão cuidadosa com a gente, porque achei que John estivesse encarregado de tudo.

Eu estava esperando ansiosa por esse fim de semana havia muito tempo, mas agora ele parecia confuso e completamente acabado, sem mais nem menos. Se tudo antes parecia tão planejado e organizado, nesse momento aparentemente não havia ocorrido a ele nenhum pensamento além de reservar uma cama para dormirmos. O tempo de John importava para mim, e eu queria que ele sentisse isso. Esse não era o objetivo de namorar alguém? Mostrar como eu seria uma boa esposa? Esse, ao menos, era meu objetivo. Eu não sabia ao certo se John tinha um objetivo.

Sendo honesta, também queria que Shia reconhecesse minha devoção a John. Eu queria ver isso em seu rosto como vi a esmeralda de Bell Gardiner brilhando em seu dedo delicado. Um pouco de vingança teria caído bem; não há nada igual à onda grudenta e doce de ter o controle da situação. Nenhum orgasmo, nenhuma fatia do bolo do diabo ainda quente recém-saído do forno, nem mesmo a pele de cetim sem poros que eu obtive depois de usar base pela primeira vez podia se comparar à sensação de estar no domínio. Com River, eu nunca me senti no controle de nossa dinâmica. Desde o primeiro beijo desajeitado (durante uma brincadeira de Seven Minutes In Heaven que eu nem queria jogar) à primeira vez em que fizemos sexo (de um jeito estranho no banco de trás de seu carro), ele estava sempre no comando, e parecia haver algo flutuando constantemente acima de minha cabeça quando eu estava com ele. Eu não sabia se era a pressão de me manter relevante para ele e seu grupo de amigos, mas sempre havia algo acima de minha cabeça, mantendo-me ávida para ser a garota louca, a garota que levantava a blusa em uma festa ou chupava River em um dos quartos da casa de um de seus amigos durante uma festa.

River me dizia como eu era bonita até tirar minha virgindade no banco traseiro de seu Lumina 1991 e pedir fotos de meus peitos. Então eu me tornei um objeto, e comentários sobre meus olhos grandes e bonitos se transformaram em comentários sobre meus seios e minha bunda grandes, e eu nunca mais voltei a ouvir a palavra *bonita*. Na época, porém, não senti falta disso, honestamente. Eu vivia pelo poder sexual que tinha sobre ele. Era essa sensação que eu tanto amava.

River, na verdade, não ligava para mim. Não tanto quanto ligava para ser o cara descolado com as fotos de Meg Spring nua. Havia até rumores de que ele estava fazendo com que caras na escola lhe pagassem dez dólares por elas. As garotas as conseguiam de graça, para me isolar, me xingar e criticar cada parte de meu corpo, dos meus "mamilos de *pepperoni*" às estrias no alto de minhas coxas. As garotas em minha antiga escola eram pior ainda que os garotos. Pelo menos os comentários dos garotos não eram negativos.

River era descuidado e desatencioso, e John devia ser o contrário disso. Eu estava no controle, com as melhores cartas na mão e, se Shia soubesse que eu estava feliz com John Brooke, talvez isso fizesse com que eu me sentisse melhor em relação a ele e Bell Gardiner. Essa era minha lógica ilógica aos 19 anos.

Toda semana que eu passava fora do Ensino Médio, sentia como se estivesse conhecendo a mim mesma cada vez mais. Eu descobria coisas sobre mim mesma todo dia. Como novas comidas e maneiras diferentes de apreciar a vida. Jo diz que eu sempre levava o poder longe demais e que o poder pode ser silencioso, mas ele gostava de berrar e gritar. Eu havia sido quieta durante toda a vida e, depois de ser atormentada por ser quieta, eu não ia me calar. Jo sempre me disse que com minha confiança eu podia ser a CEO de uma grande empresa em Chicago ou Nova York, mas eu não me alimentava da multidão nem florescia sob luzes brilhantes como ela. Eu queria ouvir o som de crianças rindo e brincando e queria um jardim.

Eu não tinha sonhos do tamanho de Nova York como Jo, mas os meus pareciam muito mais divertidos. Jo queria ser um peixinho em um oceano, e eu queria ser um peixe caro e exótico em um aquário bonito e limpo. Ela não se importava em ser admirada como eu. Nem todo mundo podia ser como Jo, ou mesmo Shia – e eu não queria ser.

No segundo em que meus pensamentos se voltaram para Shia, ele perguntou a uma mulher que estava passando por nós que horas eram. Eu sabia que havia relógios grandes na parede e um telefone em seu bolso, mas supus que ele estivesse querendo deixar as coisas menos estranhas falando com alguém, qualquer pessoa. Eu me perguntei qual de nós iria embora primeiro. Comecei a achar que estava sendo paranoica sobre quão estranho aquilo realmente era, uma vez que nenhum deles estava fazendo nenhum movimento para ir embora ou começar uma conversa. John ainda estava comendo, e Shia brincava com uma pulseira trançada no pulso.

Eu ficava mais desconfortável a cada segundo que passava. Era estranho eles não estarem falando quando supostamente eram "amigos". A estranheza me devorou até que comecei a achar que talvez os dois estivessem conspirando contra mim. O que Jo diria disso? Ela com certeza teria uma teoria sobre o comportamento estranho daqueles dois rapazes. John não estava agindo como se tivéssemos nos reencontrado na noite anterior.

Na verdade, eu só queria passar tempo ininterrupto com ele. Quanto mais eu pensava nisso, mais eu percebia que, embora estivéssemos namorando, não tínhamos passado muito tempo juntos. Será que Jo estava certa sobre nós quando dizia que não tínhamos alicerces?

Mas o que Jo sabe sobre namoros?, pensei. Bom... àquela altura, Jo tinha passado mais tempo com Laurie do que eu com John, e ela era amiga dele apenas desde o Natal.

Droga, eu havia passado mais tempo com a sra. King do que com qualquer outra pessoa ultimamente, além de minha família. Eu não tinha muita vida social além de trabalhar e levar minhas irmãs por aí. Shia era meu amigo, pelo menos logo que eu me mudei para Fort Cyprus. Pensando nisso, eu não podia me lembrar de quando nos tornamos mais que amigos, ou menos, mas sabia que, se Shia me quisesse, ele teria dito isso. Ele nunca me disse que me queria, não como John. Ele me pediu para ir embora do país com ele, claro, mas ele usava a palavra "amigos" mais vezes do que eu podia contar. Amigos que se beijavam, era isso o que éramos.

Meg Spring era para beijar; Bell Gardiner era para casar.

Eu fiquei nauseada ao pensar nisso.

Tanta fofoca me cercava a todo o lugar que eu ia, como eu não tinha ouvido falar sobre Shia e Bell? Eu passava pelo menos 15 horas por semana na casa de sua família e não tinha ideia de que ele a estava namorando. Eu não sabia nada sobre seu relacionamento rápido. Eu olhei para Shia à minha frente e me lembrei dos e-mails misteriosos de "John" que na verdade não eram de John.

Ainda assim, não achava que Shia pudesse fazer uma coisa dessas. Ele iria apenas me mandar uma mensagem de texto ou ir à minha casa para me dizer que eu terminasse com John se ele tivesse um problema com a gente. Eu não podia pensar em nenhuma razão para ele se importar, mas eu ainda estava lambendo minha ferida do noivado de Bell Gardiner, então eu queria que ele se importasse só um pouco. Mas Shia era melhor que isso; mesmo que ele se importasse, ele não perderia seu tempo para criar um endereço falso de e-mail e me mandar e-mails se passando por John para propositalmente me sacanear.

Quem tinha tempo para isso? Ninguém. Ninguém com nada real em sua vida.

Shia estava sentado diante de mim com olhos que dançavam na linha entre entediado e concentrado na TV acima de nossa mesa. Estava passando um jogo de basquete e, como Shia tinha menos que zero interesse por esportes, eu sabia que ele estava evitando conversar, ou talvez não tivesse nada a dizer. Em uma estante atrás de John havia uma coleção de enciclopédias. Elas pareciam muito antigas paradas ali. Devia haver algum lugar ermo cheio de enciclopédias e dicionários cuja existência foi desvalorizada quando a internet tomou conta do mundo.

Olhar para as enciclopédias só me deu um ou dois minutos, e o silêncio continuou a correr. Shia apoiou o cotovelo na mesa e começou a olhar pela sala. John ainda estava olhando para o telefone em seu colo, e meu copo de água já estava vazio outra vez.

O que podia ser tão interessante? Mais interessante que eu?

Shia se levantou lentamente da cadeira. Seus dedos puxaram a parte debaixo de sua camiseta.

– Quer mais água, Meg? – Ele olhou direto em meus olhos, e soube que ele queria dizer algo, mas eu não sabia o quê.

Eu sacudi a cabeça, não, embora quisesse mais. Minha garganta ainda queimava um pouco. Agora ela parecia como se eu estivesse sendo puxada com tanta força que, quando quebrasse, o som dilacerante iria, como um grito agudo, rasgar o silêncio desconfortável entre nós três. Shia pegou meu copo, e eu tive a sensação de que John estava em seu próprio mundinho, sem consciência de nada.

E, rapaz, ele não tinha. A tensão e a hiperconsciência de nosso segredo estavam fervendo entre Shia e mim. E ali estava John sentado, distraído demais por seu telefone para sequer perceber o que estava se passando.

Eu sabia que estava sendo um pouco mesquinha, e John provavelmente tinha muitos amigos e membros da família com quem colocar a conversa em dia agora que ele havia se formado em West Point, mas eu queria mais atenção do que o aparelho estúpido em sua mão. John não falou muito sobre nada antes que Shia voltasse com um copo de água e uma garrafa de mineral. Para começar, não acho que John teria percebido que meu copo estava vazio, muito menos o enchido mesmo que eu dissesse não. Mas ele deveria ter feito isso? Será que John Brooke teria de fazer esses jogos que eu não parecia conseguir evitar jogar?

– Bom, vou embora. Preciso passar no escritório de meu pai, pegar Bell no Spirits e depois ir para casa. Foi bom ver você, cara – Shia falou.

John apertou minha mão e se levantou para abraçar Shia. Shia era mais alto que John, que tinha 1,72 metro e era troncudo. Minha mente passou por um livro de fotos da primeira vez em que eu o vi até a última, aqui, hoje.

A conversa dele com John durou alguns segundos, e eles prometeram se telefonar. Não achei que eles fossem mesmo fazer isso, mas não consegui me decidir qual deles era mais improvável que ligasse. John parecia fechado, e Shia parecia não saber o que dizer ou fazer – o que foi uma primeira vez. Eu não sabia se devia estar de pé e esperei demais, por isso Shia estendeu a mão e apertou a minha. Como se tivéssemos terminado de fechar um negócio ou acabado de nos conhecer.

Não como se ele houvesse esperado por mim no aeroporto para deixar o país com ele e eu não tivesse aparecido.

Quando terminou de apertar minha mão, ele saiu da sala tão rápido que, por um segundo, achei que pudesse ter imaginado que ele tivesse estado ali. John segurou o braço de minha cadeira e a puxou para perto dele. Dei um gritinho, e ele riu. Eu me senti certa no mundo. Bom, pelo menos em minha pequena bolha de mundo no interior do salão Club do Ritz no Bairro Francês. Eu me senti um pouco como Carrie Bradshaw em Paris com seu artista Alexander. Mas, no fim, Alexander se revela um babaca completo, a viagem vai por água abaixo e termina com Big chegando para levá-la à sua casa parisiense. Uhm. Pior analogia de todas. Tudo bem, então eu não conseguia pensar em mais nada, mas tenho a certeza de que havia algum personagem de Chris Klein de alguns anos atrás que teria servido melhor.

John parecia o tipo de homem que sabia exatamente o que queria, e naquele momento ele queria minha boca. Sua boca era áspera, e eu lambi seus lábios para umedecê-los antes de minha língua se encontrar com a dele. Ele tinha gosto de Pepsi e sal, mas seu rosto era muito liso. Eu me lembro de pensar que ele devia ter se barbeado depois de malhar e tomar banho. Levantei a mão para esfregar sua pele, e quase quis abrir os olhos para me assegurar de que Shia não estivesse mais no salão Club. As mãos de John foram para meus quadris, e meu vestido pareceu muito fino quando ele esfregou o algodão em minha pele sensível. Eu me encostei nele e pus as mãos em suas coxas.

Sua calça era rígida e passada para ter deliberadamente um vinco na frente da perna. Eu o beijei pelo modo como agi quando recebi aqueles e-mails idiotas. Chupei um pouco sua língua por não planejar nada para nós no fim de semana, e minhas mãos subiram sedutoramente por suas coxas por trazer Shia de volta, embora John não parecesse se importar.

Alguém do outro lado da sala tossiu, e eu nunca descobri se foi de propósito, mas eu me afastei de nosso beijo, e John sorriu para mim. Seu cabelo estava cortado tão curto que o rubor de sua testa brilhava através dele, e seus lábios estavam avermelhados após nosso beijo.

– Senti sua falta esta manhã – ele beijou meu cabelo. – Fiquei muito excitado depois de malhar. Deus, eu senti sua falta.

– Eu também senti sua falta.

Abracei seu pescoço e tinha virado seu rosto para beijá-lo outra vez quando Shia entrou de repente na sala. Ele correu em nossa direção, e eu me afastei de John, empurrando seus ombros para minha surpresa.

– Meg. Ligue para sua mãe – Shia falou com urgência.

Antes que eu pudesse lhe perguntar por quê, ele ergueu o telefone diante de meu rosto. Minha pele formigou como se centenas de pequenos espinhos estivessem me espetando por todo o corpo. Peguei seu telefone e liguei para o número de minha mãe, torcendo para que aquela sensação de que algo ruim havia acontecido só estivesse me deixando vazia por causa da expressão no rosto de Shia.

– O que está acontecendo? – John perguntou a Shia.

Shia não respondeu. Eu soube que algo havia acontecido no momento em que minha mãe pegou o telefone.

– Meg. Meg, por favor, venha para casa. É seu pai. Por favor, venha para cá. – Ela não estava histérica nem chorando; ela não era ela mesma, mas ainda estava calma e clara.

– Ele está...

– Não. Ele está vivo. Mas na Alemanha. – Houve uma pausa longa. – Em Landstuhl.

Pude sentir meu rosto esquentar com cada pensamento que passava por minha cabeça. *O que havia acontecido? Ele estava muito mal? Como estão minhas irmãs? Como está Meredith? Meu pai vai morrer?*

– É muito ruim?

As sobrancelhas de John se aproximaram, e ele me olhou fixamente. A mão de Shia tocou o meu ombro, e minha garganta queimou até que eu cedi e deixei que o choro irrompesse.

– Ele vai ficar bem... Isso é tudo o que sabemos até agora. Mas eu preciso viajar, e tia Hannah vai precisar que você a ajude em casa. Eu pego um avião em duas horas, por isso preciso sair de casa agora.

– Não consigo chegar aí em menos de uma hora. – Precisava fazer a mala, guardar minha maquiagem que estava na pia do banheiro. Não havia como eu chegar em casa em menos de uma hora.

– Eu sei, estávamos tentando entrar em contato com você. Desculpe, Meg. Mas eu preciso ir agora.

– Não, está tudo bem. Eu sei, eu sei.

Desligamos o telefone enquanto eu olhava de Shia para John Brooke. Seus rostos pareciam diferentes, por isso olhei pela sala. Nada mais no salão Club parecia familiar. Aparentemente, havia mais pessoas enchendo o espaço. Um espaço que estava perdendo seu brilho a cada segundo.

Meu pai.

Seu rosto surgiu em minha mente. Ele andando em casa em seu uniforme de combate, tirando as botas de campanha na porta.

– Meu pai – consegui dizer.

Shia apertou meu ombro com um pouco mais de força, e tentei controlar minhas lágrimas quando seu polegar me esfregou em círculos reconfortantes.

– O que aconteceu? – John perguntou.

– Meu pai foi ferido. Nós precisamos ir. Agora. Oh, meu Deus. – Meu coração batia tão forte em meu peito que doía. Apertei a palma da mão sobre ele, na esperança de deter a dor. – Oh, meu Deus.

– John, chame o carro e suba e faça as malas – Shia falou, erguendo a mão de meu ombro. Eu comecei imediatamente a tremer.

– Ah, está bem. Meg, preciso de ajuda com as suas coisas.

Tentei balançar a cabeça afirmativamente.

– Ajuda? Apenas arrume as malas! – o tom de Shia era impaciente e exigente.

John olhou para Shia e se levantou. Seus olhos verdes estavam em mim, e o interior de meu cérebro parecia uma roda de *hamster.*

Eu peguei meu telefone da bolsa, e a tela estava cheia de textos e chamadas perdidas de todas as minhas irmãs, mais de Jo que do resto, mas os nomes de Amy e de Beth também estavam ali, com os de Meredith e de tia Hannah. Elas estavam ligando havia uma hora. Por que eu não havia verificado meu telefone? E como Jo sabia que podia ligar para Shia?

– Preciso ir – eu me levantei. – Eu preciso ir para casa. Agora.

Não sei como os minutos se passaram do saguão do hotel até a viagem de 30 minutos de carro de volta a Fort Cyprus. Toda a cadeia de acontecimentos era um borrão, exceto por Shia sentado no banco de trás cantarolando todas as músicas do rádio e esfregando delicadamente meu ombro onde minha pele estava tocando o vidro frio da janela.

32

jo

Quando Meredith saiu de casa e tia Hannah entrou, minhas irmãs começaram a surtar. Amy não parava de chorar na poltrona de meu pai. Beth apenas olhava para a parede como se ela fosse viva e fascinante. Não era. Fazia duas horas que sabíamos que meu pai havia sido explodido.

Explodido.

Quão mórbido isso soava? Na verdade, foi exatamente o que aconteceu. Duas horas desde que as coisas começaram a se embaralhar e mudar dentro de nossa casa de propriedade do governo. Instantaneamente veio a consciência de que a casa não era nossa. Assim como nossa casa de Fort Hood, embora eu tivesse passado a maior parte de minha vida lá. Eu tinha um álbum de recordações em meu cérebro. Do primeiro beijo de Meg a quando minha mãe perdeu um bebê e Meg lia *Oh, the Places You'll Go!* para mim todas as noites durante as semanas em que Meredith passou chorando. Amy aprendeu a andar naquela casa, e eu aprendi a ler. Escrevi meu primeiro ensaio ali. Meredith ainda o tinha; eu planejava pendurá-lo na geladeira em meu primeiro apartamento em Manhattan.

Quando Frank recebeu ordens de se mudar para Fort Cyprus, pusemos nossas memórias em um caminhão de mudança fornecido pelo governo e o seguimos desde o coração do Texas até a perna de baixo da Louisiana. Nós só levamos um dia, incluindo nossa parada no meio do nada perto de Houston, onde ficamos em um Americas Best Value Inn que Meg jurou ser assombrado. Dormimos talvez duas horas naquela noite porque Meg não parava de se virar na cama, e Amy reclamava que estava com medo de qualquer fantasma que Meg achava que estivesse mexendo com a gente. Frank acabou fazendo uma "checagem de fantasmas", que incluía sua luz especial – também conhecida como um chaveiro de lanterna que ele levava preso a suas chaves em uma presilha de cinto. Ele procurou embaixo das camas e nos armários. O restante de nós havia ficado dormindo em uma das camas *queen* no quarto duplo. Duas horas então pareceram muito pouco, mas enquanto eu estava parada apoiada na parede na nossa sala em Fort Cyprus agora tentando processar o que estava acontecendo, duas horas pareceram muito.

Duas horas depois, Meg ainda não estava lá, Meredith estava no aeroporto se preparando para embarcar em um voo para a Alemanha, e tia Hannah já havia encontrado a garrafa de rum Capitain Morgan, de Frank, embaixo da pia da cozinha, bem atrás dos sacos de lixo e perto do limpa-vidros Windex.

Beth estava sentada no sofá, mais perto da parede coberta de molduras quadradas com retratos de nossa família. Em uma delas, eu aparecia nos ombros de meu pai. Usava um boné de beisebol e macacão, e estávamos parados diante de uma estátua em bronze de Walt Disney e do Mickey. Os olhos de meu pai estavam levemente apertados, fazendo seu rosto se franzir um pouco como acontece quando ele ri muito. Beth usava um short jeans lavado a ácido, como ainda fazia aos 15 anos. Seu cabelo escuro estava quase sempre puxado para trás naquela época, em um rabo de cavalo frouxo pouco acima do pescoço. Meg usava short cortado e uma camiseta do Piu-Piu amarrada logo acima do umbigo. Todas parecíamos muito novas naquela foto.

O Frank que nos levou à Disney World e me mantinha atualizada em notícias, piadas e músicas, e até em movimentos bregas de dança, muito provavelmente não ia ser o Frank que voltaria para casa. Eu não sabia como processar isso. Sabia o que era Transtorno de Estresse Pós-Traumático e temia pelo bem de meu pai. Mas eu não sabia qual seria a sensação de estar perto. Eu só queria que papai ficasse bem.

– Quando Meg vai chegar aqui? – Amy perguntou, fungando com olhos com círculos vermelhos e lábios rachados em bico.

Beth respondeu em voz baixa.

– Logo, Amy. Ela está a caminho.

Amy soluçou e encolheu os joelhos junto ao peito. Eu me perguntei se tinha sido o ferimento de meu pai que a fez chorar ou o choque daquilo tudo: a partida de Meredith; o silêncio de Beth; Meg não estar ali.

Eu estava começando a ficar com cada vez mais raiva de Meg por sua ausência. Eu não pensava tão à frente para considerar injusto que eu estivesse com raiva dela. Meu telefone não parava de vibrar no meu bolso, e o nome de Laurie não parava de piscar. Joguei o telefone no sofá e fiquei emburrada na cozinha. Eu não gostava que a mente pequena de Amy estivesse provavelmente em choque. Havia lido um artigo *on-line* que dizia que o cérebro de um jovem adulto pode literalmente perder uma pequena percentagem de função durante o choque de perder um ente querido. Eu sabia que isso não era tão ruim quanto perder um ente querido, mas também não era ingênua o suficiente para achar que parte de nosso pai não estaria perdida.

Eu parei na bancada e olhei pela janela da cozinha. Podia ver luz na sala grande, a com o piano de cauda. Eu havia passado muitas manhãs vendo os dedos de Laurie atacarem as teclas de marfim. Todas aquelas manhãs, mesmo uma na semana anterior, pareciam séculos atrás. Eu ainda tinha 16 anos? Ou estava parada na cozinha por dias, semanas? Meus dedos dos pés estavam dormentes. Eles estavam muito frios, e eu não sabia dizer por quê. Ou se estavam mesmo. Era possível que meu corpo tivesse inventado isso para que eu pudesse transferir a dor de meu coração a outra parte.

Alguém bateu na porta, e eu nem pulei. Achei que fosse Meg, mas era Laurie. Ele estava parado tão alto que eu podia ver seus ombros e as pontas de seu cabelo louro através da janela na porta.

O que ele estaria fazendo ali? Eu não atendi à porta, mas achei que ele iria simplesmente voltar. Eu não entendia por que não queria vê-lo. Eu só sabia que isso fazia com que tudo parecesse muito mais real do que pareceria se ele estivesse por perto. Eu estava passando cada vez mais tempo com ele e o conhecia melhor do que qualquer outro garoto em minha vida, mas não o queria por perto para isso. Isso estava prestes a ficar feio. Tudo o que mantinha a casa dos Spring de pé estava prestes a desmoronar; era só questão de tempo para começarem os estrondos. Depois os estalos, depois o desmoronamento – e em algum lugar ao longo da linhagem de Laurie já havia desintegração e desmoronamentos demais.

Laurie não precisava se envolver. Nós já éramos muitas, e com tia Hannah tomando a bebida de Frank e Meg ausente...

– Quem é? – minha tia perguntou às minhas costas, dirigindo-se para a porta.

– Não! – gritei. Mas era tarde demais.

A mão dela puxou e abriu a porta tão depressa, que percebi que ela devia estar esperando que mais más notícias fossem entregues. Laurie entrou, com um grande sorriso no rosto. Ele estava segurando um saco de Bugles em uma das mãos e, na outra, uma garrafa daquela bebida efervescente de maçã que ele experimentara três verões atrás em Munique e com a qual estava obcecado desde então.

– Ei! – Ele deu a volta em tia Hannah e se dirigiu a mim. Seu queixo virou para cima, e ele examinou meu rosto com olhos de laser.

– O que aconteceu? Qual o problema? – ele perguntou, como se pudesse me ler com facilidade em apenas um segundo.

Sacudi a cabeça e tirei meu cabelo pegajoso de trás das orelhas. Ele limpou as mãos, largando as coisas que havia trazido na bancada. Ele não parou de andar na minha direção, mesmo quando a garrafa de vidro rolou da bancada e caiu no chão. Por sorte, ela não se estilhaçou, mas eu não acredito que ele teria voltado se isso tivesse acontecido.

– Jo, o que está acontecendo? – Laurie se virou para minha tia. – Hannah?

Ela ficou imediatamente cansada com Laurie.

– Ah... – Ela me olhou por um segundo, depois para Laurie. – É Frank – ela limpou a garganta. – Ele...

– Cale a boca! – repreendi-a no momento em que Amy entrou na cozinha.

Seus ombros frágeis tremiam, e ela estava usando uma calça de pijama muito curta para suas pernas em crescimento. Seu lábio inferior parecia estar com um corte aberto.

– Amy – fui até ela e passei meus braços em seus ombros. Ela se apertou contra mim e se encolheu embaixo de meus braços. Ela nunca gostava de abraços de ninguém exceto de meu pai e de Meg. Meg costumava dar abraços muito bons.

– Onde está Meg? – Amy soluçou, e o forno começou a gritar bipes pela cozinha.

– Beth! – bronqueei.

– Você pode ligar para ela de novo? – Amy quis saber, puxando a parte de baixo de minha camiseta. Ela parecia tão pequena naquele lugar, como se tivesse 8 anos outra vez e tivesse cortado o dedão do pé em seu patinete rosa. Ela chorou por Meg até Meg voltar da casa de River, embora cheirando a Smirnoff. Meg tinha sorte porque eu nunca a havia entregado, mas eu estava começando a desejar ter feito isso toda vez que Amy perguntara por ela.

– Vou ligar para ela outra vez. – Dei um tapinha nas costas de Amy, que estavam molhadas de suor. – Laurie, você pode ligar para Meg, por favor?

O forno tornou a apitar.

– Beth! – gritei, e Amy chorou ainda mais forte. – Desculpe – disse a ela, esfregando-a. – Você está queimando. – Sacudi a parte de trás de sua camisa.

Rapidamente Laurie estava com meu telefone no ouvido e desapareceu no corredor.

– Quanto tempo até termos notícias de sua mãe? – tia Hannah nos perguntou.

Ela não devia saber isso? Ou pelo menos não ser egoísta o suficiente para nos perguntar isso? Nós éramos crianças, até eu. Meg era a única adulta de nós. Ela tinha um carro cujo seguro ela mesma pagava além da própria conta de celular.

E ela não estava ali.

33

meg

Quando paramos no portão, fiquei aliviada ao ver Reeder de serviço. Isso me fez achar que iríamos passar rápido e chegar à minha entrada de carros em menos de dois minutos, mas, em vez disso, ficamos sentados sob o toldo. John e Reed trocaram cumprimentos, John falou algumas frases sobre o tempo em que estava na cidade, e eu prendi a respiração algumas vezes, esperando que a conversa terminasse.

– John. *Vamos* – Shia disse com a cabeça aparecendo entre os bancos da frente. Meg precisa ir para casa.

John sussurrou algo para Reeder, algo sobre meu pai, e isso fez Reeder se mexer para abrir o portão. Entramos enquanto eu olhava fixamente pela janela. Quando paramos na entrada de carros, corri até a porta.

Jo saiu correndo com os braços voando em frente ao corpo.

– Mas que droga, Meg? – Jo gritou no ar. Ela empurrou meus ombros com força. Eu caí no chão, e meu corpo o atingiu com velocidade. Achei que ela fosse me abraçar, não me empurrar e derrubar.

Eu me levantei, e Shia estava parado diante de Jo parecendo segurá-la enquanto ela gritava com nós dois.

– Amy estava chorando por você! E você não estava aqui, porra! *Onde diabos você estava*? Não demora tanto para *voltar para casa, porra*! – Jo olhou para nós três com a raiva aumentando. – Você provavelmente parou no caminho de volta para chupar John Brooke! Ou os dois!

Eu nunca tinha visto Jo com tanta raiva antes. Ela não parava de avançar em minha direção, e Shia a conteve. Fiquei de pé novamente e me dirigi a casa.

Amy correu para mim e chorou em meus braços.

– Ele vai morrer, Meg? Vai? – A voz dela estava muito estridente.

– Não, querida. Não, não. – Dei tapinhas em seu cabelo. – Venha, vamos nos sentar – disse a ela sem me voltar para olhar Jo, que havia me xingado de todos os palavrões dos quais eu tinha sido chamada nos corredores de minha escola no Texas. Em casa, fui até o quarto de Amy para pegar sua colcha de *patchwork* com os pequenos retalhos coloridos e a levei para a poltrona reclinável de papai.

Meu cérebro ia de um lado para outro entre Jo estar com raiva de mim – Jo que sempre parecia tão no controle e não precisar de nada nem ninguém – e como minha família ia lidar com o que estava acontecendo. Quis bater em Jo por ser uma escrotinha egoísta, mas sabia que isso só iria causar cada vez mais drama em nossa família. Eu estava muito cansada de drama.

Tínhamos coisas mais importantes com as quais nos preocupar, tipo como nosso pai estava aguentando no hospital e como ficaríamos por semanas sem mamãe por perto.

34

jo

Duas horas depois Amy estava dormindo no sofá com as bochechas ainda vermelhas. Shia a cobriu com uma coberta enquanto Meg saía de baixo de sua cabeça. Eu estava sentada no chão olhando fixamente para os três, sem palavras em minha garganta.

– Você está com fome? – Shia perguntou a Meg. A maneira como ela olhou para ele me deixou triste por ela, por Jon Brooke e, principalmente, por Shia, que nunca teve uma chance com minha irmã mais velha. Quando Meg assentiu, Shia a conduziu imediatamente até a cozinha. Laurie estava tão quieto ao meu lado, que eu tinha praticamente esquecido que ele estava ali.

– Você pode ir embora, sabia? – disse a ele, olhando fixamente para Amy dormindo no sofá. Às vezes ela parecia muito nova.

– Eu estou bem.

Olhei para Laurie e não conseguia entender por que ele ficava. Fazia horas desde que ele havia surgido em nosso caos, e mesmo assim ele ainda estava sentado no chão de nossa sala com as pernas esticadas como sempre. Ele parecia o mesmo de antes que minha vida mudasse em um instante, só seus olhos estavam mais brilhosos, e seu cabelo, com as pontas mais onduladas.

– Você pode ir, sério. Eu estou bem – falei.

Ele dobrou uma das pernas no joelho e se aproximou de mim.

– Por que você quer tanto que eu vá embora? Eu estou só aqui sentado.

– *Exatamente* – respondi bruscamente. Eu não queria ser tão dura, mas não tinha a energia para me desculpar.

Laurie não disse nada; ele só se apoiou na parede e sacudiu um pouco a cabeça. Isso me deixou furiosa. Quem ele achava que era?

Eu estava ficando com cada vez mais raiva a cada minuto que passava. Laurie começou a estalar a língua, e isso, para mim, foi a gota d'água. Eu me levantei rapidamente e saí de casa. Estava frio, mas o ar de algum modo ainda estava abafado. A varanda era um gelo sob meus pés descalços. A porta de tela bateu e fechou, e eu continuei a andar no jardim. A porta se abriu, eu resmunguei e me virei para trás.

– Jo... – Laurie me chamou, e eu o observei procurar por mim na escuridão. Até pensei em ignorá-lo e correr o mais rápido e o mais longe possível, mas ele me viu. – Qual o problema? – ele perguntou como se meu pai não tivesse sido explodido, minha mãe não estivesse a caminho da Alemanha e minha casa não estivesse desmoronando.

– Qual o problema? – gritei com ele, sem dar a mínima por nada disso ser culpa dele.

– O problema é que... – Parei para procurar exatamente qual era o problema, além do óbvio. – Por que você ainda está aqui? Eu disse para você ir embora há horas.

– Não posso simplesmente deixá-la assim. Seu...

– Eu posso cuidar de mim mesma, Laurie.

Ele suspirou e se aproximou de mim. A luz do poste estava brilhando diretamente em cima dele, e eu me perguntei quando nós havíamos seguido até a borda do jardim.

– Eu nunca disse que você não podia, Jo. Só estou tentando...

– Tentando o quê? Aparecer correndo e fazer com que eu me sinta melhor? Adivinhe? Isso não vai funcionar aqui, Laurie, porque, sabe, a porra do meu pai está em uma cama de hospital lutando pela droga da vida agora!

Eu sabia que estava errada em gritar com ele, mas, honestamente, isso deu uma sensação muito boa na hora.

– Eu só estou tentando... – ele tentou explicar, mas eu o interrompi outra vez.

– Bom, pare. *Pare* de tentar.

– Pare de me interromper! – ele meio que gritou e me deu as costas, seus dedos puxaram o cabelo perto do couro cabeludo, e ele voltou a me olhar. – Estou tentando dar meu apoio a você, Jo. Só me deixe fazer isso, droga, pelo amor de Deus.

– Deus não tem nada a ver com isso.

– Jo, sei que você está nervosa e...

Eu não podia deixá-lo terminar uma frase, não nessa noite.

– Você não sabe nada. Meu pai realmente ama...

Eu me detive. De onde isso estava saindo? Mesmo essa minha versão não conseguiu terminar a frase ofensiva. Mas, quando olhei para Laurie, percebi que o dano já havia sido feito. Sua cara caiu como uma estrela cadente sobre a grama, e me esforcei para encontrar a voz com a qual estava me expressando apenas segundos antes.

– Sabe de uma coisa, Jo? Está bem. Eu vou embora. Tenha a porra de uma boa noite. – Seu sotaque estava tão forte que eu mal entendi a última parte enquanto ele atravessava rápido a rua e eu ficava ali congelada por dentro e por fora, esperando que ele desse meia-volta.

Eu nunca quis ser o tipo de pessoa que explode com a família... Laurie não era minha família.

Ele era um garoto aleatório da vizinhança que eu passara os últimos meses conhecendo muito bem, e ele não fez nada de errado além de tentar estar ao meu lado para me apoiar. Ele não merecia ser agredido, e eu precisava reunir forças para ir até lá e pedir desculpa. Eu podia sentir o cheiro de bacon vindo da cozinha, e meu estômago roncou, apesar do fato de eu não comer bacon há anos.

Pensei em Shia e em suas palavras reconfortantes para Meg e Amy enquanto ela adormecia no colo dela. John Brooke havia ido embora logo depois de chegar, mesmo assim Shia ainda estava lá. Engolindo minha raiva e meu orgulho, atravessei a rua e bati na porta de Laurie.

Ele a abriu depois de uma pausa longa, e eu fiquei ali parada, em silêncio, até que ele gesticulou para que eu entrasse. Nenhum de nós falou até chegarmos a seu quarto no segundo andar. Ele já tinha vestido o pijama, uma camiseta branca com calça xadrez azul. Sua cama estava uma bagunça, como se ele estivesse tentando dormir, mas, em vez disso, tivesse ficado rolando.

Ele se sentou na beira da cama por um momento antes de se deitar. Seu corpo comprido era quase comprido demais para a cama, e eu me sentei na beirada. Eu me deitei ao lado dele, como havia feito outras vezes, e ele desligou a luz acima de sua cabeça.

– Me desculpe – disse a ele na escuridão.

– Está bem – ele sussurrou em resposta.

35

jo

Nossa casa se transformou em algo entre uma clínica e uma funerária depois que meu pai chegou em casa após sua estadia no hospital na Alemanha. O estado de ânimo mudara significativamente, e estava difícil lembrar como era a vida antes de haver dez consultas médicas por semana e pessoas entrando e saindo da casa como se alguém tivesse morrido. Até Denise levava uma espécie de caçarolada praticamente todo dia desde o momento em que John Brooke havia ajudado Meg a empurrar a cadeira de rodas de papai pela porta. Nós tínhamos de tudo, desde petiscos de bar dos turnos da noite de tia Hannah no Spirits até a caçarolada de biscoitos de queijo Cheez-It de Denise e vibrantes buquês de flores enviados pela própria sra. King.

Meg devia estar melhor em puxar o saco da mulher, pensei.

A casa ficou muito cheia e começou a cheirar como uma festa colaborativa no escritório. Eu havia finalmente pego minha carteira de motorista, por isso podia ajudar a levar meu pai a suas consultas e levar a mim mesma para o trabalho quando possível. Achei que talvez tivesse de me demitir de meu emprego no Pages se os médicos de papai continuassem a acrescentar especialistas para ele ver. Diferentemente de Meg, eu gostava de sair de carro da base com meu pai; nós havíamos começado nosso clube secreto de sair de casa.

Meu pai olhou fixamente para o relógio na parede da sala de espera.

– Eles sempre me fazem esperar muito.

– É, fazem. Aposto que isso vai ser mais rápido que o dr. Alaban – falei.

As páginas da revista *People* que eu folheava estavam grudadas. Eu as agitei para separá-las. Aparentemente, Jennifer Aniston estava grávida de gêmeos! Pela décima vez no último ano. E foi determinado que eles iriam muito provavelmente ter suas madeixas castanhas geneticamente superiores.

Eu nunca ia entender a obsessão das pessoas por ela se tornar mãe. E daí se ela não quisesse ter filhos?

– De jeito nenhum. O dr. Alaban é apenas meticuloso, Jo.

Ergui os olhos da notícia falsa na página.

– Meticuloso? Pai, ele leva uma hora só para chegar ao consultório, e ele precisa ouvir seu coração dez vezes antes de conseguir escutá-lo.

Meu pai revirou os olhos.

– Sua geração é muito impaciente.

Revirei os olhos para ele em resposta e me inclinei para a frente, enfiando minha perna embaixo do corpo da poltrona acolchoada típica das salas de espera.

– Nós só não gostamos de desperdiçar tempo. Diferente da sua.

Ele riu disso.

– Ah, você não está desperdiçando tempo na internet?

– Aprendendo, sim.

– Aprendendo o quê? Como fazer *bullying* com as pessoas ou criar *hashtags* para acontecimentos catastróficos?

– Isso mesmo.

A mulher atrás da escrivaninha sorriu para mim quando a olhei. Ela estava ao telefone e parecia satisfeita com o emprego. Ela se lembrava do nome de meu pai toda vez que íamos ao neurologista. Ela era bonita, provavelmente na casa dos 20. Ela parecia a Angela da série *O mundo é dos jovens*.

– Mas sua geração criou minha geração para não esperar pelas coisas sentada.

– Vocês também não sabem quão duro é o trabalho. Esperam que as coisas cheguem até vocês. Não *você*. – Ele gesticulou com a mão e sorriu um pouco. Eu estava me acostumando à lasca no canto de seu dente da frente. Meg o perturbava para consertá-lo, mas ele não queria.

– Nós esperamos por coisas como serviço de saúde gratuito e alguma seguridade social – provoquei. Era verdade, mas isso não era culpa de nenhum de nós dois.

– Isso mesmo. – Ele ergueu o punho e deu um soquinho no meu de brincadeira. Ele o puxou para trás e fez um pequeno e estranho som de *whishhh*. Tentei não rir.

– Pai... – Mordi o lábio e sacudi a cabeça. – Não. Apenas não.

Ele deu de ombros e disse que eu não era divertida. O telefone do consultório tocou outra vez. Meu pai passou os dedos pela pele em cicatrização em seu pescoço. Eu achava que a cada dia parecia mais fácil olhar para seus ferimentos. A primeira vez que Meredith lhe deu um banho, pudemos ouvi-la vomitar no corredor. Para abafar o barulho, Beth começou a tocar o piano que o avô de Laurie lhe dera, mas Amy já tinha ouvido. Vi isso em seus olhos azuis de flor de algodão quando ela olhou fixamente para o corredor, em seguida pegou o telefone e voltou para seu mundo cibernético. Às vezes eu tinha vontade de verificar seu histórico de buscas, mas não podia ir contra minhas crenças essenciais de privacidade. Por mais que eu quisesse fazer isso.

Amy estava se comportando mal; nós sabíamos que isso tinha a ver com o fato de meu pai estar em casa e tudo estar mudando tão rápido. Amy teve de começar a ajudar Beth em casa, coisa que, é claro, Amy não queria fazer. Mas Meredith estava ocupada, assim como Meg e eu. Em seis semanas desde a volta do meu pai, a professora de Amy já havia enviado um e-mail para Meredith sobre o comportamento de Amy. Papai disse que ela estava querendo atenção, e eu achei que, talvez, estivesse. Mas é claro que estava. Ela tinha 12 anos, e seu pai agora não só parecia diferente, mas estava um pouco diferente por dentro também.

Mas claro que estava: quatro períodos em combate e passar com um Humvee por cima de uma bomba na beira da estrada em uma rua residencial e sobreviver por pouco fazem isso com uma pessoa.

Eu ainda podia ver mais de meu pai original que minhas irmãs, mas elas mal haviam passado tempo com ele.

A linha de seu queixo era muito definida, como a de Beth e a de Meg. Eu acreditava me parecer mais com ele que minhas irmãs, uma vez que tinha sua altura. Nosso cabelo era da mesma cor castanha de lama seca e leite achocolatado.

A perna dele ainda estava engessada, e a pele em seu rosto começara a cicatrizar em uma cobertura maleável. A pele que eles usaram para substituir a que ele perdeu era muito vermelha. Três semanas antes, mostrei à minha família um vídeo de um grupo de médicos no Brasil que estava testando pele de tilápia em humanos com queimaduras, basicamente um enxerto de pele. Só meu pai achou isso interessante e divertido. Meredith saiu da mesa.

Peguei meu telefone no bolso, e havia uma mensagem de texto de Laurie. Ele perguntou a que horas eu teria terminado e disse que queria que eu fosse até sua casa quando voltasse das coisas que estava fazendo com meu pai.

– Com quem você está falando que te faz sorrir desse jeito? – meu pai perguntou.

– Sorrir? Ninguém – enfiei o cabelo por trás da orelha e passei a língua nos lábios. Eu não estava sorrindo.

– Uh, hum.

Meu telefone apitou, e o nome de Laurie surgiu na tela.

– É só Laurie – disse a meu pai quando seus olhos me interrogaram.

Ele projetou o queixo para frente.

– Só Laurie. Sei. Então, esse garoto Laurie é seu namorado?

Eu ri.

– Não, pai. Ele não é.

O relógio na parede tiquetaqueava alto o passar dos segundos. Estava mais alto que um segundo antes.

– Eu não acho que ele sabe disso. Ele sem dúvida *parece* seu namorado. Você não ia esconder isso de mim, ia? – A boca de meu pai estava um pouco retorcida, e ele disse que ficaria assim a partir de agora, que mesmo duas cirurgias não haviam conseguido botar sua mandíbula no lugar onde estava antes da explosão.

Eu sacudi a cabeça.

– Pai.

Não era nem que eu achasse estranho falar sobre garotos com meu pai: era que eu não tinha muito a dizer sobre Laurie e mim.

– Josephine. Eu não vou trancá-la em casa e proibi-la de vê-lo. Eu só quero saber o que está acontecendo em sua vida.

Dei um suspiro.

– Só porque andamos muito juntos isso não quer dizer que ele seja meu namorado.

– Esse garoto está esparramado no chão de minha sala todo dia.

Quando não está, você está na casa dele. Para mim, parece que você está namorando. Quando eu namorava sua mãe, ela insistia em me dizer que éramos apenas amigos. Amigos não fazem as coisas...

– Pai! Sério! – gritei horrorizada.

Não realmente horrorizada, é claro. Eu sabia que meus pais eram... românticos juntos, mas eu ficaria bem se nunca tivesse de ouvir isso da boca de meu pai.

– O quê? – ele sorriu.

Eu revirei os olhos e comecei a rir. O queixo dele se ergueu um pouco, e eu pude ver a cicatriz irregular vermelha que ia da curva de seu queixo até a clavícula. Eu já estava acostumada a ver as novas adições ao corpo de meu pai. Às vezes eu percebia Meredith ou minhas irmãs olhando fixa e despreocupadamente para elas, como se meu pai não pudesse vê-las fazer isso. Eu sabia que essa não era a intenção delas, por isso as deixava sofrerem e se acostumarem com como seria essa nova visão de nossa vida, depois que ele chegou em casa.

Achei que, quando ele voltasse, as coisas seriam como antes. Nós iríamos à Disneylândia em Los Angeles para nossas férias nesse outono. Meredith sempre dizia que não era nem de perto tão mágica quanto a da Flórida, e era um terço do tamanho, mas Meg e eu estávamos loucas para ver o letreiro de Hollywood e possivelmente esbarrar com Robert Pattinson no famoso Chateau Marmont no Sunset Boulevard. Férias em família não eram exatamente meu programa favorito, mas Meredith sempre me dizia que um dia nós ficaríamos gratas por tê-las tirado.

– O que está acontecendo com Meg e Brooke? – meu pai perguntou.

Olhei para ele por um segundo e então para o buraco em meu Keds. Meredith havia me dito para não comprar tênis brancos, mas eu não dei ouvidos.

– Você está escrevendo um *blog* de fofoca sobre a vida amorosa de suas filhas? Por que tantas perguntas?

– Não, eu só quero saber o que está acontecendo. Hunchberg disse que Meg está tentando se casar com Brooke. Eu ri disso, mas não sei, de fato, se é verdade. E você sabe mais do que ela jamais me contaria.

– Quer dizer, eles ainda estão namorando, eu acho – pensei sobre como Brooke a estava visitando menos, em como Meg estava passando mais tempo na casa da sra. King e que Shia estava na cidade.

– Não vão, porém, se casar? Eles são muito novos.

– John tem o quê, 20 e poucos? E Meg tem 20 anos.

– Sim. Exatamente.

– Você e mamãe se casaram logo depois do Ensino Médio.

– Era uma época diferente.

Isso era um eufemismo. A época, agora, era melhor, em sua maioria. Nós estávamos em outra guerra, mas não estávamos sempre? Eu sentia que as pessoas ainda se casavam novas, pelo menos nas bases do exército. Os restaurantes ao redor da base eram cheios de jovens mulheres de soldados trabalhando como garçonetes. Algumas garotas da turma de Meg já estavam casadas com soldados baseados em Fort Cyprus. Mulheres eram mais aceitas em faculdades e locais de trabalho do que quando meus pais se casaram, mas a vida dura do exército tornava isso difícil para os dois.

– Como era tão diferente? – perguntei.

– Bom, garotas de sua idade não têm o mesmo papel de quando sua mãe estava se casando comigo. Especialmente nas forças armadas. É um emprego duro ter de viajar e lutar pela vida ano sim, ano não. E aí você acrescenta a isso crianças; não havia tempo para uma mulher trabalhar. Em alguns casos sim, mas na maioria das vezes as coisas eram assim. Porém, do jeito que está a economia, é quase impossível alimentar uma família de quatro com um salário médio de um soldado.

Zombei disso.

– O que é uma merda completa.

– Jo! – meu pai levantou um pouco a voz e estreitou os olhos.

– Desculpe. Enfim, é louco como os soldados mal conseguem alimentar suas famílias na maior parte do tempo, mas os políticos estão gastando bilhões em jatos, jantares e o que mais eles declaram como despesas de trabalho. É uma grande m... – me segurei para não falar palavrão na frente de meu pai outra vez.

A porta emitiu um estalido e se abriu, e uma enfermeira com um avental da Hello Kitty chegou à sala de espera.

– Tenente Spring – ela falou com uma prancheta na mão.

– Quer que eu vá com você? – perguntei a meu pai. Às vezes ele queria, às vezes, não.

– Ah, sim. Venha comigo.

Empurrei sua cadeira de rodas pelo corredor e quase bati na parede. Eu precisava melhorar mais minha condução, eu sabia, especialmente porque ninguém sabia nos dizer quando meu pai iria andar por conta própria outra vez. A enfermeira tinha um rosto tão doce, que meu pai nem reclamou com ela por esperar tanto. Ela nos disse que seu nome era Sirine, e a identificação em seu uniforme dizia ORLEN. Ela estava com o cabelo penteado e esticado para trás, puxando seu couro cabeludo, e mantido no lugar com gel ou *spray*. Não havia um fio de *frizz*. Eu me perguntei se *frizz* no cabelo era contra os regulamentos do exército.

A sala era completamente branca e cheirava a látex e a algum tipo de produto de limpeza. Eu me sentei em uma cadeira perto da mesa, e a cadeira de meu pai estava diante da minha, ao lado da mesa de exames. Ela estava coberta de papel branco duro que sempre fazia barulho quando você se sentava nele.

– O senhor está sentindo dor agora? – ela perguntou a meu pai.

Ele arregalou os olhos para ela.

– Você está brincando, certo?

Ela sorriu e olhou para o computador à sua frente.

– Em uma escala de um a dez, que nível de dor você está sentindo? – Ela pegou sua identidade militar e a enfiou em uma fenda no teclado do computador. Suas unhas sem pintura digitaram as teclas.

– Eu diria uns bons... dois mil.

– Dois mil, entendi – ela riu. – Então, a dra. Jenner estará aqui em breve. Deixe-me só conferir seus sinais vitais da melhor maneira possível.

Quando verifiquei meu telefone, tinha uma mensagem de texto de Hayton, a colega de trabalho cheia de expresso com quem eu trabalhava a maior parte do tempo, perguntando se eu podia cobrir seu turno. Independentemente de quanto tempo o médico levaria para chegar à sala, eu não estaria de volta a tempo para assumir o turno dela.

Meu pai passou uma hora ouvindo um sermão sobre diferentes tipos de trauma de impacto e como ele iria continuar a ser monitorado. Meu pai não parava de me dizer que não havia nada com que me preocupar, mas, à medida que a médica continuava a falar, ela fez com que meu sentimento ruim piorasse.

Eu não sabia ao certo se confiava em meu pai do mesmo jeito depois dessa consulta.

36

beth

A primavera chegou muito rápido nesse ano. Estávamos caminhando pelo Bairro Francês, e o sol queimava forte; havia cheiro de especiarias e flores de primavera no ar. Era a segunda semana de abril, e estávamos caminhando pelas ruas do Festival do Bairro Francês. Eu não havia me dado conta de que haveria tanta gente ali, mas Meg me implorara para ir com ela já que ela estava indo com Laurie e Jo e não queria ficar de vela. Então fomos no carro negro do motorista de Laurie, que cheirava a couro negro e a Laurie. Eu ainda não sabia quão rica sua família tinha de ser para bancar um motorista em uma base militar. Jo e Laurie conversavam sobre fazer uma viagem ao Camboja depois da formatura dela. Meg disse que odiaria ficar presa em um voo tão longo, mas queria que Jo publicasse um monte de fotos no Facebook.

Eu, na maior parte do tempo, olhei pela janela, e Meg estava em seu telefone. A ida até o Bairro Francês foi fácil – só seguir reto pela Autoestrada 90 e chegamos lá. A viagem foi muito quieta em comparação com as ruas do festival: fomos deixados o mais perto possível da Jackson Square. As pessoas estavam espalhadas nas faixas de grama que pontilhavam a praça. A grande maioria das pessoas estava comendo. Um casal comia o que parecia uma porção de lagostins em um prato de alumínio. Meus sentidos estavam sobrecarregados devido aos cheiros diferentes e às vozes altas. Amei os aromas porque eu amava comida, mas não tanto as 90 conversas que estavam acontecendo ao meu redor.

– Isso não é incrível? – Jo gritou. Ela irradiava excitação, e Laurie tentava acompanhá-la enquanto ela quicava à nossa volta.

– Deus, eu amo esta cidade! – Ela estava andando em círculos como uma flor pingando sereno com sua haste apertada entre os dedos de alguém, girando e girando.

Laurie a observava como se estivesse enfeitiçado. Eu não o culpava. Jo tinha uma confiança que a maioria das pessoas jamais teria, e ela não tinha medo. Não a incomodava que muitas pessoas a estivessem olhando em sua excitação. As bochechas de Laurie estavam coradas, e seu cabelo louro comprido estava se ondulando um pouco nas pontas.

– O que devemos fazer primeiro? – Jo nos perguntou. Ela não conseguia manter os olhos em uma coisa, mas eu não podia culpá-la.

Havia barracas e barracas com tipos diferente de cozinha tradicional de Nova Orleans e estandes vendendo de tudo, de sabonetes artesanais com hibiscos locais a sacos em forma de cone com pipoca doce usando, é claro, a cana de açúcar plantada na área de Nova Orleans. Eu podia ouvir uma banda marcial por perto.

– Estou faminto. Vamos comprar comida – Laurie sugeriu.

Eu não me importava com o que fizéssemos.

Meg foi até um estande que vendia o que a pequena placa pintada a mão dizia ser TODOS COSMÉTICOS NATURAIS. Jo a seguiu, e Laurie foi atrás. Esperamos que Meg experimentasse um tom roxo escuro de sombra para os olhos antes de seguirmos atrás de comida.

Laurie estava como uma criança em uma loja de balas, dando nome a todas as opções.

– *Po'boy* de bagre frito! *Étoufée* de lagostins! – O sotaque italiano de Laurie ficava mais forte quando ele falava palavras que eram mais próximas de outras línguas.

Ele lia todas as placas para nós enquanto parávamos em cada barraca para olhar anéis artesanais com grandes pedras coloridas e bolsas costuradas à mão feitas de algodão tingido. Peguei uma rosa e amarela para Amy, que ficou a tarde em casa com meus pais. Nosso pai estava cada vez mais irritadiço depois de chegar em casa, e ele ainda não era capaz de mover as pernas. Nós só tínhamos mais alguns meses, talvez um ano, para encontrar um lugar para viver, já que ele iria dar baixa médica, e isso em si deixava a casa sem firmeza, como uma mesa de casa de fazenda com uma perna quebrada. Um amigo de tia Hannah tinha algumas casas em algum lugar para as quais precisava de inquilinos. Nós podíamos ficar em Fort Cyprus; Meredith tentou convencer meu pai que devíamos fazer isso, mas ele queria se mudar da base, embora todos os seus médicos estivessem ali.

Jo se tornou adulta da noite para o dia. Ela estava sempre em movimento: levando Amy de carro para algum lugar, trabalhando ou acompanhando meu pai às consultas. Seu tempo livre era passado vendo as notícias e discutindo com meu pai quem era o melhor apresentador de *talk show* noturno, e Laurie ainda era uma sombra forte atrás dela. Ela levava meu pai em caminhadas, e eles pegavam flores para minha mãe botar no cabelo como ela fazia em toda primavera e em todo verão no Texas. Eu não sei qual deles teve a ideia. Acho que meu pai. Jo também vinha passando muito tempo sentada no chão da sala com Laurie, seu *laptop* apoiado em uma pilha de travesseiros.

Ela estava escrevendo muito mais que antes. Às vezes, Laurie escrevia também. Ou escutava música ou assistia ao que quer que Meredith tivesse na TV, ou dormia.

Jo funcionava melhor em meio à loucura. Eu, não. Todas as conversas ao meu redor soavam como uma campainha em meu ouvido, e todo lugar aonde íamos parecia mais cheio que a quadra anterior. A melhor maneira de descrever isso seria dizer que eu me sentia como se estivesse sentada em um palco, girando em círculos, enquanto 20 pessoas tentavam manter uma conversa. Ninguém estava me olhando de verdade, eu sabia disso, mas a realidade lógica não mudava a maneira como meu corpo e minha mente reagiam ao barulho.

Segui minhas irmãs e Laurie até o fim da fila do Antoine's Restaurant para que Laurie pudesse provar seu famoso bolo de sorvete coberto de merengue com calda de chocolate. Ele sorriu quando Jo perguntou se era mesmo chocolate, e ela cutucou sem ombro com o dela. Jo era alta, mas até Jo parecia baixa ao lado dele. Enquanto esperávamos pela comida de Laurie, Jo apontou para uma banda de jazz que tocava enquanto subia a rua. Uma pequena multidão os seguia, e a música ficou cada vez mais alta à medida que eles se aproximavam de nós.

Jo parecia mais feliz quando estava com Laurie – bom, além de estar digitando em seu computador. Ela dizia coisas perto dele que me surpreendiam e até me ajudaram a conhecê-la melhor. Ela torceu o nariz para o peixe nas mãos do rapaz, e ele perguntou se ela queria cheirá-lo. Ela fez cara feia. Eles brincavam muito, e isso era uma coisa legal de ver em Jo. O humor dela tinha muitos altos e baixos desde que meu pai havia voltado para casa. Todas nós estávamos lidando com o ajuste de maneira diferente, e Jo estava se esforçando muito para segurar a barra.

– Escolhas demais – Jo comentou na terceira rua que descemos.

Laurie estava comendo enquanto andávamos e de algum modo conseguiu não deixar nem uma mancha em sua camisa branca.

Eu também não conseguia me decidir, e havia muita gente por todo lado. Desde que eu havia deixado a escola, além de idas à mercearia, eu nunca estava rodeada de grandes multidões como essa. Nós chegamos a uma barraca que vendia anéis que mudavam de cor com a temperatura do corpo, e um deles chamou minha atenção. A pedra era amarela, engastada em um anel escuro que parecia e dava a sensação de metal.

– Quanto custa este? – perguntei à garota atrás da bancada.

Ela parecia ter aproximadamente minha idade, talvez um pouco mais velha, e tinha cabelo negro como nanquim e liso, com as pontas cinza. Ele havia sido cortado para ficar a dois centímetros dos ombros. Seus olhos escuros tinham *glitter* sob eles – como o pó com brilho espalhado em suas bochechas – e ela estava coberta de bijuterias. Quando se levantou, olhei para seu peito; ele estava coberto de *glitter* dourado reluzente. Quase parecia tinta, e ela estava usando camadas de colares, todos diferentes, mas de algum modo eles todos fluíam juntos.

– Uhm, esse é 12 dólares. É um anel que mede seu humor – a voz dela parecia familiar, mas eu tinha certeza de que nunca a havia visto antes. Eu teria me lembrado. Ela parecia a cigana de um filme. Suas unhas eram negras e cintilantes, e ela estava usando um vestido estampado comprido sem sutiã por baixo. As laterais do vestido eram cortadas, por isso pude ver sua caixa torácica coberta com o que pareciam ser tatuagens de hena. Eu não conseguia ler as palavras do seu lado esquerdo e não queria ficar olhando feito uma boba nem ser socialmente esquisita.

– Vou levar – falei tocando o anel. Eu voltei a olhar para as fileiras e fileiras de bijuterias com pedras que mudavam de cor. Havia pulseiras e outros estilos de anéis, brincos e braceletes.

– Tudo é "pague dois, leve três" – a garota ofereceu. – Você viu estes?

Olhei para Meg ao meu lado, supondo que a menina da bijuteria estivesse olhando para Meg. Normalmente é isso o que acontece quando, como agora, Meg usava um vestido de verão decotado.

– Esses são de vidro – os dedos da garota se moveram acima de uma das fileiras de anéis dispostas em estojos forrados de preto. – E estes são de quartzo – ela apontou para um mostruário menor com talvez uma dúzia de anéis.

Eram todos bonitos, e a maioria deles era de um azul-escuro enquanto repousavam no mostruário. O que estava na mão dela era amarelo, e havia um verde-escuro na última fileira da caixa de quartzo. A pedra verde-floresta estava engastada em um fio fino de metal que parecia uma trepadeira. Havia até uma folhinha montada na curva inferior da pedra oval.

– Vou levar o verde, também. Você fez estes? – perguntei.

Uma banda de jazz cheia de senhores de idade dançava e tocava na rua às minhas costas. Minhas irmãs e Laurie estavam esperando a cerca de dois metros. Meg lambia o cone de algodão-doce rosa e azul em sua mão. Ela pegou um pedaço grande e o jogou na boca.

– Fiz. Sou Nat – Suas unhas compridas apontaram para a placa sobre a bancada: O ESCONDERIJO DE NAT, escrito em roxo forte sobre um pedaço de quadro-negro.

– Eu sou Beth. É um prazer conhecê-la. – Estendi a mão entre nós, e ela olhou para elas, com os lábios se abrindo em um sorriso.

– É um prazer conhecê-la, Beth.

– Você também pode me chamar de Bethany – disse a ela sem nenhuma razão.

Ela fez contato visual comigo.

– Você pode me chamar de Natsuki se quiser, mas só meus pais me chamam disso.

– Natsuki – repeti e senti uma sensação engraçada na língua.

– É japonês. Significa "lua". – O nome se encaixava bem para ela.

– É legal. Eu não sei o que Bethany significa, e na verdade ninguém me chama disso. – Pensei ver algo brilhar um pouco além do *glitter* que reluzia em seus olhos.

Nat parecia a personagem de um livro ou uma caricatura doce de outro mundo quando ria. Seu corpo se moveu com seu riso, e ela cobriu a boca. Seus dedos eram cobertos de anéis, todos de metais, formas e pedras diferentes. Todo seu visual parecia uma fantasia, e ela era muito mais bonita do que qualquer outra garota que eu tinha visto desde que nos mudamos do Texas, pelo menos. Os braceletes em seus pulsos pareceram um sino de vento quando ela pegou uma calculadora na bancada e começou a digitar números.

– Você agora pode escolher um produto de graça.

– Qualquer um? – Meus olhos pararam em clima de um colar preto e roxo. As pedras eram foscas, não reluzentes, mas ele era lindo.

– Esse não – ela riu.

– Algo de preço igual ou menor – ela fez uma pausa e balançou a cabeça afirmativamente. – Sabe, meus pais sempre dizem que sou uma proprietária de negócio horrível, mas obviamente eles estão errados.

– Obviamente – ri com ela e percebi como ela não parava de olhar para minha boca.

Eu sabia que não deveria pensar que ela estava olhando para minha boca por alguma razão além de eu estar com algo preso nos dentes. Talvez se eu fosse como Meg e usasse batom... Mas eu ainda não havia comido nada que pudesse ficar preso, e eu não estava usando batom. Quando olhei para seus cílios compridos e sua face reluzente, desejei ter dado ouvidos a Meg e deixado que ela pusesse mais em meu rosto que BB cream e máscara para os cílios.

– Não tenha pressa. Quero dizer, tem uma fila enooorme atrás de você – ela falou com um revirar de olhos, e eu realmente olhei para trás. Não havia ninguém ali.

Ela era engraçada, e de repente me senti incrivelmente simples parada diante daquela banca mágica cheia de bijuterias interessantes e com um garota que parecia uma cigana que as fazia à mão. Eu estava usando uma camiseta verde que dizia Nova York, embora eu nunca tivesse estado lá, e jeans que foram rasgados nos joelhos quando minha mãe os trouxe para casa da American Eagle. Olhando para as sandálias de Nat e para os anéis que decoravam seus dedos dos pés, enfiei meu pé embaixo da toalha que cobria a bancada para que ela não pudesse ver minhas unhas sem pintar.

Decidi levar para minha mãe o anel azul-escuro com metal negro. Quando eu o entreguei a Nat, ela sorriu e tornou a pegar a calculadora.

– Estudar em casa não me ajudou com minhas habilidades matemáticas – ela comentou depois de duas tentativas de calcular o imposto. – Espere, eu preciso mesmo acrescentar o imposto?

– Eu não tenho ideia – dei de ombros. Ela também tinha recebido sua educação em casa. Isso a tornava ainda mais legal para mim.

– Sabe de uma coisa? – Ela pegou uma bolsinha verde debaixo da bancada e a abriu. – Você é minha primeira cliente pagante do dia, por isso nada de imposto para você.

Agradeci enquanto ela botava minhas peças no fundo do saco e enchia o espaço vazio com papel branco e fino.

– Espero que você goste das joias e, se não gostar, finja que gostou. – Nat ergueu a calculadora para me mostrar o preço: US$ 25.

– Não eram 24? Você estava certa sobre estudar em casa não ajudar sua matemática.

Esperei que ela soubesse que eu estava brincando, mas não conseguia me lembrar da última vez em que havia feito uma piada para alguém que não fosse parte de minha família ou Laurie.

Felizmente, ela entendeu muito bem e sorriu. Eu me perguntei quantos anos ela teria. Como ela já tinha um negócio e eu acreditava que sequer fosse saber o que queria fazer com minha vida quando fizesse 18 anos? Jo sabia o que ela queria fazer logo após a formatura; Meg, também. Amy provavelmente já sabia aos 12. Nat sabia e estava na rua vendendo suas joias no festival.

Olhei para minhas irmãs mais uma vez a fim de me assegurar que elas ainda estavam por perto e vi um grupo de garotas da minha idade se aproximar da barraca.

– Obrigada outra vez – entreguei a Nat duas notas de 20 do meu bolso. Ela pegou o troco em uma bolsa de couro preto e acenou para se despedir de mim.

Quando me aproximei de Meg, Jo e Laurie, Jo estava apoiada nas costas de Laurie, e ele tirava uma foto do alto de suas cabeças. Não perguntei por quê. Eles começaram a fazer isso uma semana atrás. Começaram até a tirar fotos de toda a comida que eu fazia em casa, e as pessoas nas mídias sociais comentavam que queriam ou sobre como estavam bonitas. Amy sempre me dizia que eu mesma devia publicar vídeos de mim preparando comida em algum site ao qual ela assistia, mas eu não via de onde viriam o tempo e a coragem. Entre meu pai estar em casa e tia Hannah aparecer quase todo dia para comer, pedir dinheiro para a gasolina ou se sentar na varanda com minha mãe enquanto tomava um ou dois drinques, era muita coisa. Eu também tinha trabalho escolar para fazer; estava perto de terminar meus créditos do nono ano. Eu mal podia esperar para estar no 11º e com certeza mal podia esperar para fazer 16 anos.

Jo disse que os 16 eram transformadores, e eu vi algo mudar nela quando fez 16. Meg também. Quando eu estava pensando que os 18 e os 19 também haviam mudado muito Meg, ela passou o braço pelo meu.

– O que você comprou, querida? – Ela olhou para o saco em minha mão.

Enquanto caminhávamos, Meg experimentou as bijuterias. Ela estendeu a mão para cima e afastou os dedos. Eu me lembro do sol brilhando por cada um dos anéis.

– Eles são muito legais, Beth. Quantos ela tinha? – Meg estendeu a mão para além de Laurie, até Jo, que estava logo atrás dele.

– Ooooh! –Jo falou com admiração.

– Nós devíamos voltar lá antes de irmos embora – Meg sugeriu.

Balancei a cabeça afirmativamente, meio que querendo voltar à barraca de bijuteria também. Eu devia ter comprado um colar para tia Hannah, talvez um em camadas negras e de ametista para ela usar no Spirits. O bar praticamente brilhava com cores escuras e sombrias que eu associava a Crescent City. Minha tia Hannah parecia nunca mais trabalhar, mas eu achei que talvez só desse essa impressão porque ela estava indo lá em casa muito mais.

– Está bem, então qual é o plano? Nós queremos mais música, mais comida ou o quê? Podemos arranjar um lugar na grama diante da Jackson Square por onde chegamos e comer por lá. Vai haver fogos de artifício sobre o rio esta noite. – Laurie apontou para a direção do rio Mississippi, onde as cores do arco-íris iam estourar e desabrochar acima de nossa cabeça.

– Que horas são agora? – Jo perguntou e, em vez de esperar que alguém respondesse, ela ergueu o pulso de Laurie e olhou seu relógio. – São sete horas. Então resta mais ou menos uma hora de luz do sol.

Concordamos em encontrar um lugar na grama e nos revezamos para buscar comida. Uma banda ia mesmo tocar às oito, depois os fogos estavam marcados para as nove. Torci para que a grama não estivesse cheia demais na hora em que o show começasse e, quando olhei para o festival ao redor, ele parecia ter mudado um pouco desde que nós havíamos chegado. Em pouco mais de uma hora, havia menos crianças e mais copos de plástico cheios de álcool nas mãos de pessoas que balançavam só um pouco mais que antes. As vozes dessas pessoas estavam mais altas também, e eu desconfiava que, quanto mais a Lua se erguesse, mais turbulentas as pessoas ficariam.

A Lua me fez pensar na menina das joias, e eu me perguntei se a lua a fazia florescer também.

37

meg

Minha bunda doía de sentar no chão mesmo em cima dos dois cobertores que Laurie havia comprado de um vendedor. O chão era duro, e o lugar que escolhemos para sentar era mais terra que grama, mas eu estava me divertindo. Jo e Laurie tinham obviamente concordado que estavam saindo juntos, e ele estava em todo lugar aonde ela ia. Enquanto ela comia batatas fritas trufadas com um garfo, os olhos dele a acompanhavam para cima e para baixo, e quando ela deixou cair uma, ele a pegou com um guardanapo.

Achei que sua obsessão talvez fosse com as batatas fritas, porque, garota, elas eram boas. Mas aí ele enfiou a batata coberta de farelos entre os lábios dela, e ela deu para ele um sorriso tímido, e esse sorriso se abriu quando ele se aproximou um pouco mais dela. As pernas dele eram tão compridas que passavam pelas dela, e seu pé quase tocava as sandálias de dedo de Beth. Ela estava deitada de costas, olhando fixamente para o céu. Eu não queria incomodá-la, sabia que o tamanho da multidão devia ser intimidador para ela. Ela, diferente de mim, não passara pela loucura que era a Sephora em uma Black Friday perto de uma base do exército. Eu achei que ela precisava do descanso.

– Aquela é Bell Gardiner? – Jo perguntou com a boca cheia de batata.

Ela pegou um guardanapo e limpou o queixo e os lábios. Eu olhei pelo gramado, examinando a multidão à procura de Bell e a encontrei depois de apenas alguns segundos. Ela estava vestindo um short cortado com um rasgo, sandálias de dedo e uma regata laranja-escuro com um xale sobre os ombros. Um xale, sério.

– Vá dizer alô – Beth provocou da grama. Eu me debrucei sobre ela, e ela fechou os olhos, sorrindo.

– Será que eu devo? – Eu me virei para Jo.

– Droga, não. De jeito nenhum. Ela foi uma babaca completa da última vez que viu você e nem pediu desculpas. Não dê a ela nenhuma satisfação, Meg.

Beth acrescentou que eu só devia falar com Bell se ela nos abordasse. Eu limpei o vestido e ajeitei a gargantilha de fita em volta do pescoço. Puxei um dos cordões de cetim para igualar as duas extremidades e passei a mão pela parte de cima do cabelo. Esse calor odiava meu cabelo. A umidade na área de Nova Orleans era um bom início de conversa para toda semana de abril a agosto. Assim que comecei a trabalhar para a sra. King, reclamei da umidade que causava frizz, ela riu e disse com uma taça de *pinot noir* na mão:

– Ah, espere até agosto. Isso não é nada.

E ela estava certa. Mas o fim de semana do Festival do Bairro Francês era em abril, e meu cabelo já estava cacheando na cabeça. Eu havia passado quase uma hora passando chapinha em partes de meu cabelo escuro. Jo sempre odiou o cheiro de cabelo quente, mas eu queimava montes dele.

Puxei um pouco de cabelo por cima de meus ombros e abri a bolsa para pegar um *gloss* para meus lábios. Beth havia voltado a encarar fixamente o céu, e Jo olhava para a tela do telefone de Laurie com ele. Percebi tardiamente que Amy teria sido melhor de arrastar para aquele tipo de festival que Beth. Não só porque Beth odiava multidões, mas também porque Amy teria concordado com qualquer coisa que eu quisesse fazer. Eu podia tê-la convencido a dar uma volta comigo, e ela teria ido até Bell e seus amigos bem ao meu lado. Verdade, seria ruim estar com minha irmã de 12 anos nas costas, mas Beth encontraria um jeito de evitar completamente o confronto. Eu iria além e diria que Beth era a mais inteligente e pensativa de todas nós, garotas Spring.

O sol estava começando a se pôr, e a área de grama diante da Jackson Square estava ficando cada vez mais cheia à medida que a luz desaparecia. Dentre todas as, não sei, mil pessoas na grama, nós fomos prensados contra um grupo que parecia, a uma primeira olhada, de minha idade. Eu os examinei, mas não reconheci ninguém, exceto um cara de cabelo branco crescido só um pouco abaixo da orelha. Eu não me lembrava de onde o conhecia, e não estava prestes a perguntar, então apenas me virei para Jo e puxei papo.

– Do que vocês dois estão falando? – perguntei a Jo e Laurie.

Ela riu e empurrou o celular dele na minha direção.

– Amy.

Eu li as mensagens na tela e olhei para Jo e Laurie. Laurie parecia um pouco desconfortável, e Jo estava sorrindo para mim.

– Hora ruim – ela brincou.

– Na verdade, não é engraçado, Jo. – Peguei o telefone e apaguei as mensagens. Eu olhei para Laurie quando Jo agiu como se não entendesse por que não era engraçado mostrar a Laurie o que Amy havia lhe mandado.

– O quê? – O rosto em forma de coração de Jo se inclinou para o lado, e seus lábios fizeram bico.

Jo parecia uma garota que teria sido modelo nos anos 1990, com lábios grossos naturais e sobrancelhas grossas. Suas pernas eram compridas, e Jo caminhava sobre elas como um pombo, mas tinha charme de sobra. Uma beleza contida, uma modelo da Calvin Klein ou da Guess.

– Laurie, cubra os ouvidos – falei.

Ele olhou para Jo e não cobriu os ouvidos.

– Ele pode escutar. É *só* a menstruação dela. Não é nada demais. – Jo se inclinou para a frente e cruzou as pernas sob o corpo. Ela enfiou as sandálias de dedo por baixo dos ossos do tornozelo para que eles não tocassem o chão.

– Só uma menstruação? Jo – baixei a voz quando Beth virou a cabeça para nos escutar.

– Meg. Sério? Você não quer que Laurie ouça sobre menstruação? Metade do mundo são mulheres, e elas menstruam. Incluindo a mãe dele. Além disso, os garotos na Europa não são tão sensíveis a uma coisa tão natural. Certo, Laurie? – Jo olhou para ele.

Ele não dava a impressão de que aquela fosse uma conversa que o incomodasse, mas essa não era a questão.

– Está tudo bem – Laurie me assegurou.

– O que está bem? – Beth se sentou e limpou os fios de grama seca de suas costas.

Eu contei a Beth o que estava acontecendo e vi Jo revirar os olhos.

– Amy menstruou pela primeira vez enquanto saía com papai e está mortificada.

– Ela não disse que estava mortificada – Jo acrescentou.

Eu ergui o telefone e tentei ler as mensagens apagadas outra vez. Eu me perguntei amargamente por que Amy iria mandar uma mensagem de texto para Jo sobre começar a menstruar e não para mim ou para Beth. Jo e Amy mal conseguiam se aguentar, e fui eu quem ensinei Amy a enrolar o cabelo e a passar delineador. Eu dei a Amy seu primeiro sutiã quando Meredith achava que ela era nova demais para um. Mas Jo foi a irmã com quem Amy compartilhou esse momento.

– Ela disse... – eu li da tela.

– "Estou muito envergonhada, Jo. Eu sangrei pela minha calça e tive de amarrar a camisa do papai em volta da cintura. Mate-me por favor." – Eu olhei para Jo.

– É só uma menstruação, Meg – Jo voltou a falar.

Soltei um gemido. Eu era a favor dos mantras liberais e de espírito livre de Jo e tudo mais, mas às vezes ela descartava as coisas como de menor importância quando elas mereciam mais atenção. Eu sabia que Jo estava minimizando a menstruação de Amy porque tinha aquela atitude mental em que, se você ignora algo ou toma cuidado para não reagir em excesso, a sociedade vai se juntar a você em sua crença. Mas Jo tinha apenas 16, quase 17, e ela não tinha ideia de como garotos que não eram como Laurie reagiam por causa de um pouquinho de sangue. Não apenas os garotos: as garotas arrogantes da escola eram muito piores que os garotos na maior parte do tempo. Jo sempre meio que passou despercebida na escola, enquanto eu era o farol que não podia passar despercebida mesmo que tentasse. Eu sempre acabava no meio de algum drama, sempre. Como no oitavo ano, quando sangrei em meu short cinza de ginástica, e um grupo de garotas da minha turma desenhou rabiscos vermelhos e raivosos em um pacote de absorventes íntimos enormes e os colou em minha mesa.

– Não é apenas uma menstruação, Jo – tornei a dizer e torci para que ela conseguisse passar pela vida sempre achando que menstruações não fossem nada demais.

– Enfim, chega de falar de menstruação – Jo riu, e Laurie ainda parecia inabalado por nossa conversa.

Beth voltou a se deitar na grama apesar da multidão que nos cercava, e Jo começou a falar sobre o que estava escrevendo, que estava quase acabando de escrever uma matéria que ia mandar para a *Vice*. Eu ouvi Laurie e ela trocarem ideias. Peguei meu celular e verifiquei minhas notificações. Eu tinha parado de procurar pelo nome de John na tela havia um ou dois dias. Ele estava em campo, o que significava que eu não teria notícias dele por dias. Eu deslizei a tela e conferi uma mensagem de texto de Meredith e uma de Reeder, além de uma mensagem da sra. King: ela precisava que eu fosse mais cedo para a casa dela fazer seu cabelo antes de alguma espécie de reunião que estava acontecendo por lá.

A sra. King vivia em um mundo saído de um programa de televisão em que havia reuniões e eventos para coisas das quais eu nunca tinha ouvido falar. De qualquer jeito, eu precisava das horas e sempre quis ser parte de seu tipo de vida. Enviei minha resposta e abri o Facebook. Passei por fotos dos filhos mais novos de meus primos por parte de meu pai e fotos do velho cachorro de minha vizinha e de seus filhotes recém-nascidos, enquanto Jo conversava com Laurie. Ouvi trechos da conversa enquanto via meu celular e percebi em essência que ela ficava com muita raiva por a maioria das pessoas associarem o Bairro Francês a bebida, contas e peitos, quando a cultura única da cidade era tão mais que isso. Laurie fez uma piada que eu não ouvi, e o queixo de Jo se ergueu e ela deu um sorriso tão aberto para ele que eu quase lhe disse alguma coisa. Em vez disso, voltei para meu telefone.

Como eu estava me esforçando para manter um relacionamento e Jo tinha um namorado? Embora Jo nunca fosse me deixar categorizar Laurie como seu namorado, era basicamente o que ele era. Ele estava sempre sentado no sofá, e eu sempre tropeçava em suas pernas compridas, esticadas até a televisão. Meu pai começou a se irritar quando tentava passar com a cadeira por lá. Era sempre uma luta mover as rodas pelo tapete, muito mais com Laurie esticado e dormindo no sofá. O motorista dos Laurence até levava Jo para a escola na maioria dos dias.

Eu me perguntei como seria o próximo ano na vida de Jo. A expressão animada em seus olhos quando ela falava com ele e o jeito como Laurie olhava fixamente para seus lábios – talvez lendo-os, talvez pensando em foder com eles – quando ela falava com ele fazia a romântica em mim chorar, mas a realista em mim me preparava para a tristeza. Eu não tinha o melhor currículo de namoros, mas ele era extenso, por isso eu tinha experiência.

Eu me perguntei se Jo ia acabar ficando em Fort Cyprus se ela e Laurie passassem pelo verão e pelo último ano dela. Longa distância era difícil; eu sabia disso com certeza. John e eu entramos em um relacionamento a longa distância, e veja como isso estava acabando. Fazia apenas alguns meses desde a última vez que eu o tinha visto, mas parecia muito mais que isso. Eu sabia que ele estava se adaptando a seu novo posto na Carolina do Norte, mas esperava que, a essa altura, meu convite para me juntar a ele já tivesse chegado. Ele estava entrando em contato comigo cada vez menos, e eu sabia o que estava acontecendo – só não estava pronta para admitir isso. Sério, a cada decepção que eu sentia com os caras à minha volta, de River até mesmo a John, eu sentia meus ossos se desgastarem um pouco mais. Eu me sentia um pouco mais endurecida pelo mundo. Eu conhecia muitas mulheres em minha vida que iam quicando de um homem decepcionante para o seguinte, encontrando neles sua identidade e se acabando enquanto cuidavam dos maridos. Isso era especialmente comum em comunidades militares. A sra. King não era assim; ela se casou com um estudante de direito quando era jovem demais para saber o que era um casamento e ficou com ele, apoiou-o e ajudou o sr. King a se tornar a pessoa influente que ele havia se tornado.

Aos 19 anos, eu estaria bem com isso. Eu queria isso mais do que queria me tornar maquiadora. Eu amava maquiagem, mas queria alguém que passasse a vida comigo. Isso era tão ruim? Eu sabia que Jo achava que eu estava abandonando minha condição de mulher ao sonhar com uma família, com uma vida cheia de férias em família, ensinando a pequenas versões minhas e de meu marido a serem humanos decentes e passando as festas em uma casa quente que iria cheirar a canela e mel e estaria repleta de risos e conversa parede a parede. Eu havia passado a vida tendo eventos familiares estranhos. Meredith e tia Hannah sempre brigavam, podia ser na festa de aniversário de alguém em um rinque de patinação ou na ceia de Natal na sala de jantar de minha avó.

Uma vez, depois que Amy empurrou Jo em uma piscina no prédio de nossa tia Hannah no Texas, Meredith me disse que ela e tia Hannah nunca se deram bem até estarem as duas na casa dos 20. E mesmo então Meredith sempre tinha de livrar tia Hanna dos problemas em que ela se metia. Ultimamente havia essa tensão estranha entre elas.

Então minhas irmãs e eu éramos diferentes. Cada uma de nós era uma criatura completamente diferente, e eu não podia esperar pelo dia em que minha família fosse visitar Jo em Nova York e ela pudesse me mostrar seu grande escritório elegante com mesas de mármore e o último computador da Apple. Eu estava realmente excitada por ver Jo crescer e tentar conquistar o mundo, e eu faria o mesmo, mas meu mundo apenas seria diferente do dela. Eu sabia que, um dia, ela ia entender isso e acabar com seu julgamento equivocado dos papéis da mulher.

– Meg? – a voz de Jo invadiu meus pensamentos.

Eu pisquei para ela enquanto saía da pequena neblina dentro de minha cabeça.

– Hein?

– Você quer água? Nós vamos pegar uma.

Ergui a mão para proteger os olhos do sol poente.

– Sim. Por favor. Beth? Você quer água? – Me virei para minha irmã, que possivelmente estava adormecida na grama seca.

Jo respondeu no lugar dela.

– Já perguntei a ela. Você estava mesmo desligada – Jo deu um riso baixo. – Com o que você estava sonhando?

Sacudi a cabeça. *Só sobre você e eu sermos pessoas completamente diferentes, sabia?*

– Nada – olhei para Laurie. Ele estava sentado atrás dela, passando os dedos pelas pontas macias de seu cabelo comprido.

– Uhm – Jo brincou, se levantou e limpou a bunda e as pernas. – Nós já voltamos. Não saiam daí, por favor.

Laurie foi atrás dela, e eles desapareceram na multidão.

Eu olhei para o público e ouvi um dos organizadores do festival dizer às pessoas para se sentarem antes do início do show. O grupo que estava perto de nós havia alguns minutos agora estava um pouco mais perto, e Beth ainda estava ali deitada descomprimindo com os olhos fechados, por isso tornei a olhar para meu telefone.

Eu deslizava a tela já há alguns segundos antes de perceber que estava na página do Facebook de Shia. Saí da página como em um impulso devido aos meses passados vigiando-o na internet. Eu teria simplesmente de acabar com esse hábito. Seria difícil, mas eu só estava me torturando, e agora que éramos amigos no Facebook, parecia ainda mais invasivo, por alguma razão. Eu podia ver ainda mais de sua vida assim que aprovei o pedido de amizade que ele me enviou logo depois que meu pai voltou da Alemanha. Agora eu podia ver seu *status* e outros *posts* que ele compartilhava. Eu também podia ver fotos em que ele estava marcado por Bell Gardiner e tentava ao máximo não deixar que elas me fizessem vomitar o iogurte de morango que eu tomava no café da manhã basicamente todos os dias.

– Shia está lá – pensei ouvir uma voz dizer.

Droga, eu estava começando a ficar um pouco paranoica. Achei que devesse tê-lo deletado de meu Facebook, mas disse a mim mesma que isso tornaria as coisas estranhas, pois devíamos estar mantendo as coisas civilizadas. Nós queríamos estar na vida um do outro, mas a distância.

– De jeito nenhum. Deixe-me ver – uma voz de garota disse ao lado do meu ouvido.

– Juro! – outra garota respondeu. Olhei em sua direção, e estavam as duas olhando fixamente para um celular. Eu não conseguia ver o que elas estavam olhando, por isso me voltei para meu telefone. Minha pele formigou um pouco enquanto eu continuava a ouvir. Era como se eu tivesse um sexto sentido.

– Droga, de quem são esses peitos? – um homem perguntou. Eu ergui os olhos, e ele não era um homem: era um garoto com cabelo castanho emaranhado tão grande que quase cobria seus olhos. Ele usava short cáqui enrolado acima do joelho. Seus tênis de regata me fizeram achar que fosse rico, provavelmente de Lakeshore ou Lake Vista. Ele cheirava a privilégio e a colônia Armani.

– Alguma garota de...

– Nós perdemos alguma coisa? – a voz de Jo abafou a resposta, e eu me voltei para ela. Fui tomada por uma paranoia. Senti como se todo mundo soubesse algo que eu não sabia. Isso me deixou desconfortável, e meu coração estava começando a acelerar.

– Na verdade, não. A música já vai começar – debati comigo mesma se devia mencionar algo a Jo, mas quando pensei nisso não tinha nada a dizer. Eu pareceria louca. Completamente.

Jo me entregou uma garrafa de água, e ela encharcou minha mão. Beth pegou a dela, e eu me instalei em um ponto no cobertor e estiquei as pernas à minha frente. Meu cabelo estava com tanto *frizz* que eu não conseguia senti-lo ao tocá-lo. A umidade estava pior que de manhã, e minha pele estava grudenta e quente. Esfreguei as gotas de água de fora da garrafa suada nas pernas estendidas diante de mim, e o grupo ao meu lado ainda falava sobre o que quer que estivesse no telefone.

– Quão desesperado você precisa estar? – uma garota cuja voz pensei reconhecer falou. Eu mal podia vê-la porque estava sentada, e a maior parte de seu grupo ainda estava de pé – apesar do pedido de um funcionário do festival para que todo mundo se sentasse.

– Bom, ela é uma garota Spring, e toda aquela família é doida.

As palavras me atingiram direto na garganta, e doeram por todo o caminho até o poço que estava se abrindo em meu estômago. Eu me senti como se estivesse sendo picotada com um cinzel, enquanto o grupo ficava cada vez mais turbulento, e os comentários continuavam a fluir.

– Tem uma que parece estar sendo mantida presa, ou algo assim.

– Meg é uma puta, e a pequena está crescendo para ser igual a ela.

Meu corpo se virou rapidamente na direção do grupo, mas nenhum deles percebeu. Eu estava dividida entre derrubar um deles e torcer para que acontecesse um efeito dominó, ou ir embora. Uma parte masoquista de mim queria ficar ali sentada e só ouvir as merdas odiosas que estavam dizendo sobre mim e minhas irmãs para que eu pudesse me obcecar com isso o suficiente e começar a pensar que fosse verdade.

– Minha mãe me disse que elas vão ser expulsas de casa porque o pai foi expulso do exército.

De quem era essa voz? Com certeza eu sabia de quem era...

Levei apenas alguns segundos para encontrar Shelly Hunchberg sentada na grama a alguns corpos de distância. Senti a chama da fúria tremular dentro de mim.

– Jo – falei quando a multidão começou a vibrar acima de mim com a primeira banda a subir ao palco. *Timing* perfeito. – Jo – falei mais alto. Nem ela nem Laurie me ouviram.– Josephine! – meio que gritei, e Laurie e Jo viraram bruscamente a cabeça na minha direção.

– O quê?

Eu me aproximei dela e expliquei o que estava acontecendo. Da melhor maneira possível.

Os olhos de Jo se arregalaram.

– Então eles estavam vendo aquelas fotos? Eu vou lá agora mesmo... – ela estava gritando, mas o som de trompetes era tão alto que daria no mesmo se ela estivesse sussurrando. Eu nem havia pensado no telefone e no que eles estavam olhando na tela. Acho que parte de mim soube antes que Jo se levantasse e por isso eu estava me sentindo paranoica, mas o resto de minha mente não queria ir até lá.

– Não – peguei o braço de Jo e a puxei novamente para o chão pelo pulso. Laurie se aprumou sentado e foi imediatamente alertado.

– Por que não? Se estão mostrando aquelas fotos... – As bochechas de Jo estavam vermelhas, e ela falava entredentes.

Se estivessem, quem era a fonte? Como aquelas malditas fotos viajaram do Texas para a Louisiana?

A internet era assim. Tinha de ser.

Meu peito parecia ter desmoronado e destroçado meu coração enquanto eu tentava pensar com clareza.

Isso estava mesmo acontecendo? Sim, tinha de estar. Eles disseram nomes. Eu me levantei, sem saber mais o que fazer. Eu devia ter apenas ido embora, mas claro que não fiz isso. Antes que eu conseguisse decidir o que fazer, ouvi uma voz inconfundível no grupo.

– Nem John Brooke consegue aturá-la. Ele está tentando terminar, mas ela está muito desesperada – ela riu. – Ouvi a mãe de Shia falar sobre Meredith Spring agora ser uma bêbada.

Bell Gardiner. Sua voz escorria mel, mas tinha um ferrão de vespa.

Pensei na vez em que estava na piscina no sexto ano e vi uma vespa cortar ao meio o corpo de uma abelha e sair voando com sua parte inferior, deixando a cabeça onde estava.

Pensei em como Bell Gardiner era um inseto cruel de mulher.

– Mas que merda é essa? – falei quando entrei no pequeno círculo de corpos que eles haviam formado.

Jo estava ao meu lado, com Laurie e Beth atrás dela.

Os olhos de Bell não se arregalaram, eles se transformaram em pequenas fendas como olhos de serpente, e ela veio flutuando na minha direção como um fantasma. Ela se movia muito lentamente, como se não quisesse demonstrar que estava surpresa em me ver ali, ainda que estivesse. Eu podia ver um pequeno toque de ansiedade diante da minha presença, mas não era óbvio como eu seria se tivesse sido pega com a mão na massa falando merdas sobre alguém.

– Meg – ela deu um sorriso escorregadio para mim, e seus olhos foram de mim para Jo, para Beth, para Laurie e de volta para mim. – Ei.

Bell cutucou a garota a seu lado, e alguém nos cortou.

– Mas que merda, Bell? – a voz de Jo berrou ao meu lado.

– O quê? Eu não comecei isso. Não é como se todo mundo já não tivesse visto sua irmã.

As vozes ao nosso redor ficaram mais silenciosas, mas a banda no palco parecia ficar mais alta a cada segundo.

Não queria exatamente que Jo começasse uma briga com Bell, mas a compreensão de que um grupo de estranhos estava passando entre eles um telefone com meu corpo nu na tela e falando sobre isso a menos de um metro e meio de mim me tomou rapidamente. Comecei a suar, e o ar pareceu um pouco denso demais. Todo mundo estava começando a me olhar e perceber o que estava acontecendo.

Entre os sussurros da multidão e o rosto de falsa inocência de Bell, eu quis gritar.

– Qual o seu problema, Bell? Quem você pensa que é para desencavar essa merda e passar adiante?! – Jo gesticulou com as mãos para o grupo de amigos de Bell.

Bell não parecia saber o que responder.

– Oh, meu Deus – ouvi alguém dizer de algum lugar atrás de Bell. Então Shia estava ali. Eu senti uma traição imediata. Claro que ele estava dentro daquilo; para começar, de que outra forma Bell poderia saber que havia fotos minhas? – O que está acontecendo?

Jo respondeu:

– A porra da sua namorada está passando isso adiante. – Jo pegou o telefone das mãos de Shelly Hunchberg e o ergueu diante do rosto de Shia. Ele mal olhou para o telefone antes de se afastar de Bell.

– O resto de vocês pode ir embora agora! – Jo gritou, gesticulando com a mão como se estivesse espantando moscas.

Beth passou o braço pelo meu, e Laurie parou atrás de Jo com uma expressão de raiva no rosto. Eu torci para que ele desse um soco bem na garganta de Shia.

Infelizmente, ele não fez isso.

– O que você está fazendo? – Shia perguntou a Bell.

Ela se remexeu um pouco, puxando a tira fina de sua regata para o alto do ombro. Ela parecia um pouco menos composta e muito mais preocupada, e eu tentava combater a ardência de lágrimas no fundo de minha garganta. Eu não podia chorar na frente daqueles babacas, muito menos na frente de Shia e de sua noiva.

– Nós só estávamos brincando – a voz de Bell saiu delicada.

– Isso não é a porra de uma piada! – Jo gritou. Eu sabia que parecia patética deixando que minha irmã mais nova lutasse minhas batalhas, mas eu estava congelada no lugar, atônita, em silêncio.

– De quem é esse telefone? – Shia o levantou no ar.

Shelly Hunchberg ergueu a mão e deu um passo à frente.

– Sério, Shelly? – Beth disse bruscamente. – Vamos, Meg. – Ela puxou meu braço.

Quando pensei nisso, não havia muito o que eu pudesse fazer: ou eu ficava ali parada e era humilhada enquanto Bell agia como se não fosse nada demais um grupo inteiro de pessoas me ridicularizarem olhando para meu corpo, ou eu podia ir embora.

Peguei o saco com bijuterias de Beth no chão e me virei para ir. Nem olhei para Shia. Uma mulher com um bebê preso junto ao peito esbarrou em mim, e seu bebê começou a gritar. Senti isso como um sinal do universo. Um grande e reluzente *vá se foder* do universo.

Ouvi Jo gritar ainda e ouvi a voz de Shia chamar meu nome enquanto Beth me arrastava pela multidão. Todos os rostos ao meu redor pareciam River, pareciam Bell, pareciam Jessica Fox, que devia ser minha melhor amiga no Texas, mas prendeu uma versão impressa das fotos na porta de casa para que Amy encontrasse ao chegar em casa no ônibus. Eu me lembrei da expressão no rosto de meu pai quando ele voltou de uma "conversa" com os pais de River. Meu pai queria dar queixa de distribuição de pornografia infantil, uma vez que eu não tinha 18 anos, e River sim, mas eu não queria lidar com a humilhação e as consequências na escola.

Todo mundo amava River, e eu era apenas a puta que fazia boquetes nos garotos no banco traseiro de seus carros para que eles gostassem mais de mim. Eu era a garota com peitos grandes e boca excitada. Eu entendi. Tinha mandado fotos para meu namorado e ia passar vergonha até o fim nos corredores da Killeen High School por isso. Bom, aparentemente, eu ia passar vergonha nas ruas de Nova Orleans também.

Quando nos aproximamos da rua, eu me lembrei da fúria que irradiava de Meredith quando ela entrou pelos corredores de minha escola, exigindo que todos os computadores fossem apagados. Eu me lembrei do dia em que entrei no laboratório de computação e Jessica Fox havia botado meus peitos como papel de parede em metade dos monitores.

O ar em meus pulmões queimava, e eu estava sem fôlego. Parei por um segundo.

Beth olhou para meu rosto e disse:

– Vamos parar um pouco.

– Ei! – uma voz de garota nos chamou de trás de uma barraca.

– Shia está vindo – Beth me disse e acenou para a garota da barraca.

– Tire-me daqui – implorei a Beth. Eu não queria ver Shia, e só tinha cerca de 30 segundos antes de ser impossível deter as lágrimas. Eu estava com muita raiva, muito irritada comigo mesma e com o mundo por serem tão estúpidos. Eu nunca deveria ter contado a Shia sobre aquelas fotos idiotas.

– Você está bem? – a garota na barraca perguntou. Olhei para ela e vi que era como uma princesa cigana de mangá, rivalizando com Vanessa Hudgens como rainha de Coachella. Seu corpo estava coberto de joias, e percebi que a barraca estava cheia dos anéis que Beth havia comprado.

Beth falava com a garota, e eu não conseguia ouvir o que elas estavam dizendo, mas Beth me disse para ir para trás da barraca e me sentar. No momento em que minha bunda tocou a cadeira, eu me deixei chorar.

Shia passou sem nos ver.

~

Quando chegamos em casa, Amy e meu pai estavam sentados no sofá. Meredith estava na cozinha esquentando um prato coberto. Aparentemente, nós nunca mais precisaríamos cozinhar outra vez.

– Como foi? – Amy perguntou. – Parece tão legal na internet, como foi?

Olhei para Beth.

– Foi legal – ela mentiu por mim.

Eu a amei por isso.

Ela abriu o saco da barraca de bijuteria e distraiu Amy com os anéis de pedras reluzentes que indicavam mudanças de humor.

– Eu vou tomar um banho – anunciei em uma sala cheia de pessoas que disseram "Está bem" como se não soubessem por que eu estava lhes dizendo isso.

Cheguei até meu quarto e desmoronei na cama. Senti como se um balde de sangue de porco tivesse sido derramado no meu vestido do baile de formatura. Eu me senti muito suja.

38

beth

Na manhã depois do festival, acordei com as vozes altas de Jo e Meg no corredor. Desde que Jo era criança, sempre que ela ficava com raiva seu tom de voz ficava uma oitava mais profundo. Meg era o contrário; sua voz normalmente suave ficava um tipo de barulho estridente, muito parecido com os cachorros da sra. King.

– Você podia ter me contado! – Meg gritou com ela. – Semanas se passaram... E nada!

Joguei a perna para fora da cama a fim de me levantar e ir mediar o que quer que estivesse acontecendo com minhas irmãs. Eu sempre era a mediadora. Eu estava, porém, muito cansada; os barulhos, cheiros e caos do festival – isso era exaustivo. Todo o meu corpo, a mente incluída, latejou quando eu deitei na cama na noite anterior. Ainda assim, por mais cansada que eu estivesse naquela manhã, isso não era muito importante. Não tão importante quanto o que quer que estivesse acontecendo no corredor.

– Não me culpe! Você é *sempre* a vítima! – Jo respondeu aos gritos.

Eu fechei os olhos por um segundo e olhei fixamente para o teto. Nada iria mudar pelos próximos segundos. O dia anterior havia começado de um jeito muito diferente do que havia acabado. Quando começou, eu estava ansiosa, claro, mas nada comparado com o fim da noite, acompanhando Meg por uma multidão, escondendo-a na barraca da menina dos anéis que mediam o humor...

Eu não conseguia mais ouvir sobre o que Jo e Meg gritavam. Ergui a mão no ar, estudando a pedra em meu dedo, que havia adquirido um tom de azul-claro. Os tons mais claros de azul deviam indicar que eu estava relaxada. Eu não sabia ao certo se acreditava que esses anéis mediam mesmo o humor.

Uma porta bateu, e Meg continuou a gritar. Eu saí da cama e segui o barulho. Na cozinha, Meg chorava, apoiando os ombros contra a geladeira. Jo havia saído, e a porta de tela dos fundos estava se movendo aberta.

Meu pai chegou com sua cadeira na cozinha.

– O que está acontecendo? – ele perguntou a Meg, que não respondeu. Ela só chorou, cobrindo o rosto, e correu para seu quarto.

Meu pai e eu, ambos olhamos fixamente para o corredor vazio por alguns segundos antes que ele dissesse:

– O que está acontecendo por aqui?

Eu não tinha o que dizer, porque eu também não sabia, e eu não sabia quanto da noite anterior meu pai soubera. Ele mesmo já tinha muita coisa acontecendo, era egoísmo acrescentar mais uma pedra aos seus ombros.

– Não sei – falei. – Tenho certeza de que elas vão resolver isso, o que quer que seja. – Olhei para ele. – Quer café da manhã?

Meu pai olhou para mim, para a porta e em seguida lentamente para o corredor. Ele suspirou. Seus ombros magros visivelmente se ergueram e voltaram a descer. Ele estava usando uma camiseta cinza com um pequeno furo na gola. Sua roupa nunca variava muito, só camisetas e suéteres de cores diferentes. Às vezes ele usava uma camisa social, quando ia a restaurantes ou a eventos na escola de minhas irmãs e, ainda mais raramente, ele usava o uniforme de gala quando havia um baile ou uma cerimônia militar de qualquer tipo.

Eu sempre adorava quando havia um baile militar para meus pais irem. Meg havia feito o cabelo e a maquiagem de mamãe nos últimos anos, e ela sempre nos levava ao shopping e nos deixava ajudá-la a escolher um vestido para usar. Essa era uma das poucas vezes no ano em que fazíamos compras no shopping. Era bem divertido ajudar minha mãe a experimentar vestidos; de algum modo, os provadores da JCPenney se transformavam no cenário do programa *O vestido ideal*. Meg fazia mamãe rodar, girar, se abaixar e se esticar, exibindo cada centímetro do vestido. Nós sempre almoçávamos no Friday's, e às vezes íamos à Starbucks. Antes meu pai comprava um arranjo de flores, e Amy fazia barulhos de beijos quando ele o botava no pulso dela. Mamãe sempre cutucava o peito dele com o alfinete do fecho graças ao hábito que ele tinha de fazê-la rir nos piores momentos. As memórias que tenho deles são em sua maioria ternas, mas às vezes era difícil comparar o pai de minhas lembranças com o homem sentado na cadeira de rodas diante de mim.

Verifiquei os armários e a geladeira para ver o que eu podia preparar para ele. Seu apetite havia mudado desde que chegara em casa. Ele dizia que o coquetel de medicamentos que o exército lhe dava o deixava nauseado demais para comer.

– O que foi todo esse barulho? – minha mãe perguntou com voz rouca ao entrar na cozinha. Ela entrou por trás da cadeira de meu pai e se sentou à mesa. Aquela mesa era a coisa mais velha em nossa casa, dada anos atrás por minha avó, antes que ela e minha mãe parassem de se falar. Eu me perguntei se tia Hannah ainda falava com ela... Eu não tinha como saber ao certo, por mais informação que eu tivesse em relação aos assuntos de adultos à nossa volta. A mesa foi arranhada, surrada e quebrada durante nossa mudança de Fort Hood para Fort Cyprus, e o cotovelo de minha mãe estava repousando em uma lasca profunda na madeira escura reluzente. Ela parecia não dormir há dias, embora tivesse apenas acabado de acordar. Ela estava assistindo a *Além da imaginação* no sofá, com uma xícara na mão, quando eu me levantei para fazer xixi no meio da noite.

– Meg e Jo estavam brigando por alguma coisa – meu pai respondeu.

Quando minha mãe pediu detalhes, eu dei de ombros, abri uma lata de biscoitos e comecei a fazer a refeição de todos.

Vários minutos depois, Meg voltou para a cozinha, no momento em que entreguei o prato à minha mãe. Meg agora estava mais calma, embora um pouco desgrenhada.

– Quer um pouco? – perguntei.

Ela assentiu, e seus olhos vermelhos e inchados se concentraram em nossa mãe, que engolia a pilha de biscoitos com molho de carne em seu prato, empurrando tudo com leite. Uma leve mancha branca de leite coloriu seu lábio inferior enquanto ela mastigava. Eu não sabia ao certo o que ela estava olhando, mas algo na parede às minhas costas parecia distraí-la.

– Alguém me ligou? – a voz de Meg dava a impressão de que ela havia mastigado lixa em seu quarto.

Eu não ouvia Meg – nem ninguém – fazer essa pergunta há... anos. Alguém não teria simplesmente ligado para seu celular?

Meg piscou e murmurou:

– Deixem para lá.

– O que vocês garotas estão tramando hoje? – meu pai perguntou entre bocados. Nitidamente, nem ele nem minha mãe estavam ansiosos para se envolver no que quer que tivesse sido o motivo para os gritos.

Quando Meg permaneceu em silêncio, achei que ela não fosse responder, portanto eu fiz isso.

– Eu não estou fazendo nada. Algumas coisas da escola, lavar roupa. É isso, sério. – E dei de ombros.

– Isso parece incrível, Beth.

Era um conforto meu pai ainda ter seu sarcasmo. Seu tom de voz não era malicioso nem insensível como o comentário teria soado se viesse, digamos, de Amy, e ele veio com um sorriso e o conhecimento de sua experiência no Ensino Médio. Ele era muito parecido comigo.

– Vocês não têm amigos por aqui? – ele perguntou.

– Você me deu muitas irmãs, eu não preciso de amigos.

Nós dois rimos. Seu riso estava um pouco mais leve que de hábito, mas ainda soava bem na cozinha revestida com papel de parede amarelo.

– Isso mesmo.

– Jo ainda não voltou? – Meg perguntou. Ela não havia comido muito da comida à sua frente. Pensei em molhar a louça antes de me preparar um prato, de modo que o molho de carne grosso não grudasse na panela, mas eu estava com muita fome, e o molho parecia muito, muito bom.

Meu pai respondeu.

– Não. Ela ainda está na casa ao lado.

Pelo que eu sabia, ninguém tinha certeza se Jo estava na casa de Laurie, mas, no fundo, todos nós sabíamos. Era onde ela sempre estava. A casa de Laurie, seu turno no Pages, escola, depois de volta à casa de Laurie.

– Ninguém de vocês ia me contar que Shia veio aqui naquela noite? – Meg apontou para minha mãe.

Minha mãe ergueu a cabeça bruscamente, mas minha irmã seguiu em frente.

– Ele me disse que todas vocês sabiam. Ele apareceu aqui, e eu nem soube que ele estava procurando por mim.

– Bom, Meg, que diferença isso teria feito? – mamãe questionou e, em seguida, voltou a comer. Ela não pareceu perceber a mancha de molho que sujava sua camisa de gordura.

Os olhos de Meg se esbugalharam. Ela esfregou a boca com um guardanapo antes de falar.

– Ele veio me procurar, e eu nem soube! – parecia que sua raiva ia abalar a casa. – Eu estava esperando havia tanto tempo que ele fizesse isso, e vocês nem me contaram. Ele vai se casar...

– Isso teria mudado? E John Brooke? – mamãe observou.

Parte de mim queria intervir, mas outra parte não sabia o tipo de furacão em que eu estaria me metendo.

Eu nunca ia descobrir o que Meg estava prestes a dizer, porque Amy entrou correndo pela porta dos fundos com os olhos inchados e molhados.

– Qual o problema? – meu pai perguntou, e eu o observei se esforçar para se levantar como se suas pernas tivessem se esquecido de que ainda não podiam se mexer. Ele voltou a afundar na cadeira.

– Minha vida! Tudo é uma droga! – Ela passou irritada por nós e girou para trás quando ninguém a deteve. – Que se foda tudo!

Quando ela falou palavrão, minha mãe ficou de pé.

– Amy, olhe a boca!

Amy bufou diante do alerta de minha mãe e começou a chorar outra vez.

– Jacob Weber contou a Casey Miller que eu tentei beijá-lo... E agora todo mundo me odeia.

Ela andou de um lado para outro furiosa. Eu não sabia quem era nenhum desses garotos, mas sabia que boatos podiam corroer uma pessoa e arruinar vidas. Eu tinha visto isso acontecer com Meg no Texas.

– Por que ele fez isso? – Meg perguntou a Amy. O rosto em forma de coração de Amy e o de Meg nunca estiveram tão parecidos quanto naquela cozinha, com olhos inchados e lábios rosados.

– Porque ele é um babaca! – a voz de Amy se transformou em um grito como o de um cachorrinho quando você pisa em seu rabo.

Mamãe não corrigiu sua linguagem dessa vez.

– Foi ele que tentou me beijar!

Nosso pai não disse nada; ele só olhou para as mulheres na cozinha quando elas começaram a se agitar ao redor de Amy.

– Você está dizendo que não queria que ele fizesse isso? – mamãe perguntou, de pé e com olhos que se tornaram argutos em segundos. Foi como se ela tivesse se livrado de uma camada grossa e grogue de pele.

– Onde você estava? – Meg acariciou o cabelo de Amy como se tivesse se esquecido de estar no meio de uma briga com Jo.

Amy se encostou nela.

– Eca! É *claro* que eu não queria que ele fizesse isso. Ele beijou, tipo, toda garota em minha turma. – A ponta do narizinho de Amy se ergueu, isso sempre dava a ilusão de que ela era mais nova que uma pré-adolescente.

– Conte-nos o que aconteceu. – Minha mãe levou a mão às costas de Amy, mas ela se afastou.

– Meg – Amy choramingou.

Minhas irmãs compartilharam um olhar, e Meg nos disse que elas iriam conversar sozinhas por um minuto.

Minha mãe, meu pai e eu estávamos todos com a cabeça um pouco inclinada, e tive a impressão de que meus pais estavam se perguntando quando Meg e Amy haviam ficado tão próximas, mas eu sempre as pegava sussurrando e sabia a frequência com que Amy ia para a cama de Meg, então não me surpreendi com isso. Minha cabeça estava inclinada porque Meg só se importava com Amy nesse momento, não consigo mesma.

39

jo

O quarto de Laurie estava uma bagunça. Ele sempre tinha algum tipo de caos espalhado – uma camiseta pendurada ao lado da cabeceira ou um café descafeinado de um dia parado em uma caneca lascada em sua mesa, mas nesse dia a bagunça era geral. Um odor de comida velha e um cheiro bolorento sobre o qual prefiro não pensar em descrever dominavam o espaço.

– Que diabos aconteceu aqui? – perguntei a ele, abrindo caminho com os pés por uma pilha de roupas.

Ele andava de um lado para o outro do quarto como um louco. Seu cabelo comprido estava solto, ondulando nas pontas como eu gostava. Ele parecia alguém saído de um romance, o escritor nova-iorquino típico, nascido em Boston ou em algum lugar grande, não tão grande quanto a Grande Maçã suculenta e vermelha, porém maior que esta bolha de cidadezinha. Laurie, com seu cabelo dourado comprido, vestia um moletom grande com reforço nos cotovelos. Ele parecia muito inteligente, como se escrevesse artigos sobre o clima ou o controle de armas, e ainda levava sua virgindade, depois de dirigir por horas, para um campo de flores do qual você publicou uma foto no Tumblr uma vez.

Havia uma ruga profunda em sua testa que fazia com que ele se parecesse um pouco com o velho sr. Laurence e com seu pai, de acordo com uma série de fotos penduradas naquela casa grande.

– Ei – ele disse sem explicar a bagunça. – Como estão as coisas? – Ele ergueu uma pilha de revistas e as botou sobre a mesa.

– Uma merda, na verdade.

Ele continuou a revirar seu quarto bagunçado e se moveu na direção da janela, pela qual o sol entrava, empalidecendo as paredes e sua pele. Quando tirei meu cardigã e o pendurei nas costas de sua cadeira, ele me olhou.

– Meg está puta porque eu nunca lhe contei que Shia foi procurá-la quando ela estava em Nova Orleans com John Brooke, meses atrás, no dia em que meu pai foi ferido.

Laurie estava ouvindo, eu podia dizer, mas ainda se movia pelo quarto. Isso estava me deixando impaciente, por isso continuei a falar.

– É que aqueles babacas estavam falando sobre ela ontem, e ela está me culpando porque não vai dizer merda nenhuma nem para Shia nem para Bell. – Eu me sentei na cama.

Laurie se sentou ao meu lado.

– E isso é sua culpa, como? – Ele sempre ficava do meu lado em tudo. Eu gostava disso. Ele debatia comigo depois se não concordasse, mas sua reação inicial era sempre ficar do meu lado.

– *Exatamente*. Ela é sempre a vítima. Entendo que ela esteja revoltada com o que aconteceu no festival. Eu também estou revoltada! – Eu *estava* com raiva; não queria que minha irmã fosse perturbada por um bando de babacas que atingiam o auge no Ensino Médio, mas ela estava agindo como se fosse minha culpa, mas eu não era a destruidora de reputações ali.

Mexi no buraco no joelho de meu jeans.

– É como se ela achasse que Shia ir até nossa casa fosse mudar as coisas.

– Mudaria, eu acho – Laurie fez uma pausa quando lancei um olhar em sua direção. Ele levantou as mãos, cobertas pelas mangas compridas de seu moletom. – Me escute. Ele veio até sua casa, depois foi até o Bairro Francês, certo?

Eu balancei a cabeça afirmativamente.

– Se Meg gosta de Shia do jeito que Shia gosta dela, então provavelmente era muito importante que ela ouvisse o que ele tinha a dizer.

– Mas, com o passar do tempo, eles conversaram, *sim* – Eu sacudi a cabeça para Laurie. – Além disso, ele está noivo.

– Você sempre vê as coisas em preto e branco, Jo. Às vezes há algum cinza aí.

Suspirei.

– Noivo não é na verdade uma área cinza. Ou você vai se casar com alguém em breve, ou não.

– Ou você está namorando uma pessoa ou não está. – Laurie olhou direto em meus olhos.

Senti um aperto no peito e puxei os fios do jeans rasgado.

– Sim... e não. Às vezes é mais complicado que isso.

– Como com a gente.

Eu tirei os olhos dos dele e olhei para baixo, passando por onde suas mãos esticavam o agasalho e descendo pela calça de moletom e as meias brancas e limpas até chegar ao chão do quarto sujo.

– Isso não é sobre nós – falei.

– Quando vai ser? Você sabe que minha mãe quer que eu volte para casa.

Senti suas palavras envolverem minha garganta e apertarem um pouco. Sua casa não era do outro lado da cidade nem do outro lado dos Estados Unidos. Sua casa era do outro lado do oceano.

– Não. Eu não sabia disso.

– Ela quer. – Seus olhos estavam tentando prender os meus, mas eu os evitei. – Por que não podemos simplesmente falar a respeito? Achei que a esta altura já teríamos feito isso. Você vai se inscrever na faculdade em breve. E depois?

Por que ele estava escolhendo esse exato momento para falar sobre esse assunto? Não devia haver um pouco de cuidado em torno do tema, um pouco mais de carícias? Meg nunca me explicou isso. Quando ela e eu estávamos começando a ficar próximas, meu pai voltou, e ela parou de falar comigo sobre as coisas. Nós não éramos mais próximas; era quase como se nunca tivéssemos sido.

– Jo – Laurie insistiu comigo. Eu olhei para ele, e ele chegou um pouco mais perto de mim. O quarto grande pareceu muito pequeno, e os dedos dele estavam puxando suas mangas. – Se você não quer, tudo bem. Só me diga. Eu não vou forçar nada, só quero saber o que você está pensando. Eu nunca sei o que você está pensando.

– Sabe, sim.

– Não sobre mim. Sobre tudo mais, sim, mas nunca sobre mim.

– Você fala. Eu não sei o que você quer dizer, nem o que quer que eu diga. Você fala. – Era verdade, eu não sabia onde começar nem terminar aquela conversa.

– Está bem – Laurie revirou os olhos, enfiou o cabelo atrás das orelhas e passou a língua nos lábios. – Você quer namorar comigo?

– É assim que funciona?

– Pare de ser sarcástica. Estou falando sério – sua voz parecia pequena.

Eu levei um segundo para pensar antes de falar. Algo que eu sabia que precisava fazer com mais frequência.

– Desculpe. Eu não sei como ficar séria neste momento. Eu nunca fiz isso antes, lembra?

Ele puxou os ombros para trás.

– Aiii.

Eu ergui as mãos rapidamente.

– Não, não foi isso o que eu quis dizer. Eu não estava insinuando que você fez. Eu só queria dizer que eu literalmente não fiz – eu fiz uma pausa por um segundo. – Tipo, nunca.

– Se isso é desconfortável para você...

– Não, não é – eu me movi em sua direção quando ele recuou mais na cama. – Só fale. Diga coisas, e eu vou dizer coisas – eu estava perdendo o fôlego. – Apenas comece você – mordi o lábio com força demais e captei os olhos negros de Laurie em minha boca pouco antes de ele virar o rosto.

– Está bem – houve um longo suspiro entre seus lábios. – Minha mãe tem me perguntado se eu quero voltar para casa. Meu pai recebeu ordens de ficar mais tempo na Coreia, e ela sente minha falta agora que minha irmã tem amigos.

Eu mantive a boca calada enquanto minha cabeça girava.

– A única razão para eu ficar aqui seria se você fosse ficar por perto. Não estou dizendo que temos de concordar em nos casar nem em morar juntos nem nada assim tão cedo, só que você esteja por perto...

– Eu ficaria perto – minha voz era praticamente um sussurro.

– E Nova York?

– Bom, sim, eu estaria em Nova York...

Toda a parte superior do corpo de Laurie suspirou.

– É, então, eu estaria aqui na Louisiana e você estaria em Nova York?

Eu balancei a cabeça afirmativamente.

– Nós íamos conversar todo dia e visitar um ao outro – as pessoas faziam isso o tempo todo, certo?

– Então um relacionamento a longa distância?

Ele não pareceu animado com a ideia. Eu honestamente não estava esperando que ele quisesse um tipo de coisa com compromisso comigo. Achei que iríamos continuar amigos, próximos... *melhores* amigos, e talvez namorar um dia, quando eu tivesse saído da escola, seu pai estivesse em casa, meu pai estivesse melhor e eu tivesse tempo para me preocupar com garotos e sutiãs e calcinhas combinando.

– Acho que sim. As pessoas fazem isso o tempo todo – dei de ombros. – Nós iríamos nos visitar nos fins de semana.

– É um voo de três horas, sem falar no preço da passagem, e de carro são 20 horas sem parar. – Ele havia feito sua pesquisa.

– Então, o que nós fazemos? – perguntei.

Laurie sacudiu a cabeça. Pensei em quando o conheci e na vez em que escorreguei na entrada de carros e mostrei o dedo para ele. Na vez fora do Centro Comunitário com Meg e Reeder. Laurie parecia muito misterioso, o destruidor de corações clássico.

Ele agora era muito diferente a meus olhos. Ele era meu melhor amigo. Eu gostava dele mais que isso – sabia que sim –, mas era algo que também me assustava. Eu não queria ficar como Meg quando River fodeu com ela. Eu queria entrar em meu primeiro relacionamento com os olhos abertos.

– Você quer cem por cento ir para Nova York? A *Vice* tem sucursais por toda parte. Uma em Venice Beach, basicamente Los Angeles, uma em Toronto... Por toda parte.

– Quero ir para Nova York, eu acho. – Eu nunca havia pensado em Los Angeles. Toronto, sim, mas, de maneira realista, era difícil sair do país para estudar. – Você podia vir para Nova York.

– Eu podia?

– Sim? Certo? Quero dizer, por que não? O que você está fazendo aqui que não poderia fazer lá?

Ele se apoiou nas mãos espalmadas sobre a cama.

– Não sei, mas eu não quero viver em Nova York. Odiei ficar lá por mais que alguns dias. Você não conhece, não é tão bom quanto você pensa.

– *Apesar disso*, eu vou em breve – eu lhe falei, embora meus pais ainda não tivessem me dado uma resposta clara sobre se poderíamos visitar alguns *campi* por lá. Minhas notas eram boas, mas eu não tinha certeza de entrar em nenhuma das faculdades que eu queria. Mesmo depois de entrar, eu ainda precisaria me preocupar em pagar por ela, e o dinheiro que as forças armadas davam para custear a faculdade só podia ir para uma de nós. Entretanto, nunca havia sido discutido *qual* de nós.

– Acho que a coisa da longa distância seria uma boa – falei a Laurie.

– Então e se eu voltar para a Itália? Tenho um amigo em Milão com quem poderia ficar por algum tempo. Eu ficaria mais perto de minha mãe, mas ainda a apenas um voo de você.

Ele tinha mesmo feito sua pesquisa. Quase demais.

– Então você tem planejado isso?

– Não planejado – ele coçou algo em sua testa. – Só pensando nisso. Você nunca pensou?

– Já, quero dizer, um pouco. Na verdade não pensei muito nisso, mas meio que achei que você fosse ficar aqui, que eu fosse para Nova York e voltasse para casa para os feriados e coisas assim.

– Eu não sei... E os garotos na faculdade? A distância provavelmente ia acabar com a gente. Ela normalmente faz isso. – Laurie parecia estar à procura de razões para que isso fracassasse.

O que eu queria dizer era que estatisticamente a pessoa que você namora quando jovem não é com quem você acaba quando fica mais velha. De todos os casais casados que eu conhecia, incluindo adultos, a maioria estava em seu segundo casamento. Laurie era parte de mim, eu sabia que iria arrancar pedaços de mim quando isso parasse de funcionar – não era uma situação fácil de engolir, mas era a realidade.

– Eu não estou preocupada com garotos na faculdade – falei.

Ele sorriu e pegou minhas mãos. Sua pele era sempre bem quente. Ele ergueu a palma de minha mão diante de seu rosto e afastou meus dedos, apertando-os delicadamente sobre sua boca. Eu estremeci inteira. Era uma coisa o jeito como ele fazia com que eu me sentisse. O jeito como ele fazia o sangue roncar por trás de meus ouvidos e pipocas estourarem em meu estômago.

Eu me apoiei nele, e ele me puxou para seu colo. Cada vez que estávamos sozinhos, cruzávamos outra linha, fazíamos outro movimento na direção do que poderíamos ser.

– Nós somos muito bons como vizinhos, perto um do outro – ele falou a centímetros de meu rosto. Minhas coxas estavam dos dois lados de sua cintura magra; seu moletom grosso estava todo cheio de dobras entre nós.

Deus, ele deixava minha cabeça confusa. Isso me deixava furiosa.

– Você tem certeza de que quer isso? Você não vai poder receber Shelly Hunchberg para falar sobre eventos beneficentes quando eu estiver em outro estado.

– Ah, cale a boca – ele sorriu. Suas mãos quentes estavam em minhas costas. Eu podia sentir o calor delas através de minha regata fina. – Você é quem vai se apaixonar por garotos do café e professores.

– Não. Eu não tenho tempo para eles.

– Você mal tem tempo para mim – ele disse, quase me beijando.

Eu não queria mentir.

– Eu sei.

– Você é importante para mim, Jo.

Olhei para o rosto de Laurie e contei a pequena quantidade de sardas abaixo de seu olho. Suas sobrancelhas grossas eram louro-escuras e estavam relaxadas. E seus lábios, eles eram cor-de-rosa.

– Beije-me e você vai ver como eu sou importante – falei enquanto uma garota descolada que citava poesia possuía meu corpo.

– Eu li esses diários. Sylvia Plath...

Eu o beijei para silenciá-lo e decidi que, talvez, Laurie estivesse certo: havia muitas áreas cinza.

40

Houve fila na porta do Pages pela última hora e meia. A hiperagitada Hayton estava bebendo xícaras de expresso de um modo excessivo, somando isso à sua própria loucura. Sam, um garoto com quem eu havia trabalhado apenas duas vezes, estava com dificuldade para se lembrar dos pedidos. Além disso, ele fez a droga de quatro pedidos errados seguidos, o que significou que eu precisei refazer quatro bebidas seguidas. Seu turno iria terminar em mais uma hora, eu ainda tinha mais duas horas de trabalho, o que significava limpar a droga da sujeira dele. Meus pés estavam doendo, e meu avental estava pintado com grandes manchas marrons de café. Meu jeans estava sujo com grãos de café moídos e os restos de uma bolota de creme de chantili, e eu, de algum modo, havia conseguido fazer um corte feio no cotovelo, com papel, ao trocar o rolo do caixa.

Eu nunca fui uma barista graciosa, mas não era normalmente tão desajeitada. Acho que não posso dizer droga nenhuma sobre Sam errar os pedidos. Era que eu simplesmente não conseguia parar de pensar naquela manhã. A memória estava muito viva, calcinante e quente em minha cabeça. Laurie havia me beijado, tipo me *beijaaaado*. Como se ele tivesse me beijado com mais força do que jamais havia beijado antes. Se Meg e eu não estivéssemos brigando, eu teria feito com que ela procurasse na pele de minhas costas pequenas marcas de lua deixadas por suas unhas. Eu podia senti-las latejar. Meu estômago se revirou bem no fundo, e minha boca formigou. Eu sentia sua falta. Queria que ele fosse até o Pages e me empurrasse contra o...

– Um *mocha* gelado aqui! – Sam gritou para Hayton. Ou para mim? Eu não sabia ao certo, mas isso quase fez com que meus ossos saltassem de meu corpo.

– Ah, merda. Nós estamos fodidas. Tem uma fila ali! – Hayton sussurrou para mim, erguendo o mindinho no ar para apontar a área da livraria. Ela estava certa. Estávamos fodidas.

Na verdade, a única coisa ruim de trabalhar no Pages era quando os dois lados estavam repletos de clientes. Como eu era uma das duas únicas funcionárias que trabalhava em ambas as áreas, eu podia atender clientes na parte da livraria e, em seguida, aparecer para dizer a outro cliente por que ele deveria devorar meus livros de poesia favoritos, preparar bebidas ou botar um *bagel* na torradeira quando necessário. Hoje era um desses dias. Eu estava indo de um lado para o outro desde o meio-dia. Sabia que, quando aquela fila terminasse, eu voltaria a vender livros e teria de me lembrar de nomes de autores e gêneros, a ordem em que seus livros apareciam em uma série e, talvez, só talvez, se tivesse sorte o bastante, minha cabeça explodiria em confete temático de páginas de livros.

– Desculpe – ouvi Sam dizer.

– Tudo bem! – Hayton deu a ele seu sorriso mais agressivo, parecendo um pouco como se estivesse planejando esfolá-lo vivo diante dos clientes. A imagem era digna de vômito, para dizer o mínimo, e momentaneamente eu xinguei Meredith e seu amor pelo terror por seu impacto em minha mente.

O Pages estava ficando cada vez mais cheio a cada semana que eu trabalhava lá. Eu odiava a longa viagem até o Bairro Francês, mas podia ver por que as pessoas – tanto *hipsters* quanto não – iam tanto até lá para tirar fotos para suas publicações em mídias sociais. O papel de parede floral moderno contrastava com fileiras e fileiras de livros. No fundo da loja havia uma seção de compra e venda de livros usados que estava sempre cheia, onde a maioria dos verdadeiros bibliófilos adquiria seu estoque. Mas as colecionadoras estetas queriam a capa dura reluzente que combinava com sua caneca de café de *designer* e com o padrão de suas unhas.

O Pages era tudo o que você podia querer em um *point* (armadilha para turistas) local. Quando informação sobre o lugar começou a circular sem parar, *blogs* postaram muitas fotos dele, e uma garota com um milhão de seguidores no Instagram publicou um *latte* sofisticado dali com um pinguim desenhado na espuma. Ele ficou cada vez mais movimentado. Quase toda pessoa tirava uma foto de seu café, e eu sempre podia dizer quando elas estavam indo direto para o Instagram. É simplesmente *muito chique* beber um *mocha* de coco com chocolate branco de US$ 6! E o que dizer de um café de *design* com um pequeno desenho em cima?

Mas é sério. Eu amava essas fotos não muito secretamente. O Instagram de Laurie era cheio de fotos nossas.

Laurie. Meu estômago revirou outra vez.

O *boom* nos negócios do Pages teria sido legal antes, mas, desde que meu pai havia voltado para casa, eu simplesmente não tinha tempo para me dedicar muito à escola, depois ir para o trabalho e, depois, para casa. Eu havia me tornado tão ocupada dirigindo de um lado para outro, indo a médicos, às Bandeirantes de Amy e ao trabalho que, quando eu amarrava o avental em torno da cintura, eu mal tinha energia suficiente para fazer um café gelado, muito menos manter uma fila andando com animação na voz e um sorriso no rosto.

Eu estava suada e havia perdido as contas de quantos *bagels* havia torrado ou quantos *lattes* de baunilha tinha feito. Minha camiseta castanho-amarelada estava grudando ao suor que brotava em minhas costas.

Quando pensei que nada mais podia ser acrescentado à minha lista, meu telefone vibrou no bolso. Eu o peguei e vi o nome de meu pai piscar na tela. Ignorei a ligação e gritei para Hayton que estaria de volta em um segundo. Não esperei para ouvir sua resposta antes de mergulhar na sala de descanso e ligar de volta para meu pai.

Ele atendeu no primeiro toque.

– Jo, ei. Você pode me pegar no Howard?

Ele devia estar em uma de suas consultas no hospital da base. Senti que elas estavam se acumulando, eu nem sabia dessa.

– Estou no trabalho, não posso. Eu largo às quatro, mais ou menos em uma hora. Você tinha uma consulta em pleno domingo?

Ouvi o liquidificador e rezei a Deus para que não fosse Sam fazendo uma bebida misturada.

– Não, fui à oficina de marcenaria na base ver se eu conhecia alguém, mas ela estava cheia de praças novos. Sua irmã me deixou a caminho de alguma coisa – ele fez uma pausa. – Esqueci, mas Meg me trouxe. Você pode me buscar?

– Eu saio em uma hora.

– Tudo bem. Posso ficar aqui sentado esperando.

Um copo de metal caiu no chão. O liquidificador, o copo de metal, Sam... uma combinação ruim. Eu tinha, tipo, dez segundos no máximo para voltar para lá e trabalhar, ou ficaria ali o dia inteiro. Eu queria voltar para a casa de Laurie... ou apenas ver Laurie... E eu queria descobrir se Meg ainda estava com raiva de mim por causa da situação com Shia. Minhas costas estavam tão tensas que parecia que centenas de pequenas agulhas espetavam a carne entre meu pescoço e meu ombro.

– Nem fodendo... – eu parei e me corrigi. – De jeito nenhum. Deixe-me ver se Laurie pode ir buscar você. Eu mando uma mensagem de texto assim que souber.

– Obrigado, Jo. Amo você.

Desliguei e girei os ombros para trás, tentando aliviar o latejar. Eu queria me apoiar na parede, mas não queria ficar confortável demais. Meu corpo estava exausto até a ponta dos dedos dos pés. Olhei para o grande quadro de horários preso à parede na sala de descanso. Meu nome estava ali quatro vezes por semana. Aproximadamente três eram demais. Será que a vida devia ser tão dura nessa idade? Eu devia estar preparada para isso. A TV, o cinema e as mídias em geral me prepararam para isso. *Gossip Girl*, *O mundo é dos jovens*, a descrição imperfeitamente perfeita do que a vida dos adolescentes era no meu tempo.

Laurie atendeu o telefone depois do segundo toque.

– Ei, eu preciso pedir um favor – saudei-o.

Houve um ruído ao fundo, como um zunido baixo ou um sibilar.

– Oi. Tudo bem?

– Você pode pegar meu pai na oficina de marcenaria em frente ao hospital Magnolia?

– Agora?

– É. Você pode? Você não tem um motorista sentado por aí esperando que você ligue para ele?

Laurie riu no telefone.

– Há, há. Tenho. Mas eu vou pegar seu pai. Eu na verdade sei dirigir. Você pode acreditar nisso? – Sarcasmo bem-humorado escorria de sua voz com sotaque. Seu "há, há" quase não tinha o *h*.

– Ai... – provoquei.

Ele era um motorista horrível. Eu limitava sua direção a quando saíamos juntos. Desde conhecer Laurie, eu me via adorando ser levada de motorista por aí. Ainda andava de ônibus ou metrô sem problemas, mas sentar nos bancos de couro negro que tinham sempre o nível de frio perfeito para a primavera da Louisiana enquanto era levada por um motorista que ficava em sua própria faixa, diferente de Laurie, era muito legal.

– Vou sair agora. Só preciso terminar meu banho.

Então esse era o som sibilante.

– Obrigada, Laurie – disse em voz baixa ao telefone.

– Sem problema, Jo.

Ele desligou primeiro, e tentei pensar em qualquer coisa além dele no chuveiro. O que quer que ele botava em seus beijos devia ser engarrafado e vendido a garotas virginais por toda a droga do mundo.

A campainha na parede tocou bem perto de meu ouvido, fazendo com que eu soubesse que a porta do saguão havia se aberto e me dando o maior susto. Esfreguei as mãos no avental sujo e voltei para a tempestade na loja. Só que não havia nenhuma tempestade. Era como o pequeno raio de sol depois de uma tempestade ruim. A fila estava completamente terminada no café, e Sam estava limpando as mesas sujas. Hayton, por sua vez, estava botando seu corpo ocupado para trabalhar varrendo o chão atrás do balcão. Mesmo o lado da livraria estava quase vazio: havia apenas duas pessoas na caixa registradora. Uma garota loura e um cara tatuado estavam saindo com uma pilha bem grande de livros usados. O barulho também morrera, de modo que eu podia ouvir a música. A porta se abriu outra vez, e Vanessa, nossa mais nova colega de trabalho, chegou. Aquilo não podia ficar melhor. Eu amava trabalhar com Vanessa. Ela fazia seu trabalho e era engraçada, inteligente e tão boa em sua função que fazia com que o turno fluísse muito melhor.

O caos havia terminado. Laurie parecia trazer a paz em seu rastro.

Quando arrastei meu corpo pela porta da frente de minha casa depois do trabalho, Laurie estava no sofá com suas pernas compridas em cima do tapete surrado de Mosul. Ele usava um jeans leve com rasgos nos joelhos, e a sola de suas meias brancas estavam sujas. Amy estava empoleirada a seu lado. O *laptop* estava no colo dela.

– Então ela gritou com Jo, e Jo saiu e foi para sua casa. Meredith e meu pai ficaram furiosos por causa desse garoto horrível em minha escola, chamado Jacob Weber, que me beijou – Amy fez uma expressão azeda.

Eu me apoiei na parede para tirar os sapatos. Eu precisava de um banho imediatamente.

– Amy, sério?

Tudo o que eu recebi foi um revirar de olhos de Amy antes que ela se voltasse para Laurie.

– Enfim, é isso. É uma grande confusão.

Eu fui até o sofá e me sentei aos pés de Laurie. Se Amy não estivesse ali, eu teria me sentado entre suas pernas como eu podia fazer quando assistíamos sem parar a programas da Netflix em sua casa.

– E nenhuma de minhas amigas está em nenhuma de minhas matérias este ano – Amy suspirou como se não tivesse a sorte sequer de *ter* amigas, para começo de conversa. Por falar nisso, Beth entrou na sala e entregou a Amy um prato de comida. Pequenos sanduíches de bolachas amanteigadas com uma camada de queijo e presunto entre elas.

– Obrigadaaa – Amy mandou um beijo para Beth e bateu seus pés calçados com meias contra o sofá. Ela estava de maquiagem – os lábios pequenos e a face rosados.

– Droga – Laurie sacudiu a cabeça. Seu cabelo estava enfiado atrás de suas orelhas, mas ele voltou a arrumar os dois lados e continuou a conversar com minha irmã de 12 anos sobre sua crise na segunda fase do Ensino Fundamental.

– Isso é bem brutal. Garotos podem ser di... – Ele limpou a garganta. – Garotos podem se comportar muito mal algumas vezes. Especialmente com garotas. Eu gostaria de dizer que nós melhoramos com a idade, mas não sei se isso é verdade.

– Alguns de vocês, sim – eu lhe disse.

Eu me encostei em suas pernas, e sua mão começou a esfregar meu ombro, o mais longe de Amy. Seu toque era duro contra meu músculo, mas a pressão era uma sensação boa. Fiquei imediatamente relaxada. Ergui a mão e puxei o cabelo para baixo a fim de esconder o carinho de minha irmã.

– Sim – Laurie riu. – Alguns.

Amy deu uma mordida em seu lanche farelento, e Beth parou acima de mim. Seus olhos estavam na mão de Laurie em meu ombro, esfregando e liberando a tensão. Eu não estava embaraçada, o que era um pouco estranho, porque eu estava perto de Amy. Mas não com Beth.

– Vou levar mamãe ao PX – ela nos disse.

– Eu vou! – Amy anunciou, cuspindo pequenos farelos de bolacha em cima de sua blusa branca.

Beth sacudiu a cabeça.

– Você deve ficar com Jo e Laurie. Nós vamos só comprar algumas coisas e pegar o bolo de aniversário de tia Hannah.

– Eu não quero ficar com Jo e Laurie – Amy protestou.

Desde que começara a enrolar o cabelo e a usar pequenos diamantes nas orelhas, ela parecia mais velha que Beth. Era estranho. Eu jurava que, desde que havia começado a menstruar, ela envelhecera dois anos. Ela parecia imatura demais para seu corpo, com uma gargantilha fina e preta em volta do pescoço e jeans apertando seus pequenos quadris em desenvolvimento. Ela ia ter o tipo de corpo de Meredith e Meg. Eu sabia. Ela já tinha peitos maiores que eu, e ela tinha 12 anos. Eu me perguntei como ela iria lidar com isso e se ela iria precisar que eu a lembrasse que ela tinha o poder sobre seu corpo e que nunca deixasse que outra pessoa o usasse como arma contra ela.

– Olhe – Beth começou a sussurrar. – Você não pode comprar nada na loja, está bem?

– Ok. Está bem?

– Estou falando sério. Você mal pode esperar até chegarmos lá para começar a implorar por coisas, porque mamãe e papai têm muitas contas, e está quase chegando o evento beneficente.

Eu sabia que Amy sempre fazia isso. Ela uma vez teve um ataque de nível médio no meio do PX por causa de algum *spray* para o corpo que ela queria. Meus pais não nos batiam com frequência, mas, naquele dia, Meredith deu quatro ou cinco tapas nela a caminho do carro.

– Está bem. Oh, meu Deus – Amy revirou os olhos.

Laurie apertou meu ombro um pouco mais, e eu me virei para Amy.

– Amy, menos – disse para ela.

– Cuide de sua vida, Jo – ela respondeu com insolência. Ela me lançou um olhar tão de adulta que chegou a ser um pouco aterrorizante, mas basicamente me deixou com raiva. Eu odiava quando garotas se exibiam diante de garotos, e era exatamente isso o que Amy estava fazendo.

– Amy – alertei-a novamente.

Laurie tirou lentamente a mão de mim.

– Eu só vou perguntar à mamãe – Amy tirou o corpo do sofá tão rápido que o *laptop* caiu no chão. Eu surtei.

– Cuidado! – gritei esticando-me para pegá-lo.

Laurie tirou as pernas do caminho.

– Garotas – disse Beth de maneira carinhosa, tentando romper a tensão.

– Amy, sério! Vá, vá para a cozinha ou alguma coisa assim. Saia daqui – fervilhei. A tela estava congelada quando tentei me logar. – Travou! Ele agora está quebrado porque você...

– Meninas! – Meredith entrou na sala. – Parem com isso.

– Ela quebrou o *laptop*! – gritei. Eu não olhei para Laurie.

– Josephine! Pare com isso. Agora! – Meredith estava tomada pela raiva. Era a maior emoção que eu via no rosto de minha mãe há muito tempo. Ficava bem nela.

Amy disse à minha mãe que queria ir ao PX e, quando Meredith lhe disse que ela não podia, ela pegou o computador de minhas mãos.

Minha irmã me olhou fixamente, parada como uma pequena leoa, com o lábio curvado como se estivesse prestes a atacar, com as garras expostas.

– Largue! Entregue para mim! – gritei.

Ela ergueu o *laptop* mais alto.

– Amy! – berrei, tentando processar o que ela estava fazendo. Será que ela ia mesmo quebrar o único computador que eu e minhas irmãs tínhamos para usar, mesmo sabendo que, se nossos pais não tinham dinheiro para lhe comprar uma saia brilhante ou uma sandália nova, eles sem a menor dúvida não podiam pagar por um *laptop* novo?

Eu estava cheia de raiva e só conseguia pensar em empurrá-la no chão, subir em cima dela e sacudi-la até botar um pouco de bom senso em Amy. Mal consegui perceber quando voltei a gritar com ela. Meredith se moveu em sua direção, mas não foi rápida o bastante.

Amy começou a gritar também, dizendo que eu era uma mentirosa e que ela me odiava. Sobre o que eu menti? Quem poderia saber? Eu não sabia, mas lhe disse que a odiava também. Quando Beth começou a ir até Amy, empurrei seus ombros, e ela largou o *laptop* no chão. Ela gritou e cravou as pequenas unhas afiadas em minha pele. Laurie estendeu a mão, pegou o computador e o afastou de maiores danos.

– Parem com isso! – Beth gritou, puxando Amy de cima de mim.

Meredith não estava nem de perto satisfeita conosco.

Meu pai chegou apressado na sala.

– Que diabos está acontecendo? – sua voz trovejou.

Laurie afastou os olhos, apenas um pouco aterrorizado com a voz de exército de meu pai.

– As meninas estão brigando – Meredith explicou.

– Sobre o quê, agora?

– Eu quero ir ao PX – Amy anunciou ao mesmo tempo em que eu disse:

– Ela quebrou o *laptop*!

– Você quebrou o *laptop*? Você não vai ao PX. Vá para o seu quarto – meu pai apontou o dedo na direção do corredor.

Amy fechou a cara e olhou feio para todo mundo, inclusive Laurie, e saiu andando rumo a seu quarto.

– Vamos, Beth – Meredith parecia muito exausta. – Eles fecham cedo aos domingos.

Laurie esperou que meu pai deixasse a sala antes de voltar a se sentar no sofá.

– Pode me dizer o pior – falei quando me sentei ao lado dele.

O *laptop* estava aberto em seu colo, mas eu não podia ver a tela. Ele passou a língua nos lábios e mexeu um pouco com o teclado e o mouse.

– Está bem, destravou. Mas acho que ele está com algum problema. Está demorando para carregar. Mas... – Ele parou e olhou para o corredor.

A casa estava silenciosa exceto pelas notícias na TV e o tiquetaquear do relógio na parede. Amy e meu pai ainda não haviam saído do quarto dela, e eu sabia que ela provavelmente estava chorando lágrimas de culpa durante a bronca que papai sem dúvida estava lhe dando.

– Mas o quê? – perguntei a Laurie, movendo-me mais para perto.

Ele hesitou.

– Eu não sei... Acho que encontrei alguma coisa meio... estranha – ele virou a tela na minha direção.

– Mostre-me – me inclinei para perto.

Na tela havia uma caixa de entrada de e-mails com o nome de Meg. Laurie clicou na caixa de saída, e eu olhei para a tela sem entender, enquanto meu cérebro processava o que eu estava vendo. Havia apenas alguns e-mails na caixa de saída, e eram todos para uma pessoa. Meg Spring.

– Abra – pedi a Laurie.

Eu li o e-mail assim que ele ocupou a tela.

Eu não podia acreditar no que estava vendo.

41

beth

O PX não costumava estar muito cheio nas noites de domingo. O restante do fim de semana era o pior momento para ir, porque todos os soldados estavam de folga, mas os domingos eram uma espécie de dia em família nas bases militares. Minha mãe e eu fomos ao PX comprar pilhas e algumas calças jeans para meu pai logo depois que Amy quebrou o *laptop* diante de todo mundo, inclusive de Laurie.

Meredith ficou quieta pela maior parte do caminho e dirigiu muito mais devagar que o habitual. Achei que ela talvez estivesse cansada. Todos tínhamos muita coisa acontecendo, eu não a culpava. Eu costumava levar mais de uma hora para dormir à noite. Isso não estava acontecendo mais; eu dormia dez minutos depois que minha cabeça se deitava no travesseiro.

– Eles têm tamanho 44, 46 das escuras? – minha mãe me perguntou.

Procurávamos em pilhas de jeans dobrados pelo tamanho de meu pai. Meredith havia acabado de me contar o último drama. Denise

Hunchberg estava sendo acusada de pegar algum dinheiro do evento beneficente. Ninguém parecia ter provas, mas a mãe de Mateo Hender disse que sim e postou na página do Grupo de Prontidão Familiar no Facebook que iria desmascará-la. Como os filhos das duas mulheres estavam namorando, isso sem dúvida iria causar um drama na escola de Jo.

– Achei – peguei um jeans escuro lavado e o joguei no carrinho.

Havíamos quase acabado com nossa listinha, e eu estava ficando com muita fome. Eu tinha um dever de Literatura e Linguagem para terminar antes de ir para cama e estava bem certa de que mais ninguém estava fazendo nada em relação ao jantar. Eu iria precisar fazer alguma coisa e rápido. Não ia ser difícil, apenas ia consumir tempo, e eu estava torcendo para conseguir algum tempo em silêncio quando chegássemos em casa antes que Amy entrasse no quarto para dormir.

– O que tem para o jantar? – perguntei.

Minha mãe pegou uma camisa cinza-escuro e a ergueu no ar. Havia uma marca da Nike no bolsinho.

– Eles querem 40 dólares por isso? – Ela observou admirada a etiqueta de preço em sua mão, recolocou o cabide no mostruário de metal e pegou uma camiseta similar de outro mostruário. – Pensei em comprarmos pizzas no Little Caesars quando pararmos no Kmart. Vou comprar pilhas lá. Eu tenho um cupom. – Ela empurrou o carrinho na direção da fila do caixa.

Quando Meg estava no Ensino Médio, ela trabalhou no Kmart por, tipo, duas semanas antes de pedir demissão. Nesse curto período, ficamos obcecadas pela pizza do Little Caesars no interior da loja. Sorri para minha mãe, e meu estômago doeu. A fila do caixa levou alguns minutos a mais que o habitual, embora não houvesse muita gente fazendo compras. Eu me distraí enquanto minha mãe conversava com o caixa de bigode grosso que escaneou nossas coisas.

Comecei a pensar em como esse fim de semana havia ido ladeira abaixo rapidamente. Entre o festival, com Meg e Bell Gardiner, até Meg e Jo e Jo e Amy brigando...

– Uhm, não passou. Tente novamente – o caixa disse à minha mãe.

Minha mãe levou um susto e entrou instantaneamente em pânico.

– Está bem – ela passou o cartão outra vez.

Alguns segundos depois, houve um bipe horrível, e ele sacudiu a cabeça.

– A senhora tem outro cartão?

Minha mãe pôs a bolsa sobre o balcão e procurou a carteira. Ela parecia mortificada, mas eu podia dizer que ela estava se esforçando muito para não ficar assim.

– Acho que tenho meu cartão Star.

Ela o encontrou, e ele funcionou, então ela comprou alguns cartões de presente Visa caso o outro continuasse a não funcionar até o dia do pagamento.

Espere... Eu me dei conta de uma coisa. *O dia do pagamento acabou de passar.*

O cartão Star, embora só pudesse ser usado na base, era um salva-vidas na época em que meu pai não era oficial e Meg e Jo não tinham empregos.

Nenhuma de nós falou até chegarmos ao carro. Minha mãe ligou o motor, abaixou o rádio e ficou sentada atrás do volante por alguns segundos. Ela se parecia muito com Amy e Meg com o rosto em forma de coração e a posição da boca.

Acima do ronronar suave do carro que ganhava vida, minha mãe perguntou com calma:

– Posso lhe pedir um favor que eu, na verdade, não deveria estar pedindo a você?

Eu assenti, mas ela não virou a cabeça.

– Pode – falei.

– Por favor, não mencione isso a seu pai. Eu estou tentando encontrar uma solução – ela suspirou e passou a mão diante da boca como se estivesse removendo a verdade.

– Mãe, você sabe que eu vou tentar ajudá-la de qualquer jeito que eu...

Ela ergueu a mão.

– Isso não é algo com o que você devesse estar preocupada, e me desculpe por botar você no meio disso. Às vezes eu esqueço que você é uma criança.

Eu não diria que era uma criança. Eu ajudava a administrar a casa, mas não era hora de trazer isso à tona.

– Se você pedisse ajuda a Meg e a Jo, elas ajudariam.

– Beth... – ela sorriu. – Isso não é trabalho delas. Eu sou a mãe. Eu sei que ultimamente não tem parecido isso. – Ela olhou para a barra de direção.

– Está bem. Há coisas demais acontecendo. Eu entendo.

Ela segurou minha mão em meu colo.

– Para ser honesta, sua generosidade às vezes me assusta.

– Por quê?

Ela moveu as pernas e desligou os faróis. Não havia muitos carros no estacionamento, e a loja estava prestes a fechar. O posto de gasolina ao lado parecia uma cidade fantasma.

– Por que o mundo é *muito* grande, Besoura. – Minha mãe às vezes nos chamava de besouras quando éramos novas, mas não fazia isso há anos. – Eu me preocupo com o que vai acontecer com você quando todas as suas irmãs saírem de casa.

Eu meio que ri, sem saber ao certo como receber aquilo que ela estava dizendo.

– O quê?

– O que você planeja fazer depois de se formar? Ou mesmo até sua formatura... Você vai ficar em casa até lá?

Eu balancei a cabeça afirmativamente.

– Sim. Se vocês deixarem. – Fui honesta, embora isso me fizesse sentir o que imaginava ser a sensação de uma ressaca.

Ela inflou as bochechas e soprou uma baforada de ar dentro do carro.

– Claro que vamos deixar que você faça isso. Eu nunca vou forçá-la a ir para a escola se você a odeia tanto. Eu só preciso me assegurar de que você esteja bem. Mesmo ficando em casa, você está bem? Para você, eu estou fazendo o que deveria fazer como sua mãe?

A culpa de minha mãe era evidente. E, para ser honesta, a casa dos Spring não era perfeita. Mas eu acreditava que ela estava fazendo todo o possível. Seus nervos pareciam estar acabando com ela nos últimos tempos. Eu já a tinha visto triste assim antes, portanto isso não me chocou, mas era uma sensação diferente ser o centro disso. Parte de mim se sentiu culpada por ela estar tão preocupada comigo, mas uma pequena parte de mim estava desesperada por atenção.

– Eu estou bem. Eu só aprendo diferente de minhas irmãs. Todo mundo é diferente, sabia?

Ela riu.

– Ah, eu sei. Eu estou falando sério, Bethany. Se você precisar falar com alguém ou achar que precisa ver um médico ou algo assim, está tudo bem. Não há nada, nada, nada errado com isso. Eu faço o que puder para conseguir o que quer que você...

– Mãe... – apertei sua mão. – Eu estou bem, obrigada.

Olhei para ela. Ela parecia mais a Meredith Spring que eu conhecia antes da primavera. A de língua afiada e humor negro. A guerreira com todo um mundo já em seus ombros que ainda dançava na sala de estar músicas antigas de Luther Vandross.

– Eu amo você e estou bem. Eu só preciso mesmo que você e papai concordem que eu não vá para a escola.

– E você sabe que, se gostar de alguém, seja roxo, negro, branco, moreno ou azul, ou se nós o chamamos de ela, ele ou um quem...

– Eu sei. Eu sei – eu sorri. Ela cantava esse pequeno *jingle* desde que eu era criança. Ela sempre vinha com musiquinhas para coisas aleatórias. – Eu não estou namorando ninguém. Eu mal saio de...

– É exatamente o que eu quero dizer – ela inclinou a cabeça para baixo, me dando *o* olhar.

– Sério, eu estou bem agora e, se isso mudar, eu te digo.

Ela entrelaçou o mindinho no meu.

– Promessa com o mindinho?

– Fechado – balancei a cabeça afirmativamente, e ela sorriu para mim.

– Fechado.

42

meg

A sra. King estava quase acabando seu jantar mensal para o conselho diretor de sua fundação do câncer. Ela havia pedido para que eu fosse ao meio-dia preparar seu cabelo e sua maquiagem, orientar o bufê, andar com os cachorros e preparar as etiquetas de sua correspondência da semana. Eu não me incomodava com os deveres de assistente pessoal, mas preferiria muito mais lidar apenas com seu brilho.

A reunião deve acabar a qualquer momento. A sobremesa foi servida há 15 minutos. Eu usei alguns minutos do tempo livre para retocar minha maquiagem no espelho do corredor. Meus olhos ainda estavam um pouco inchados da noite anterior, e a vermelhidão em minha pele começava a aparecer através de minha base. Aquele festival acabou comigo. Foi como uma máquina do tempo que me levara de volta ao Texas com um alvo nas costas. Eu odiava me sentir como se os dois mundos estivessem se misturando. Eu pensava que o passado nunca iria me alcançar, mas fui uma grande idiota. Passei *gloss* nos lábios, ajeitei o cabelo e tentei encobrir o drama em minha vida com um pouco de máscara para os cílios. Eu captei meu reflexo no espelho na parede e pus o pincel de volta ao tubo de rímel.

Shia estava ali parado, a camisa coberta por grandes áreas de suor. Ele não se movia. Apenas olhava fixamente para mim no espelho. Eu afastei os olhos, guardei rapidamente minha maquiagem na bolsa e fechei o zíper.

– Espere – ele chamou às minhas costas, mas eu segui em frente. – Meg!

Eu virei a curva e caminhei pelo corredor. O escritório do sr. King ficava bem no meio do corredor e, embora ele não estivesse em casa, eu sabia que não devia bisbilhotar por aquela parte da casa.

Eu me virei para encarar Shia.

– Não! Vá embora.

– Meg, vamos. Me escute.

Eu sacudi a cabeça.

– Não. Não, Shia. Você e Bell Gardiner podem ir se foder.

Shia riu um pouco.

– Isso não é engraçado. Você contou a ela, não foi? – baixei a voz. – Não posso acreditar em você. Sei que ela é sua noiva e até que a morte os separe e coisa e tal, mas achei que fôssemos amigos.

Seus olhos saltaram.

– Amigos, hein?

– Shia.

– Margaret.

Olhei para um lado e para o outro do corredor. A última coisa de que eu precisava era que a sra. King aparecesse ali com um grupo de membros do conselho diretor vestidos com sua melhor roupa de jantar de domingo.

– Eu não contei nada sobre você a ninguém. Você sabe muito bem que eu não faria isso. Bell disse que Shelly mandou as fotos para ela e ela não sabia quem as havia mandado para Shelly. Ela sabe que estava errada em tomar parte dessa merda, mas o centro foi Shelly, sério, Meg.

Eu sacudi a cabeça sem acreditar.

– Você acha que eu ligo para quem está no meio dessa merda? Eu estou mortificada. Fui humilhada na frente de todos os seus amigos e de minhas irmãs – Virei o rosto quando as lágrimas arderam no fundo de meus olhos.

– Eu sei. Eu sei que foi – sua voz ecoou no corredor silencioso. Claro, essa era uma das únicas áreas da casa que não tinha um relógio pendurado na parede ou valorizando perfeitamente uma mesa de bufê.

– Não vou falar sobre isso com você. Não há nada a dizer. Agora eu preciso voltar ao trabalho.

– Pare de ser teimosa. Nós já não passamos disso?

Eu me virei e elevei a voz.

– Você e sua noiva foram longe demais, e tenho todo o direito de estar com raiva e magoada. – Eu me assegurei de que ele estivesse me olhando direto nos olhos. – Eu odeio vocês. Os dois.

– Ela não é minha noiva – pensei ouvi-lo dizer.

– Hein? – Voltei a olhar para o corredor, verificando se estávamos apenas nós dois.

Ele passou a língua nos lábios.

– Nós não estamos mais noivos. Eu terminei no caminho do festival até em casa. Desculpe por ela ter feito parte disso.

– Por quê? – Parecia que eu havia engolido terra e que minha garganta precisava ser molhada.

Ele deu um suspiro e se aproximou de mim.

– São muitas razões. Eu sou muito novo. Ela é muito nova. Nós não nos conhecemos bem o suficiente. Nós não temos nada em comum. Ela faz drama; ela foi horrível com você. As razões de sempre – ele sorriu.

Eu contive meu próprio sorriso antes que ele irrompesse em meus lábios.

– Você está falando sério? – Eu não sabia dizer ao certo, mas achei que talvez ele estivesse. – Para começar, por que você estava com ela?

Ele deu de ombros.

– Ela é legal – ele fez uma pausa. – Bom, às vezes ela é. Ela é engraçada, eu não tinha uma namorada há muito tempo e sabia que isso iria tirar meus pais de cima de mim por viajar. Eu daria a minha mãe outra coisa com o que se obcecar.

– Ela se preocupa com você.

– É – ele esfregou a nuca. As mangas de sua camisa estavam cortadas, e, como eu, ele parecia cansado.

– E agora o quê? – perguntei. Nossa conversa estava se movendo muito depressa.

– Eu estou de partida na terça-feira.

Opa.

– Esta terça-feira?

Ele balançou a cabeça afirmativamente.

– Está bem – engoli minhas palavras e minha surpresa. Eu sabia que ele ia viajar e, mais que isso, sua ausência de Nova Orleans não ia mudar minha vida em nada. No curto espaço de tempo em que o conhecia, eu havia me acostumado com sua ausência.

– Está bem? É isso?

– O que mais você espera de mim? – Encostei o ombro na parede bege. A enorme pintura da família na parede estava pendurada ao nível do meu olho, e eu olhei para o rosto jovem de Shia e para aquele maldito urso de pelúcia em suas mãos, tudo capturado diante de mim.

– Não sei. Alguma coisa mais que *está bem*.

– Por que você não me diz alguma coisa? Obviamente é você quem tem algo a dizer.

Seus olhos se fecharam por um segundo, e ele se aproximou de mim, me empurrando contra a parede.

– Desculpe por Bell. De verdade. Eu não tive nada a ver com isso, mas mesmo assim me desculpe. – Ele pôs a mão na base de meu pescoço, logo acima do tecido fino de minha camiseta.

Eu estava vestida de modo casual demais, uma camiseta branca com bolso dentro de um jeans preto rasgado enfiado em botinhas pretas de cano curto. Se eu soubesse que ia enfrentar Shia, teria usado sapatos mais confortáveis e uma blusa mais *sexy*.

– O que mais eu posso te dizer, Meg? Que você me irrita a metade do tempo? Ou que eu acho você uma menina mimada, ou que eu desejava ser o que você quer? – ele se aproximou mais um pouco.

Hein? Ele ia me beijar. *Oh, meu Deus.*

Essa tinha de ser uma ideia horrível. Jo ia achar que isso era uma ideia horrível.

– Nem pense nisso – falei em meio a um sorriso e virando a cabeça ao vê-lo mover os lábios em minha direção. – O que eu quero, exatamente? – perguntei sem fôlego. Sua palma da mão ainda estava na base de meu pescoço.

Ele sorriu.

– Você quer uma vida de mulher de oficial. Você quer ser assim, ou como minha mãe.

– O que há de tão ruim nisso?

Seu corpo estava a apenas alguns centímetros de distância do meu, quase me prendendo contra a parede.

Shia pegou o torso de minha camiseta e me puxou em sua direção. No momento em que nossos lábios se tocaram, saltos clicaram sobre o chão no final do corredor. Eu me afastei bruscamente dele, e ele envolveu meu pulso delicadamente em sua mão. Sua mãe estava vindo em nossa direção, e eu tentava não entrar em pânico.

– Não fuja – ele implorou. – Nós precisamos conversar.

– Meg? – A sra. King estava à minha procura.

– Merda. Merda. Sua mãe vai me matar – gemi saindo para a luz. – Estou indo – falei quando ela pôs os olhos em mim.

Seu vestido castanho-amarelado se encaixava perfeitamente em seu corpo, e as correias de sua sandália de salto subiam acima do tornozelo. Seu cabelo estava liso, um rio negro descendo por seus ombros.

– Nós terminamos. Se você quiser vir à sala de jantar enquanto eu arrumo algumas coisas, podemos conversar sobre a semana que vem, e você poderá ir embora.

Ela não pareceu suspeitar de nada, mas aí Shia saiu do canto e parou ao meu lado. A sra. King nem piscou ao vê-lo.

– Você voltou – ela disse para o filho enquanto ele caminhava em sua direção. Ela estava quase de sua altura em seu salto de 12 centímetros.

– Voltei. Eu só fui malhar. Eu disse isso a você.

– Sua irmã falou que seu voo é na terça-feira.

Eu não devia estar ali enquanto eles conversavam sobre coisas de família, mas a única saída dali era passar pelos dois. Eu me lembrei da briga que havia testemunhado do corredor e rezei para que a história não se repetisse.

– Mãe, eu sempre volto – ele estendeu os braços para abraçá-la, e ela apontou para suas roupas suadas. – Vamos lá – ele riu, inclinando a cabeça e enfeitiçando-a instantaneamente.

– Você vai me matar antes da hora indo e vindo desse jeito. Sua irmã está se estabelecendo, e você vai fazer isso? – Ela o abraçou com um braço. A pergunta era de uma mãe preocupada, não da sra. King que assinava meus cheques. Ela sempre foi legal comigo, mas era muito, muito mole com o filho.

– Volto no fim do verão.

Nós três começamos a andar na direção da escada.

– Setembro está muito distante de agora.

– Você vai ficar bem. Talvez você dê sorte e uma das meninas engravide – Shia brincou, soltando-se da mãe. Meu coração estava finalmente desacelerando de nossa "conversa" no andar de cima.

Ela revirou os olhos para ele.

– Muito engraçado. Elas bem que podiam, uma vez que você não vai me dar netos. Está bem, agora vá perturbar outra pessoa nesta casa para que possamos conseguir fazer algum trabalho – ela o enxotou.

Eu contive um sorriso, aliviada por a conversa ter sido leve.

Shia deu um beijo no rosto da mãe, acenou para mim sem me olhar nos olhos e desapareceu do *hall* de entrada. Eu segui a sra. King até a sala em que havia sido oferecido o jantar. Ela sempre me lembrava de que eu podia participar dos jantares, mas eu não tenho uma atenção tão duradoura para eles. Duas empregadas trabalhavam na limpeza à nossa volta, e a sra. King pegou um saco de lixo e começou a limpar ela mesmo a mesa.

– Tudo correu extremamente bem. Nós vamos dar outra bolsa de estudos, e estamos com algumas ideias para um site novo. Precisamos de um *designer*. Você conhece algum? – Ela jogou no saco prato após prato com o conteúdo em sua maioria comido.

Eu comecei a recolher as xícaras.

– Acho que o namorado da minha irmã é – Laurie parecia o tipo. – Vou descobrir e lhe digo.

– Obrigada, Meg. Como foi sua noite? Você comeu, certo? Espero que sim.

Eu assenti enquanto seguíamos de cadeira em cadeira. A sra. King sempre se assegurava de que eu comesse o que quisesse quando ela fazia suas reuniões, e eu sempre escolhia lugares que eu amava para fornecer os jantares por causa disso. Na maioria das vezes, eu levava sobras para minhas irmãs.

– Como foi sua noite?

Oh, meu Deus, ela está me interrogando.

Minha garganta estava muito seca.

– Boa. Eu estava apenas andando por aí e esbarrei com Shia. – Eu espremi um pequeno sorriso, como fazemos com o restinho da pasta de dente.

– Eu vi. Como está John Brooke?

Senti um peso no estômago. Falei:

– Bem. Quero dizer... – Ela estava limpando tão rápido que eu mal conseguia acompanhar. Novamente desejei ter usado sapatos mais confortáveis. – Ele está visitando a família por alguns dias antes de se apresentar em seu primeiro posto.

– Quantos anos ele deve mesmo ao exército?

– Cinco.

– Isso é muito tempo – ela comentou, como se eu já não soubesse disso. A mesa foi limpa, e eu estava muito, muito pronta para ir para casa e me afastar de qualquer um com o sobrenome King.

Talvez não de Shia...

Droga, eu estava muito confusa.

– É – consegui dizer.

A sra. King parou ao meu lado, bem mais alta que eu.

– Vamos para a cozinha?

Ela passou por mim, portanto segui atrás dela e verifiquei a hora em meu telefone. Eu havia passado o dia inteiro ali. Ninguém havia me mandado uma mensagem de texto. Jo provavelmente ainda estava com raiva de mim, e eu mal conseguia me lembrar de por que havíamos brigado. A sra. King foi até o refrigerador comercial reluzente e pegou uma embalagem de dois litros de leite.

– Você pode pegar dois copos? E o prato verde – ela apontou para o prato de *cookies* à minha frente.

Eu a encontrei na bancada central. Ela me entregou um copo de leite e uma colher. Eu coloquei os *cookies* entre nós, torcendo para que ela já soubesse meu horário para a semana seguinte.

Dei uma mordida em um *cookie* com pedaços de chocolate no momento em que a sra. King perguntou:

– Eu devo me preocupar com o que meu filho sente por você?

Eu quase engasguei.

– Uhm, o quê? – disse minha boca grande.

A sra. King estava muito calma e muito educada quando perguntou outra vez.

– Eu devo me preocupar com você e meu filho?

Eu fui cuidadosa em minha resposta.

– Em que sentido?

– No sentido romântico.

– Por que a senhora teria de se preocupar? – eu tomei um gole do leite.

A sra. King se apoiou com os cotovelos na bancada central de mármore.

– As coisas que me preocupariam são traição, paciência e a forma como o nome de nossa família é levado adiante.

Meu peito se apertou.

– Eu não estou traindo ninguém. John e eu mal nos... – eu não queria dar a ela uma desculpa. – Eu terminaria com John antes de assumir qualquer compromisso com seu filho.

Eu nem sabia se queria fazer isso. Eu sabia que ele estava dizendo a verdade sobre não contar a Bell, mas isso não significava que nosso relacionamento algum dia iria fazer sentido ou durar mais que uma de suas viagens.

– E paciência? – Ela mergulhou seu *cookie* no copo de leite.

– De que maneira? – Eu odiei ter de lhe pedir que esclarecesse, mas se isso fosse um teste, eu queria passar.

– Ele sai nessas viagens e vai para aldeias sem nenhuma internet. Ele vai voltar para casa sem dinheiro no banco porque o distribuiu todo. Ele é um bom homem, e tenho orgulho dele, mas há limites para tudo, e Shia precisa estar com uma mulher com muita paciência.

– A senhora fez essas perguntas a Bell Gardiner? – Eu simplesmente tinha de saber.

A sra. King sacudiu a cabeça.

– Não precisei.

– Por que a senhora já sabia as respostas? – Eu *ainda* tinha de saber.

– Não. Eu sabia que não ia durar o suficiente para que as respostas importassem.

Sua resposta me surpreendeu, mas eu não tive tempo para pensar antes que minha boca assumisse outra vez.

– Eu acho que sou paciente.

Eu não era paciente como, digamos... Beth, mas eu podia esperar por coisas que valessem o meu tempo.

– E a história do nome da família? – perguntei.

Eu não sabia ao certo se queria ouvir isso. Os King estavam muito acima do meu nível.

– Você sabe o que me importa mais do que a cor de sua pele ou seu sobrenome? – ela começou.

– Não – eu não sabia mesmo.

– Me importa que você seja uma guerreira. Você vai conseguir aguentar a pressão de estar em uma família como esta? Shia e seu pai podem não se falar por meses, mas nossa família é a coisa número um em *minha* vida.

Balancei a cabeça afirmativamente.

– E nem me importa para que faculdade você foi, nem mesmo se foi para a faculdade. Eu sei que isso não é para todos, e vocês, *millenials*, são muito autodidatas hoje em dia, eu entendo. Você vai conseguir criar meus netos para serem fortes e tomarem o mundo apesar da cor de sua pele?

Eu balancei a cabeça afirmativamente outra vez.

– Eu sei que isso parece muito – ela sorriu, acalmando a conversa inesperada. – E parece que estou em cima dele, mas esse não é o caso. Se isso não funcionar, muda muitas coisas. Seu emprego pode ficar comprometido, a amizade que vocês dois têm, a amizade que nós temos. Eu não quero desperdiçar meu tempo, nem o do meu filho, nem o seu, Meg, se você não estiver pronta para isso.

Aquilo ainda parecia um pouco intenso, mas, honestamente, eu estava planejando meu casamento e dando nomes a meus bichos de pelúcia desde que aprendi a falar. Eu não era como Jo. Ser mãe era muito importante para mim, e eu sempre soube que, independentemente da raça de meus filhos, eu seria sua maior defensora. Eu esperava ansiosa por meu futuro como esposa e mãe, um dia.

Eu estava muito longe disso. Shia também.

– Eu entendo. Shia e eu estamos simplesmente muito longe disso.

– Bom, quero que você consiga pensar no quadro mais amplo. Eu odiaria ter de perder o relacionamento profissional que temos agora se vocês dois acabarem terminando.

Nós precisávamos começar, primeiro, mas eu não disse isso a ela.

– Sra. King, prometo que se nós... chegarmos a isso, vou estar pronta para essas coisas – garanti a ela e a mim mesma. – Todas elas.

Shia e eu não podíamos simplesmente começar a namorar. Nós teríamos de começar como amigos outra vez, e isso não podia acontecer porque ele estava de partida até depois do verão, e ainda era primavera.

– Isso é tudo o que estou perguntando. E não conte a ele que eu falei nada disso. Essa é a última coisa. – Seu sorriso estava caloroso o suficiente para derreter a maior parte da estranheza. – Ah, e eu preciso que você passe estes *cookies* adiante para meus netos.

– Fechado – ergui um *cookie* no ar.

– Fechado – ela repetiu, brindando comigo com seu *cookie* parcialmente comido.

Pelos 20 minutos seguintes, passamos o horário da semana, incluindo tudo desde uma hora para tosa dos cachorros no dia seguinte pela manhã à participação em um júri na quinta-feira. Enquanto eu acrescentava coisas à sua agenda no celular, eu não parava de olhar pela porta, com alguma esperança de ver Shia outra vez antes de ir embora. Ele só tinha mais dois dias de sobra ali, e eu sabia que esses dias iriam passar rápido e, então, puf, ele estaria do outro lado do mundo outra vez.

Mas ele não passou pela porta. E, quando eu estava de saída com uma panela de sobras, o telefone da sra. King tocou na bancada onde eu o havia colocado.

Ela o pegou e leu enquanto me acompanhava até a porta.

– Tenha uma boa noite, Meg. E me avise se você quiser tirar a quinta-feira de folga.

Eu assenti, agradecendo-lhe, e entrei em meu carro o mais rápido possível.

O que havia acabado de acontecer?

43

beth

A pizzaria Little Caesars estava vazia, exceto por nós e pela garota grávida atrás do balcão. Só havia duas fatias de pizza sob o aquecedor. Eu sabia que eles estavam prestes a fechar e me senti uma idiota por chegar no último minuto, mas agora que eu estava fazendo a garota grávida nos ajudar me sentia pior. Sua etiqueta de identificação dizia Tawny, e ela tinha grandes olhos castanhos e um cabelo bem crespo. Ela parecia muito jovem.

– Oi – mamãe sorriu para ela. Mamãe sempre era uma cliente educada e nos ensinou a sermos iguais. Ela só estava um pouco menos alegre do que era alguns anos atrás, mas todo mundo na casa dos Spring estava um pouco mais cansado agora.

– Olá, como posso ajudá-las?

Minha mãe pediu à grávida Tawny que *por favor, por favor*, fizesse pizzas frescas, prometendo a ela uma gorjeta que compensasse seu tempo, e se desculpou profusamente. Eu não sabia o que ia acontecer naquela noite depois que a pizza gordurosa enchesse nossos estômagos felizes, o filme que escolhêssemos para ver terminasse, minha mãe e meu pai fossem para seu quarto, e nós garotas fôssemos para os nossos. Eu não sabia qual de minhas irmãs estaria por lá à noite e torci para que pelo menos uma delas estivesse para eu ter com quem conversar quando meus pais fechassem a porta de seu quarto, e minha mãe tivesse de dizer a meu pai que, mais uma vez, nós não tínhamos dinheiro.

– Só pimenta-jalapenho e cebola desse lado – minha mãe disse, pedindo a pizza favorita de Jo. Eu esperava que Jo tivesse se acalmado o suficiente para estar embaixo do mesmo teto que Amy. Esperava que, no dia seguinte, minha mãe pudesse dizer a meu pai que eu nunca mais iria para a escola pública outra vez e que ele recebesse isso bem e eu pudesse me concentrar em meus deveres.

– Pelo menos não somos as únicas pessoas aqui pouco antes da hora de fechar – uma voz de garota comentou. Ela parecia familiar e, quando olhei para trás, vi por quê.

Vestindo calça de moletom justa e uma camiseta verde-oliva, debruçada na grade divisória, estava Nat, a garota que fazia os anéis com pedras no festival. Afff, aquele festival. Se nós pudéssemos simplesmente apagá-lo da história da família Spring, isso seria ótimo. Estar em sua barraca foi a única parte boa de toda aquela coisa. Ela foi muito simpática, e até nos ajudou a esconder Meg. Nat parecia muito relaxada em suas roupas de dia a dia. Suas orelhas apareciam por baixo do rabo de cavalo, e eu pude ver que elas estavam ornamentadas. Ela estava parada ao lado de um homem que supus ser seu pai e apontava para o cardápio na parede acima de nós.

Para uma garota que eu conhecia havia apenas um fim de semana, eu com certeza tinha me encontrado muito com ela. Bom, no festival ela estava trabalhando, então essa era uma explicação fácil, mas isso? As chances de ela e seu pai estarem aqui... Bom, era apenas estranho. Minhas bochechas estavam quentes, e tentei não olhar na parede espelhada atrás do balcão. Tentei... e não consegui. Eu parecia não dormir há uma semana.

– O que sua mãe queria mesmo? – o suposto pai de Nat lhe perguntou.

Com os dedos, tentei alisar os fios que escapavam de meu rabo de cavalo, mas isso não estava funcionando bem.

– Queijo e presunto – ela respondeu ao homem. Ele perguntou sobre seu dever de casa. Eu a estava observando quando ela me olhou e captou meu olhar.

Ela piscou três vezes rapidamente e sorriu.

– Ei! Conheço você!

– Ei! – Acenei em resposta no momento em que minha mãe se virou.

– Oi! Quem é essa? – ela acenou para Nat e seu pai e se apresentou.

– Oi. Eu sou Nat – ela sorriu para minha mãe e apontou o pai com o polegar. – Esse é meu pai.

– Olá! É um prazer conhecê-la – ele estendeu a mão para apertar a de minha mãe.

Nat se virou para mim.

– Tudo bem com você? Que coincidência nós sermos as únicas pessoas comendo no Little Caesars – ela riu um pouco e enfiou o cabelo escuro por trás da orelha. Seu rabo de cavalo estava muito frouxo, a verdadeira definição do Tumblr de um coque bagunçado. O meu nunca parecia tão bonito e desleixado naturalmente. Nunca.

– Bem – respondi-lhe. Eu me senti extremamente ansiosa por alguma razão. Não havia fila atrás de nós nem vozes conversando uma por cima da outra. Só música pop de uma década atrás e o zumbido da geladeira à nossa frente. Estávamos só nós quatro... Bom, seis, incluindo Tawny e seu bebê, mas meu coração estava acelerado como se eu estivesse parada no meio da liquidação da Black Friday (que agora começava no dia de Ação de Graças) no Walmart.

Nat estava me olhando como se eu tivesse me esquecido de lhe responder, coisa que eu meio que fiz.

– Certo. Nós achávamos que éramos os únicos a gostar disso ainda.

O rosto de Nat se abriu em um sorriso, e ela riu um pouco.

– Igual.

Nossos pais estavam conversando sobre distritos escolares ou algo assim. Eu não sabia nem me importava.

– O que vocês estão fazendo na rua? Fort Cyprus está muito sossegada esta noite – Nat comentou olhando ao redor para o Kmart vazio. Eu soube, então, que ela era filha de militares porque chamava toda a cidadezinha ali de Fort Cyprus. As poucas pessoas ao redor de bases que não eram ligadas ao exército chamavam suas cidades pelo nome verdadeiro.

– Fazendo umas tarefas. Nós fomos ao PX – a lembrança deixou minha garganta seca. – E agora, pizza para jantar, depois nada, só ver um filme de terror. E você?

– Eu adoro filmes de terror! – sua voz se elevou um pouco. Ela era tão animada ao falar que me lembrou de Jo. Ela se aproximou de mim, e Tawny apareceu para pegar o pedido de Nat. Ela pediu para sua família, e seu pai se aproximou para pagar. – Nós fomos à loja de artesanato e depois comprar uma bomba de pneu para alguma coisa flutuante.

– Para sua irmã, seu irmão ou algo assim? – perguntei.

– Não, minha mãe. É para o jardim na primavera. É meio estranho quanto ela decora. – Nat riu. Imagine se ela tivesse visto a casa de minha mãe no Halloween ou a de minha avó no Natal. – Eu sou filha única.

Eu quase engasguei.

– Filha única?

Ela começou a rir.

– Seus olhos estão tipo... – ela esbugalhou os olhos, rindo ainda mais forte.

– Eu tenho três irmãs – disse à bela garota diferente à minha frente. *Filha única? Como isso devia ser?*

– Três? – foi a vez dela de ficar boquiaberta. – Uau. Isso é muito.

– É mesmo – eu sorri.

– O aniversário de minha mãe é amanhã, por isso nós vamos encher toda essa decoração de jardim para ela e comprar pizza. – Nat passou a língua nos lábios e olhou para trás para ver onde o pai estava. Ela parecia muito mais nova sem maquiagem, *glitter* e hena por toda a sua pele leitosa. Eu não sabia dizer se ela era de minha idade ou mais velha.

– Legal. O aniversário de minha tia é amanhã na nossa casa – falei por alguma razão que não saberia dizer.

Nat manteve o sorriso.

– Divertido – ela disse como se estivesse falando sério.

– Eu estava tentando dar a meus pais algum tempo sozinhos, mas aí meu pai se ofereceu para vir comigo. – Ela deu um leve tapa com a mão na testa. Ela me fez rir; foi refrescante. – Parece muito estranho eu ter querido dar a meus pais algum tempo sozinhos.

Minha mãe olhou para nós, e eu voltei a olhar para Nat, tentando não rir.

– Um pouco. Mas eu entendo. – Meus pais nunca tinham um tempo sozinhos.

– Você poderia vir à minha casa? – perguntei mas, no momento em que a convidei, eu me perguntei se isso seria demais. Será que minha mãe ia mesmo concordar com isso? Será que minha mãe ia esperar para levantar a questão do dinheiro com meu pai até que estivéssemos todas na cama? Eu gaguejei um pouco. – Eu tenho de perguntar. Quero dizer, se por acaso você quiser. Eu não sei...

– Sim, claro, se sua mãe não se importar. Quero dizer, são só umas sete horas. Eu poderia ir para casa, tipo, nove e meia? Não é como se eu tivesse aula amanhã.

Ela se virou para o pai e lhe perguntou.

Minha mãe disse sim, olhando para Nat, para seu pai e em seguida para mim.

– Como você a conheceu? – ela sussurrou para mim.

– Ela fez as joias que eu levei para casa. O anel escuro que eu comprei para você – minha mãe ainda não o havia usado, mas prometeu fazer isso quando fosse a algum lugar especial.

– É mesmo? Uau. Ela só tem 17 anos. O pai dela disse que ela quer ir para a Universidade Estadual da Louisiana no próximo outono. Mas, sim, ela pode ir lá em casa, e vocês podem ficar na sala e assistir a um filme.

– Mãe...

– As mesmas regras que valeram para suas irmãs valem para você, não até ter 16 anos. – Nat não conseguiu escutá-la, graças a Deus, mas eu queria que a conversa acabasse.

– Está bem, está bem – concordei, e o pai de Nat balançou a cabeça afirmativamente.

– Tenho essa conversa com todas as minhas filhas. Meg e Jo e agora você – minha mãe ainda estava sussurrando.

Nós nunca havíamos precisado ter esta conversa porque eu nunca havia recebido nenhum amigo em casa, garoto ou garota.

– Está bem – voltei a dizer.

Minha mãe balançou a cabeça afirmativamente e se virou para Nat.

– Que tipo de pizza você pediu? Nós...

Eu senti como se tudo ao meu redor estivesse mudando muito depressa desde que meu pai havia chegado em casa, desde que Jo tinha conhecido Laurie, desde que Shia tinha voltado, desde que Amy havia começado a menstruar e desde que eu estava fazendo minha primeira amiga há muito, muito tempo. Eu esperava que o tempo desacelerasse no verão seguinte – ou isso é que era ser uma adolescente? Tudo chegar a você voando depressa, e você ter apenas que tentar se segurar às partes boas quando pudesse?

44

jo

— Não posso acreditar nisso – disse pela décima vez nos cinco minutos anteriores.

Laurie estava sentado em sua cama com os dedos digitando e fazendo cliques em meu *laptop*. Eu estava com muita raiva de Amy. Como ela poderia ser uma pequena sacana de coração tão frio?

– Vou contar a Meg. Eu preciso – eu me sentei na ponta da cama e peguei o telefone em meu bolso. Que dia longo e difícil; eu estava muito esgotada.

– Isso não é da minha conta. Você sabe o que é melhor para a sua família – ele se sentou virado para mim, com a tela em um ângulo que eu pudesse ver. – Seu texto tinha *backup*, por isso ele está aqui. Eu o enviei para meu e-mail, caso algo dê errado. Você sempre deveria mandar seus documentos para você mesma.

– É isso? Você acabou? – Eu ergui uma sobrancelha para ele. Ele balançou a cabeça afirmativamente. – Obrigada, sério. Mas que grande confusão, Laurie. Mas que grande família problemática eu tenho. Amy, cara, não posso acreditar que ela mandou esses e-mails para Meg. Meg, de todas nós, é sua favorita. Imagine o que ela planejou para mim!

Na verdade, eu não queria imaginar isso.

– A família de todo mundo tem suas próprias merdas. Você sabe disso. Olhe para a minha.

Eu concordei com um suspiro.

– É, mas pelo menos a sua está longe. Isso ajuda um pouco, não é?

Ele levou a mão à alça fina de minha camiseta e me puxou delicadamente em sua direção. Minha briga com Amy parecia muito distante na memória para ter sido apenas uma hora antes; era como se essa briga tivesse começado anos e anos atrás e só então tivesse explodido. Quem sabe o que teria acontecido se Laurie não estivesse lá e eu não tivesse sua casa bem ao lado para esfriar a cabeça. Quando eu deixasse o estado, não ia ter um santuário.

– Só ajuda um pouco, se é que ajuda.

– Eu gostaria apenas de poder ir para longe daqui. Mas eu me pergunto se ia me sentir culpada deixando minha família para trás.

Laurie estava com o braço ao redor do meu ombro, mas ele o retirou e envolveu meus dedos em seus dedos compridos. Ele havia se tornado meu amigo mais próximo. Minha família mais próxima, tudo mais próximo nas últimas semanas. Eu tinha começado a dizer a Laurie coisas que eu normalmente não diria em voz alta – foi assim que eu soube.

– Muitas pessoas se mudam para longe para a faculdade, sabia? Conheci americanos de todos os Estados Unidos caminhando pelas ruas de Nápoles, Paris, Berlim. Você escolhe. As pessoas se mudam, isso acontece. É parte do processo de crescer, não é?

Assenti e apoiei a cabeça em seu ombro. Ele cheirava a sabonete e ferrugem.

– Sim. Mas Meg segue com seu trabalho, e, se ela se casar com John Brooke, ela vai se mudar para outro lugar, deixando Amy comigo e com Beth. Uma motorista a menos, um carro a menos. Se eu for embora, outra motorista a menos. Você entende?

Ele tirou o *laptop* do colo e voltou seu corpo para mim. Ele puxou o edredom desarrumado que se erguia entre nós.

– Entendo, sim, mas isso não é sua responsabilidade. Sei que parece duro, mas você é responsável por si mesma e por ajudar quando pode, mas é isso. Se você ficar por aqui, você vai ser infeliz. Sua família ia querer que você saísse de casa, se fosse sua vontade, não?

– Acho que sim. Meu pai foi o primeiro a dizer que eu preciso me mudar por causa do que quero estudar na faculdade – sacudi a cabeça. – Você não entende porque sua família não é tão próxima quanto a minha. Eu literalmente divido um quarto com minha irmã e vivo com meus dois pais.

Laurie pareceu desapontado.

– Eu não quis dizer bem isso. Desculpe – falei rapidamente. – Às vezes eu me preocupo que, se eu for embora, tudo desmorone. E não é que eu esteja fazendo muita coisa para impedir isso.

– Converse com Meg a respeito. Veja o que ela diz.

Eu balancei a cabeça concordando com ele. Ele ergueu a mão para acariciar meu rosto.

– Nós somos apenas pequenos pontos em seu mapa, Jo. Você não pertence a este lugar e sabe disso. Eu só espero ser bom o bastante para ser arrastado nessa viagem.

Eu fiquei arrasada.

– Você é – sussurrei para ele. – Nós vamos fazer isso funcionar a longa distância, certo? Isso se conseguirmos chegar ao fim deste ano.

Ele revirou os olhos.

– Sério, Jo?

Eu ri.

– Estou só dizendo. Vamos chegar ao fim deste ano.

– Eu preciso visitar minha mãe antes disso.

– Eu sei. Nós vamos dar um jeito. Vai ser um bom treino para quando eu estiver na faculdade, se ainda estivermos juntos.

Dessa vez, Laurie não riu nem deu um sorriso. Ele me olhou.

– É isso mesmo o que você pensa? No início foi engraçado, mas você não para de repetir isso. Qual o sentido em tentar se você não vai realmente tentar?

Eu me afastei dele.

– Eu estou tentando. Estou brincando. Eu vou me afastar... Só preciso saber com certeza se é isso o que eu quero e o que você quer.

– Achei que havíamos concordado que sim.

Laurie parecia muito exausto.

Todos parecíamos.

– Nós havíamos – eu esfreguei o pescoço. – Só estou sendo realista e honesta.

– Ótimo.

Ficamos sentados em silêncio por alguns momentos antes que Laurie o rompesse.

– Jo, eu preciso saber o que é isso. Não estou pedindo um compromisso de vida inteira, mas podemos pelo menos concordar que estamos namorando ou não? Eu vou voltar para casa na Itália, e algumas pessoas vão me perguntar se estou solteiro.

O quê?

– O que isso significa? Quem perguntaria? – Eu me levantei da cama. Ela normalmente parecia do tamanho perfeito para nós, mas de repente pareceu muito pequena.

Laurie hesitou.

– Estou só falando de meus amigos, amigas mulheres também. Não estou dizendo o que você acha que estou dizendo, mas, sim, garotas vão me perguntar, Jo.

Claro que iam. Olhe para ele.

Isso me irritou além do imaginável. Será que namorar Laurie ia ser sempre assim? Garotas prontas para pularem em cima dele no momento em que ele não tivesse ninguém?

– Não entendo por que é tão difícil para você dizer que estamos juntos. Se você está tão insegura sobre isso, o que estamos fazendo?

Eu fiquei na defensiva.

– Se você tem tantas opções à espera em casa, o que nós estamos fazendo?

Ele sacudiu a cabeça.

– Você está sendo uma grande hipócrita. Você sabe disso, certo? – Suas mãos estavam no ar diante dele.

– É. Eu sei. E você é a porra de um ator. Entendo.

O queixo de Laurie caiu. Ele saiu da cama e caminhou na direção da porta. Ele a abriu, e eu esperei que ele me chutasse para fora, mas em vez disso ele apenas saiu. Esperei menos de um minuto antes de pegar meu telefone e meu chaveiro e ir embora. A escada dele rangia quando você andava sobre ela, e eu normalmente adorava o toque de personalidade que ela dava à casa, mas cada rangido me deu vontade de gritar enquanto eu descia apressada. O ar estava quente e úmido e cheirava como se pudesse chover. Pensei em dar uma caminhada, mas na verdade queria ir para casa e me deitar na minha cama.

Quando cheguei, a casa estava em silêncio. A luz da sala estava apagada, mas a TV de tela grande estava ligada, iluminando o ambiente muito bem. Meu pai estava sentado em sua cadeira de rodas ao lado da poltrona reclinável, e Amy se encontrava deitada no sofá olhando fixamente para a TV. O Prius de Meg estava na entrada de carros quando cheguei, por isso eu sabia que ela estava ali em algum lugar.

– Meredith ainda não voltou? – perguntei a quem quer que fosse me responder.

– Ainda não. Elas devem estar de volta a qualquer minuto – meu pai respondeu. Meg apareceu andando no corredor e olhou pela sala.

– Ah, é você – Meg suspirou quando me viu na luminosidade da televisão.

Eu lhe disse que precisava conversar com ela naquele instante. Eu não ia brigar com ela; isso parecia um drama antigo. Eu precisava contar a ela sobre Amy mandar os e-mails.

– Suba comigo um minuto – falei em voz baixa.

Meu pai não reagiu, apenas manteve os olhos no programa ao qual estava assistindo.

Meg concordou e, é claro, Amy choramingou que queria subir conosco. Eu tentei me lembrar de quando tinha 12 anos; eu era tão detestável quanto ela na época?

– Não – respondi bruscamente. Ela não viria de jeito nenhum.

Meg me olhou, e eu sacudi negativamente a cabeça.

– Vou voltar, deitar com você no sofá e escovar seu cabelo quando acabar de conversar com Jo? Fechado? – Meg falou carinhosamente.

Falou carinhosamente para a garota de 12 anos que havia tentado sabotar seu relacionamento com John Brooke mandando e-mails falsos. Se Meg soubesse.

Amy concordou como a criaturinha mimada que era, e eu subi a escada atrás de Meg.

– É melhor que isso seja bom – Meg me ameaçou. Ela estava de pijama e tinha o rosto cheio de maquiagem. Claro que sim. – Eu acabei de chegar em casa de um dia inteiro na casa da sra. King, não ferra – ela disse em resposta a meus olhos críticos

Ela entrou em nosso quarto, e eu fui atrás, fechando a porta.

– Eu preciso lhe contar uma coisa sobre alguém próximo a nós.

Meg pareceu mais que cética. Eu estava muito aborrecida com minha briga com Laurie e com minha família implodindo. Eu estava farta de tudo e queria dizer a Meg para parar com seu número de garota bonita e burra.

– Pare com o drama, do que você está falando?

– Estou falando sério. É sobre aqueles e-mails de John Brooke, aqueles em que...

Ela me interrompeu com um aceno de sua mão pelo ar.

– Como se eu não soubesse de que e-mails você está falando! Continue – ela me interrompeu bruscamente.

– Quando Amy destruiu o computador mais cedo, Laurie o estava verificando e encontrou um endereço de e-mail no qual Amy estava logada...

– O quê? – Meg olhou para a porta às minhas costas e novamente para mim.

Eu baixei a voz.

– Sim, Amy estava registrada no endereço de e-mail que mandou para você e-mails de um falso endereço eletrônico de John. Não sei por que ela faria isso. Mas precisamos contar isso a papai e mamãe e dizer alguma coisa para ela. Que merda, hein?

Eu esperava uma resposta, mas Meg ficou ali de pé processando aquilo tudo, por isso andei de um lado para o outro no quarto, alguém tinha de estar fazendo *alguma coisa*.

– Amy? Você tem certeza? – Seus olhos começaram a ficar vermelhos. Eu devia ter gritado para que Amy subisse até ali e simplesmente botado tudo na mesa.

– Tenho. Eu posso dizer alguma coisa a ela se você quiser.

– Não – Meg sacudiu a cabeça. Suas ondulações castanhas tocaram seu ombro quando ela se moveu. Seu cabelo estava penteado, e seus cílios eram muito longos. Ela sempre parecia pronta para uma câmera ou alguma outra coisa. Mesmo agora. – Eu não quero dizer nada a ela.

O quê?

– Você quer, sim.

– Não – ela não parava de sacudir a cabeça. – Não, não quero, Jo. Que bem isso vai fazer? Ela obviamente fez isso por alguma razão.

– Porque ela é uma garota má...

– Não, Jo. Porque ela tem 12 anos e o pai dela foi ferido no Iraque, suas duas irmãs mais velhas têm namorados e nunca estão por perto, sua mãe está bebendo e mal percebe quando ela está presente. Ela está querendo atenção.

– Ela está *procurando* atenção.

– Mesmo assim. Pense em por que ela faria isso? E por que eu não posso simplesmente lhe dar essa atenção e torcer para que ela nunca mais tenha esse tipo de atitude? Temos de pensar em como ela está se sentindo também. Ela tem 12 anos e está passando por muita coisa. Pense em como teria sido difícil para *você* nessa idade se papai voltasse assim para casa.

– Por que você está tão... tão... Não sei. Você tem razão sobre algumas dessas coisas, mas por que deixar ela se safar disso?

– Na verdade não se trata de se safar disso. Ela é minha irmãzinha – Meg explicou calmamente.

Ela tinha paciência demais. Eu era um tipo mais vingativo de garota.

– Deixe que eu cuido disso, Josephine – Meg se jogou em sua cama. Ela pegou o livrinho que eu havia dado a ela de Natal e folheou suas páginas.

– Está bem, *Margaret*.

Fez-se silêncio por um minuto enquanto eu estava sentada em minha cama e Meg estava sentada na dela. Eu me lembrei que, quando éramos pequenas, ela às vezes conversava comigo e deixava que eu contasse minhas histórias sobre Jack Smead. Ela ria muito até que Meredith chegasse para nos silenciar, ameaçando tirar nossa internet se não ficássemos quietas. Aqueles dias eram tão simples. Antes de garotos, sexo e dinheiro.

– Desculpe sobre mais cedo – Meg disse por fim. – Eu estava com raiva de Shia e de mim mesma e descontei em você.

Eu olhei para ela, e ela deu um meio sorriso; ela era muito bonita. Ela estava um pouco murcha essa noite, como uma flor que precisasse de um beijo do sol, mas ela ainda era muito bonita. Como Amy seria quando ficasse mais velha.

– Desculpe, também. Eu não achei que fosse fazer diferença. Eu não pensei sobre isso, desculpe.

Ela sorriu.

– Obrigada. Viu, não é tão difícil.

– Há, há – eu grunhi para ela. – O que está acontecendo com Shia? – Eu não achei que ela fosse querer falar sobre isso, especialmente comigo, mas perguntei mesmo assim. Isso mantinha minha mente longe de Laurie.

– Não sei – ela tocou os lábios com os dedos. – Ele está de partida na terça-feira.

– *Nesta* terça-feira?

Ela balançou a cabeça afirmativamente.

Tão cedo.

– Oh, uau.

– Eu sei – ela virou o rosto. – Eu vou terminar com John Brooke. Ele vai ser transferido para muito longe, mal me escreveu nos últimos dias e...

– E você quer Shia.

Ela assentiu.

– Será que eu quero? – ela pareceu aterrorizada.

– Então, qual é o problema?

– Estou muito cansada de relacionamentos a longa distância.

Droga. Outro golpe contra a saga épica de Laurie e eu.

– Então vá com ele – sugeri. Seria bom para Meg passar algum tempo fora daquela cidade. – Quanto tempo ele vai ficar fora?

– Setembro – ela fez uma pausa. – Eu não poderia ir. De jeito nenhum. Não posso deixar vocês aqui.

Então ela tinha as mesmas preocupações que eu.

– Nós ficaríamos bem. Daríamos um jeito. Você deve ir. – A ideia de Meg deixando a cidade era abstrata. Não parecia algo que fosse realmente acontecer, mas ainda assim eu esperava que sim. Seria empolgante. Uma mudança na casa dos Spring. Uma sacudida.

– Eu não poderia – ela mordeu o lábio inferior. – Poderia?

Eu balancei a cabeça afirmativamente.

– Você pode. Pergunte a ele.

– Isso parece tão irresponsável. Eu não sou como você, Jo. Eu não gosto de surpresas e não gosto da vida na estrada.

Eu dei de ombros.

– Como você pode saber isso? Você nunca tentou. Você diz que não é como eu, mas isso para mim significa que você está com medo.

Seu rosto se contorceu.

– Não ligo se você acha que estou com medo, Jo. Você não sabe nada sobre a vida. Você acha que sabe porque fica sentada assistindo a documentários o dia inteiro? Você teve uma vida bastante protegida.

Fiquei desconcertada. Ela não podia estar falando sério.

– Eu? Então você também teve, princesa Meg. Desculpe por me preocupar com o mundo e você só se preocupar em trepar com caras para que se casem com você e alimentem sua obsessão louca. Bom para você, vá ser uma dona de casa, Meg, mas não venha de conversa por que eu não quero ser!

Ela ficou de pé, e eu soube que ela estava perdendo a calma, mas isso não era problema, porque a minha já estava perdida.

– *Eu?* É você quem está *me* julgando, Jo! Eu não quero ficar sozinha, certo? E tudo bem com isso. Você é tão obcecada em ser uma sabe-tudo que se esquece da parte mais importante de ser uma mulher forte!

Eu estava quase tremendo de raiva. Como ela podia estar puta comigo? Eu não a estava julgando. Talvez estivesse, mas ela também estava. Ela não era a única vítima ali.

– E o que exatamente é isso? Esclareça-me! – gritei em resposta, levantando-me da cama.

– A escolha, Jo! O que importa é minha escolha enquanto mulher. Se eu quero passar meu tempo como uma mãe participativa e em eventos beneficentes e passeios com a família, eu *posso*, droga! Eu posso fazer o que quiser! Se você quer se mudar para uma cidade grande, romper com Laurie e se concentrar em você mesma, vá em frente! Eu não estou julgando você. Mas pelo menos eu sei o que quero!

Eu não podia acreditar nela.

– Você não sabe do que está falando! Você não consegue nem escolher entre Shia e a droga do John! John Brooke, que é entediante como uma lesma, ou Shia, que na verdade faz com que você aja como um ser humano decente!

A porta do quarto se abriu, e Amy entrou. Eu não estava aguentando ficar perto de nenhuma delas, mas, quando tentei ir embora, Meg me bloqueou.

– Eu? Olhe na porra de um espelho, Jo! Você é uma garota do Ensino Médio querendo me falar sobre a vida? Você tem Laurie bem à sua frente, esperando por você de quatro, e só porque você não rotula isso, você é melhor que eu? Se você não quer se comprometer com ele, espero que ele encontre uma garota legal na Itália que queira.

Ai.

– Vá se foder, Meg.

Eu a empurrei, passei por ela e desci a escada correndo. Mamãe estava chegando na entrada de carros quando passei pela janela da frente, por isso saí pela porta dos fundos. Eu atravessei o jardim sem acreditar na audácia de minha irmã. Eu sabia exatamente o que tinha com Laurie, e Laurie me conhecia melhor do que ela jamais havia conhecido.

Eu sabia que havia alguma verdade em suas palavras e queria provar que ela estava errada em relação a mim. Eu sabia o que queria.

Laurie e Nova York. Eu podia ter os dois, diferente de Meg. Eu bati freneticamente na porta dos Laurence, mas ninguém atendeu. Eu bati outra vez, pulando impacientemente de um pé para o outro, até que finalmente girei a maçaneta para ver se a porta estava trancada. Ela não estava, por isso segui na direção da escada. Eu não ouvi a TV berrando, então supus que o velho sr. Laurence não estivesse em casa.

Meu coração estava acelerado. Eu esperava que Laurie estivesse em casa. Esperava mesmo que ele ainda quisesse me ver.

Eu devia ter pensado nisso antes de bater na porta de seu quarto, mas eu não estava pensando em nada exceto em vê-lo. E ali estava eu. Não na roupa mais sensual, não com dentes recém-escovados. E se ele estivesse com uma garota, ali? Ele não faria isso. Eu sabia que não faria.

Pouco antes que eu mudasse de ideia e desse meia-volta, Laurie abriu sua porta, parecendo confuso, furioso e muito bonito. Ele era tão delicado, tão terno, em comparação com como eu achava que seriam os garotos... E ele me ouvia, me ajudava, me ensinava. Ele esteve ali por mim durante toda essa merda com minha família e ele estava parado diante de mim, esperando que eu falasse.

– Oi – disse, sem fôlego, agora que ele estava ali.

– Oi.

Eu agarrei sua camisa e o puxei para me beijar. Toda parte de mim estava se abrindo e se expondo, sem saber ao certo se ele ia me empurrar ou me puxar para perto, e eu gemi de alívio quando ele passou os braços por minha cintura e esmagou meu corpo contra o dele.

– O que você...

– Eu tenho certeza. Tenho toda a certeza. Nós podemos fazer funcionar. Você pode ir a qualquer lugar, Itália...

Sua língua queimou minha pele enquanto traçava uma linha em volta do meu pulso. Quando ele se afastou, senti tanto a falta de seu gosto que doía. Foi rápido assim, foi como se uma chave tivesse sido ligada dentro do meu corpo, e a pressão em meu estômago, latejando de expectativa, fosse me rasgar ao meio, eu tinha certeza disso.

– É? – Ele passou a língua pela pele mais macia de meu pescoço.

– Eu quero... – eu não sabia como dizer isso, mas queria permanecer no controle. – Você.

Empurrei seus ombros, então encontrei sua boca, beijei-o e o conduzi para sua cama. Ele caiu de costas e eu subi em cima de seu corpo esguio. Sua camiseta subiu acima do umbigo. As sardas pontilhavam sua pele morena como sementes espalhadas. Seus olhos eram enormes, manchas grandes de tinta negra escrevendo palavras que apenas eu podia ler. Pude sentir seu corpo reagir a mim e pensei a respeito. Eu sabia que aquilo iria mudar tudo. Eu sempre iria me lembrar a quem havia entregue minha virgindade. Sempre.

– Eu amo você. Eu acho.

O corpo dele congelou, e suas mãos tocaram os dois lados de meu rosto, trazendo meus olhos para os seus.

– Você me ama?

Balancei a cabeça afirmativamente.

– Eu acho que sim.

Ele sorriu, e o sorriso chegou a seus olhos escuros, sua boca tocou meus lábios, e ele sussurrou:

– Eu também.

Eu o amava. Estava amando pela primeira vez. Minha vida era complicada, e meu futuro estava totalmente indefinido, mas eu sabia que amava Laurie e que não havia absolutamente lugar nenhum onde eu preferisse estar do que onde estava, e era isso o que devia ser, do que se tratava essa confusão de vida.

Levei a mão à parte de baixo de minha blusa e a levantei pela cabeça. Laurie examinou meu rosto, e eu assenti, peguei as suas mãos e as coloquei em meus seios.

– Eu quero você – disse novamente.

– Você tem certeza, ou você acha? – ele sorriu.

Revirei os olhos bem-humorada para ele.

– Vai doer – ele falou. Não foi nem um pouco romântico nem meloso. Mas não precisava ser. A vida, ou meu relacionamento com Laurie, não era assim.

– Eu sei. Vou sangrar e provavelmente chorar – eu torci o nariz.

Ele riu em quanto mordia meu pescoço.

– Está bem, está bem. Eu sei as precauções. Vamos só nos beijar um pouco e ver...

Beijei seus lábios, e ele nos rolou para o lado. Eu não estava com medo do que estava por vir. Eu sempre me perguntei se estaria. A primeira vez de Meg foi uma merda completa. Eu sabia com certeza que a minha seria melhor que aquilo. Laurie me disse como ele amava cada parte de mim enquanto descia por meu corpo... Eu estava respirando muito bem, tudo estava calmo, a boca de Laurie estava muito doce entre minhas coxas, minha mente estava clara, e eu queria cada segundo daquilo.

Doeu, tanto quanto eu achei que fosse, mas Laurie foi muito delicado. Nós dois éramos um pouco desajeitados, e eu o amei ainda mais enquanto estava deitada a seu lado. Ele me dizia quantas vezes havia pensado naquilo acontecendo, mas que, na verdade, sem achar que realmente fosse acontecer. Eu amava como ele era honesto comigo.

Depois, quando estávamos em silêncio e abraçados ali, eu disse:

– Eu não me sinto nada diferente.

– Você devia? – ele rolou por cima de mim e beijou minha testa.

Dei de ombros.

– É. Acho que sim.

– Então eu falhei? – ele provocou e me beijou quando balancei a cabeça afirmativamente.

Meu telefone tocou algumas vezes, e eu vi o nome de minha irmã acender e, em seguida, desaparecer.

– Preciso ir. Preciso me desculpar com ela.

– Você veio aqui, tipo, só para isso? – ele olhou para meu corpo nu enroscado no seu.

Eu sacudi a cabeça.

– Mais ou menos?

Laurie me fazia rir, e quase pensei em repetir o que tínhamos acabado de fazer, mas eu precisava ir para casa.

Enquanto caminhava, a cada passo que dava na grama eu me sentia mais poderosa. Eu estava feliz, não horrorizada.

Eu era amada, não usada.

Meg abriu a porta no momento em que eu cheguei à varanda. Ela saiu e fechou a porta às suas costas.

– Desculpe – eu falei ao mesmo tempo que ela.

– Desculpe também, Jo.

– Você tinha razão, sabia, sobre Laurie – olhei nos olhos de Meg, e ela estudou meu rosto e abriu a boca em um grande *O*.

– Você! – ela disse em voz alta e, em seguida, sussurrou. – Oh, meu Deus, você fez isso. Oh, meu Deus.

– Meg, sério – ri, cobrindo a boca.

– Jo, oh, meu Deus. Beth está com uma garota aí dentro, você fez sexo com Laurie e eu viajo para o exterior na terça-feira. Acabei de contar à mamãe e ao papai.

Pensei em abraçar Meg, mas não sabia se devia fazer isso, portanto entrei atrás dela e passei por Amy dormindo no sofá. Eu ainda achava que Meg devia dizer alguma coisa a ela sobre os e-mails, mas ia deixar que Meg decidisse o que fazer sobre aquilo.

– Mamãe e papai estão no quarto – Beth falou do sofá.

Ela estava sentada ao lado de uma garota japonesa bonita que parecia familiar, mas eu não sabia dizer ao certo de onde a conhecia. Elas estavam assistindo ao fim de um dos filmes de *Halloween*, o terceiro, pensei.

Beth nunca recebera uma amiga antes, e isso me deixou feliz. Eu estava completamente exausta – meu corpo estava dolorido por causa de Laurie, do trabalho e da falta de sono suficiente. As coisas estavam mudando muito, muito depressa.

Minhas irmãs e eu estávamos ficando melhores em entender essa coisa chamada vida, e eu me senti mais pronta para enfrentar esse grande mundinho com elas e o resto de minhas irmãs ao redor do mundo.

Agradecimentos

Este livro é muito diferente de tudo o que já escrevi, e me questionei em quase todas as páginas, até que meus humanos favoritos me lembraram por que eu estava escrevendo esta história. Eu sempre me questiono, a cada segundo de cada página. Como escritora, não devia dizer isso, mas digo.

Eu amo essa história, essas irmãs Spring, e, neste momento, quero agradecer a minhas "irmãs" – também conhecidas como as mulheres à minha volta, que me estimularam a ser o melhor de mim e a viver minha vida da melhor maneira possível: Rebecca, Jen, Ruth, Erika, Nina, Erin –, vocês são minha tribo, e amo vocês por sua amizade, sua bondade, seu estímulo e seu apoio constante para terminar este livro e pela vida em geral.

Adam Wilson, terminamos mais um livro! Nós formamos uma boa equipe, mesmo que eu seja responsável por muitos cabelos brancos futuros por não conseguir cumprir prazos nem que minha vida dependa disso. Gosto mais de você do que jamais poderei dizer e mal posso esperar para conhecer o pequenino.

Todo o pessoal dos departamentos de produção, vendas e marketing da Gallery: vocês são astros do rock, e nenhum de meus livros jamais veria a luz do dia sem vocês! Obrigada por todo o trabalho duro! Minha editora de texto merece um zilhão de cestas virtuais de frutas (ou *cookies*)!

Chels, Bri, Trev, Lauren e Giana, vocês são minhas velhas cúmplices, e eu amo amo amo vocês.

Por último, mas não menos importante, meus leitores e editores pelo mundo: vocês fizeram meus sonhos se tornarem realidade. Eu era apenas uma garota com um *laptop* quebrado e nenhuma ideia do que estava fazendo com minha vida, e vocês a mudaram completamente. Nunca vou conseguir explicar quanto isso significa para mim.

Para Ash e Jord, vocês dois <3

SUA OPINIÃO É MUITO IMPORTANTE

Mande um e-mail para **opiniao@vreditoras.com.br**
com o título deste livro no campo "Assunto".

1ª edição, jun. 2018

FONTES Fairfield 11/16.3pt
PAPEL Lux Cream 60 g/m²
IMPRESSÃO Intergraf
LOTE I290197